MI POLICÍA

Planeta Internacional

BETHAN ROBERTS

MI POLICÍA

Traducción de Víctor Ruiz Aldana

 Planeta

Obra editada en colaboración con Editorial Planeta – España

Título original: *My Policeman*

© 2012, Bethan Roberts

Publicado por primera vez por Chatto & Windus, un sello de Vintage, Penguin Random House.

© 2022, Traducción: Víctor Ruiz Aldana

© 2022, Editorial Planeta, S. A. – Barcelona, España

Derechos reservados

© 2022, Editorial Planeta Mexicana, S.A. de C.V.
Bajo el sello editorial PLANETA M.R.
Avenida Presidente Masarik núm. 111,
Piso 2, Polanco V Sección, Miguel Hidalgo
C.P. 11560, Ciudad de México
www.planetadelibros.com.mx

Adaptación de portada: Planeta Arte & Diseño del diseño original de Amazon Studios
Fotografía de portada: 2022 Amazon Content Services LLC

Primera edición impresa en España: febrero de 2022
ISBN: 978-84-08-25417-1

Primera edición en formato epub en México: octubre de 2022
ISBN: 978-607-07-9269-4

Primera edición impresa en México: octubre de 2022
ISBN: 978-607-07-9256-4

Impreso en los talleres de Litográfica Ingramex, S.A. de C.V.
Centeno núm. 162-1, colonia Granjas Esmeralda, Ciudad de México
Impreso en México – *Printed in Mexico*

A todos mis amigos de Brighton,
pero sobre todo a Stuart

I

PEACEHAVEN, OCTUBRE DE 1999

He llegado a valorar la posibilidad de comenzar con estas palabras: «Ya no quiero matarte», porque es que no quiero, pero luego he decidido que tal vez lo consideraras demasiado melodramático. El melodrama siempre te ha sacado de quicio, y no quiero perjudicarte ahora, no en tu estado, no cuando esto podría ser el final de tu vida.

Mi intención es esta: ponerlo todo sobre papel para poder entenderlo. Esto es una confesión, por así decirlo, y merece la pena no errar con ningún detalle. Cuando termine, planeo leértela a ti, Patrick, porque tú ya no puedes responder. Y me han recomendado que siga hablando contigo. Los doctores dicen que hablar es vital para tu posible recuperación.

Apenas puedes hablar y, aunque estés conmigo en casa, nos comunicamos mediante papeles. Y cuando digo papeles me refiero a señalar tarjetas. No puedes articular palabra, pero sí que puedes apuntar con el dedo tus necesidades: «beber», «baño», «bocadillo». Sé lo que quieres incluso antes de que el dedo alcance las imágenes, pero te dejo que las señales de todas formas, porque creo que lo mejor es que seas independiente.

¿No te parece extraño que sea yo ahora el del bolígrafo y el papel, y que esté escribiendo...?, ¿qué podría ser? No es ni de lejos un diario, no como el que tú llevabas. Sea lo que sea, ahora soy yo quien escribe mientras tú estás tumbado en la cama, observando hasta el más mínimo de mis movimientos.

Nunca te ha gustado esta costa, siempre te has referido a ella como «extrarradio marítimo», el lugar al que acuden los viejos a disfrutar de las puestas de sol y esperar la muerte. ¿No fue esta zona —expuesta, solitaria, barrida por los vientos, como los mejores asentamientos costeros ingleses— la que en el invierno del 63 apodaron Siberia? Ya no está tan desangelada, aunque sigue siendo igual de uniforme; creo que, de hecho, es tan predecible que hasta me aporta un cierto confort. En Peacehaven las calles son todas iguales, mires donde mires: un bungaló modesto, un jardín funcional y unas vistas oblicuas al mar.

Me resistí bastante cuando Tom me propuso que nos mudáramos aquí. ¿Cómo iba a querer yo, residente en Brighton de toda la vida, vivir en un solo piso, por mucho que el agente inmobiliario afirmara que el búngalo era como un chalé suizo? ¿Cómo iba a conformarme con los estrechos pasillos del súper local, el hedor a grasa rancia de la pizzería Joe's y la Kebab House, las cuatro funerarias, una tienda de animales llamada Animal Magic y una tintorería cuyo personal, según decían, se había «formado en Londres»? ¿Cómo iba a resignarme a ese tipo de cosas después de haber vivido en Brighton, donde las cafeterías están llenas siempre, las tiendas venden más de lo que podría una imaginar, y mucho menos necesitar, y el puerto siempre brilla, está abierto y parece, a menudo, algo amenazante?

No. La idea me pareció un horror, y tú habrías opinado lo mismo. Pero Tom estaba decidido a mudarse a un lugar más tranquilo, más pequeño y, en teoría, más seguro. Creo que, en parte, estaba harto de que todo le recordara sus viejas rutinas, el ritmo extenuante que llevaba. Si hay algo que un búngalo de Peacehaven no te recuerda es precisamente el ajetreo del mundo. Total, que aquí estamos, donde antes de las 9:30 de la mañana y las 21:30 de la noche no hay ni un alma en la calle, más allá del puñado de adolescentes que se juntan a fumar delante de la pizzería. Aquí estamos, en un búngalo de dos habitaciones (no, no es un chalé suizo, ya te digo yo que no), muy cerca de la parada de autobús y del súper, con un señor jardín que exige cuidados, un tendedero que no para de dar vueltas y tres edificios exteriores (cobertizo, garage e invernadero). Se salvan las vistas al mar, que, en efecto, son oblicuas; se pueden disfrutar desde la ventana de la habitación de invitados. Te he cedido esta habitación y he colocado la cama para que contemples el mar todo lo que quieras. Te he ofrecido todo esto, Patrick, a pesar de que Tom y yo jamás pudimos disfrutar de esas vistas. Tú, desde tu departamentito de Chichester Terrace con acabados estilo Regencia, disfrutabas del mar todos los días. Me acuerdo a la perfección de las vistas que había desde tu departamento, aunque apenas te visitaba: las vías del tren de Volk, los jardines de Duke's Mound, el rompeolas con sus blanquísimas crestas los días de viento y, por supuesto, el mar, siempre distinto, siempre igual. Lo único que Tom y yo veíamos desde nuestra casa situada en Islingword Street eran nuestros propios reflejos en las ventanas de los vecinos. Y sí, aun así me resistí a dejar nuestro hogar.

11

Así que sospecho que cuando saliste del hospital y llegaste aquí la semana pasada, cuando Tom te levantó del coche y te dejó en la silla de ruedas, viste exactamente lo mismo que yo: la regularidad del yeso café, el plástico —pulido a más no poder— de la puerta con doble revestimiento de vidrio, el cuidadísimo seto de coníferas que rodea el terreno, y se te encogió el corazón, lo mismo que en su día se encogió el mío. Y el nombre: Los Pinos. Tan poco apropiado, tan poco original. Seguro que te cayó una fría gota de sudor por el cuello y la camiseta empezó a molestarte. Tom empujó la silla por el camino de entrada. Seguro que te diste cuenta de que cada losa era una pieza perfectamente nivelada de cemento gris rosáceo. Cuando metí la llave en la cerradura y dije «bienvenido», entrecruzaste tus marchitas manos y torciste el gesto en algo cercano a una sonrisa.

Cuando entraste en el recibidor empapelado de beige, debiste de oler la lejía que usé para preparar tu estancia con nosotros, y seguro que percibiste el olor de Walter, nuestro collie mestizo, flotando por debajo de los productos de limpieza. Asentiste sutilmente al ver la foto enmarcada de nuestra boda, de Tom con el deslumbrante traje de Cobley's, que corrió por tu cuenta, y yo con aquel rígido velo. Nos sentamos en la sala de estar, Tom y yo en el sillón de terciopelo marrón que hemos comprado con lo que le dieron a Tom por la jubilación, y escuchamos el tictac de la calefacción central. Walter jadeaba a los pies de Tom. Luego Tom dijo: «Marion te ayudará a instalarte». Y detecté la mueca que esbozaste ante las ganas de marchar que tenía Tom, y cómo clavaste la mirada en los visillos mientras él se encaminaba hacia la puerta y decía: «Voy a hacer unos pendientes, no tardo».

El perro lo siguió. Tú y yo nos quedamos oyendo los pasos de Tom en el recibidor, la prisa con la que tomó la chamarra de la percha, el sonido metálico mientras rebuscaba las llaves en el bolsillo; lo oímos ordenarle a Walter con dulzura que se quedara allí, y el otro único sonido que se produjo fue la succión de aire de la puerta doble cuando salió del búngalo. Cuando por fin te miré, te temblaban las manos, inertes sobre tus rodillas huesudas. ¿Pensaste en ese momento que, quizá, estar en casa de Tom no era como imaginabas?

Cuarenta y ocho años. Ese es el tiempo que me tengo que remontar, hasta el día en que conocí a Tom. Y puede que me esté quedando corta.

No te imaginas lo introvertido que era. *Tom.* Hasta el nombre es firme, poco pretencioso, aunque oculte una posible sensibilidad. No se llamaba Bill, Reg, Les ni Tony. ¿Lo llegaste a llamar Thomas alguna vez? A mí me habría gustado. A veces incluso me planteé la posibilidad de rebautizarlo. *Tommy.* A lo mejor tú lo llamabas así, al guapo de brazos enormes y rizos rubio oscuro.

Conocía a su hermana del instituto. Íbamos a segundo cuando, un día, me encontró en un pasillo y me dijo:

—Oye, que estaba pensando... Te ves bien, ¿quieres ser mi amiga?

Hasta ese momento, nos pasábamos el día solas, sobrecogidas por los extraños rituales de la escuela, los espacios reverberantes de las aulas y las voces entrecortadas de las demás chicas. Dejaba que Sylvie copiara la tarea y ella me ponía sus discos: Nat King Cole, Patti Page, Perry Como. Juntas, para nuestros adentros, tarareábamos canciones que hablaban de encontrarse con desconocidos por la noche al final de la fila del potro, y dejábamos pasar primero a todas las demás. No nos gustaba jugar. Me encantaba ir a su casa porque Sylvie tenía cosas, y su madre la dejaba que se peinara el pelo, rubio y quebradizo, imitando estilos poco adecuados para su edad; creo que incluso la ayudaba a darle forma de rizo al flequillo. Por aquel entonces, yo tenía el pelo tan rojo como siempre, recogido en una gruesa trenza que me caía por la espalda. Si perdía los estribos en casa —me acuerdo de una vez que le atrapé la cabeza enérgicamente a mi hermano Fred con la puerta—, mi padre solía mirar a mi madre y exclamaba:

—Ahí tienes el rojo vivo que le corre por dentro.

Porque, claro, la herencia pelirroja se la debía a mi madre. Creo que tú una vez me llamaste la «amenaza roja», ¿no, Patrick? En esa época ya había hecho las paces con el color, pero siempre tuve la sensación de que todo el mundo me prejuzgaba por tener el pelo rojo: la gente esperaba de mí que tuviera mal carácter, y yo tampoco me contenía si notaba cómo me iba calentando por dentro. Tampoco es que ocurriera a menudo, claro. Pero a veces cerraba puertas de golpe o tiraba al suelo la vajilla. Una vez le di tan fuerte al rodapié con la aspiradora que se resquebrajó.

Cuando me invitaron por primera vez a casa de Sylvie, en Patcham, le vi un pañuelo de seda color melocotón y me encapriché. Sus padres tenían un mueble bar alto en el salón, con puertas de cristal y estrellas negras pintadas.

—Aún lo están pagando —comentó Sylvie antes de esbozar un gesto burlón y guiarme hasta el piso de arriba.

Me dejó que me pusiera el pañuelo y me enseñó todos los botecitos de barniz de uñas que tenía. El primero que abrió olía a gomitas. Sentadas en su impecable cama, escogí el púrpura oscuro para pintarle las uñas, anchas y mordidas, y, cuando acabé, me acerqué su mano a la cara para soplar con delicadeza. Acto seguido, me acerqué su pulgar a la boca y pasé el labio superior por encima de la uña para comprobar si se había secado.

—¿Qué haces? —preguntó, y soltó una risotada molesta.

Le solté la mano y volvió a caer sobre su regazo. Su gato, Midnight, se acercó y se frotó contra mis piernas.

—Lo siento —me disculpé.

Midnight se estiró y se apretó contra mis tobillos con una urgencia cada vez mayor. Alargué un brazo para rascarle detrás de las orejas y, mientras seguía inclinada encima del gato, la puerta de la habitación de Sylvie se abrió.

—Fuera de aquí —ordenó Sylvie con un tono apático.

Me enderecé de golpe, asustada por si me lo había dicho a mí, pero tenía la mirada clavada en la puerta. Me volteé y allí estaba, y yo me llevé la mano al pañuelo de seda que tenía en el cuello.

—Fuera de aquí, Tom —repitió Sylvie con un tono que transmitía resignación, como si hubiera asumido los roles que cada uno interpretaba en aquel humilde sainete.

Estaba apoyado en el marco de la puerta con las mangas de la camisa remangadas hasta los codos, y pude apreciar las delicadas líneas de los músculos de sus antebrazos. No debía de tener más de quince años, apenas uno más que yo, pero ya era un chico ancho de hombros. Tenía una cicatriz a un lado de la mandíbula, una muesca diminuta, como una huella dactilar en plastilina, y nos miraba con desdén. Ya en aquel momento supe que lo hacía adrede, porque sí, porque creía que le daba aspecto de malote; pero el efecto de su cuerpo apoyado en el marco y esos ojos azules —pequeños, profundos— clavados en mí hicieron que me ruborizara, hasta tal punto que agaché la cabeza y hundí otra vez los dedos en el pelo gris que Midnight tenía alrededor de las orejas, y clavé la mirada en el suelo.

—¡Que te vayas! —gritó Sylvie, esta vez a viva voz, y la puerta se cerró de un portazo.

Como puedes imaginarte, Patrick, tardé un buen rato en reunir la confianza necesaria como para apartar la mano de las orejas del gato y volver a mirar a Sylvie.

Después de aquello, hice todo lo posible por cuidar mi relación con ella. A veces tomaba el autobús hasta Patcham y pasaba por delante de su casa adosada, miraba las brillantes ventanas y me decía a mí misma que ojalá que Sylvie saliera en aquel momento, cuando, en realidad, tenía el cuerpo entero agarrotado ante la expectativa de que Tom apareciera. Una vez, me senté en el muro que había al doblar la esquina de su casa hasta que se hizo de noche y dejé de sentir los dedos de pies y manos. Escuché el trino de los mirlos hasta hartarme, percibí el aroma húmedo que iba emanando de los setos que me rodeaban y, poco después, volví a casa en autobús.

Mi madre miraba muchísimo por la ventana. Siempre que cocinaba, se inclinaba por encima de los fogones y echaba un vistazo por el estrechísimo cristal de la puerta trasera. Yo tenía la impresión de que siempre estaba preparando salsas y mirando por la ventana. Se pasaba muchísimo tiempo ligando la salsa, rascando trozos de carne y restos de cartílago de la cazuela. Sabía a hierro y no le había acabado de quitar los grumos, pero mi padre y mis hermanos cubrían el plato hasta el borde. Había tantísima salsa que acababan manchándose los dedos y las uñas, y se la lamían mientras mi madre fumaba y esperaba para lavar los platos.

Mis padres estaban siempre besándose. Los veía en el fregadero, él agarrándole con fuerza la nuca con la mano, ella rodeándole la cintura con el brazo, atrayéndolo hacia sí. En aquel momento me costaba entender cómo podían encajar tan bien, cómo era posible que se sintieran tan estrechamente unidos. Eso sí: a mí me parecía algo casi rutinario, así que me quedaba sentada a la mesa de la cocina, ponía sobre el mantel acanalado mi revista *Picturegoer*, apoyaba la barbilla en la mano y esperaba a que acabaran. Lo más extraño era que, a pesar de tanto beso, no solían charlar demasiado. Hablaban a través de nosotros: «Pregúntaselo a tu padre». O: «¿Qué opina tu madre?». En la mesa siempre estábamos Fred, Harry y yo, y papá leyendo el *Gazette*, y mamá en la ventana, fumando. Creo que nunca llegó a sentarse a comer con nosotros, salvo los domingos, cuando venía mi abuelo paterno Taylor. Llamaba a mi padre «chico» y le iba dando al cobarde de su terrier, acurrucado debajo de su silla, prácticamente toda su cena. Total, que mi madre no tardaba en volver a levantarse y encenderse otro cigarro, recoger los platos y lavar los cacharros en el fregadero. Me colocaba en el escurridor a secar la vajilla, me ataba un delantal en la cintura, uno que no me quedara demasiado largo y que, aun así, tenía que doblar por la parte superior, y yo intentaba inclinarme por encima de la pila, igual que ella. A veces, cuando me quedaba sola, miraba por la ventana y trataba de imaginarme lo que debía de pensar mi madre cuando echaba la vista al techo inclinado de nuestro cobertizo, a las desaliñadas coles de Bruselas de mi padre y a la diminuta porción de cielo que se veía por encima de las casas de los vecinos.

Durante las vacaciones de verano, Sylvie y yo solíamos ir a la piscina del Black Rock Lido. Yo siempre quería ahorrar dinero y que nos sentáramos en la playa, pero Sylvie insistía en que el Lido era la mejor opción. En parte lo decía porque allí era donde podía coquetear con los chicos. No pasaba un curso en que no tuviera algún admirador, mientras que yo, por lo visto, no le despertaba interés a nadie. La idea de pasar otra tarde viendo cómo se comían a mi amiga con los ojos nunca me entusiasmó, pero aquella piscina, con sus relucientes ventanas, deslumbrante cemento blanco y hamacas rayadas, era demasiado bonita como para resistirme, así que al final siempre acabábamos pagando los nueve peniques que costaba y atravesábamos los torniquetes hasta el borde de la piscina.

Recuerdo una tarde como si hubiera sido ayer. Las dos debíamos de tener diecisiete años. Sylvie se había puesto un bikini verde lima y yo un traje de baño rojo que me quedaba pequeño. No dejaba de recolocarme los tirantes y bajarme la parte de las piernas. En aquella época, Sylvie ya tenía unos pechos impresionantes y una cintura delicada; yo seguía conservando una silueta más bien rectangular con una ligera acumulación extra de grasa en los costados. Llevaba un corte de pelo estilo bob, que me gustaba mucho, pero era demasiado alta. Mi padre me decía que no me encorvara, pero también me recordaba que me pusiera siempre zapatos planos.

—A ningún hombre le gusta llegarle por la nariz a una mujer —añadía—. ¿Verdad que no, Phyllis?

Y mi madre sonreía y no decía nada. En el instituto no paraban de repetirme que, con mi altura, se me podía dar bien el baloncesto, pero era más mala que un dolor. Me quedaba en la pista de juego, fingiendo que esperaba un pase que nunca llegaba, mientras me dedicaba a mirar por encima de la valla a los chicos que jugaban al rugby. Sus voces eran totalmente distintas a las nuestras, profundas y firmes, con la seguridad de los chicos que saben cuál será el próximo paso en sus vidas. Oxford. Cambridge. Derecho. El instituto de al lado era privado, como el tuyo, y los chicos parecían mucho más guapos que aquellos con los que me relacionaba. Llevaban sacos hechos a medida y caminaban con las manos en los bolsillos mientras los largos flequillos caían sobre su rostro; los que yo conocía (pocos, todo sea dicho) parecía que fueran a atacarte, mirando siempre al frente. No había ningún misterio. Todo de cara. No es que yo hablara con ninguno de esos chicos con flequillo. Tú ibas en uno de esos institutos, pero no eras así, ¿verdad, Patrick? Eras como yo, no encajabas. Lo supe en cuanto te vi.

No hacía tanto calor como para nadar. Corría un aire fresco del mar, pero el sol brillaba con fuerza. Sylvie y yo nos tumbamos en las toallas. Yo me dejé la falda puesta encima del traje de baño, mientras Sylvie depositaba sus cosas en una hilera perfecta a mi lado: peine, maquillaje, suéter. Se incorporó y entrecerró los ojos, analizando a los grupitos de aquella terraza bañada por el sol. Su boca siempre parecía dibujar una sonrisa invertida, y sus dientes delanteros seguían la línea descendiente de su labio superior, como si se los hubieran cincelado a conciencia. Cerré los ojos. Formas rosadas se movían por el interior de mis pestañas cuando Sylvie dejó escapar un suspiro y carraspeó. Sabía que quería hablar conmigo, señalarme quién había en la piscina, quién estaba haciendo qué con quién y a qué chicos conocía, pero yo lo único que buscaba era que el sol me calentara el rostro y esa sensación de ausencia que puede alcanzarse cuando te tumbas a disfrutar del sol vespertino.

Y estuve a punto de conseguirlo. Tenía la impresión de que la sangre se me había espesado detrás de los ojos y que todas las extremidades se me habían convertido en goma. El golpeteo de pies y el estruendo de los chicos lanzándose al agua desde el trampolín no me molestaban y, a pesar de que notaba el sol quemándome los hombros, permanecí tumbada sobre el cemento, respirando el aroma calcáreo del suelo mojado y el olor a cloro frío que dejaban tras de sí las personas que pasaban por delante.

En ese momento, noté algo frío y húmedo en la mejilla y abrí los ojos. Al principio no veía más que el destello blanquecino del cielo. Parpadeé y una silueta se reveló ante mí, recortada por un intenso rosa. Volví a parpadear y oí la voz de Sylvie, malhumorada pero satisfecha, y supe al instante a quién se refería.

—¿Se puede saber qué haces aquí?

Me incorporé e intenté recomponerme, cubriéndome los ojos y secándome a toda prisa el sudor del labio superior.

Y allí estaba, con el sol a sus espaldas, sonriendo con picardía a Sylvie.

—¡Nos has salpicado! —prorrumpió ella, sacudiéndose unas gotas imaginarias de los hombros.

Sí, había visto y admirado a Tom en casa de Sylvie muchísimas veces, pero aquella era la primera vez que contemplaba su cuerpo en toda su gloria. Intenté apartar la vista, Patrick. Intenté no clavar la mirada en la perla de agua que le cayó de la garganta hasta el ombligo ni en los mechones húmedos de pelo de la nuca. Pero ya sabes lo difícil que es desviar la mirada cuando tienes delante algo que quieres. Así que me centré en sus espinillas: en los relucientes pelos rubios que le cubrían la piel; me recoloqué los tirantes del traje de baño y Sylvie, con un suspiro exageradamente dramático, repitió:

—¿Qué quieres, Tom?

Nos miró fijamente, secas y enrojecidas por el sol.

—¿No se meten?

—Marion no puede —anunció Sylvie.

—¿Por qué no? —preguntó, y se volteó hacia mí.

Supongo que podría haberlo engañado. Pero ya entonces me daba verdadero pavor que se descubriera. Al final, la gente siempre te descubre, y luego lo pasas mucho peor que si hubieras dicho la verdad desde un principio.

Tenía la boca seca, pero conseguí responder:

—Porque no sé nadar.

—Tom está en el club de natación —añadió Sylvie con un tono que rozaba el orgullo.

Yo nunca había tenido necesidad de mojarme. El mar era una presencia constante, un rumor y movimiento continuo en el borde de la ciudad. Pero una cosa es eso y otra que yo me tuviera que meter, ¿no? Hasta ese momento, nadar me había parecido algo absolutamente prescindible. Pero ese día supe que no me quedaba otra que lanzarme al agua.

—Me encantaría aprender —dije, y procuré sonreír.

—Tom te enseña, ¿verdad que sí, Tom? —le preguntó Sylvie mirándolo fijamente a los ojos, retándolo a que se negara.

Tom se estremeció, le quitó la toalla a Sylvie y se la anudó a la cintura.

—Poder, puedo —replicó. Mientras se frotaba sin delicadeza el pelo, en un intento por secárselo con una mano, se volteó hacia Sylvie—. Déjanos un chelín.

—¿Dónde está Roy? —preguntó Sylvie.

Aquella fue la primera vez que oí hablar de Roy, pero no cabía duda de que a Sylvie le interesaba, a juzgar por cómo se había olvidado de la pregunta sobre las clases de natación para torcer el cuello y echar un vistazo por detrás de su hermano.

—Buceando —contestó—. Déjanos un chelín.

—¿Qué harán luego?

—¿Y a ti qué te importa?

Sylvie abrió el neceser del maquillaje y se examinó un momento antes de añadir con voz queda:

—Creo que van al Spotted Dog.

En ese instante, Tom dio un paso al frente y le dio un manotazo juguetón a su hermana, pero ella se apartó para esquivar su mano. A Tom se le cayó la toalla al suelo y yo volví a desviar la mirada.

No tenía ni idea de cuál era el problema del Spotted Dog, pero tampoco quería demostrar mi ignorancia, así que cerré la boca.

Sylvie dejó que se sucedieran unos segundos de silencio antes de murmurar:

—Seguro que se van para allá. Lo sé.

Acto seguido, agarró una esquina de la toalla, se levantó de un salto y comenzó a enrollarla hasta formar un látigo. Tom se abalanzó sobre ella, pero Sylvie fue más rápida. El extremo de la toalla restalló sobre su pecho y le dejó una marca roja. En aquel momento, tuve la sensación de que la marca le latía, pero ahora ya no tengo nada claro. Pero, vaya, que te lo puedes imaginar: nuestro hermoso muchachito maltratado por su hermana pequeña, marcado por una suave toalla de algodón.

Un fugaz gesto de ira le atravesó el rostro y a mí se me pusieron los pelos de punta; estaba empezando a hacer frío, y una sombra reptaba por el suelo hasta cubrir a las personas que tomaban el sol. Tom miró al suelo y tragó saliva. Sylvie se mantuvo a la espera, sin tener del todo claro cuál sería el próximo movimiento de su hermano. Con un agarrón repentino, recuperó la toalla; Sylvie comenzó a esquivarlo y a reírse mientras él agitaba con violencia el arma improvisada, atizándola de cuando en cuando con uno de los extremos —a lo que ella reaccionaba con un agudo chillido—, pero fallaba casi todos los golpes. ¿Sabes? En ese momento me di cuenta de que se había calmado, de que iba de aquí para allá caminando sin prisa y mostrando una torpeza fingida, burlándose de su hermana con el pretexto de sus músculos y precisión, con la idea de que él sí que podía darle un buen sopapo.

—Mira, yo tengo un chelín —exclamé, rebuscando en el bolsillo de mi suéter. No me quedaba más dinero, pero se lo di de todas formas.

Tom dejó de sacudir la toalla. Estaba resollando. Sylvie se frotó la parte del cuello en la que la había golpeado.

—Eres un abusador —masculló.

Él alargó la palma de la mano y yo deposité la moneda, rozándole a conciencia la cálida piel con las puntas de los dedos.

—Gracias —respondió, y esbozó una sonrisa. Luego sonrió a Sylvie—. ¿Estás bien?

Sylvie se encogió de hombros.

Cuando Tom nos dio la espalda, ella le sacó la lengua.

De camino a casa, me olí la mano y percibí un ligero aroma metálico. El olor de mi moneda habría impregnado ahora también los dedos de Tom.

Antes de que Tom se fuera a hacer el servicio militar, me ofreció un rayo de esperanza al que me aferré hasta su regreso y, para qué nos vamos a engañar, incluso hasta mucho después.

Era diciembre y había ido a casa de Sylvie a merendar. Comprenderás que Sylvie apenas venía a mi casa, porque ella tenía su propia habitación, un tocadiscos portátil y botellas de Vimto, mientras que yo compartía habitación con Harry y lo único que teníamos para beber era té. En casa de Sylvie, en cambio, comíamos rebanadas de jamón, pan de molde, jitomates y crema para ensaladas, seguido de mandarinas en almíbar y leche evaporada. El padre de Sylvie tenía una tienda en la parte delantera de la casa donde vendía postales provocativas, chupones de caramelo, paquetes de frutas escarchadas caducadas y muñecas de conchas con collares de algas secas. Se llamaba Happy News porque también vendía periódicos, revistas y libros picantes envueltos en celofán. Sylvie me contó que su padre vendía cinco copias del *Kamasutra* cada semana, y que la cifra se disparaba en verano. En ese momento, lo único que sabía era que el *Kamasutra*, por razones que se me escapaban, me estaba vetado; pero fingí sorpresa de todas formas, abrí mucho los ojos y balbucí un «¿qué me cuentas?» mientras Sylvie asentía, triunfal.

Comíamos en el cuarto de estar, mientras el periquito de la madre de Sylvie nos proporcionaba un gorjeo de fondo constante. Había sillas de plástico con las patas de metal y una mesa impoluta sin mantel. La madre de Sylvie llevaba un lápiz labial de un tono anaranjado y, desde donde estaba sentada yo, me llegaba el aroma a lavanda del producto de limpieza que le impregnaba las manos. Estaba muy por encima de su peso ideal, algo que nunca entendí, porque solo la veía comer hojas de lechuga y rodajas de pepino, y no bebía más que cafés solos. A pesar de aquella aparente abnegación, sus rasgos parecían haberse perdido entre los pliegues de carne hinchada de su rostro, y tenía unos pechos descomunales que siempre estaba dispuesta a exponer, como un gigantesco merengue bien montado en la ventana de un pastelero. Cuando consideraba que no podía seguir mirando más a Tom, sentado al lado de su madre, fijaba la vista en el escote acolchado de la señora Burgess. Era consciente de que aquello tampoco estaba bien, pero era un mal menor comparado con que me sorprendiera repasando de arriba abajo a su hijo. Estaba convencida de que sentía el calor que emanaba de Tom; tenía el antebrazo desnudo apoyado sobre la mesa y yo creía que su piel estaba caldeando la habitación entera. Y encima lo olía (no eran imaginaciones mías, Patrick); olía..., ¿te acuerdas?, olía a brillantina, claro, Vitalis en aquella época, supongo, y a talco con aroma a pino, y luego ya supe que

26

se lo echaba todas las mañanas en las axilas antes de ponerse la camiseta. En ese momento, como recordarás, a los hombres como el padre de Tom no les parecía nada bien el talco. Ahora la cosa es distinta, claro. Cuando voy al súper de Peacehaven y paso por delante de todos esos chicos jóvenes, veo que llevan el pelo casi igual que Tom entonces, hasta arriba de gel y con formas impensables, y me sobrecoge el aroma artificial de sus perfumes. Los chicos de ahora huelen a mueble nuevo. Pero Tom no olía así. Olía a pasión, porque, antiguamente, los hombres que se tapaban el sudor con talco eran bastante sospechosos, y a mí eso me resultaba interesante. Y es un dos por uno, ¿sabes? Tienes el olor fresco del talco, pero, si te acercas lo suficiente, te llega el aroma terroso y cálido de la piel que tapa.

Cuando nos terminamos los bocadillos, la señora Burgess nos trajo los melocotones enlatados en platitos rosas y nos los comimos en silencio. Luego Tom se secó el jugo dulce de los labios y anunció:

—Hoy he ido a la oficina de la militar. A ofrecerme voluntario. Así puedo escoger el puesto. —Apartó su plato y miró fijamente a su padre—. Comienzo la semana que viene.

Después de dirigirle un breve gesto con la cabeza, el señor Burgess se puso de pie y alargó una mano. Tom hizo lo propio y se la estrechó. Dudé sobre si se habrían dado la mano alguna vez. No parecía que fuera algo que hicieran a menudo. Se dieron un apretón firme y los dos miraron alrededor como si no supieran qué hacer a continuación.

—Siempre tiene que quedar por encima de mí —me susurró Sylvie al oído.

—¿Qué has elegido? —le preguntó el señor Burgess aún de pie, sin apartar la vista de su hijo.

Tom carraspeó.

—Estoy en la cocina.

Los dos hombres se miraron fijamente y Sylvie dejó escapar una risita.

El señor Burgess se sentó de repente.

—Esto hay que celebrarlo, ¿no? ¿Saco alguna bebida, Jack? —La señora Burgess tenía la voz aguda, y me pareció oír un crujido cuando echó atrás su silla—. Esto pide un brindis, ¿no? Hay que celebrarlo.

Al levantarse, tiró lo que le quedaba del café sobre la mesa. El líquido se extendió por el plástico blanco y goteó hasta la alfombra del suelo.

—Mira que eres cerda —masculló el señor Burgess.

Sylvie soltó otra risita.

Tom, que parecía haber entrado en una especie de trance y seguía con el brazo algo extendido hacia donde le había estrechado la mano a su padre, se acercó a su madre.

—Voy por un trapo —dijo, tocándole el hombro.

Después de que Tom se fuera de la estancia, la señora Burgess echó un vistazo alrededor de la mesa, asimilando los rostros de todos los presentes.

—Vaya trabajo. ¿Ahora qué hacemos? —preguntó.

Hablaba tan bajo que llegué a preguntarme si alguien más la habría oído. Y, de hecho, nadie respondió de inmediato, hasta que el señor Burgess suspiró y dijo:

—Estar en la cocina no es precisamente luchar en el Somme, Beryl.

La señora Burgess sollozó y se fue detrás de su hijo. El padre de Tom no dijo nada. El periquito gorjeaba alegre mientras esperábamos a que Tom volviera. Lo oía murmullar en la cocina, y me imaginé a su madre llorando en sus brazos, devastada, igual que yo, por su marcha.

Sylvie le dio una patada a mi silla, pero en lugar de girarme hacia ella, clavé la mirada en el señor Burgess y comenté:

—Los soldados también tienen que comer, ¿no?

Procuré mantener un tono firme y neutro. Más tarde, descubrí que era lo mismo que hacía cuando un niño me preguntaba algo en clase o cuando Tom me decía que ese fin de semana te tocaba a ti, Patrick.

—Seguro —concluí— que Tom será buen cocinero.

El señor Burgess soltó una risotada tensa antes de apartarse de la mesa y bramar en dirección a la puerta de la cocina.

—Por el amor de Dios, ¿qué pasa con la bebida?

Tom volvió a la sala de estar con dos botellas de cerveza. Su padre le arrancó uno de la mano, se la puso justo delante de la cara y le recriminó:

—Enhorabuena, ya has disgustado a tu madre.

Cuando acabó de hablar, salió de la habitación, pero en vez de ir a la cocina a consolar a la señora Burgess, como yo pensaba, lo oí cerrar la puerta principal de un golpe.

—¿Has oído lo que ha dicho Marion? —dijo Sylvie, quitándole la otra botella y girándola entre las manos.

—Esa es mía —replicó Tom, antes de recuperarla.

—Marion ha dicho que serás un buen cocinero.

Con un hábil golpe de muñeca, Tom liberó el aire de la botella y dejó a un lado la tapa y el destapador. Tomó un vaso de la parte superior del aparador y se sirvió con cuidado medio vaso de una densa cerveza tostada.

—Bueno —contestó, sosteniendo la bebida ante sus ojos e inspeccionándola antes de darle un par de sorbos—, no se equivoca. —Se secó la boca con el dorso de la mano y me miró fijamente—. Me alegro de que haya alguien con dos dedos de frente en esta casa —añadió con una sonrisa de oreja a oreja—. Oye, ¿yo no te tenía que enseñar a nadar?

Aquella noche, escribí en mi libreta negra de tapa dura: «Su sonrisa es como una luna de otoño. Misteriosa. Cargada de promesas». Me acuerdo de lo satisfecha que me sentía con aquellas palabras. Y, a partir de aquel día, todas las noches llenaba la libreta con mis anhelos por Tom. «Estimado Tom», escribía. O, a veces, «querido Tom», o incluso «queridísimo Tom», pero era un capricho que no me concedía muy a menudo; por lo general, me conformaba con el placer de ver su nombre aparecer ante mis ojos por mi propia mano. En aquella época era una persona muy complaciente. Porque cuando te enamoras de alguien por primera vez, con su nombre te basta. Ver cómo mi mano dibujaba el nombre de Tom me bastaba. O casi.

Describía los sucesos del día con un nivel de detalle que rozaba lo absurdo, rematado con ojos celestes y cielos carmesíes. Creo que nunca llegué a escribir nada sobre su cuerpo, aunque huelga decir que era lo que más me impresionaba; deduzco que escribía sobre la nobleza de su nariz (que, de hecho, era más bien chata, como si la tuviera aplastada) y el tono grave de su voz. Para que veas lo básica que era, Patrick. A más no poder.

Me pasé casi tres años anotando mis anhelos por Tom, y no veía la hora de que llegara el día en que viniera a casa y me enseñara a nadar.

¿Te parece ridícula esta obsesión, Patrick? A lo mejor no. Sospecho que conoces el deseo mejor que nadie, esa forma que tiene de crecer cuando lo niegas. Tenía la sensación de que echaba de menos a Tom cuando volvía a casa de permiso, y ahora me pregunto si era algo premeditado. ¿Sería esperar su vuelta, privarme de la presencia del verdadero Tom y, en su lugar, escribirle en mi diario, una manera de amarlo aún más?

Durante las ausencias de Tom, le di bastantes vueltas a mi carrera profesional. Me acuerdo de que tuve una entrevista con la señorita Monkton, la vicedirectora, hacia el final del instituto, cuando estaba a punto de presentarme a los exámenes, y ella me pregunto cuáles eran mis planes de futuro. Mostraban mucho interés por las chicas que tenían planes de futuro, aunque ya entonces sabía que no era más que una quimera que solo se sostenía dentro de los muros del instituto. Fuera, los planes se desmontaban, sobre todo en el caso de las chicas. La señorita Monkton tenía el cabello bastante desaliñado para la época: era una maraña de rizos definidos y salpicados de plata. Yo estaba bastante convencida de que fumaba, porque tenía la piel del color de un té pasado de infusión y los labios secos, tensos, y casi siempre dibujando una sonrisa irónica. En el despacho de la señorita Monkton anuncié que me gustaría ser maestra. Fue lo único que se me ocurrió en aquel momento; me pareció mejor que decirle que quería ser secretaria, pero tampoco llegaba a ser algo absurdo, como, no sé, ser novelista o actriz, dos profesiones a las que soñaba dedicarme en secreto.

Creo que es la primera vez que le confieso eso a alguien.

Total, que la señorita Monkton giró la tapa del bolígrafo hasta que hizo clic y contestó:

—¿Y cómo has llegado a esa conclusión?

Me quedé pensativa. Tampoco podía decirle: «Es que no sé qué más puedo hacer». O: «No se ve que me vaya a casar pronto, ¿no cree?».

—Me gusta la escuela, señora.

Mientras pronunciaba las palabras, caí en la cuenta de que era verdad. Me gustaba la regularidad de los timbres, los pizarrones limpios, los escritorios polvorientos llenos de secretos, los largos pasillos hasta arriba de chicas, el hedor a aguarrás de la clase de artes plásticas, el sonido del inventario de la biblioteca mientras lo hojeaba con los dedos. Y, de repente, me imaginé frente a una clase, con una elegante falda de *tweed* y un moño impecable, ganándome el respeto y el afecto de mis estudiantes mediante métodos exigentes pero justos. Entonces no tenía ni idea de lo mandona que acabaría siendo, ni de hasta qué punto la educación me cambiaría la vida. Tú mismo solías llamarme mandona, y tenías razón; la enseñanza se te mete dentro quieras o no. Eres tú o ellos, ¿sabes? Tienes que plantarte. Fue de las primeras cosas que aprendí.

Los labios de la señorita Monkton se curvaron en una de sus sonrisas.

—Desde el otro lado del escritorio, la cosa cambia bastante —contestó. Hizo una pausa, dejó el bolígrafo y me dio la espalda girándose hacia la ventana—. Mira, Taylor, no quiero arruinarte las ambiciones, pero la enseñanza exige una dedicación tremenda y un aguante considerable. No es que no seas una buena estudiante, pero creo que un empleo de oficina te quedaría mejor. ¿Algo más tranquilo, quizá?

Clavé la mirada en el hilo de leche que flotaba sobre su taza de té, ya enfriándose. Sin contar con la taza, el escritorio estaba completamente vacío.

—Y, a todo esto —prosiguió, y volvió a girarse hacia mí para echar un vistazo al reloj colgado encima de la puerta—: ¿qué opinan tus padres de la idea? ¿Están preparados para apoyarte en esta empresa?

No le había dicho ni pío a mi madre ni a mi padre. Si hasta les costó creer que me hubieran admitido en el instituto; cuando se enteraron, mi padre se quejó del precio del uniforme, y mi madre se sentó en el sofá, se cubrió el rostro con las manos y rompió a llorar. Al principio me alegré, porque di por supuesto que eran lágrimas de orgullo por lo que había conseguido, pero al ver que no paraba, le pregunté si estaba bien y me respondió:

—Ya nada volverá a ser igual. Te iremos perdiendo poco a poco.

Luego tuve que aguantar que se quejaran casi todas las noches porque me pasaba demasiadas horas estudiando en mi habitación y no hablaba con ellos.

Miré a la señorita Monkton.

—Me apoyan en todo —concluí.

Cuando dirijo la vista al mar más allá de los campos, en días de otoño como este en los que la hierba se mece con el viento y las olas resuenan como una respiración entrecortada, me acuerdo de que una vez sentí cosas intensas y secretas, igual que tú, Patrick. Espero que lo entiendas, y espero que me perdones.

Primavera de 1957. Después de acabar la militar, Tom seguía lejos de casa, formándose para ser policía. Me ilusionaba bastante pensar en él uniéndose al cuerpo de policía. Me parecía un acto valiente, propio de adultos. No conocía a nadie más que se hubiera atrevido a algo así. En casa, la policía era algo más bien desconcertante; no eran exactamente el enemigo, sino más bien una entidad desconocida. Sabía que Tom, como policía, tendría una vida distinta a la de nuestros padres, más ambiciosa, más poderosa.

Yo iba a una academia de formación de profesorado en Chichester, pero aún salía a menudo con Sylvie, aunque ella empezaba a centrarse más y más en Roy. Un día me propuso ir a la pista de patinaje sobre hielo, pero cuando llegué, se presentó con Roy y otro chico que se llamaba

Tony, compañero de Roy en el taller. Parecía una persona de pocas palabras, al menos conmigo. De vez en cuando le gritaba algo a Roy mientras patinaban por la pista, pero Roy no siempre se giraba: tenía la mirada clavada en los ojos de Sylvie. Era como si no pudieran mirar nada más, ni siquiera por dónde iban. Tony no me tomaba del brazo mientras patinábamos, y me las ingenié para adelantarlo más de una vez. Mientras patinaba, pensaba en la sonrisa que Tom me había dedicado el día en que anunció que se había apuntado a la cocina del servicio militar, cómo el labio superior le había desaparecido por encima de los dientes y los ojos se le habían achinado. Cuando nos paramos por un refresco, Tony no me sonrió. Me preguntó cuándo acababa el instituto, y le respondí:

—Nunca, voy a ser profesora.

Y él dirigió la vista a la puerta, como si quisiera irse con los patines puestos.

Una tarde soleada, poco después de aquel día, Sylvie y yo fuimos a Preston Park y nos sentamos en el banco que había bajo el rumor de los exuberantes olmos, y ella me informó de que se había prometido con Roy.

—Estamos muy contentos —añadió con una tímida sonrisa de medio lado.

Le pregunté si Roy se había aprovechado de ella, pero negó con la cabeza y volvió a esbozar la misma sonrisa.

Estuvimos un largo rato simplemente observando a las personas que paseaban con sus perros y sus hijos bajo un sol de justicia. Algunos llevaban cucuruchos de la heladería Rotunda. Ni Sylvie ni yo teníamos dinero para un helado y ella seguía sin abrir la boca, así que le pregunté:

—¿Hasta dónde han llegado, entonces?

Sylvie contempló el parque, sacudiendo con nerviosismo la pierna derecha.

—Ya te lo he dicho —contestó.

—No, no me has dicho nada.

—Estoy enamorada de él —replicó, alargando los brazos y cerrando los ojos—. Hasta las trancas.

Me costaba creerlo. Roy no estaba mal, pero se pasaba el día hablando sin decir nada. Y era un flacucho; tenía los hombros tan delgados que no parecía capaz de levantar ningún peso.

—Tú no lo entiendes —me dijo, con los ojos entrecerrados—. Quiero a Roy y nos vamos a casar.

Yo agaché la vista hasta la hierba que tenía bajo los pies. Por supuesto, no podía decirle: «Lo entiendo perfectamente. Estoy enamorada de tu hermano». Sé que yo me habría reído en la cara de cualquier persona que se hubiera enamorado de uno de mis hermanos; ¿y por qué Sylvie no habría reaccionado igual?

—Que, a ver, sé que te gusta Tom, pero no es lo mismo —dijo, mirándome fijamente.

Noté la sangre palpitándome en el cuello y alrededor de las orejas.

—Tom no es como te lo imaginas, Marion —añadió.

Por un momento, pensé en levantarme e irme de allí, pero me temblaban las piernas y tenía la boca congelada en una sonrisa.

Sylvie hizo un gesto en dirección a un chico con un cucurucho grande en la mano.

—Ojalá pudiera comprarme un helado de esos —suspiró a viva voz. El chico giró la cabeza y le dirigió una rápida mirada, pero ella se volteó hacia mí y me pellizcó el brazo con dulzura—. No te estarás enojando con lo que te te dije, ¿o sí?

No pude responder. Creo que hasta negué con la cabeza. Humillada y confundida, lo único que quería era llegar a casa y pensar sobre lo que Sylvie me acababa de decir. Debía de tener las emociones grabadas en el rostro, porque, al rato, Sylvie me susurró:

—Te voy a hablar de Roy.

Yo seguía sin ser capaz de articular palabra, pero ella prosiguió:

—Lo dejé que me tocara.

Me volteé hacia ella, se pasó la lengua por los labios y echó la vista al cielo.

—Fue raro, la verdad —continuó—, pero apenas sentí nada. Bueno, miedo.

La fulminé con la mirada.

—¿Dónde? —le pregunté.

—En la parte de atrás del Regent...

—No. ¿Dónde te tocó? —insistí.

Me escudriñó la expresión durante unos segundos y, al entender que no bromeaba, contestó:

—¿Dónde va a ser? Me puso la mano ahí. —Agachó la vista hasta mi regazo—. Pero luego le dije que, hasta que no estuviéramos casados, nada más. —Se incorporó en el banco—. Que, oye, a mí no me importaría hacerlo ya todo, pero entonces no se querría casar conmigo, ¿no?

Aquella noche, antes de dormirme, pensé largamente en lo que me había dicho Sylvie. Reproduje la escena una vez tras otra, las dos sentadas en el banco, Sylvie dando patadas al aire con sus huesudas piernas y suspirando cuando me dijo: «Lo dejé que me tocara». Intenté oír de nuevo sus

palabras, oírlas con claridad, sin dejar lugar a dudas. Intenté hallar el significado real de lo que había comentado sobre Tom. Pero, por mucho que reordenara las palabras,
seguía sin comprenderlas. Tumbada a oscuras en la cama,
oyendo las toses de mi madre y el silencio de mi padre,
tomé aire a través de las sábanas, después de subírmelas
hasta la nariz, y pensé: «Ella no lo conoce tanto como yo.
Yo lo conozco mejor que nadie».

Y entonces empezó mi vida como maestra en el St. Luke. Había hecho todo lo posible por olvidarme del comentario de Sylvie y había sobrevivido a la academia de formación imaginándome el orgullo que sentiría Tom al saber que, por fin, había conseguido ser profesora. No tenía ningún motivo para pensar que se enorgullecería de mí, pero eso no impedía que me lo figurara al llegar a casa de la academia de policía y enfilar el camino delantero de la casa de los Burgess con el saco colgado despreocupadamente del hombro, silbando. Levantaría a Sylvie en brazos y le daría vueltas (en mi fantasía, hermano y hermana eran inseparables), entraría en casa, le daría un beso en la mejilla a la señora Burgess y le entregaría el regalo que con tanto mimo había escogido (un perfume de rosa de Damasco de Coty, quizá, o algo más atrevido, como Shalimar), mientras el señor Burgess se pondría de pie en la sala de estar y le estrecharía la mano a su hijo, quien se ruborizaría de satisfacción. Hasta que no se sentaran a la mesa, con una tetera llena de té y un pastel de Madeira frente a él, no preguntaría si alguien sabía cómo me iba. Sylvie respondería: «Pues ya es maestra; uf, Tom, es que ni la reconocerías». Y Tom esbozaría una sonrisa secreta y asentiría, le daría un sorbito al té y, con un gesto de cabeza, diría: «Siempre he pensado que sería capaz de hacer algo grande».

Esa era la fantasía que iba representando mentalmente mientras atravesaba Queen's Park Road la mañana en que empezaba en mi nuevo puesto de trabajo. A pesar de que la sangre me palpitara por las extremidades y sintiera que las piernas podían flaquearme en cualquier momento, caminaba lo más despacio posible para evitar sudar más de la cuenta. Me había convencido a mí misma de que en cuanto comenzaran las clases ya habría llegado el frío, e incluso las lluvias, por lo que me había puesto un chaleco de lana y llevaba un suéter grueso estilo Fair Isle en la mano. De hecho, hacía una mañana espléndida. El sol brillaba con fuerza sobre el alto campanario de la escuela e iluminaba los ladrillos rojos con un fulgor ardiente, y no había ventana que no me deslumbrara cuando atravesé la cancel.

Llegué tan pronto que no había ni un niño en el patio. La escuela había estado cerrada semanas durante el verano, pero, aun así, cuando puse un pie en el largo y desolado pasillo, me asaltó de inmediato el aroma a leche condensada y polvo de gis mezclado con el sudor de los niños, una sustancia que emite un hedor propio, especial. A partir de ese día, volvía siempre a casa con ese olor impregnado en el pelo y la ropa. Cuando movía la cabeza en la almohada, el ambiente contaminado del aula se revolvía a mi alrededor. Nunca llegué a aceptar ese olor. Aprendí a tolerarlo, sí, pero nunca dejé de percibirlo. Me pasaba lo mismo con el olor a comisaría que desprendía Tom. En cuanto volvía a casa, se quitaba la camisa y se daba un buen baño. Fue algo que siempre me gustó. Aunque ahora pienso que podría haberse dejado puesta la camisa por ti, Patrick; vete a saber si no te habría gustado el hedor a lejía y sangre de la comisaría.

Aquella mañana, temblando en el pasillo, eché la vista hacia el gran tapiz de san Lucas que cubría la pared; el santo estaba de pie, con un buey a sus espaldas y un burro delante. Tenía un rostro afable y una barba cuidadosamente recortada, pero no me decía nada. Pensé en Tom, claro, en cómo habría posado con la barbilla en una posición determinada y se habría remangado las mangas hasta mostrar sus musculosos antebrazos, y también pensé en echar a correr y volver a casa. Mientras avanzaba por el pasillo, apretando cada vez más el ritmo, vi que en todas las puertas podía leerse el nombre de un profesor, pero no me pareció reconocer ninguno, ni tampoco creía que fuera posible que mi nombre llegara a figurar en alguna. Señor R. A. Coppard, MA (Oxford) en una; señora T. R. Peacocke en otra.

Sin previo aviso, oí pasos y una voz a mis espaldas:

—Buenos días, ¿puedo ayudarte? ¿Eres la nueva?

No me volteé. Seguía con la mirada clavada en R. A. Coppard, preguntándome cuánto tardaría en recorrer el pasillo de vuelta hasta la entrada principal y en salir luego a la calle.

Pero la voz era persistente.

—¿Hola? ¿Eres la señorita Taylor?

Una mujer que debía de tener veintimuchos años me miraba fijamente y sonreía. Era alta, como yo, y tenía el pelo negro como el azabache y liso por completo. Era como si alguien se lo hubiera cortado trazando una línea alrededor de un cuenco boca abajo, como hacía mi padre con mis hermanos. Llevaba un lápiz labial de un rojo intensísimo. Me puso una mano en el hombro y se presentó:

—Yo me llamo Julia Harcourt, de la clase cinco. —Al ver que no respondía, sonrió y añadió—: Eres la señorita Taylor, ¿verdad?

Asentí y ella volvió a sonreír y frunció la nariz. Tenía la piel tostada y un aire desenfadado, a pesar de llevar puesto un vestido verde más bien demodé sin apenas cintura y lucir un par de zapatos de piel marrones. Tal vez fuera por la alegría que transmitía su rostro o sus labios; al contrario que la mayoría de los profesores del St. Luke, Julia jamás se ponía lentes. A veces me preguntaba si no los llevarían simplemente por gusto, porque les permitían fulminar a alguien con la mirada por encima de la montura, por ejemplo, y quitárselas y lanzárselas al maleante de turno. Mira, Patrick, te confieso que durante aquel primer año hasta yo me planteé brevemente invertir en un par de lentes.

—La escuela de primer ciclo está en otra parte del edificio —siguió—, por eso no encuentras tu nombre en las puertas. —Sin soltarme el hombro, añadió—: El primer día siempre da miedo. Yo era un desastre cuando empecé. Pero sobrevives, te lo digo yo. —Ante mi silencio, dejó caer la mano y continuó—: Es por aquí, yo te llevo.

Y yo la seguí, después de quedarme parada observando cómo se alejaba, balanceando los brazos como si estuviera de excursión por los South Downs.

Patrick, ¿tú te sentiste así cuando empezaste en el museo? ¿Como si hubieran querido contratar a otra persona, pero la carta de admisión se hubiera enviado a tu casa por un error administrativo? Lo dudo, pero así me sentía yo. Y también tenía clarísimo que estaba a punto de vomitar. No sabía cómo reaccionaría la señorita Julia Harcourt a algo así, a una mujer adulta palideciendo de repente, sudando, devolviendo el desayuno sobre las baldosas enceradas del pasillo y salpicándole las puntas de aquellos preciosos zapatos con cordones.

No, no vomité. Seguí a la señorita Harcourt hasta salir de la zona de aulas de segundo ciclo hasta las del primero, que tenían una entrada particular en la parte trasera del edificio.

Me guio hasta un aula luminosa que ya incluso ese primer día supe que estaba desaprovechada. Los largos ventanales estaban medio ocultos por unas cortinas de flores. A primera vista no veías el polvo de las cortinas, pero se olía. El suelo era de parqué y no relucía tanto como los pasillos. En la parte delantera del aula estaba el pizarrón, sobre el que aún se veía la escritura fantasmal de otro profesor —«Julio, 1957»— en la esquina superior izquierda, escrito en mayúsculas curvadas. Frente al pizarrón había un largo escritorio y una silla, y al lado un hervidor de agua circundado por su cable. En todas las filas de mesas bajas infantiles había sillas de madera desconchadas. Vamos, que era todo lo deprimente que se podía esperar, salvo por la luz que intentaba abrirse paso entre las cortinas.

Hasta que no entré (animada por la señorita Harcourt), no vi la zona especial de mi nueva aula. En un rincón, detrás de la puerta, encajonada entre el armario del material y la ventana, había una alfombra y unos cuantos cojines. Ninguna de las aulas que había visto durante mis sesiones de formación contaba con nada parecido, y me atrevería a decir que di un paso atrás al encontrarme con aquel tierno mobiliario en un contexto escolar.

—Uy, sí —murmuró la señorita Harcourt—. Creo que la mujer que estuvo antes que tú, la señorita Lynch, aprovechaba esa zona para la hora de los cuentos.

No podía apartar la vista de la alfombra rojiza y los cojines a juego, mullidos y con borlas, y me imaginé a la señorita Lynch rodeada por un ferviente grupo de pupilos mientras les recitaba de memoria *Alicia en el país de las maravillas*.

—La señorita Lynch era una persona poco ortodoxa, aunque me parecía admirable, sinceramente. No todo el mundo opinaba lo mismo. Si quieres que lo quitemos, no tienes más que decirlo. —Esbozó una sonrisa—. Le podemos pedir al conserje que se lo lleve. Está claro que sentarse en un pupitre tiene sus ventajas.

Tragué saliva y por fin recuperé el aliento suficiente para poder hablar.

—Me lo quedo —contesté.

Mi voz parecía un susurro en aquella aula vacía. De repente caí en la cuenta de que lo único que tenía para llenar aquel espacio eran mis palabras, mi voz, una voz que, de hecho, apenas controlaba, o eso creía en aquel entonces.

—Como veas —pio Julia, y giró sobre sus talones—. Buena suerte. Nos vemos en el recreo.

Se cuadró antes de cerrar la puerta y las puntas de los dedos le rozaron la silueta irregular de su flequillo. Comenzaban a oírse voces infantiles en el exterior. Valoré la posibilidad de cerrar todas las ventanas para amortiguar el sonido, pero cambié de idea al saborear el sudor que tenía en el labio superior y recordar lo caluroso que era aquel día. Dejé el bolso encima de la mesa, pero luego lo pensé mejor y lo puse en el suelo. Me chasqué los nudillos y miré el reloj. Las ocho cuarenta y cinco. Eché a andar por el aula con la mirada clavada en los desbastados ladrillos, intentando centrar la mente en alguno de los consejos de la escuela de formación. «Apréndanse sus nombres rápido y úsenlos con frecuencia» era lo único que me venía a la cabeza. Me paré en la puerta y eché un vistazo a la reproducción enmarcada de la *Anunciación* de Da Vinci que colgaba sobre el dintel. ¿Qué pensaría un niño de seis años de ese cuadro?, me pregunté. Lo más seguro es que la mayoría se quedase prendada de las poderosas alas del arcángel Gabriel, de la delicadeza del lirio, igual que yo. Y, como yo, probablemente ninguno tendría la menor idea de lo que estaba a punto de vivir la Virgen.

Debajo de la Virgen, la puerta se abrió y apareció un niño con un flequillo que parecía la marca de una bota estampada sobre la frente.

—¿Puedo entrar? —preguntó.

Mi primer instinto fue ganarme su afecto y decirle «sí, por supuesto, adelante», pero me contuve. ¿La señorita Harcourt habría dejado entrar al niño antes de que sonara el timbre? ¿No era una falta de educación que se dirigiera a mí en ese tono? Lo miré de arriba abajo, tratando de adivinar sus intenciones. El pelo con forma de suela de bota no ayudaba, pero tenía unos ojos dulces y seguía al otro lado del umbral de la puerta.

—Espera un momento —contesté—. Hasta que suene el timbre.

Agachó la cabeza y, durante un segundo que se me hizo eterno, pensé que rompería a llorar, pero entonces cerró la puerta de golpe y oí sus botas resonar por el pasillo. Sabía que lo suyo era regañarlo; debería haberle gritado que dejara de correr de inmediato y volviera al aula para recibir un castigo. Pero, en vez de eso, me acerqué a mi escritorio e intenté relajarme. Tenía que estar preparada. Tomé el borrador y limpié los restos del «Julio, 1957» de la esquina del pizarrón. Abrí el cajón de la mesa y saqué un trozo de papel. Tal vez lo necesitara más tarde. Luego decidí revisar mi pluma. La sacudí sobre el papel y manché la mesa de brillantes puntitos negros. Cuando los froté, me manché los dedos, y luego, al tratar de quitarme la tinta de los dedos, me ennegrecí las palmas. Me acerqué a la ventana con la esperanza de secar la tinta al sol.

Mientras ordenaba y decoraba el escritorio, el barullo de los niños que jugaban en el patio no había dejado de aumentar. Por el ruido, tenía la impresión de que el colegio podía inundarse de un momento a otro. Había una niña sola en una esquina del patio, con una trenza más larga que la otra, y en cuanto me vio, me aparté de la ventana. Me reprendí por mi timidez. Yo era la profesora. Era ella la que debía desviar la mirada.

Luego, un hombre con un abrigo gris y unos lentes con montura de carey apareció en el patio y se produjo un milagro. El alboroto cesó por completo incluso antes de que el tipo usara el silbato. Acto seguido, los niños que poco antes gritaban de entusiasmo con algún juego, o hacían pucheros bajo el árbol que había junto a la cancela de la escuela, echaron a correr y tomaron parte en una formación de hileras ordenadas. Hubo una breve pausa, durante la cual oí los pasos de otros profesores a lo largo del pasillo, el clac confiado de puertas abriéndose y cerrándose, e incluso a una mujer que soltó una risotada y, antes de que se oyera un portazo, exclamó:

—Vamos, ¡que ya solo falta una hora y media para la pausa del café!

Me quedé inmóvil, frente a la puerta de mi aula. Tenía la impresión de que estaba muy lejos, y, a medida que se acercaban los niños en procesión, analicé con cuidado la escena, con la esperanza de conservar esa sensación de distancia en la parte frontal de la mente durante los próximos minutos. La oleada de voces empezó a recobrar fuerza poco a poco, pero no tardó en acallarla un hombre al grito de «¡silencio!», a lo que le siguió la apertura de puertas y los golpes y roces de botas en la madera a medida que permitían a los niños entrar en las aulas.

Creo que me equivocaría si describiera lo que sentí entonces como pánico. No estaba sudando ni tenía náuseas, como poco antes en el pasillo con Julia. No: en ese momento me dominó un absoluto vacío. No era capaz de acercarme a abrir la puerta para que entraran los niños, ni tampoco de sentarme tras el escritorio. De nuevo, volví a pensar en mi voz, y me pregunté cuál sería su ubicación exacta en mi cuerpo, por si necesitara ir a buscarla. También es posible que estuviera soñando, e incluso creo que llegué a cerrar los ojos un buen rato, creyendo que, cuando volviera a abrirlos, todo se habría aclarado; habría recuperado la voz y podría volver a mover el cuerpo en la dirección correcta.

Lo primero que vi cuando abrí los ojos fueron las mejillas de un niño aplastadas contra el cristal de la puerta. Pero, aun así, seguía sin ser capaz de mover las extremidades, así que imagínate el alivio que sentí cuando la puerta se abrió y el chico de la marca de bota, con una sutilísima sonrisa, volvió a preguntar:

—¿Puedo entrar ya?

—Ahora sí —respondí, y me giré hacia el pizarrón para no verlos entrar.

¡Tantos cuerpecitos buscando en mí sentido, justicia, enseñanzas! ¿Te lo imaginas, Patrick? En un museo, nunca te enfrentas a tu audiencia, ¿no? En un aula, es algo diario.

A medida que entraban, entre susurros, risitas y chirridos de las sillas, tomé un trozo de gis y escribí, tal como me habían enseñado en la universidad, la fecha en la esquina superior izquierda del pizarrón. Y entonces, por alguna extraña razón, se me ocurrió que podría escribir el nombre de Tom en vez del mío. Estaba tan acostumbrada a escribir su nombre todas las noches en la libreta negra —a veces en una columna de Toms, otras formando un muro, o una espiral— que atreverme allí en público me pareció de repente perfectamente posible, e incluso sensato. Era una forma de tomar desprevenidos a aquellos diablillos. Acerqué la mano al pizarrón y —no pude evitarlo, Patrick— se me escapó una carcajada. La clase se sumió en el silencio mientras yo reprimía la risotada.

Tardé un par de segundos en recomponerme, antes de que el gis tocara el pizarrón y comenzara a formar letras; un sonido agradable resonó entonces por el aula, tan delicado y, sin embargo, tan definido, mientras escribía en mayúsculas:

SEÑORITA TAYLOR.

Me aparté y contemplé lo que mi mano había escrito. Las letras ascendían hacia el lado derecho del pizarrón, como si ellas también quisieran huir del aula.

SEÑORITA TAYLOR sería mi nombre a partir de ese instante.

No pretendía mirar fijamente a las filas de rostros. Mi idea era clavar la vista en la Virgen que había encima de la puerta. Pero allí estaban, inevitables, veintiséis pares de ojos girados hacia mí, cada par por completo distinto pero igual de intenso. Hubo tres que me llamaron la atención: el niño del pelo con forma de suela de bota estaba sentado al final de la segunda fila, con una sonrisa de oreja a oreja; en el centro de la fila delantera había una niña con una cantidad ingente de rizos negros y una cara tan pálida y huesuda que tardé un rato en desviar la mirada; y en la fila trasera había una niña con un lazo aparentemente sucio a un lado del pelo, cruzada de brazos y con la boca encuadrada por dos profundas líneas. Cuando me volteé hacia ella no desvió los ojos, como sí habían hecho los demás. Valoré la posibilidad de ordenarle de inmediato que relajara los brazos, pero me contuve. Ya habría tiempo de corregir a ese tipo de niñas, pensé. Qué equivocada estaba. Aún hoy por hoy me arrepiento de haber permitido que Alice Rumbold se saliera con la suya ese primer día.

Me está pasando algo extraño mientras escribo esto. No dejo de decirme que mi intención es contar mi relación con Tom, y todo lo que conlleva. Por supuesto, el «todo lo que conlleva» —que es, de hecho, el objetivo final— me será muy difícil de contar, cuando empiece muy pronto. Pero he descubierto, por inesperado que parezca, que me la estoy pasando en grande. Mis días han vuelto a tener el sentido que perdieron el día que me jubilé de la escuela. Estoy incluyendo también en estas páginas otras cosas, de todo tipo, que tal vez no te interesen, Patrick. Y me da igual. Quiero recordarlo todo, por mí y por ti.

Y, mientras escribo, me pregunto si alguna vez reuniré el coraje para leértelo de verdad. Ese ha sido mi plan desde el principio, pero a medida que me acerco al «todo lo que conlleva», más improbable me parece.

Esta mañana estabas especialmente rebelde y te has negado a ver la televisión, y eso que he quitado el *This Morning* —sí, yo tampoco lo soporto— y he puesto una reposición de *As Time Goes By* en la BBC 2. ¿No te gusta la dama Judi Dench? Y yo que pensaba que la dama Judi le caía bien a todo el mundo. Creía que esa combinación de actriz clásica y persona dulce y accesible (la «i» del nombre lo dice todo, ¿no te parece?) la convertía en alguien irresistible. Y luego el incidente con los cereales licuados, el cuenco volcado y Tom chasqueando la lengua con rotundidad. Sabía que no estabas preparado para sentarte a la mesa a desayunar, ni siquiera con los cubiertos especiales y el montón de cojines que te he puesto para estabilizarte, tal como sugirió Pamela, la enfermera. Debo admitir que me cuesta bastante concentrarme en lo que Pamela nos dice; me intrigan demasiado las largas puntas que le sobresalen de las pestañas. Sé que no es tan raro que una rubia entrada en carnes de veintimuchos años se ponga pestañas postizas, pero es una mezcla extrañísima: el uniforme blanco impecable y esa actitud tan pragmática con unas pestañas que están pidiendo fiesta. No deja de repetirme que viene una hora todas las mañanas y todas las noches para que yo pueda «descansar». Pero no descanso, Patrick: aprovecho el tiempo para escribir esto. De todas formas, fue Pamela la que me dijo que te sacara de la cama todo lo posible, y que podías disfrutar de «comidas en familia» con nosotros. Pero ya he visto cómo te temblaba la mano cuando te has acercado la cuchara a la boca esta mañana, y quería detenerte, alargar el brazo y agarrarte la muñeca, pero me has mirado justo antes de que llegara a tus labios y tenías los ojos encendidos con algo tan indescifrable —en ese momento he pensado que podía ser ira, pero ahora me pregunto si no sería más bien algún tipo de súplica— que me he distraído. Y: ¡bam! Un desastre, vaya; la leche cayéndote en el regazo y salpicándole los zapatos a Tom.

Pamela dice que el oído es el último sentido que pierden los pacientes de ictus, y que, aunque no puedas hablar, oyes a la perfección. Como si volvieras a ser un bebé, capaz de entender las palabras de los demás pero incapaz de mover apropiadamente la boca para comunicarte en condiciones. No sé cuánto tiempo podrás soportarlo. Nadie nos ha dicho nada. He llegado a detestar la frasecita esa de «es difícil saberlo». ¿Cuándo volverá a andar, doctor? «Es difícil saberlo.» ¿Cuánto volverá a hablar? «Es difícil saberlo.» ¿Sufrirá más ictus? «Es difícil saberlo.» ¿Se recuperará del todo? «Es difícil saberlo.» Los doctores y enfermeros no dejan de hablar de los pasos siguientes —fisioterapia, logopedia, e incluso psicoterapia para la depresión que, según nos han advertido, puedes llegar a sufrir—, pero nadie se atreve a prever la probabilidad de que todo eso acabe funcionando.

¿Que qué opino yo? Que tu mayor esperanza para recuperarte es estar aquí, bajo este techo.

Finales de septiembre de 1957. Primera hora de la mañana en la cancela de la escuela, el cielo aún amarilleaba un poco. Las nubes iban dispersándose por encima del campanario y las torcaces entonaban su terrible trino de anhelo. «Oh-oooh-ooh-oh-oh.» Y allí estaba Tom, junto al muro, de vuelta al fin.

Por aquel entonces ya llevaba varias semanas dando clases y me había acostumbrado a enfrentarme a un día de escuela, así que las piernas no me temblaban tanto y tenía la respiración más controlada. Y, sin embargo, al ver a Tom perdí la voz por completo.

—¿Marion?

Tantas veces me había imaginado su firme rostro, su sonrisa blanca como la luna, la firmeza de sus antebrazos desnudos, tantísimas veces, y ahora lo tenía allí, en Queen's Park Terrace, con un aspecto algo más enclenque de lo que recordaba, pero más refinado; después de casi tres años de ausencia, tenía la cara más delgada y la espalda más recta.

—No sabía si te encontraría por aquí. Sylvie me dijo que habías empezado a dar clases.

Alice Rumbold pasó por delante de nosotros, cantando.

—Buenos días, señorita Taylor.

Intenté recomponerme.

—No corras, Alice. —Seguía con la mirada clavada en los hombros de la niña mientras le preguntaba a Tom—: ¿Qué haces aquí?

Me dirigió una sonrisa apenas perceptible.

—Pues..., nada, que estaba caminando por Queen's Park y me he dicho: «Voy a pasar por mi vieja escuela».

Ni siquiera entonces me acabé de creer aquella excusa. ¿Habría venido hasta allí solo para verme? ¿Me habría buscado? La mera idea me hizo contener el aliento. Los dos nos quedamos callados unos segundos, hasta que pude decir:

—Bueno, pues ya eres policía, ¿no?

—Correcto —contestó—. Agente de policía Burgess a su servicio. —Soltó una carcajada, pero noté que no cabía en sí de orgullo—. Aunque, claro, sigo a prueba —añadió.

Me miró de arriba abajo con poco disimulo, tomándose su tiempo. Yo apreté las manos alrededor de la cesta de los libros mientras esperaba a percibir el veredicto final en su rostro. Pero cuando nuestras miradas volvieron a cruzarse, su expresión seguía siendo la misma: firme, poco transparente.

—Ha pasado mucho tiempo. Las cosas cambian —dije, con la esperanza de recibir algún cumplido, por falso que fuera.

—¿Ah, sí? —Tras una pausa, añadió—: Tú sí, eso está claro. —Luego, deprisa, antes de que yo me ruborizara demasiado, dijo—: Bueno, mejor te dejo con tus cosas.

Ahora me acuerdo de que le echó una ojeada al reloj, aunque a lo mejor me lo estoy inventando.

Tenía una oportunidad, Patrick. Podía despedirme de él con rapidez y pasarme el resto del día lamentando que no hubiéramos pasado más tiempo juntos. O... podía arriesgarme. Podía decirle algo interesante. Había regresado, estaba frente a mí en carne y hueso, y podía tirarme a la piscina. Ya era mayor, me dije; tenía veinte años, el pelo rojo y lleno de rizos definidos. Llevaba lápiz labial (de un rosa pálido, pero lápiz labial a fin de cuentas) y un vestido azul con falda larga. Era un caluroso día de septiembre, un regalo, vaya, con una luz suave y el sol brillando como si aún fuera verano. «Oh-oooh-ooh-oh-oh», seguían las torcaces. Podía permitirme asumir el riesgo.

Así que le dije:

—¿Cuándo vas a enseñarme a nadar?

Tom rompió a reír a mandíbula batiente, hasta el punto de amortiguar los gritos de los niños en el patio y el arrullo de las palomas. Y me dio un golpecito en la espalda, dos veces. Con el primero casi me caigo encima de él —noté el aire que me rodeaba muy caliente, y percibí el aroma a Vitalis—, pero con el segundo me mantuve firme y me eché a reír.

54

—Me había olvidado —contestó—. ¿Aún no sabes nadar?

—Estaba esperando a que me enseñaras tú.

Soltó una última carcajada, más bien indecisa.

—Seguro que eres una profesora de diez.

—Sí. Y necesito saber nadar. Tengo que supervisar a los niños en la piscina.

Mentira, y de las grandes, pero me aseguré de mirar fijamente a Tom mientras lo decía.

Me volvió a dar un golpe en la espalda, esta vez con más suavidad. Era un gesto que también hacía a menudo cuando nos conocimos, y en aquel momento me excitaba el calor de su mano entre los omóplatos, pero ahora me pregunto si no era una forma de tenerme cerca.

—Lo dices en serio.

—Sí.

Se pasó la mano por el pelo, más corto, menos denso, más controlado después del ejército, pero aún con esa onda que amenazaba con liberarse a las primeras de cambio. Miró hacia la calle, como si buscara una respuesta.

—¿Te importaría que empezáramos en el mar? No es lo mejor para principiantes, pero está tan caliente en esta época que sería una lástima no aprovecharlo; y la sal ayuda a flotar...

—Pues en el mar. Decidido. ¿Cuándo?

Me volvió a mirar de arriba abajo, y esta vez no me sonrojé.

—El sábado a las ocho de la mañana, ¿te parece? Nos vemos en los muelles. Fuera del quiosco.

Asentí y él soltó otra carcajada.

—Tráete el traje de baño —me recordó, y echó a andar calle abajo.

El sábado por la mañana me levanté temprano. Me gustaría decirte que me pasé la noche soñando con Tom entre las olas, pero te mentiría. No me acuerdo de lo que soñé, pero seguramente el escenario sería la escuela y tendría que ver con que me olvidaba de lo que debía enseñar o me quedaba encerrada en el armario de los materiales, incapaz de salir y siendo testigo del caos que los niños estaban haciendo. En aquella época, casi todos mis sueños trataban de lo mismo, por mucho que deseara soñar con Tom en el mar, con los dos entrando y saliendo, saliendo y entrando en las olas.

Total: que me levanté temprano, después de soñar con pupitres, gis y tapas de cartón de botellas de leche atravesadas por un popote, y desde la ventana vi que la mañana prometía más bien poco. Había sido un septiembre suave, pero el mes tocaba a su fin, y cuando pasé por delante de los Victoria Gardens me di cuenta de que la hierba estaba húmeda. Era prontísimo, claro; no creo que fueran ni las siete, y eso se añadía a la deliciosa sensación de estar haciendo algo secreto. Había dejado a mis padres durmiendo y no le había dicho a nadie adónde iba. Estaba fuera de casa, lejos de mi familia, lejos de la escuela, con todo el día por delante.

Para pasar el rato (todavía tenía unos cuarenta minutos antes de que llegara la hora mágica, las ocho de la mañana), me di una vuelta por el paseo marítimo. Caminé desde el Palace Pier hasta el West Pier, y esa mañana el Grand

Hotel, con esa blancura de pastel nupcial y el botones listo ya en la entrada, con su sombrero de copa y sus guantes, me pareció un edificio del montón. No experimenté esa punzada que solía notar al pasar por delante del Grand, una punzada de nostalgia por estancias tranquilas con palmeras de interior y moquetas altas, por campanillas discretas tañidas por damas con collares de perlas (porque así era como me imaginaba el hotel, una imagen alimentada, supongo, por las películas de Sylvia Syms); no: con su pan se lo comiera el Grand, con su dinero y su placer. No significaba nada para mí. Yo era feliz yendo al quiosco que había entre los muelles. ¿Acaso Tom no me había repasado de arriba abajo, no había examinado al detalle cada parte de mi ser? ¿No estaba a punto de presentarse, alto como un pino, más alto que yo, con ese aire a Kirk Douglas? (¿O a Burt Lancaster? La mandíbula afilada, la mirada penetrante. Nunca llegué a decidirme a cuál de los dos se parecía más.) En aquel punto, estaba ya muy lejos de lo que me había dicho Sylvie sobre Tom en el banco de Preston Park. Yo era una joven con un brasier torpedo y un gorro amarillo con estampado de flores en un cesto, lista para encontrarse con su amor después de varios años y darse un chapuzón matutino en secreto.

Eso pensé mientras esperaba junto al letrero ajado del quiosco con la vista echada hacia el mar. Me planteé un pequeño reto: ¿sería capaz de evitar voltearme hacia el Palace Pier, por donde sabía que vendría él? Con los ojos clavados en el agua, me lo imaginé emergiendo del mar como Neptuno, a medio cubrir por las algas, con el cuello salpicado de bellotas de mar y un cangrejo colgándole del pelo; se quitaría a la criatura de encima y la lanzaría lejos abriéndose paso entre las olas. Llegaría en silencio hasta la playa, hasta mí, ignorando los guijarros, y me alzaría en brazos y me llevaría a su lugar de origen, fuera cual fuera. Comencé a reírme por lo bajo, y tan solo la imagen de Tom —el de verdad, el Tom terrestre, vivo— me detuvo. Llevaba una camiseta negra y una toalla marrón descolorida en los hombros. Al verme, me saludó brevemente con la mano y señaló algún lugar por encima del hombro.

—El club tiene un vestidor —exclamó—. Ven conmigo. Debajo de los arcos.

Y, antes de que pudiera responder, echó a andar hacia la dirección que apuntaba. Yo me quedé inmóvil junto al quiosco, imaginándome todavía al Tom neptuniano saliendo del mar, vertiendo sal y peces, salpicando la costa de agua salada y criaturas marinas de un mundo oscuro y abisal.

Sin ni siquiera voltearse, gritó:

—¡Vamos, que es para hoy!

Y eché a correr tras él, y no dije nada hasta que llegamos a una puerta metálica bajo los arcos.

Entonces se volteó hacia mí y me miró fijamente.

—Has traído gorro, ¿verdad?

—La duda ofende.

Metió la llave en la cerradura y abrió la puerta de par en par.

—Pues baja cuando estés lista. Yo me meto ya.

Y entré. El sitio era como una caverna, húmeda, con olor a creta, pintura desconchándose del techo y tuberías oxidadas recorriendo una de las paredes. El suelo seguía mojado y el aire estaba pegajoso, y me dio un escalofrío. Colgué el suéter en una percha de la parte trasera de la estancia y me desabroché el vestido. Me había desecho del traje de baño rojo que me había puesto en el Lido años atrás, y me había comprado en Peter Robinson un traje de baño verde brillante estampado con espirales. Me gustó bastante el efecto cuando me lo probé en la tienda: las copas del brasier estaban hechas de algo que parecía goma, y llevaba una falda corta plisada en la cintura. Pero en el vestidor de la caverna no había espejo, tan solo una lista de carreras de natación con nombres y fechas (vi que Tom había perdido la última), así que después de ponerme el gorro florido en la cabeza y dejar el vestido doblado en el banco, salí al exterior cubierta con la toalla.

El sol estaba más alto y el mar había adquirido un tenue brillo. Entorné los ojos y vi la cabeza de Tom sobresalir entre las olas hasta emerger por completo del mar. De pie en la zona que ya no cubría, se echó el pelo hacia atrás y se frotó las manos contra los muslos, como si tratara de devolverle parte de calor a la piel.

Haciendo equilibrios, y agarrando la toalla para que no se cayera al suelo, conseguí andar con mis sandalias el tramo que me separaba de la playa. El crujido de los guijarros me convenció de que aquella situación era real, de que lo que me estaba pasando era verdad: me estaba acercando al mar, a Tom, quien no llevaba puesto más que un traje de baño azul de rayas.

Vino hacia mí para recibirme, y me agarró del codo para ayudarme a caminar por las piedras.

—Qué bonito el gorro —comentó con una media sonrisa y, acto seguido, bajó la vista hasta mis sandalias—. Te las vas a tener que quitar.

—Ya lo sé.

Intentaba hablar con calma y una cierta sorna, como él. En aquella época era poco frecuente, ¿verdad que sí, Patrick?, que Tom hablara con seriedad, por así decirlo; siempre notabas una cadencia, una cierta musicalidad (estoy segura de que tú también llegaste a percibirla), como si no pudieras llegar a creerte del todo lo que decía. Con el paso de los años, su voz ha perdido parte de esa musicalidad —una respuesta, creo, a lo que te ocurrió—; pero incluso ahora, de cuando en cuando, es como si sus palabras ocultaran una carcajada, esperando a salir.

—Vamos, entraremos juntos. No lo pienses demasiado. Agárrate a mí. Hoy nos centraremos en que te acostumbres al agua. No está muy fría, esta mañana; de hecho, está bastante calentita. En esta época es cuando más caliente está, y el mar está muy calmado, así que mejor, imposible. No te preocupes por nada. Además, aquí no cubre, tendremos que meternos un poco. ¿Preparada?

Nunca lo había oído hablar tanto, y me tomó bastante desprevenida aquella fría profesionalidad. Usaba el mismo tono neutro que cuando yo trataba de animar a mis alumnos a leer la frase siguiente de un libro sin trastabillarse. Me di cuenta de que Tom sería un buen policía. Tenía la capacidad de aparentar que lo tenía todo bajo control.

—¿Es la primera vez que enseñas a alguien a nadar? —le pregunté.

—No, en el ejército, en Sandgate, había algunos compañeros que nunca habían metido un pie en el agua. Los ayudaba a remojarse la cabeza —contestó, y soltó una breve risotada.

A pesar de que Tom afirmara y reafirmara lo contrario, el agua estaba helada. Cuando entré, el cuerpo entero se me tensó y me quedé sin aliento. Las piedras se me clavaban en los pies y el agua me enfrió la sangre de inmediato, y me quedé con la piel de gallina mientras mis dientes castañeaban. Intenté concentrar mis energías en el punto exacto de mi codo donde Tom había puesto sus dedos. Me dije a mí misma que solo ese contacto hacía que todo mereciera la pena.

Tom, claro, no mostró signo alguno de que le estuvieran molestando el helor del agua o los cantos afilados de las piedras. A medida que avanzaba, con el mar meciéndose alrededor de sus muslos, me di cuenta de lo flexible que era su cuerpo. Me iba guiando, así que iba unos pasos por delante de mí, lo que me permitía contemplarlo en condiciones; y eso fue lo que me ayudó a controlar el temblor de la mandíbula y respirar a través del frío que me calaba los huesos a cada movimiento. Tanto Tom entre las olas, saltando por el agua. Tanta piel, Patrick, brillando con fuerza bajo el sol de septiembre. Dejaba que el agua le salpicara el torso sin dejar de agarrarme del codo. Todo se movía, y Tom no era la excepción: se movía con o contra el mar, a placer, mientras que yo siempre notaba el movimiento demasiado tarde y mantenía el equilibrio a duras penas.

Se volteó hacia mí.

—¿Vas bien?

Al ver que sonreía, asentí.

—¿Cómo te sientes? —me preguntó.

Dime tú, Patrick, por dónde podía empezar a responderle.

—Bien —contesté—. Tengo un poco de frío.

—Estupendo. Vas bien. Ahora vamos a nadar un poco, lo mínimo. Lo único que quiero es que me sigas y, cuando haya suficiente profundidad, levantes los pies del fondo y yo te sostendré para que puedas experimentar lo que se siente. ¿Te parece bien?

¿Que si me parecía bien? Me lo preguntó con un semblante tan serio que apenas pude contener una carcajada. ¿Cómo iba a objetar algo contra la posibilidad de que Tom me sostuviera?

Nos adentramos aún más, hasta que el agua me cubrió los muslos y la cintura, lamiendo cada parte de mi cuerpo con su helada lengua. A continuación, cuando el mar me llegaba ya por las axilas y el agua salada empezaba a salpicarme la boca, dejando tras de sí un rastro salado en mis labios, Tom me presionó el estómago con la palma de la mano.

—Levanta los pies del fondo —me ordenó.

Ay, Patrick, no hace falta que te diga que lo obedecí, completamente hechizada por la poderosa fuerza de esa mano en mi estómago, y los ojos de Tom, azules y cambiantes como el mar, clavados en los míos. Levanté los pies, y la sal y el mecer del agua me levantó. Y ahí seguía la mano de Tom, como una firme plataforma. Intenté mantener la cabeza por encima de las olas y, durante un instante, conseguí un equilibrio perfecto sobre la palma de Tom, y lo oí decir:

—Muy bien. Estás casi nadando.

Me giré para hacerle un gesto con la cabeza, quería verle el rostro, sonreírle y que me devolviera la sonrisa (¡un maestro de diez!, ¡la mejor aprendiz!), pero entonces el mar me engulló y cerré los ojos. Al borde de un ataque de pánico, perdí su mano; el agua me entraba por la nariz y yo sacudía los brazos y las piernas con fuerza mientras buscaba algo a lo que agarrarme, alguna sustancia sólida a la que aferrarme, y noté algo blando que cedió bajo mis pies —la ingle de Tom, lo supe de inmediato—, y me impulsé sobre aquella superficie y conseguí sacar la cabeza para tomar aire, y oí a Tom gritándome algo, volví a sumergirme y me rodeó con sus brazos, me agarró la cintura y me alzó para sacarme del agua, y mis pechos quedaron a pocos centímetros de su cara, y yo seguía forcejeando, resollando, y hasta que lo oí decir «no pasa nada, te tengo agarrada», con un tono molesto, no dejé de luchar, y me apoyé en sus hombros, y vi que mi florido gorro de baño se me había quedado colgado a un lado de la cara, como un trozo de piel.

Me llevó de vuelta hasta la playa sin mediar palabra, y cuando me depositó en la arena no fui capaz de mirarlo a la cara.

—Respira —me dijo.

—Lo siento —balbucí.

—Cuando recuperes el aliento, lo volvemos a intentar.

—¿Otra vez? —Entonces sí que lo miré—. Será broma, ¿no?

Se pasó un dedo a lo largo de la nariz.

—No —replicó—. No es broma. Tienes que volver a meterte.

Eché la vista hacia la playa; se estaba nublando y seguía haciendo el mismo frío.

Me alargó una mano.

—Está bien, vamos —insistió—. Una vez más. —Y esbozó una sonrisa—. Incluso me plantearé perdonarte por haberme dado una patada donde tú ya sabes.

¿Cómo iba a negarme?

Después de aquel día, todos los sábados nos veíamos en el mismo sitio y Tom intentaba enseñarme a nadar. Yo me pasaba todas las semanas esperando esa hora con Tom en el mar, e incluso cuando los días se volvieron más fríos yo sentía una calidez en mi interior, un calor en el pecho que me mantenía a flote en el agua y me impelía a dar esas brazadas hasta alcanzar sus expectantes brazos. No te sorprenderá oír que era una aprendiza más bien lenta, a conciencia, y que cuando el tiempo empeoró nos vimos obligados a continuar con las lecciones en la piscina, aunque Tom siguiera nadando en el mar todos los días. Y, poco a poco, comenzamos a hablar. Me contó que se había enrolado en la policía porque no era el ejército, y todo el mundo le decía que era lo suyo, con esa altura y ese cuerpo, y que era mejor que trabajar en la fábrica de Allan West. Pero se notaba que estaba orgulloso de su trabajo y que disfrutaba de la responsabilidad e incluso el peligro que implicaba. Y también parecía interesarle mi empleo; me preguntaba un montón de cosas sobre la enseñanza de los niños, y yo trataba de ofrecerle respuestas que sonaran inteligentes sin llegar a abrumarlo. Charlábamos de Laika, la perra que los rusos habían enviado al espacio, y la pena que nos daba. Ahora me acuerdo de que Tom me comentó que le habría gustado ir al espacio, sí, y recuerdo que yo le dije que tal vez sí, algún día, y la risa histérica que soltó él ante mi optimismo. De vez en cuando hablábamos de libros, pero era un tema que me entusiasmaba más a mí que a él, así que procuraba no pasarme de la raya. Pero no te haces idea, Patrick, de lo liberador que era —de lo atrevido, incluso— hablar de esas cosas con Tom. Siempre había pensado, hasta ese momento, que lo mejor era no airear lo que ahora llamaría mis «intereses culturales». Pasarme de lista comentando ese tipo de cosas podía interpretarse como una presunción, pretender tener ideas propias cuando no te correspondían. Con Tom era distinto. Quería enterarse de esas cosas, porque él también quería formar parte. Los dos ansiábamos entrar en ese otro mundo, y en aquel momento me pareció que Tom podría ser mi compañero en una nueva, aunque indefinida, aventura.

Un día, mientras caminábamos por el borde de la piscina de vuelta a los vestidores, los dos envueltos en nuestras respectivas toallas, de repente Tom me preguntó:

—¿Y cómo vas con el arte?

Sabía algo de arte; había hecho historia del arte en la academia, me gustaban los impresionistas, como es obvio, sobre todo Degas, y algunos de los pintores italianos, así que contesté:

—Me gusta.

—Yo últimamente he estado yendo a una galería de arte.

Era la primera vez que Tom me contaba lo que hacía en su tiempo libre, más allá de la natación.

—Creo que podría llegar a interesarme de verdad —continuó—. Nunca le había prestado atención, ¿sabes? O sea, no me decía mucho.

Sonreí.

—Pero ahora tengo la impresión de que estoy viendo algo ahí, algo especial.

Llegamos a la puerta de los vestidores. Me goteaba agua fría por la espalda y empecé a tiritar.

—¿Te parece ridículo? —me preguntó.

—No, me parece bien.

Y esbozó una sonrisa.

—Me lo imaginaba. El sitio es fantástico. Hay todo tipo de cuadros. Creo que te gustaría.

¿Nuestra primera cita sería en una galería de arte? No era el lugar ideal, pero habría que empezar por alguna parte, pensé. Así que, con una sonrisa de oreja a oreja, me quité el gorro de natación y me sacudí el pelo de una forma, quise creer entonces, seductora.

—Me encantaría ir un día.

—La semana pasada vi un cuadro enorme del mar. Parecía que te pudieras tirar de cabeza. En serio, como si pudieras meterte y nadar entre las olas.

—Qué maravilla.

—Y también hay esculturas, y acuarelas, aunque a mí no me gustan tanto, y dibujos que parecen estar a medio hacer, pero creo que es la idea... Hay de todo.

Me habían empezado a castañetear los dientes, pero seguí sonriendo, a la espera de una clara invitación.

Tom soltó una carcajada y me dio un golpe en el hombro.

—Lo siento, Marion. Estás helada. Te dejo que te vistas. —Se pasó los dedos por el pelo húmedo—. ¿A la misma hora el próximo sábado?

Y así todas las semanas, Patrick. Charlábamos —porque sí, entonces nos gustaba hablar— y luego desaparecía por la ciudad y me dejaba húmeda y helada, con la subidita de Albion Hill y el fin de semana con mi familia como únicos planes. Algunos sábados por la noche o domingos por la tarde veía Sylvie para ir al cine, pero Roy le consumía la mayor parte del tiempo, así que yo me pasaba casi todos los fines de semana sentada en el edredón, leyendo o preparando las clases de la semana siguiente. También mataba el tiempo colgada del alféizar de la ventana, mirando nuestro jardincito, recordando cómo me sentía cuando Tom me aguantaba en el agua, captando de vez en cuando un ligero temblor en las cortinas de los vecinos, y preguntándome cuándo empezaría todo.

Un par de meses más tarde, Sylvie y Roy anunciaron la fecha de su boda. Sylvie me pidió que fuera la dama de honor y, a pesar de que Fred me molestaba y me decía que debería ser mucho más que eso, no veía la hora de que llegara la ceremonia; a fin de cuentas, implicaba pasar una tarde entera con Tom.

Nadie llegó a pronunciar la palabra *penalti*, y Sylvie tampoco me había dicho nada, pero había una sensación generalizada de que tantas prisas con los preparativos solo podían significar que Sylvie estaba embarazada, y yo supuse que por eso Roy había accedido a pasar por el altar en la iglesia de Todos los Santos. La cara del señor Burgess, roja como el óxido y con una sonrisa forzada, dejaba poco lugar a dudas. Y en lugar del banquete con el lujoso pastel de tres pisos y champán Pomagne que Sylvie y yo tanto habíamos soñado, la familia recibió a los invitados en casa de los Burgess, con empanadas de salchicha y cerveza para todos.

Te habrías muerto de risa si me hubieras visto con el vestido de dama de honor. Sylvie se lo había pedido prestado a una prima más pequeña que yo y la prenda apenas me cubría las rodillas; me apretaba tanto la cintura que tuve que ponerme una faja de Playtex para poder subirme la cremallera de la espalda. Era de color verde pálido, igual que el de las almendras confitadas, y no sé con qué estaba fabricado, pero emitía unos leves crujidos a cada paso que daba junto a Sylvie de camino a la iglesia. Yo a ella la veía frágil, con su vestido brocado y su velo corto; tenía el pelo rubio, casi blanco, y a pesar de los rumores, no se apreciaba que se le hubieran ensanchado las caderas. Debía de estar muerta de frío: era principios de noviembre y el frío había llegado con fuerza. Las dos cargábamos con sendos ramos de crisantemos marrones.

De camino al altar atisbé a Tom sentado en la banca delantera, muy recto, con la mirada clavada en el techo. Me pareció una persona casi desconocida, con su traje gris de franela en vez del traje de baño, y sonreí, consciente de que yo había visto la piel que ocultaba aquel rígido cuello y aquella corbata. Me quedé mirándolo, diciéndome a mí misma: «Seremos nosotros. La próxima vez, seremos nosotros». Y, de repente, lo vislumbré todo: Tom aguardándome en el altar, echando un vistazo por encima del hombro con una ligera sonrisa al oírme entrar en la iglesia, con mi pelo rojo reluciendo bajo la luz del umbral. «¿Por qué has tardado tanto?», bromearía, y yo le respondería: «Lo bueno se hace esperar».

Tom me miró y yo desvié con rapidez la mirada, tratando de concentrarme en la nuca sudada del señor Burgess.

En la boda todo el mundo se emborrachó, pero Roy se llevó la palma. Y no era precisamente un bebedor sutil. Se apoyaba en el aparador del salón de Sylvie y se zampaba los trozos más grandes del pastel nupcial, sin despegar los ojos de su suegro. Unos instantes antes, le había gritado «¡Déjeme en paz, viejo!» a la inamovible espalda del señor Burgess, antes de retirarse al aparador a ponerse fino. Poco después, la estancia se sumió en el silencio, y nadie se movió cuando el señor Burgess recogió su sombrero y su abrigo, se plantó en la puerta y, con voz firme, dijo:

—No pienso volver a esta casa hasta que te hayas largado y te hayas llevado contigo a la fulana que tengo por hija.

Sylvie salió disparada escalera arriba y todas las miradas se voltearon hacia Roy, quien había empezado a tomar migas del pastel entre sus diminutos puños. Tom puso un disco de Tommy Steele y gritó «¡¿Alguien se anima a otra?!», mientras yo echaba a andar hacia la habitación de Sylvie.

Sus gimoteos eran sonoros, entrecortados, pero cuando abrí la puerta me sorprendió no encontrarla tirada en la cama, machacando el colchón a puñetazos, sino frente al espejo, en ropa interior, con ambas manos cerradas alrededor del estómago. Tenía los calzones rosas ligeramente caídos, pero el brasier lo llevaba con orgullo. Sylvie había heredado los expresivos pechos de su madre.

Al verme en el espejo, sorbió con fuerza.

—¿Estás bien? —le pregunté, poniéndole una mano en el hombro.

Ella desvió la mirada; la barbilla le temblaba mientras se esforzaba por suprimir otro sollozo.

—No le hagas caso a tu padre. Está abrumado. Hoy ha perdido a una hija.

Sylvie sorbió de nuevo y dejó caer los hombros. Yo le acaricié el brazo mientras lloraba. Al cabo de un rato, dijo:

—Tiene que ser fácil para ti.

—¿El qué?

—Ser profesora. Saber siempre qué decir.

Aquello me sorprendió. Sylvie y yo apenas hablábamos de mi profesión; la mayoría de nuestras conversaciones giraban en torno a Roy, a las películas que habíamos visto o a los discos que había comprado. Nos habíamos visto muy poco desde que yo había empezado con las clases, y tal vez el problema no fuera solo que yo tuviera menos tiempo y ella saliera con Roy. En casa me pasaba lo mismo; nunca acabé de sentirme cómoda hablando de la escuela, de mi *carrera* —qué miedo me daba llamarlo así—, porque nadie tenía ni la más mínima idea sobre la docencia. Para mis padres y mis hermanos, los profesores eran el enemigo. Ninguno había disfrutado de la escuela, y a pesar de que reaccionaron a mis logros académicos con una satisfacción sin alardes, y un cierto desconcierto, mi decisión de consagrarme a la enseñanza fue recibida con un estupefacto silencio. Lo último que quería era convertirme en lo que mis padres detestaban: una persona fanfarrona y altanera. Por lo que, en la medida de lo posible, evitaba contarles a qué dedicaba el tiempo.

—Sylvie, casi nunca sé qué decir.

Sylvie se encogió de hombros.

—Pero ya no te faltará mucho para tener casa propia, ¿no? Estás ganándote bien la vida.

Sí, la verdad; había empezado a ahorrar dinero y me había planteado alquilar una habitación en alguna parte, quizá en una de las calles anchas del norte de Brighton, más cerca del campo, o incluso en el paseo marítimo de Hove, pero no me entusiasmaba la idea de vivir sola. Las mujeres no vivían solas, no si podían evitarlo.

—Tú y Roy también tendrán casa propia.

—Yo lo que querría es estar sola —masculló Sylvie— y hacer lo que me diera la gana.

Lo dudaba, pero respondí con voz queda:

—Pero estás con Roy. Y tendrán una familia. Eso es mucho mejor que estar sola.

Sylvie desvió la mirada y se sentó en el borde de la cama.

—¿Tienes un pañuelo? —me preguntó, y le alargué el mío.

Se sonó la nariz con fuerza. Sentada a su lado, observé cómo se quitaba la alianza y se la volvía a poner. Era un grueso anillo de oro oscuro, y Roy tenía uno a juego, algo que me sorprendió. No me parecía el tipo de hombre dispuesto a llevar joyas.

—Marion —siguió—. Tengo que contarte algo. —Se inclinó hacia mí y me susurró—. Es mentira.

—¿El qué?

—No estoy embarazada. Lo he engañado. He engañado a todo el mundo.

Me quedé mirándola fijamente, desconcertada.

—Hemos hecho todo lo que hay que hacer. Pero no estoy preñada. —Se tapó la boca con la mano y dejó escapar una repentina y aguda risotada—. Tiene gracia la cosa, ¿no?

Me acordé de Roy con la boca abierta, hasta arriba de pastel, de las ganas con las que empujaba a Sylvie por la pista de patinaje sobre hielo, de su incapacidad para discernir qué podía ser interesante y qué no. Era tonto de remate.

Bajé la vista hasta el estómago de Sylvie.

—O sea, ¿que ahí no hay nada...?

—Nada de nada. Bueno, mis tripas.

Entonces yo también comencé a reírme. Sylvie se mordió la mano para no armar demasiado alboroto, pero no tardamos en echarnos las dos sobre la cama, agarradas, temblando con una alegría que apenas reprimíamos.

Sylvie se secó la cara con mi pañuelo y tomó aire.

—No quería engañarlo, pero no se me ocurrió nada más —dijo—. Es horrible, ¿verdad?

—No es para tanto.

Se pasó los mechones de pelo rubio por detrás de las orejas y volvió a reírse, esta vez con una cierta indiferencia. Luego me miró fijamente.

—Marion, ¿cómo voy a explicárselo?

Mira, Patrick, la intensidad de su mirada, la histeria de nuestras risas anteriores y la cerveza tostada que me había tomado debieron de arrebatarme la prudencia, porque le contesté:

—Dile que lo has perdido. No tiene por qué saberlo, ¿verdad? Espera un poco, y luego dile que no hay bebé. Pasa mucho.

Sylvie asintió.

—Puede ser. Es una posibilidad.

—No se enterará en la vida —insistí, tomándola de las manos—. No lo sabrá nadie.

—Quedará entre nosotras —respondió.

Tom me ofreció un cigarro.

—¿Cómo está Sylvie? —me preguntó.

Era tarde y había empezado a anochecer. En la penumbra de la parte trasera del jardín de los Burgess, detrás de un seto de hiedra, me apoyé en la carbonera y Tom se sentó en una cubeta puesta al revés.

—Está bien.

Inhalé y esperé a que la sensación de mareo me desconectara de la realidad durante un rato. Hacía poco que había empezado a fumar. Para entrar en la sala de profesores tenías que abrirte paso a través de una cortina de humo, y siempre me había gustado el olor de los Senior Service de mi padre. Tom fumaba Player's Weights, algo más suaves, pero nada más darle la primera fumada la mente se me aclaró y me centré en sus ojos. Él me sonrió.

—Son buenas amigas.

—Nos hemos visto poco en los últimos tiempos. Desde el compromiso.

Me ruboricé en cuanto pronuncié la palabra, y me alegré de la oscuridad del cielo, de la sombra de la hiedra. Al ver que Tom no respondía, intervine:

—Desde que nos vemos.

«Vernos» no era exactamente lo que hacíamos. En absoluto. Pero Tom no me contradijo. En su lugar, asintió y exhaló.

Se oyeron unos portazos dentro de la casa y alguien sacó la cabeza por detrás y gritó:

—¡Los novios se van!

—Vamos a despedirnos —le propuse.

Cuando me incorporé, Tom me plantó una mano en la cadera. No era la primera vez que me tocaba, evidentemente, pero aquel día no tenía ninguna razón de peso que lo justificara. No me estaba enseñando a nadar. No necesitaba tocarme, así que supuse que debía de haber sido un acto de pura voluntad. Fue su tacto, más que ninguna otra cosa, lo que me impelió a comportarme como me comporté durante los meses siguientes, Patrick. Atravesó el verde almendra confitada de mi vestido y me llegó hasta la cade-

73

ra. Hay quien dice que el amor es como un rayo, pero eso no fue lo que yo sentí; yo noté algo cercano a una avenida de agua caliente recorriéndome el cuerpo.

—Me gustaría presentarte a alguien —dijo—. Me interesa conocer tu opinión.

Aquellas no eran las palabras que esperaba. De hecho, no esperaba que dijera nada. Esperaba más bien un beso.

Tom dejó caer la mano que me había puesto en la cadera y se puso de pie.

—¿A quién? —le pregunté.

—A una amistad —contestó—. Creo que tienen algunas cosas en común.

Se me cayó el alma a los pies. Otra chica.

—Deberíamos ir a despedirlos...

—Él trabaja en una galería de arte.

Para ocultar el tremendo alivio que me produjo oír el pronombre masculino, le di una larga fumada al cigarro.

—No estás obligada, depende de ti —añadió Tom.

—Me encantaría conocerlo —concluí, exhalando una columna de humo, y los ojos se me vidriaron.

Nos miramos mutuamente.

—¿Estás bien? —me preguntó.

—Sí, de maravilla. Vamos.

De camino a la casa, me volvió a poner la mano en la cadera, se inclinó hacia mí y dejó que sus labios me rozaran la mejilla.

—Genial. Qué dulce eres, Marion.

Y entró en la casa, y yo me quedé fuera, en la penumbra, sintiendo con los dedos el trazo húmedo que me había dejado en la piel.

Esta mañana ha habido progresos. Estoy convencida. Por primera vez en semanas, has pronunciado una palabra que he sido capaz de entender.

Te estaba lavando el cuerpo, como todos los sábados y domingos por la mañana, que es cuando Pamela no viene a visitarnos. Se ofreció a enviar a otra persona los fines de semana, pero me negué y le dije que ya me las arreglaría. Como siempre, estaba usando la toalla más suave y mi mejor jabón, no ese líquido blanco barato del Co-op, sino una pastilla ámbar pulida con olor a vainilla que deja una espuma cremosa en los bordes del cuenco que utilizo para bañarte cuando estás en la cama. Con el delantal de plástico lleno de rasguños que solía ponerme para las clases de pintura en el St. Luke, te bajo las sábanas hasta la cintura, te quito la parte de arriba de la pijama (debes de ser uno de los últimos hombres del planeta que aún usa un saco de pijama azul a rayas, con su cuello, su bolsillo en el pecho y ribetes en los puños) y me disculpo por lo que está a punto de ocurrir.

No voy a desviar los ojos en el momento necesario, ni en ningún otro. No voy a apartar la vista. Se acabó. Pero tú nunca me miras mientras te desabrocho la pijama. Con la mitad inferior cubierta con pudor por las sábanas y después de haberte limpiado los pies (es casi como un truco de prestidigitación: palpo a tientas por debajo de las sábanas y —¡abracadabra!— doy con un par de botones abrochados), te repaso con la mano, y la toalla, las partes que tengas sucias.

No paro de hablar; esta mañana he comentado el constante tono gris del mar, lo descuidado que está el jardín, lo que vimos Tom y yo anoche en la televisión... Y la sábana se moja, cierras los ojos con fuerza y pones una cara aún más larga que de costumbre. Pero no me afecta. No me afecta verte así, ni el tacto cálido de tus testículos caídos, ni el olor salado que emite la piel arrugada de tus axilas. Me conforta, Patrick. Me conforta el hecho de estar cuidándote, con alegría, de que me dejes hacerlo sin apenas queja, de que pueda lavarte todo el cuerpo, frotarte con mi toalla de Marks and Spencer's de la gama Puro Lujo y luego tirar el agua turbia por la coladera. Lo hago todo sin que me tiemblen las manos, sin que se me acelere el corazón, sin apretar la mandíbula con tanta intensidad que tema no poder volver a abrirla.

Eso también es progreso.

Y esta mañana he recibido mi recompensa. Mientras escurría por última vez la toalla, te oí mascullar algo que sonaba como «eh, mm», pero —y perdóname, Patrick— al principio te ignoré, pensando que sería otro más de tus sonidos inarticulados. Desde el ictus, has tenido problemas para expresarte. Apenas puedes emitir más que gruñidos, y había llegado a pensar que, en lugar de enfrentarte a la indignidad que supone no ser comprendido, habías optado por el silencio. Siendo un hombre que

76

tuvo una capacidad expresiva impresionante —atractiva, cálida y erudita—, tu sacrificio me pareció ciertamente admirable.

Pero me equivocaba. Todavía tienes el lado derecho de la cara muy caído, lo que te otorga una apariencia algo perruna, pero esta mañana reuniste todas tus energías, y boca y voz consiguieron trabajar juntas.

Y, aun así, yo seguía ignorando el sonido que emitías, que ya se había convertido en algo como «do om»; abrí un poco la ventana para ventilar la habitación, cargada con el olor de la noche, y cuando por fin me giré me estabas mirando fijo desde las almohadas, con el pecho hundido aún desnudo y húmedo y el gesto torcido en una mueca de agonía, y volviste a emitir los sonidos. Pero entonces casi entendí lo que me decías.

Me senté en la cama y te incorporé por los hombros, y con tu torso inerte apoyado en el mío, palpé por detrás de ti hasta tocar las almohadas, las levanté y te volví a colocar en tu nido.

—Voy por un saco limpio.

Pero no podías esperar. Farfullaste algo de nuevo, esta vez con más claridad, con toda la urgencia de la que fuiste capaz, y oí lo que decías:

—¿Dónde está Tom?

Me fui a la cajonera para que no me vieras la cara, y te tomé una pijama limpia. Después, te ayudé a meter los brazos en las mangas y te la abroché. Y todo eso sin mirarte a los ojos, Patrick. Tuve que desviar la vista porque no dejabas de repetirlo.

—¿Dónde está Tom?, ¿dónde está Tom?, ¿dónde está Tom?, ¿dónde está Tom?, ¿dónde está Tom?

Cada vez más despacio, más susurrado, y yo no supe cómo responderte.

Al final te dije:

—Es fantástico que vuelvas a hablar. Tom estará orgullosísimo de ti.

Y preparé té, nos lo tomamos juntos, en silencio; tú, exhausto, sorbiendo con el popote con languidez, con la mitad inferior aún desnuda bajo las sábanas, y yo parpadeando ante el cuadrado gris de la ventana.

Estoy convencida de que sabías que era la primera vez que visitaba aquel lugar. Nunca había encontrado motivos para entrar en el Museo y Galería de Arte de Brighton. Echando la vista atrás, me cuesta creerlo. Acababa de empezar como profesora en la escuela de primaria St. Luke y nunca había pisado una galería de arte.

Cuando Tom y yo atravesamos las pesadas puertas de cristal de la entrada, lo primero que me vino a la cabeza fue una carnicería. Estaban todas esas baldosas verdes, no del verde piscina de Brighton que prácticamente es turquesa y que transmite alegría y ligereza con solo mirarlo, sino de un verde musgo, denso. Y el elegante suelo de mosaico, y la escalera de caoba pulida, y las relucientes vitrinas llenas de criaturas disecadas. Era un mundo secreto, sin más. Un mundo de hombres, pensé, como las carnicerías. A las mujeres no se les prohíbe la entrada, pero las bambalinas, la parte de la trastienda donde se trocea y se disecciona, es cosa de hombres. Tampoco es que en aquel momento me importara, pero ojalá no me hubiera puesto el vestido lila nuevo con la falda larga y los tacones bajos; estábamos a mediados de diciembre y, para empezar, las aceras estaban heladas, y, para acabar, me di cuenta de que la gente no iba vestida como esperarías en un museo. La mayoría de los visitantes iban con prendas de sarga marrón o lana azul marino, y el espacio en sí era un lugar oscuro, solemne y tranquilo. Y yo con mis tacones, todo tan impropio, repiqueteando sobre el mosaico, resonando por los muros como monedas cayendo al suelo.

Además, aquellos zapatos me hacían igualar casi la altura de Tom, algo que dudo que le hiciera gracia. Subimos la escalera, Tom un poco adelantado, con sus anchos hombros forzando las costuras del *blazer*. Para ser tan grande, Tom anda con ligereza. Al final de la escalera, un vigilante cabeceaba. Se le había abierto la chamarra y había dejado al descubierto un par de tirantes amarillos moteados. Cuando pasamos por delante, alzó la cabeza y bramó un «¡buenas tardes!» antes de tragar algo sonoramente y parpadear varias veces. Tom debió de saludarlo, siempre responde a todo el mundo, pero yo dudo que fuera capaz de articular más que una sonrisa.

Tom me había hablado sobre ti largo y tendido. De camino al museo, tuve que volver a escuchar sus descripciones de Patrick Hazlewood, conservador de arte occidental en el Museo y Galería de Arte de Brighton, un tipo con los pies en la tierra, como nosotros, simpático, normal, sin aires de grandeza, pero educado, erudito y culto. Lo había oído tantas veces que me había convencido a mí misma de que serías todo lo contrario. Cuando intentaba imaginarte, veía el rostro del profesor de música del St. Luke, pequeño, afilado, flanqueado por dos rollizos lóbulos de oreja. Siempre me había fascinado que aquel profesor, el señor

Reed, se pareciera tantísimo a un músico. Llevaba un traje de tres piezas y un reloj de bolsillo, y casi siempre estaba señalando algo con sus huesudas manos, como si estuviera a punto de ponerse a dirigir una orquesta.

Nos apoyamos en la barandilla de la parte superior de la escalera y echamos un vistazo alrededor. Tom había estado en el museo muchísimas veces, y no veía el momento de enseñarme las obras.

—Mira —dijo—, ese es famoso. —Me volteé y entrecerré los ojos—. O sea, el artista es famoso —añadió.

No llegó a decirme el nombre, y yo tampoco lo presioné. En aquella época, no lo presionaba por nada. Era un cuadro oscuro —casi negro, y se veía el polvo sobre la pintura—, pero a los pocos segundos detecté la mano blanca que se alargaba desde una esquina.

—*La resurrección de Lázaro* —indicó Tom, y yo asentí y sonreí, orgullosa de que conociera esa información y deseosa de que supiera que me había impresionado.

Sin embargo, cuando miré su habitual rostro pétreo —la nariz ancha, los ojos firmes—, tuve la sensación de que se le había suavizado un poco. Tenía el cuello sonrosado y los labios abiertos con indiferencia.

—Hemos llegado pronto —comentó, echando un vistazo al reloj de pulsera que llevaba en la muñeca, un regalo que su padre le había hecho cuando se había enrolado en el cuerpo de policía.

—¿Se enfadará?

—Uy, para nada —contestó Tom—. No le importará nada.

Fue entonces cuando caí en la cuenta de que era Tom el que se habría enfadado. Cuando nos veíamos, llegaba siempre a la hora, ni pronto ni tarde.

Dirigí la vista al vestíbulo y, a un lado de la escalera, vi un enorme gato multicolor que parecía estar hecho de papel maché. No sé cómo me pudo pasar por alto al entrar a la galería, pero, obviamente, no era el tipo de obra que esperaba encontrarme en un lugar así. Aquel gato habría desentonado mucho menos en el Palace Pier, por ejemplo. Aún me sigue repugnando esa sonrisa de gato de Cheshire y esos ojos como drogados. Una niña metió medio penique en la ranura de la barriga y extendió las manos, esperando a que pasara alguna cosa. Le di un codazo a Tom, señalando el piso de abajo.

—¿Qué es eso?

Tom soltó una carcajada.

—Es bonito, ¿eh? La panza se le ilumina y ronronea cuando le echas monedas.

La niña seguía esperando, y ya éramos dos.

—Pues no pasa nada —repliqué—. ¿Qué hace en un museo? ¿No debería estar en una feria?

Tom me miró con cierta perplejidad antes de ponerse a reír como solo él sabía hacer: tres breves toques de trompeta y los ojos muy cerrados.

—Paciencia, Marion —contestó, y yo noté cómo se me calentaba la sangre en el pecho.

—No está esperando, ¿no? —le pregunté, lista para enojarme si la respuesta era negativa. Hacía poco que habían comenzado las vacaciones de Navidad en la escuela, y Tom también se había tomado el día de permiso. Nos sobraban opciones a las que dedicar nuestro tiempo libre.

—Claro. Nos ha invitado, ya te lo dije.

—Pensaba que no llegaría a conocerlo nunca.

—¿Por qué? —Tom había fruncido el ceño y había vuelto a bajar la vista al reloj.

—Me has hablado tanto de él... Yo qué sé.

—Ya es la hora —anunció Tom—. Llega tarde.

Pero yo estaba decidida a terminar.

—Pensaba que, a lo mejor, no existía. —Me reí—. Entiéndeme; quiero decir que era demasiado bueno para ser verdad. Como el Mago de Oz.

Tom miró otra vez el reloj.

—¿A qué hora habíamos quedado? —le pregunté.

—A las doce.

En mi reloj, faltaban dos minutos para el mediodía. Intenté captar la mirada de Tom y dirigirle una sonrisa reconfortante, pero sus ojos no paraban de moverse en todas direcciones. Los demás visitantes estaban concentrados en una exposición en particular, con la cabeza echada a un lado o la barbilla apoyada en la mano. Nosotros éramos los únicos que estábamos ahí de pie, mirando a la nada.

—Aún no son las doce —me atreví a decir.

Tom produjo un sonido extraño con la garganta, algo que supuse que pretendía ser un «¿eh?» despreocupado, pero que acabó siendo más bien un quejido.

Poco después, se alejó unos pasos y levantó una mano.

Yo alcé la vista, y allí estabas. Estatura media. Treinta y tantos. Camisa blanca, recién planchada. Chaleco azul marino, entallado. Rizos negros tal vez demasiado largos, pero bajo control. Una cara que entraba por los ojos: bigote denso, mejillas sonrosadas, frente ancha. Mirabas a Tom sin sonreír, totalmente absorto. Lo observabas de la misma forma que las otras personas de la sala observaban las obras expuestas.

Echaste a andar con brío, y hasta que no alcanzaste tu objetivo y le estrechaste la mano a Tom no esbozaste una sonrisa. Para alguien con un chaleco a medida y un bigote espeso que, además, se encargaba del arte occidental desde el siglo xvi hasta el xx, tenías una sonrisa sorprendentemente infantil; era sutil, y se torcía un poco por uno de los lados, como si hubieras estado analizando a Elvis Presley cuando esbozaba el mismo gesto. Recuerdo que eso fue lo que pensé entonces, y que estuve a punto de echar a reír de lo absurdo que era.

—Tom, al final has venido.

Los dos se estrecharon con fuerza la mano y Tom inclinó la cabeza. Era la primera vez que lo veía hacer algo así; a mí siempre me había mirado de frente, con la cara firme.

—Llegamos antes de tiempo —dijo Tom.

—En absoluto.

Estuvieron agarrados de la mano más de lo necesario, hasta que Tom apartó la suya y los dos desviaron la mirada. Pero tú te recompusiste primero. Te volteaste hacia mí por primera vez, tu sonrisa infantil dio paso a una más amplia, más profesional, y dijiste:

—Y has traído a tu amiga.

Tom carraspeó.

—Patrick, te presento a Marion Taylor. Es profesora en el St. Luke. Marion, este es Patrick Hazlewood.

Entrelacé durante unos segundos mis dedos con los tuyos, fríos y suaves, y tú me sostuviste la mirada.

—Es un placer, querida. ¿Les parece que almorcemos?

83

—Nuestro sitio de siempre —anunció Tom, aguantando la puerta del Clock Tower Café.

Me quedé estupefacta por dos motivos. Primero, porque Tom y tú tuvieran un «sitio de siempre», y segundo, porque fuera el Clock Tower Café. Lo conocía porque mi hermano Harry iba a veces a tomar el té antes del trabajo; decía que el lugar era acogedor y que el té era tan fuerte que no solo te quitaba el esmalte de los dientes, sino que también te arrancaba la piel del esófago. Pero yo era la primera vez que iba. Mientras subíamos por North Street, había supuesto que nos llevarías a algún lugar con manteles y servilletas de tela a disfrutar de una parrillada y una botella de burdeos. Tal vez, el restaurante del hotel Old Ship.

Sin embargo, allí estábamos, sumergidos en el aire viciado por la grasa del Clock Tower Café, tu elegantísimo traje actuando como un imponente faro entre las gabardinas militares y los impermeables grises, y yo con mis tacones, casi tan fuera de lugar allí como en el museo. Sin contar con la muchacha del delantal rosa que había detrás de la barra y una anciana inclinada sobre una taza de algún mejunje indeterminado en una esquina, rulos y redecilla incluidos, no había ninguna otra mujer en la cafetería. En la barra, los hombres hacían fila y fumaban, y los rostros les brillaban con el vapor que emitía el samovar. En las mesas, apenas hablaba un puñado de personas. La mayoría comía o leía el periódico. Aquel no era lugar para charlas, o al menos no del tipo que supuse que te gustarían a ti.

Levantamos la vista hasta las letras de plástico fijadas en el pizarrón de la carta:

- Empanada, puré de papa y salsa
- Empanada, papas fritas y frijoles
- Salchichas, frijoles y huevos
- Salchichas, frijoles y papas fritas
- Empanada de jamón y frijoles
- Pudín con pasas y natillas
- Sorpresa de manzana
- Té, café, bovril, jugo

Justo debajo había un letrero escrito a mano:

En este establecimiento se sirve la mejor margarina.

—Siéntense, ya pido yo —dijo Tom, señalando una mesa vacía junto a la ventana, aún cubierta de platos sucios y charcos de té derramado.

Pero tú dijiste que de eso ni hablar, por ello Tom y yo nos sentamos y te observamos mientras avanzabas en la fila, siempre con esa deslumbrante, aunque contenida, sonrisa en la cara, y le decías «muchas gracias, querida» a la chica que había detrás de la barra, y ella te respondía con una risita.

Tom movía la rodilla con inquietud por debajo de la mesa y provocaba que el banco en el que estábamos sentados temblara. Tú escogiste una silla en el lado opuesto y te colocaste una brillante servilleta de papel en el regazo.

Todos acabamos con sendos platos humeantes de empanadas y puré de papa, y aunque tenía un aspecto horroroso —todo sumergido en la salsa, rebosando por el borde del plato—, el olor era delicioso.

—Igual que en la cafetería de la escuela —comentaste—. Y eso que entonces lo odiaba.

Tom soltó una risotada.

—Oye, Marion, ¿cómo se conocieron Tom y tú?

—Uy, somos viejos amigos —respondí.

Miraste a Tom mientras él atacaba su empanada con entusiasmo.

—Un pajarito me ha dicho que Tom te está enseñando a nadar.

Aquello me levantó los ánimos. Le había estado hablando de mí.

—No soy muy buena estudiante, la verdad.

Tú sonreíste, pero no dijiste nada, sino que te limitaste a limpiarte la boca.

—Marion también está muy interesada en el arte —añadió Tom—. ¿Verdad que sí, Marion?

—¿Impartes clases de arte en el colegio? —me preguntaste.

—No, no. Mi alumno más mayor tiene siete años.

—Nunca es demasiado pronto para empezar —respondiste con aire solemne, sonriendo—. Yo estoy tratando de persuadir a los peces gordos del museo para que, por las tardes, se organicen talleres de introducción al arte para niños de todas las edades. Se resisten, están casi todos bastante chapados a la antigua, como te puedes imaginar, pero creo que podría funcionar, ¿no te parece? Si te los ganas de pequeños, te los ganas de por vida y eso.

Olías a algo carísimo. Lo capté cuando apoyaste los codos en la mesa: un aroma hermoso, como a madera recién tallada.

—Discúlpame —dijiste—. No debería hablar del trabajo durante la comida. Háblame de tus niños, Marion. ¿Cuál es tu favorito?

Pensé inmediatamente en Caroline Mears, la que me miraba durante la hora del cuento, y respondí:

—Hay una niña que podría aprovechar una asignatura de arte...

—Seguro que te adoran. Debe de ser espléndido contar con una profesora tan joven y bella. ¿No te parece, Tom?

Tom estaba absorto observando la condensación que reptaba ventana abajo.

—Espléndido —repitió.

—Y a ti, ¿no te parece que este será un magnífico policía? —me preguntaste—. Debo confesar que tengo mis reservas sobre nuestros hombretones de azul, pero con Tom en el cuerpo de policía, creo que dormiré más tranquilo por las noches. ¿Cómo se llamaba el libro ese que estabas estudiando, Tom? El título era maravilloso. Algo así como *Ladrones y malhechores...*

—*Sospechosos y merodeadores* —lo corrigió Tom—. Y no deberías tomártelo tan a la ligera. La cosa es seria. —Estaba sonriendo y las mejillas le relucían—. Pero el bueno es *Guía sobre la identificación facial*. Es fascinante.

—¿Qué recordarías del rostro de Marion, Tom? Si tuvieras que identificarla, digo.

Tom me miró durante unos segundos.

—Es difícil saberlo con las personas que conoces...

—Inténtalo, vamos —lo animé, sabiendo que no debería mostrar tanto entusiasmo por descubrirlo. No pude contenerme, Patrick, y creo que tú probablemente te diste cuenta.

Tom me escudriñó con sorna.

—Supongo que serían... las pecas.

Me llevé la mano a la nariz y tú soltaste una risita.

—Y bien bonitas que son, de verdad.

Yo seguía tapándome la nariz.

—Y tu precioso pelo rojo —añadió Tom con una mirada de disculpa—. Me acordaría seguro.

Cuando nos marchamos del lugar, me ayudaste a ponerme el abrigo y me susurraste:

—Tienes un pelo absolutamente arrebatador, querida.

A estas alturas, me cuesta recordar con exactitud qué es lo que pensé de ti aquel día, después de todo lo que ocurrió a partir de ese momento. Pero creo que me caíste bien. Hablabas tan ilusionado de tus ideas para el museo... Querías que fuera un espacio abierto, *democrático* fue la palabra que usaste, donde no se le negara a nadie la entrada. Planeabas una serie de conciertos a la hora de la comida para atraer nuevo público, y estabas más que decidido a llevar a los niños de los colegios a la galería, a que hicieran allí sus trabajos. Incluso sugeriste que yo podía ayudarte con aquello, como si yo tuviera el poder de transformar el sistema educativo. No me cabía duda de que, entonces, no eras del todo consciente del ruido y el alboroto que podían meter un grupo de niños. Aun así, Tom y yo te escuchábamos, embelesados. Si los demás hombres del café se giraban hacia ti o torcían el cuello ante las exageradas notas que a veces entonaba tu voz, tú te limitabas a sonreír y seguías con tu discurso, convencido de que Patrick Hazlewood no podía ofender a nadie, con esas formas impecables y esa cordialidad de quien no juzga nunca un libro por su portada. Esa fue una de las cosas que Tom me había dicho antes de conocerte: «No te juzga solo por tu aspecto». Eras demasiado gentil.

Sí, me caíste bastante bien. Y a Tom también. Saltaba a la vista que le caías bien porque te escuchaba. Sospecho que eso les pasó desde el principio. Tom no perdía ni un ápice de concentración mientras hablabas. Tenía toda la atención puesta en ti, como si temiera perderse alguna frase o gesto claves. Lo veía engullirlo todo a grandes mordiscos.

Cuando nos despedimos de ti después de aquella comida, nos quedamos en la entrada del museo y Tom me dio un golpecito en el hombro.

—¿No te parece curioso? —me preguntó—. Tú fuiste la que empezó todo esto.

—¿El qué?

De repente pareció avergonzarse.

—Te vas a reír.

—Que no.

Se metió las manos en los bolsillos.

—Bueno, pues... este tipo de desarrollo personal. ¿Sabes?, siempre he disfrutado de nuestras charlas sobre arte, libros y demás, y encima eres profesora, y ahora Patrick también me está ayudando.

—¿A qué?

—A abrir la mente.

Después de aquel día, nos pasamos unos cuantos meses siendo inseparables. No estoy segura de las veces que se veían a solas, supongo que una o dos por semana, en función de sus obligaciones policiales. Y lo que Tom me dijo sobre el desarrollo personal era cierto. Tú nunca te reías de nuestra ignorancia y siempre alentabas nuestra curiosidad. Contigo fuimos al Dome a disfrutar del concierto para violonchelo de Elgar, a ver películas francesas en el cine Gaiety (que, por lo general, yo detestaba: tantas personas hermosas y miserables para no acabar diciéndose nada), *Sopa de pollo con cebada* en el Teatro Real, y hasta nos introdujiste en la poesía estadounidense; a ti te gustaba E. E. Cummings, pero Tom y yo no llegamos tan lejos.

Una noche de enero nos llevaste a Londres a ver *Carmen*, porque no veías la hora de introducirnos en la ópera, y consideraste que aquella historia de lujuria, traición y muerte era un buen comienzo. Me acuerdo de que Tom se puso el traje que llevó a la boda de su hermana y yo me embutí un par de guantes blancos que me había comprado para la ocasión, convencida de que eran imprescindibles en la ópera. No me acababan de quedar bien y no dejaba de flexionar los dedos para contrarrestar la presión del rayón. Me sudaban las palmas, y eso que hacía una noche gélida. En el tren, mantuviste con Tom la típica conversación sobre el dinero. Tú siempre insistías en pagar la cuenta, fuéramos a donde fuéramos, y Tom siempre protestaba con aspavientos, se ponía de pie y rebuscaba cambio en sus bolsillos; había veces que dejabas que se saliera con la suya, pero siempre torciendo el gesto y pasándote una mano impaciente por la frente.

—Tom, de verdad, lo lógico es que esto lo pague yo...

Pero Tom insistía en que tenía un trabajo a jornada completa, aunque siguiera en el período de prueba, y que como mínimo debería asumir su parte y la mía. Yo sabía que era inútil meterme en sus conversaciones, así que me limité a juguetear con los guantes y a observar por la ventana cómo dejábamos atrás Haywards Heath. Al principio soltaste una carcajada y lo ignoraste con un comentario burlón («Mira, dejémoslo en que me lo debes, ¿está bien? Lo añadimos a la cuenta.»), pero Tom no estaba dispuesto a dejarlo estar; se sacó la cartera del bolsillo del saco y comenzó a contar los billetes.

—¿Cuánto es, Patrick?

Tú le dijiste que se lo guardara, que no fuera ridículo, pero él seguía agitándote los billetes delante de la cara, y añadió:

—Acéptamelo, por favor. Solo esta vez.

Al final, levantaste la voz.

—Mira, me han costado casi siete libras cada una. ¿Quieres hacer el favor de guardarte ya eso y callarte de una vez?

Tom me había contado, con orgullo, que ganaba unas diez libras a la semana, así que yo ya sabía, como es obvio, que ahí se había terminado la conversación.

Permanecimos callados el resto del viaje. Tom se removía en su asiento, aferrado al fajo de billetes que tenía en el regazo. Tú no perdías detalle de las campiñas que iban pasando, primero con la mirada cargada de ira, luego dominada por los remordimientos. Al bajarnos en la estación Victoria, te volteabas hacia Tom cada vez que se movía, pero él se negaba a mirarte.

Nos abrimos paso entre la multitud que taconeaba con nerviosismo por la estación, tú detrás de Tom, girando el paraguas en las manos, lamiéndote el labio inferior como si estuvieras a punto de articular una disculpa, pero finalmente echándote atrás. Mientras bajábamos los escalones que conectaban con la estación de metro, me tocaste el hombro y, en voz baja, me preguntaste:

—He metido la pata pero bien, ¿verdad?

91

Me volteé hacia ti. Tenías la boca torcida en una mueca de tristeza y los ojos cargados de miedo, y yo me puse rígida.

—No seas tonto —repliqué, y me adelanté y agarré a Tom del brazo.

Aquella primera vez, Londres fue para mí ruido, humo y suciedad. No fue hasta más tarde cuando pude apreciar su belleza: los plátanos pelándose bajo los rayos del sol, las ráfagas de viento en los andenes del metro, los vasos rotos y el sonido del acero contra el acero de las cafeterías, la intimidad del Museo Británico, con su *David* cubierto por una hoja de parra.

Me acuerdo de que vi mi propio reflejo en el escaparate de una tienda mientras caminábamos, y la vergüenza que sentí por ser más alta que tú, sobre todo con los tacones. A tu lado tenía una silueta desgarbada, demasiado estirada, mientras que junto a Tom parecía tener una altura casi normal; podía pasar simplemente por alguien imponente, y no con un cierto toque varonil.

Durante la ópera, fui incapaz de concentrarme del todo en el escenario. Se me iba el santo al cielo, distraída como estaba sabiendo que tenía a Tom sentado en una silla contigua a la mía. Insististe en que me sentara entre ustedes («Una rosa entre espinas», bromeaste). De vez en cuando te miraba de reojo, pero no apartabas la vista del escenario. Pensaba que me desagradaría la ópera —me parecía demasiado histriónica, como una pantomima con una música extraña—, pero cuando Carmen cantó lo de «l'amour est un oiseau rebelle que nul ne peut apprivoiser», sentí como si el cuerpo entero se me elevara; y luego, en aquel último acto, terrible y magnífico al mismo tiempo, Tom me tomó de la mano. La orquesta enfureció y Carmen se desmayó y murió, y Tom y yo teníamos los dedos entrelazados en la oscuridad. Y se terminó, y tú te pusiste de pie, Patrick, aplaudiendo, profiriendo *bravos* y dando saltitos de puro entusiasmo, y Tom y yo nos unimos a ti, eufóricos con lo que acabábamos de ver.

He estado pensando en la primera vez que oí la expresión *prácticas contra natura*. Lo creas o no, fue en la sala de profesores del St. Luke, de boca del señor R. A. Coppard, MA (Oxford), Richard para mí, Dickie para sus amigos. Le estaba dando sorbos a una taza marrón estampada de flores, y, después de quitarse los anteojos y cerrar una mano alrededor, se inclinó hacia la señorita Brenda Whitelady, de la clase 12, y frunció el ceño.

—¿Ah, sí? —la oír decir, y él asintió.

—Prácticas contra natura, según el *Argus*. Página siete. Pobre Henry. —La señorita Whitelady parpadeó varias veces e inspiró agitadamente—. Y su pobre mujer. Pobre Hilda.

Y volvieron a centrarse en los libros de ejercicios, llenando los márgenes con enérgicas marcas y cruces rojas, sin llegar a dirigirme la palabra. Tampoco me sorprendía: estaba sentada en un rincón de la sala, y mi posición parecía convertirme en alguien del todo invisible. Ya llevaba varios meses en la escuela, pero seguía sin tener mi propia silla en la sala de profesores. Tom me contó que a él le pasaba lo mismo en la comisaría: había una serie de sillas que parecían tener los nombres de sus «propietarios» cosidos en alguna parte con hilo invisible, lo que explicaría por qué nadie más se sentaba en ellas. Había un puñado de sillas junto a la puerta, cojas o con las almohadillas deshilachadas, que no eran de nadie; es decir, que estaban reservadas para los novatos. Yo me preguntaba si tendría que esperar a que otro miembro del profesorado se jubilara o muriera para tener la oportunidad de reclamar una silla «normal». La señorita Whitelady hasta tenía su propia almohadilla, bordada con orquídeas púrpuras; imagínate lo segura que estaba de que a nadie se le ocurriría plantar allí sus posaderas.

He estado pensando en eso porque anoche volví a tener el mismo sueño, igual de vívido que hace cuarenta años. Tom y yo estábamos debajo de una mesa; esta vez era mi escritorio en el aula del St. Luke, pero, por lo demás, todo era igual: Tom presionándome con el cuerpo, reteniéndome; el jamón que tiene por muslo sobre el mío; los hombros inclinados y cubriéndome como el casco de un barco; y por fin soy parte de él. El aire no puede correr entre nosotros.

Y ahora que escribo esto me doy cuenta de que quizá lo que siempre me preocupó fue lo que yo tenía dentro. Mis propias prácticas contra natura. ¿Qué habrían pensado el señor Coppard y la señorita Whitelady si hubieran sabido lo que sentía por Tom? ¿Qué habrían dicho de saber que lo único que quería era besarlo y saborear cada parte de su cuerpo hasta donde fuera posible? Esos deseos debían de ir contra natura en una mujer tan joven, o eso creía en aquella época. ¿Acaso no me había advertido Sylvie del pavor que había sentido cuando Roy le había metido una mano entre las piernas? Hasta mis padres se sumergían a veces en largos besos en el fregadero, pero eso no impedía que mi madre le diera golpes en la mano a mi padre cuando las llevaba donde no debía.

—No me hagas enojar, Bill —señalaba, apartándose de él en el sofá—. Ahora no, cariño.

En el extremo opuesto estaba yo, que lo quería todo y no podía esperar.

Febrero de 1958. Me pasaba los días pegada a la caldera, en la medida de lo posible. En el recreo les gritaba a los niños que no dejaran de moverse. La mayoría no iban lo suficientemente abrigados y tenían las rodillas enrojecidas por el frío.

En casa, mamá y papá habían empezado a hablar de Tom. La cosa es que yo les había contado que salía con él a menudo, lo de nuestra visita al museo y hasta el viaje a Londres, pero no les había mencionado que nunca estábamos solos.

—¿Y no van a bailar? —me preguntó mi madre—. ¿Todavía no te ha llevado al salón de baile del Regent?

Tom detestaba bailar, me lo había dicho desde un buen comienzo, y yo me había convencido de que lo que hacíamos era especial porque era diferente. No éramos como las otras parejas. Nos estábamos conociendo, teníamos conversaciones de verdad y, con veintiún años que ya tenía, me resultaban un poco ajenos los entretenimientos adolescentes, las rocolas y el *jive*.

Un viernes por la noche, reacia a volver a casa y tener que enfrentarme a la duda silenciosa que flotaba en la familia sobre las intenciones que Tom tenía conmigo, me quedé hasta tarde en el aula, dibujando hojas de ejercicios para que los niños las completaran. Nuestro proyecto por aquel entonces giraba en torno a los reyes y reinas de Inglaterra, un tema que ya empezaba a aburrirme, y ojalá les hubiera preparado ejercicios sobre el Sputnik, la bomba atómica o algo que al menos pudiera interesar un poco a los niños. Pero yo era joven entonces y me preocupaba la opinión del director, así que me incliné por los reyes y las reinas. La mayoría de los niños seguían teniendo problemas para leer hasta las palabras más simples, mientras que otros, como Caroline Mears, ya empezaban a entender los rudimentos de la puntuación. Las preguntas eran sencillas, y dejaba muchísimo espacio en la hoja para que se explayaran todo lo que quisieran al escribir o dibujar las respuestas: «¿Cuántas esposas tuvo Enrique VIII?, ¿sabrías dibujar la Torre de Londres?», etcétera.

La caldera se había apagado y hacía frío hasta en mi rincón del aula, así que me cubrí el cuello y los hombros con la bufanda y me puse el gorro para entrar en calor. Siempre me había gustado el aula a esa hora del día, cuando los niños y los profesores se habían ido a casa y yo había reordenado los pupitres, limpiado el pizarrón y mullido los cojines del rincón de lectura, lista para la mañana siguiente. La tranquilidad y el silencio eran absolutos, más allá del rasgar de mi bolígrafo, y todo parecía suavizarse a medida que desaparecía la luz del exterior. Tenía esa agradable sensación de ser una persona ágil y organizada, una profesora con sus lecciones bajo control, por completo preparada para el trabajo que la esperaba. Era en esos momentos, sentada a solas en mi escritorio y rodeada por el polvo y la quietud, cuando me convencía a mí misma de que les caía bien a los niños. Tal vez, pensaba, algunos incluso me adoran. A fin de cuentas, aquel día se habían portado muy bien, ¿o no? ¿Y acaso no terminábamos ya todos los días con una triunfal hora del cuento, en la que les leía en voz alta pasajes de *Los niños del agua* y los niños se sentaban a mi alrededor, con las piernas cruzadas sobre la alfombra? Claro que había algunos (Alice Rumbold, por ejemplo) que no se estaban quietos, le tiraban del pelo a los demás o se toqueteaban las verrugas de los dedos (me viene a la cabeza Gregory Sillcock), pero los demás estaban claramente absortos en la narración, con la boca abierta, asombrados. Caroline Mears solía sentarse a mis pies y mirarme como si tuviera en mi poder las llaves a un reino en el que ansiaba entrar.

—¿No va siendo hora de que te vayas a casa?

Di un respingo. Julia Harcourt se había plantado en el umbral y se miraba el reloj.

—Como no vayas con cuidado, un día te quedarás encerrada. Yo no sé tú, pero a mí no me haría ninguna ilusión pasar la noche con el pizarrón.

—Ya me iba. Estoy acabando unas cosillas.

Estaba preparada para su respuesta: «Pero ¡si es viernes! ¿No deberías estar preparándote para ir al cine con tu novio?».

Sin embargo, se limitó a asentir y comentar:

—Hace un frío que cala, ¿eh?

Me acordé del gorrito con borla que llevaba y la mano se me fue a la cabeza.

—Has tenido una buena idea —continuó Julia—. Esto en invierno es como una despensa. Yo a veces me meto una botella de agua caliente debajo de la almohadilla de la silla.

Esbozó una sonrisa y yo solté el bolígrafo. Era evidente que no estaba dispuesta a irse sin charlar un rato.

Julia gozaba de la posición privilegiada que le permitía tener su propia silla en la sala de profesores; le caía bien a todo el mundo, pero me había dado cuenta de que, como yo, solía comer sola a la hora del almuerzo, y raramente despegaba los ojos del libro que estuviera leyendo mientras le daba cuidadosos bocados a una manzana. No era tímida: cuando hablaba con los hombres del equipo los miraba a los ojos, incluso al señor Coppard, y también era la responsable de organizar las excursiones escolares al campo. Era conocida por caminar kilómetros y kilómetros con los niños sin hacer ninguna parada, y por convencerlos de lo divertidísimo que era aquello, lloviera o tronara.

Empecé a juntar las hojas de ejercicios en un montón.

—No me había dado cuenta de la hora que era —argüí—. Me voy a ir yendo.

—¿Dónde vivías? —me preguntó, como si se lo hubiera dicho alguna vez.

—Cerca.

Sonrió y entró en el aula. Llevaba un poncho de lana verde intenso y un maletín de cuero pulido que parecía caro, y pensé que le daba mil vueltas a un cesto.

—¿Te parece si nos enfrentamos juntas al temporal?

—Oye, ¿cómo vas? —me preguntó Julia mientras caminábamos a buen ritmo por Queen's Park Road—. No estaba segura sobre si sobrevivirías al primer día. Te vi absolutamente petrificada.

—Es que estaba aterrada —contesté—. Tenía miedo de acabar vomitándote en los zapatos.

Se paró en seco y me miró fijamente con el semblante serio. Pensé que me daría las buenas noches y echaría a andar en la dirección contraria, pero lo que hizo fue acercarse a mí, y, con tono grave, me dijo:

—Pues eso habría sido una catástrofe. Estos son los mejores zapatos que tengo para dar clase. He tachonado los tacones con tapas metálicas para avisar a los niños de que voy para allá. Los llamo «pezuñas».

Me quedé unos segundos sin saber qué responder, pero entonces Julia echó atrás la cabeza y soltó un escandaloso rugido, dejando al descubierto sus rectísimos dientes, y supe que reírme no estaría fuera de lugar.

—¿Y funcionan? —le pregunté.

—¿El qué?

—Las pezuñas.

—Y tanto que funcionan. Cuando llego al aula están todos callados como un muerto. Podría molestarlos como me diera la gana y no dirían ni pío.

—Pues no me quedaría mal un par de esos, la verdad.

—Te están dando dolores de cabeza, ¿eh?

—No te creas. —Me detuve—. Pero Alice Rumbold es una...

—Cabrona.

Julia había entrecerrado los ojos y le brillaban. Me estaba retando a romper a reír de nuevo. Y eso hice.

—Está claro que vas a necesitar unas pezuñas con Alice —concluyó.

Cuando llegamos a la esquina de mi calle, Julia me dio un pellizquito en el brazo y dijo:

—Ya volveremos juntas más veces.

A medida que se acercaba la primavera, comencé a impacientarme más y más. Tom me daba besos en la mejilla y me tomaba de la mano, y todas las semanas nos veíamos al menos una vez, normalmente en tu presencia. Pero yo necesitaba más. Como mi madre se ocupaba de recordarme, aún no era demasiado tarde. Aún.

No sé con exactitud cuándo solía acaecer ese momento terrible, el momento en que se considera que a una mujer se le ha pasado el arroz. Siempre que pensaba en aquello, me imaginaba un reloj viejo y los días pasando con cada tictac. Muchas de las chicas que había conocido en el instituto ya estaban casadas. Sabía que todavía me quedaban algunos años, pero si me descuidaba, los demás profesores me acabarían mirando igual que a Julia, la solterona; la mujer que debía trabajar para ganarse la vida, leía demasiados libros y se le veía de compras los sábados con un carrito en vez de una carreola o un niño de la mano, vestida con unos jeans y evidentemente sin ninguna prisa por llegar a casa. Sin prisa por llegar a ninguna parte, de hecho.

Sé que ahora sonará increíble, pero estoy segura de que por aquel entonces ya me habían llegado rumores de la existencia de esa bestia fantástica, la mujer trabajadora (eran casi los años sesenta, vamos a ver), pero también tengo bastante claro que yo los ignoraba, y que lo último que quería era ser una de esas mujeres. Total, que esa fue la causa del pánico que sentí al frente de la clase, mientras contaba la historia de Perséfone en el inframundo. Les pedí a mis alumnos que dibujaran a Deméter trayendo de vuelta la primavera con su hija, y eché la vista a los árboles desnudos del patio, cuyas ramas se me antojaban venas, negras contra el gris del cielo, y pensé: se acabó la espera.

Y entonces llegó el cambio.

Era una noche de sábado y Tom venía a casa a recogerme. Aquel fue el primer cambio. Solíamos salir al cine o al teatro, pero aquel sábado me había dicho que iría a casa. No se lo había contado a mis padres, porque sabía lo que podría llegar a pasar: mi madre se pasaría el día limpiando la casa, preparando bocadillos, decidiendo qué vestido ponerse y haciéndome preguntas, y mi padre dedicaría el día a prepararse preguntas en silencio para cuando llegara Tom.

Me pasé la tarde fingiendo que leía en mi cuarto. Había colgado mi vestido azul pálido de seda artificial detrás de la puerta para ponérmelo a las primeras de cambio. También tenía un suéter azul de angora; era el tejido más suave que había tocado en la vida. De ropa interior elegante iba bastante justa, ni brasier de satén, ni calzones con volantes, ni camisones de encaje, así que tampoco podía escoger nada especialmente seductor, aunque ojalá hubiera podido. Me dije a mí misma que si Tom volvía a besarme, me iría rápido a Peter Robinson y me compraría algo negro, alguna prenda que hablara por sí misma. Algo que me permitiera convertirme en la amante de Tom.

Estuve varias veces a punto de bajar la escalera y anunciarles a mis padres que Tom venía a recogerme. Pero no acababa de decidir qué me resultaba más atractivo: compartir con ellos esa información o mantenerlo en secreto.

Fui capaz de esperar hasta las seis cincuenta y cinco antes de apostarme en la ventana del dormitorio de mis padres para verlo llegar. Tuve que esperar poco. Apareció unos minutos después de la hora acordada, echando la vista al reloj. Tom solía caminar dando largas zancadas, pero aquel día parecía ir entreteniéndose, mirando las ventanas que iba dejando atrás. Sin embargo, se movía con una especie de liquidez, y yo me acerqué la cortina a la cara e inhalé el olor a humedad para no perder el equilibrio.

Volví a echar un vistazo por la ventana, con la esperanza inconsciente de que Tom alzara la vista y descubriera que lo estaba espiando, pero se limitó a recolocarse el saco y alargar la mano hasta la aldaba. De repente sentí el deseo de que se hubiera puesto su uniforme para que mis padres abrieran la puerta y se toparan con un policía.

Me miré en el espejo de mi madre y vi que me había ruborizado. El vestido azul captaba la luz y la reflejaba de vuelta, y sonreí para mis adentros. Estaba preparada. Y él ya había llegado.

Desde el descansillo de la escalera, oí a mi padre abrir la puerta y escuché la conversación siguiente:

PAPÁ (tosiendo): Hola. ¿Puedo hacer algo por ti?

TOM (con voz tranquila, educado, pronunciando cuidadosamente cada sílaba): ¿Está Marion?

PAPÁ (pausa, levantando un poco la voz): ¿Y tú quién eres?

TOM: Disculpe, tendría que haberme presentado. Me llamo Tom Burgess, soy amigo de Marion. ¿Usted debe de ser el señor Taylor?

PAPÁ (tras una larga pausa, a viva voz): ¡PHYLLIS! ¡MARION! ¡Ha venido Tom! ¡Es Tom! Entra, chico, entra. (Gritando otra vez hacia la escalera.) ¡Que ha venido Tom!

Descendí la escalera lentamente, consciente de que tanto Tom como mi padre estarían al pie, esperando a que bajara.

Todos nos miramos sin mediar palabra, y luego mi padre nos llevó hasta el salón principal, donde solo nos sentábamos en Navidad y cuando la hermana elegante de mi padre, Marjory, venía de Surrey. La estancia olía a cera y carbón, y estaba helada.

—¡Phyllis! —bramó mi padre.

Tom y yo nos miramos durante un instante, y percibí la ansiedad en sus ojos. A pesar del frío del salón, la frente le brillaba de sudor.

—Eres el hermano de Sylvie —observó mi padre.

—En efecto.

—Marion nos ha dicho que te has metido a policía.

—Me temo que sí —respondió Tom.

—En esta casa no tienes por qué disculparte —lo animó mi padre, y encendió la lámpara de pie antes de fulminarlo con la mirada—. Siéntate, muchacho. Me estás poniendo nervioso.

Tom hizo equilibrios en el borde de uno de los cojines del sofá.

—Mira que se lo decimos a Marion, tráete a Tom a tomar el té, y nada. Pero bueno, aquí estás.

—Deberíamos irnos, papá. Vamos a llegar tarde al cine.

—¡PHYLLIS! —Mi padre se plantó en la puerta, bloqueándonos la salida—. Espérate a que tu madre conozca a Tom. Teníamos muchas ganas de conocerte, muchacho. Marion nos ha hecho esperar una eternidad.

Tom asintió y esbozó una sonrisa, y poco después entró mi madre; se había puesto lápiz labial y olía a laca.

Tom se puso de pie y alargó una mano, mi madre se la estrechó y le sostuvo la mirada.

—Bueno —dijo—, pues aquí estás.

—Aquí está —repitió mi padre, y todos nos giramos hacia Tom, quien, de repente, soltó una carcajada.

Nos quedamos callados un buen rato, y vi cómo a mi padre se le empezaba a fruncir el ceño, pero entonces mi madre dejó escapar una risita, un sonido agudo, como un tintineo, algo poco habitual en ella.

—Aquí estoy —dijo Tom, y mi madre se rio otra vez.

—¿No te parece encantador y alto, Bill? —preguntó ella—. Seguro que eres un buen policía.

—Empecé hace poco, señora Taylor.

—No se te escapará nadie, ¿eh? Y encima nadas. —Se volteó hacia mí, asombrada—. Marion se lo ha tenido bien calladito.

Creía que le daría un puñetazo burlón en el pecho, pero en cambio me dio unos golpecitos en el brazo y miró a Tom con una falsa modestia, y él se volvió a reír.

—Tendríamos que irnos —repetí.

Cuando echamos a andar calle abajo, fui consciente de que mis padres nos estarían observando, como si no se acabaran de creer que un hombre como Tom Burgess pudiera estar con su hija.

Tom se detuvo para que nos encendiéramos un cigarro.

—Los impresioné, ¿verdad? —dijo, apagando el cerillo.

Di una fumada exultante y escupí el humo con un cierto dramatismo.

—¿Tú crees? —le pregunté, inocentemente.

Los dos nos reímos. La calle Grand Parade comenzaba a resonar con las voces de las personas que se dirigían a la ciudad. Tomé a Tom de la mano y así estuvimos hasta llegar al Astoria. Se la apreté con fuerza y no se la solté ni siquiera cuando nos acercamos al lugar en el que solíamos verte. Pero, al llegar, no te vi por ninguna parte, y Tom se limitó a seguir andando.

—¿No quedamos con Patrick? —le pregunté, rezagándome.

—No.

—¿Quedamos en otro lugar?

Un hombre pasó corriendo y le dio un porrazo a Tom en el hombro.

—¡Oye, cuidado! —gritó.

El tipo —un chico en realidad, más joven que Tom, con el flequillo grasiento— se volteó y torció el gesto. Tom se mantuvo firme, sin desviar la mirada, hasta que el chico tiró una colilla a la calle, se encogió de hombros y siguió andando.

—Patrick está en Londres este fin de semana —respondió Tom.

Ya casi habíamos llegado al Royal Pavilion. El color crema de los minaretes refulgía contra el negro azulado del cielo. Yo ya sabía que tenías un departamento en la ciudad, pero no me habías dicho que te quedabas allí también los fines de semana. Siempre pasábamos los sábados y los domingos juntos.

No pude evitar sonreír al caer en la cuenta de lo que Tom estaba insinuando. Estábamos solos. Sin ti.

—¡Vamos a tomar algo! —exclamé, y arrastré a Tom hasta el King and Queen.

Estaba decidida a hacer lo que las parejas normales hacían los sábados por la noche, y fingí no haber oído a Tom cuando me comentó que tenía otros planes. De todas formas, allí dentro había montado un buen alboroto; la rocola inundaba el aire de canciones mientras, apoyados en la barra, nos tomábamos nuestras bebidas. La multitud se abría paso a codazos y yo quise quedarme toda la noche allí, sintiendo el calor de Tom a mi lado, observando los músculos de su brazo al levantar el tarro de cerveza suave que había pedido y acercárseo a la boca.

Apenas había probado mi gin-tonic cuando Tom se inclinó hacia mí y me dijo:

—¿Te parece que nos vayamos a otro sitio? Había pensado en...

—Todavía no me he terminado la copa —protesté—. ¿Cómo está Sylvie?

Quería alejar las conversaciones de todo lo que tuviera que ver contigo, Patrick. No quería saber por qué estabas en Londres, ni qué estábamos haciendo allí.

Tom se acabó la pinta y dejó el vaso en la barra.

—Vámonos —insistió—. Aquí no se puede hablar.

Lo seguí con la mirada mientras salía del local. No se dignó ni a voltear hacia mí o llamarme desde la puerta. Se había limitado a exponerme sus deseos y se había marchado. Me bebí de un trago el gin-tonic que quedaba y una fría corriente de alcohol me recorrió las extremidades.

Hasta que no salí a la calle y vi a Tom no me di cuenta de que estaba furiosa. En un abrir y cerrar de ojos, noté cómo el cuerpo se me tensaba y se me aceleraba la respiración. Sentí el brazo de repente rígido y eché la mano hacia atrás, y supe que, si no abría la boca y chillaba, le acabaría dando un buen bofetón. Así que allí, con los pies firmemente plantados en la acera, grité:

—¡¿Se puede saber qué diablos te pasa?!

Tom me observaba con los ojos muy abiertos, sorprendido.

—¿Es que no podemos tomarnos algo como una pareja normal?

Dirigió la vista de lado a lado de la calle. Yo ya sabía que los clientes me estarían mirando y pensando: «Pelirrojas; son todas iguales». Pero me daba completamente igual.

—Marion...

—¡Lo único que quiero es estar a solas contigo! ¿Tanto pido? ¡Es lo que hace todo el mundo!

Se produjo una larga pausa. Yo seguía con los brazos rígidos, pero la mano se me había relajado. Sabía que debería haberme disculpado, pero temía que, si abría la boca, lo único que me saliera fuera un sollozo.

En ese momento, Tom dio un paso al frente, me rodeó la cabeza con las manos y me besó en los labios.

Ahora, echando la vista atrás, pienso: ¿me plantaría el beso solo para que me callara?, ¿para evitar que lo siguiera humillando en público? A fin de cuentas, era agente de policía, aunque estuviera de prueba, y seguro que tras una escena así la población criminal de la ciudad no podría tomárselo muy en serio. Con todo, en aquel momento ni se me pasó por la cabeza. Los labios de Tom sobre los míos —tan repentinos, tan urgentes— me tomaron tan por sorpresa que no pensé en nada más. Y no te imaginas el alivio que fue, Patrick, poder sentir, sin más, para variar. Permitirme fundirme, como se suele decir, en un beso. Y casi fue eso lo que noté. Ese entregarse. Ese deslizarse hacia las sensaciones que te provoca la piel de la otra persona.

Apenas hablamos después del beso. Nos dispusimos a pasear por el paseo marítimo, rodeándonos las cinturas con los brazos, con el viento del mar de cara. En la oscuridad, veía las crestas blanquecinas de las olas, alzándose, avanzando, dispersándose. Muchachos en moto atravesaban Marine Drive a toda velocidad, y me daban una excusa para pegarme aún más a Tom cada vez que alguno pasaba cerca. No tenía ni idea de adónde íbamos, ni siquiera me había planteado la dirección que seguíamos. Me bastaba con pasear con Tom de noche, dejando atrás las barcas volcadas de los pescadores en la costa, lejos de las luces destellantes del muelle, en dirección a Kemp Town. Tom no volvió a besarme, pero yo de vez en cuando recostaba la cabeza en su hombro mientras caminábamos. Ese día me sentí en deuda contigo, Patrick. Incluso valoré la posibilidad de que te hubieras ido a propósito para que pudiéramos estar un rato a solas. «Llévate a Marion a algún sitio bonito —le habrías propuesto—. Y, por el amor de Dios, ¡dale un beso ya!»

No fui consciente de adónde nos dirigíamos hasta que llegamos a Chichester Terrace. Las anchas aceras estaban desiertas. Aquella zona apenas ha cambiado desde que te fuiste: sigue siendo una calle tranquila y segura, con las puertas alejadas de la acera y anunciadas por pares de robustas columnas dóricas y unos escalones de baldosas blancas y negras. En esa calle, las aldabas de latón son todas iguales, y relucen. Las fachadas, de un blanco monótono, están cubiertas por un yeso radiante, y los pasamanos no conocen las imperfecciones ni los desconches. Las largas ventanas reflejan a la perfección las luces de las farolas y algún que otro destello del tráfico. Chichester Terrace es una zona lujosa pero infravalorada, sin la arrogancia de Sussex Square o Lewes Crescent.

Tom se paró y se metió la mano en el bolsillo.

—¿Aquí no vive...?

Él asintió.

—Patrick, sí.

Agitó el juego de llaves delante de mis narices, soltó una risotada breve y saltó los escalones que conducían a la puerta de tu casa. Me dispuse a seguirlo y mis zapatos emitieron un agradable repiqueteo sobre las baldosas. Tom abrió la enorme puerta, que se arrastró pesadamente sobre la gruesa moqueta, y dejó al descubierto una portería empapelada de un amarillo intenso, estampado con tréboles dorados, y una moqueta roja que continuaba escaleras arriba.

—Tom, no entiendo nada.

Tom se llevó un dedo a los labios y me animó a subir. En el descansillo del segundo piso, se detuvo y revolvió las llaves. Estábamos delante de una puerta blanca, junto a la cual habían colgado una plaquita dorada que rezaba: P. F. HAZLEWOOD. Tu puerta. Estábamos justo frente a tu puerta y Tom tenía las llaves.

La boca se me había secado y el corazón me latía a mil por hora.

—Tom —volví a empezar, pero ya había abierto la puerta y habíamos entrado en tu departamento.

Dejó que la puerta se cerrara antes de encender las luces, y durante un breve instante creí firmemente que, después de todo, estarías allí, que Tom gritaría «¡sorpresa!» y que aparecerías parpadeando en el recibidor. Al principio estarías desconcertado, claro, pero no tardarías nada en recomponerte y volverías a ser el de siempre; nos ofrecerías algo de beber, nos darías la bienvenida y estaríamos charlando hasta altas horas de la madrugada, sentados en distintos asientos y escuchándote con atención. Pero el único sonido perceptible era el de la respiración de Tom. Me quedé muy quieta en la oscuridad, hasta que noté a Tom acercarse a mí y la piel se me erizó.

—No hay nadie, ¿verdad? —susurré.

—No —respondió Tom—; estamos solos.

La primera vez que Tom me había besado me apretó tan fuerte con los labios que le había notado los dientes; esta vez, el beso fue más suave. Estaba a punto de rodearle el cuello con los brazos cuando se alejó de mí para encender la luz.

Tenía los ojos azulísimos y un gesto de gravedad. Me estuvo observando una eternidad, allí en tu recibidor, y yo me deleité en la intensidad de aquella mirada. Quería tumbarme y dormirme en ella, Patrick.

Y luego sonrió.

—Tienes que ver el departamento —dijo—. Vamos, que te lo enseño.

Lo seguí en una especie de trance. Notaba el cuerpo entumecido por aquella mirada, aquellos besos. Eso sí: recuerdo que hacía un calor insoportable. Tenías calefacción central, ya en esa época, y me tuve que quitar el saco y el suéter de angora. Los radiadores silbaban y chascaban, y estaban ardiendo.

La primera parada fue, como no podía ser de otra forma, en el gigantesco salón. Aquella estancia era más grande que mi aula, y tenía unos ventanales que iban del suelo al techo. Tom estaba corriendo de un lado para otro, encendiendo unas gigantescas lámparas de mesa, y todo fue cobrando forma despacio: el piano en la esquina; el sofá chéster, hasta arriba de cojines; los muros de color crema cubiertos de cuadros, algunos con su propio foco; la chimenea de mármol gris; la araña, de la que colgaban pétalos de cristal en lugar de gotas y que tenía todos los colores. Y (Tom me lo presentó con honores) la televisión.

—Tom —rezongué, intentando mantener un tono de severidad—. ¿Me vas a explicar a qué viene esto?

—¿No te parece increíble? —Se quitó el *blazer* y lo tiró a un sillón—. Tiene de todo.

Era como un niño preso del asombro y el entusiasmo.

—¡De todo! —repitió, señalando de nuevo la televisión.

—Me sorprende que tenga un cacharro de esos —repliqué—. Pensaba que estaría en contra de esas cosas.

—Opina que es importante estar al día de los nuevos avances.

—Seguro que no ve la ITV.

Era una televisión bastante bonita: chapada con madera de nogal, tallada en forma de voluta en la parte superior e inferior de la pantalla.

—¿Cómo es que tienes sus llaves? —le pregunté.

—¿Te gustaría tomar algo? —Y Tom abrió el mueble bar y dejó al descubierto filas de copas y botellas—. ¿Ginebra? —me ofreció—. ¿Whisky?, ¿brandi?, ¿coñac?

—Tom, ¿qué hacemos aquí?

—¿O mejor un martini?

Fruncí el ceño.

—Marion, por favor. Deja de comportarte como una profesora y tómate aunque sea una copa de brandi. —Me alargó un vaso—. Aquí se está de lujo, ¿o no? No me digas que no te gusta.

Esbozó una sonrisa tan amplia que no me quedó otra que unirme a su alegría. Nos sentamos juntos en el sofá, desternillándonos mientras nos perdíamos entre tus cojines. Cuando por fin conseguí sentarme en el borde de mi lado, atravesé a Tom con la mirada:

—Vamos, dime: ¿qué está pasando aquí?

Él suspiró.

—No está pasando nada, de verdad. Patrick está en Londres y siempre me dice que puedo aprovechar su departamento cuando él no esté...

—¿Vienes mucho?

—Pues claro —contestó, y le dio un largo sorbo a su copa—. Bueno, de vez en cuando.

Hubo una pausa. Dejé el brandi en tu mesilla auxiliar, junto a un montón de revistas de arte.

—Y esas llaves..., ¿son tuyas?

Tom asintió.

—¿Y cada cuánto...?

—Marion —me interrumpió, inclinándose hacia mí para darme un beso en el pelo—. Me alegro un montón de que estés aquí. Y no te preocupes, confía en mí. Patrick está encantado con ofrecernos su casa.

Había algo extraño en su voz, muy poco «Tom», una cierta teatralidad que, en aquel momento, achaqué a los nervios. Contemplé nuestro reflejo en los ventanales: casi parecíamos una joven pareja de la alta sociedad, rodeados de artefactos de buen gusto y muebles caros, disfrutando

113

de una copa juntos un sábado por la noche. En un intento por ignorar la sensación de que aquello estaba ocurriendo en el lugar equivocado y a las personas equivocadas, me terminé la copa de un sorbo y le dije a Tom:

—Enséñame el resto del departamento.

Y me llevó a la cocina. Me acuerdo de que tenías un especiero —era la primera vez que veía algo así—, una pila doble y un escurridor, y las paredes estaban cubiertas de baldosas verde claro. Tom no dejaba de señalarme cosas. Abrió la puerta superior de un refrigerador altísimo.

—El congelador —apuntó—. ¿No te encantaría tener uno así?

Le dije que sí.

—No sé si sabías que es un cocinero excelente.

Expresé sorpresa, y Tom abrió todos los armarios y me mostró lo que contenían, como prueba. Había sartenes de cobre, fuentes de barro, un juego de cuchillos de acero, uno con la hoja curvada que, según Tom, se llamaba tajadera, botellas de aceite de oliva y vinagre blanco, un libro de Elizabeth David en una balda.

—Tú también sabes cocinar —repuse—. Estuviste en el *catering* del ejército.

—Pero no tan bien como Patrick. A mí no me saques de las empanadas con puré de papa.

—A mí me encantan las empanadas con puré de papa.

—Tienes gustos sencillos —replicó Tom, sonriendo— para ser profesora.

—Pues sí —contesté, abriendo el refrigerador—. Soy feliz con un plato de *fish and chips*. ¿Qué hay aquí?

—Me dijo que nos dejaría algo. ¿Tienes hambre? —Tom me apartó para tomar un plato de pollo empanizado frío—

114

. ¿Quieres un poco? —Tomó una alita y arrancó la carne del hueso—. Está rico —añadió con los labios relucientes, alargándome el plato.

—¿Ya le parecerá bien? —le pregunté, pero la mano ya se me había ido a uno de los muslos.

Tom tenía razón: estaba rico; el empanizado era ligero y crujía, y la carne era puro sabor y jugosidad.

—¡Dale ahí!

Tom seguía con los ojos fuera de las órbitas. Iba tomando trozo tras trozo, exclamando mientras tanto las bondades de tu cocina, el gusto del pollo, la delicadez del brandi.

—Vamos a acabárnoslo —propuso.

Así que allí nos quedamos, de pie en la cocina, devorando tu comida, bebiéndonos tu alcohol y lamiéndonos la grasa de los dedos entre risitas.

Luego, Tom me tomó de la mano y me guio hasta otra habitación. Yo para entonces ya me había tomado un par de copas y, cuando me movía, experimentaba una extraña sensación, como si mi entorno no acabara de seguirme el ritmo. No fuimos a tu habitación, Patrick (aunque me encantaría poder decirte que sí). Entramos en el cuarto de invitados. Era una estancia pequeña, blanca, con una cama individual, con prímulas estampadas en la colcha, un espejo sencillo encima de la diminuta chimenea y un armario cuyas perchas chocaban entre sí en el espacio vacío a cada paso que dábamos por el suelo. Una habitación sencilla y práctica.

Sin soltarnos de la mano, nos acercamos a la cama sin que ninguno de los dos se atreviera a mirarla de frente.

Tom había empalidecido y tenía el gesto serio; sus ojos habían perdido la euforia anterior. Me acordé de él en la playa, en lo robusto, sano y feliz que parecía en el agua. Recordé la visión que tuve de él como Neptuno, y estuve a punto de contárselo, pero hubo algo en sus ojos que me hizo echarme para atrás.

—Pues nada —masculló.

—Pues nada.

—¿Te gustaría otra copa?

—No, gracias.

Comencé a tiritar.

—¿Tienes frío? —me preguntó Tom, rodeándome con el brazo—. Se ha hecho tarde. Si quieres que nos vayamos...

—No me quiero ir.

Me dio otro beso en el pelo y, cuando sus dedos me rozaron la mejilla, noté que le temblaban. Me volteé hacia él y las puntas de nuestras narices se tocaron.

—Marion —me susurró—. Es mi primera vez.

Aquella confesión me tomó por sorpresa, y llegué a pensar que cabía la posibilidad de que estuviera jugando la carta de la inocencia por mi propio bien, para hacerme sentir mejor sobre mi propia inexperiencia. ¿Cómo no iba a haber estado con alguien, ni que fuera cuando estuvo en el ejército?

Ahora que escribo esto, y lo recuerdo confesándose con aquella fragilidad, vuelvo a sentir el corazón henchido de amor por él. Con independencia de lo que no llegó a decirme, que se atreviera a admitir algo así fue todo un logro.

Huelga decir que no tenía ni idea de cómo responder a aquella confesión, así que creo que nos quedamos inmóviles, nariz contra nariz, durante un buen rato, como si nos hubiéramos congelado juntos.

Al final, me senté en la cama, me crucé de piernas y dije:

—No te preocupes. No tenemos por qué hacer nada, ¿no?

Yo, claro, tenía la esperanza de que aquello lo impeliera a actuar.

En cambio, Tom se fue hacia la ventana con las manos en los bolsillos y clavó la mirada en la oscuridad.

—Podemos tomarnos otra copa —propuse.

Silencio.

—Me la pasé muy bien —añadí.

Silencio.

—¿Otro brandi?

Silencio.

Suspiré.

—Supongo que ya es un poco tarde. A lo mejor debería irme ya.

En ese momento, Tom se giró hacia mí y se mordió el labio, como si estuviera a punto de romper a llorar.

—¿Qué te pasa? —le pregunté.

Como respuesta, se arrodilló a mi lado y, después de estrecharme la barriga con los brazos, apoyó la cabeza en mi pecho. Se apretó contra mí tan fuerte que pensé que tal vez acabaríamos cayendo sobre la cama, pero conseguí mantenerme recta.

—Tom —insistí—. ¿Qué pasa?

Pero seguía sin responder. Le rodeé la cabeza con la mano y empecé a acariciarle el cabello, entrelazando los dedos en sus preciosos rizos hasta llegar al cuero cabelludo.

Te digo una cosa, Patrick: había una parte de mí que lo que quería era levantarlo del suelo, lanzarlo sobre la cama, arrancarle la camiseta y aplastar mi cuerpo contra el suyo. Pero me quedé inmóvil.

Tom se sentó sobre los talones con el rostro sonrosado y los ojos relucientes.

—Quería ofrecerte algo bonito —farfulló.

—Es bonito, de verdad. Precioso.

Otra larga pausa.

—Y quería que supieras... cómo me siento.

—¿A qué te refieres, Tom?

—Quiero que seas mi esposa —anunció.

II

29 DE SEPTIEMBRE DE 1957

¿Que por qué vuelvo a escribir? Cuando sé que debo ser cauto. Cuando sé que plasmar mis deseos sobre papel es una locura. Cuando sé que esos escandalosos esperpentos que no cejan en merodear por la ciudad no hacen más que complicárnoslo al resto. (La semana pasada vi a Gilbert Harding en su espantoso Rolls gritándole algo por la ventana a un pobre chico que iba en bicicleta. No supe si reírme o echarme a llorar.)

¿Que por qué vuelvo a escribir? Porque hoy la situación es diferente. Incluso podría decirse que todo ha cambiado. Así que aquí estoy, escribiendo este diario. Y eso implica indiscreciones, pero esto no me lo puedo callar. No voy a dar nombres, no soy tan imprudente, pero sí escribiré esto: he conocido a alguien.

¿Que por qué vuelvo a escribir? Porque Patrick Hazlewood, de treinta y cuatro años, no se ha rendido.

Creo honestamente que es perfecto. Ideal, incluso. Y no es solo por su cuerpo (aunque también sea ideal, dicho sea de paso).

Mis aventuras —basándome en lo que han sido, y han sido más bien pocas— suelen ser complicadas. Largas. Reticentes, tal vez. No soy capaz de comprender cómo hay personas como Charlie, capaces de llevarlo con tanta despreocupación. Los hombres del Meat Rack tienen sus encantos, pero es todo tan... No quiero decir sórdido, de verdad, pero sí... Efímero. De una fugacidad hermosa y terrible al mismo tiempo.

Lo quemaré en cuanto acabe. Una cosa es plasmarlo sobre papel, y otra muy distinta dejar que esas hojas acaben ante cualquier par de ojos dispuestos a devorarlas.

Todo comenzó con una mujer de mediana edad sentada en la acera. Yo iba paseando por Marine Parade. Era una mañana radiante y calurosa de finales de verano. El día: martes. La hora: sobre las siete y media. Era temprano para mí, pero iba de camino al museo para ponerme al día con el papeleo. Mientras paseaba, pensando en lo agradable que era poder disfrutar de la paz y la soledad, y prometiéndome que me levantaría una hora antes cada día, vi un coche —un Ford color crema, lo recuerdo bien— golpear la rueda de una bicicleta. Lo justo. Hubo una pequeña demora antes de que la bicicleta se tambaleara lo suficiente como para que el ciclista se cayera sobre la acera con los brazos extendidos y las piernas enredadas entre las ruedas. El coche siguió su marcha como si nada, así que corrí a socorrer a la mujer en apuros.

Cuando llegué, se había sentado por su cuenta en el borde de la acera, por lo que descarté daños serios. Debía de tener unos cuarenta y tantos años y llevaba la cesta y el manillar hasta arriba de bolsas de todo tipo —de tela, de papel, de una especie de lona—, de modo que no me sorprendió que hubiera perdido el equilibrio. Le toqué el hombro y le pregunté si estaba bien.

—¿A ti qué te parece? —ladró, y yo di un paso atrás. Su voz era puro veneno.

—Está en *shock*, claro.

—Lo que estoy es lívida. Ese cabrón me ha dado.

Daba lástima verla. Tenía los anteojos torcidos y el sombrero, ladeado.

—¿Cree que puede ponerse de pie?

Torció el gesto.

—Aquí hace falta un policía. ¡Hace falta un policía pero ya!

Al no ver otra alternativa más que cumplir con sus deseos, eché a correr hacia la cabina de policía más cercana, en la esquina de Bloomsbury Place, creyendo que podría llamar desde allí, dejarla en manos de un policía servicial y seguir con lo mío el resto del día.

Nunca he tenido demasiada paciencia con los policías. Siempre me ha asqueado su brutalidad, esos cuerpos fornidos embutidos en gruesa lana, esos cascos ridículos encajados en sus cabezas como botes de mermelada negra. ¿Qué fue lo que dijo aquel agente de policía sobre el incidente en la *suite* Napoleon, cuando dejaron a aquel chico con media cara destrozada hasta tocar el hueso? «El puto mariquita ha tenido suerte de que no le hayan arrancado otra cosa.» Creo que eso fue exactamente lo que dijo.

En definitiva, no me hacía especial ilusión encontrarme cara a cara con un policía. Me preparé ante la inquisitiva mirada de arriba abajo y las cejas arqueadas como respuesta a mi voz. Los puños apretados como respuesta a mi sonrisa. La frialdad como respuesta a «mi aspecto».

Sin embargo, el hombre que salió de la cabina cuando me acerqué era harina de otro costal. Lo supe nada más verlo. Para empezar, era un tipo altísimo, con unos hombros que parecían poder soportar el peso del mundo y, aun así, tenían una forma exquisita. No se percibía ninguna protuberancia. Me acordé de inmediato de aquel soberbio joven griego con el brazo roto del Museo Británico. Ese brillo motivado por la belleza y la fuerza, esa forma de exudar la calidez del Mediterráneo (¡y, aun así, de fundirse a la perfección con el entorno británico!). Aquel chico era igual. Llevaba el repugnante uniforme con desenvoltura, y apenas me costó darme cuenta de que había vida palpitando bajo la áspera lana negra del saco.

Nos miramos durante unos instantes; él con el gesto serio, yo habiéndome quedado sin palabras.

—Buenos días —exclamó, mientras yo trataba de recordar lo que iba a decirle. Qué había ido a buscar allí.

Finalmente, balbuceé:

—N-necesito su ayuda, agente.

Esas fueran mis palabras. Y sabe Dios que las pronuncié con el corazón en la mano. Era una petición de ayuda, un ruego de protección. Ahora me acuerdo del día en que me hice amigo de Charlie en la escuela. Acudí a él desesperado, convencido de que podría ayudarme a poner fin al acoso. Y lo que hizo fue enseñarme a que me importara menos. Charlie siempre se había comportado con una cierta indiferencia, y eso era algo que los repelía —o que, según él, les transmitía un «aléjense»—, y a mí siempre me había fascinado. Me fascinaba y deseaba hacer lo mismo.

—Ha habido un accidente —proseguí—. Una señora se ha caído de la bicicleta.

—Lléveme hasta allí.

A pesar de su juventud, se las arreglaba para transmitir confianza. Caminaba derrochando energía y determinación, con el ceño algo fruncido, formulándome las preguntas reglamentarias: ¿he sido el único testigo?, ¿qué he visto?, ¿recuerdo el modelo del coche?, ¿he llegado a ver al conductor?

Respondí lo mejor que pude, dispuesto a ofrecerle toda la información que necesitara sin dejar de seguir el ritmo de sus largas zancadas.

Cuando regresamos con la mujer, ella seguía sentada en la acera, pero advertí que había recuperado la fuerza suficiente para recoger las bolsas que se le habían caído. En cuanto vio al policía, su comportamiento cambió por completo. De repente todo eran sonrisas. Alzó la vista hacia él con los ojos resplandecientes y los labios recién lamidos, y declaró que estaba bastante bien, que se lo agradecía de corazón.

—Ay, no, agente, ha habido un malentendido —se disculpó, sin dignarse a mirarme—. El coche se ha acercado, pero no ha llegado a darme. Se me han resbalado los pedales. Son estos zapatos... —Nos mostró sus desgastados zapatos de salón como si fueran un par de tacones de una bailarina de Hollywood—. Y estaba algo distraída, agente, entiéndame, tan temprano...

Y siguió dándole a la lengua, como una cotorra alborotada. Mi policía iba asintiendo, impasible, mientras ella le soltaba sus necedades.

Cuando se quedó sin energía, él le preguntó:

—Entonces, ¿no la ha tirado?

—En absoluto.

—¿Y se encuentra bien?

—Mejor que nunca.

Alargó una mano para que él la ayudara a levantarse, y eso hizo, aunque con la misma inexpresión de antes.

—Ha sido un placer conocerlo, agente.

Se estaba montando en la bicicleta, sonriendo como si se le fuera a desencajar la mandíbula.

Mi policía le devolvió el gesto.

—Vigile por dónde va —le recomendó, y los dos la observamos alejarse en la distancia.

Se volteó hacia mí y, antes de que pudiera darle alguna explicación, me dijo:

—Vaya pajarraca chiflada, ¿eh?

Y esbozó una sonrisa sutil, de esas de las que estoy convencido que deben hacer que se derritan los jóvenes agentes de policía durante sus períodos de prueba.

Se fiaba plenamente de lo que le había contado. Me creía a mí, no a ella. Y ya confiaba en mí lo suficiente como para haber insultado a una señora en mi presencia.

Yo me eché a reír.

—Al final ha sido un incidente más bien anecdótico...

—Como casi siempre, señor.

Alargué una mano.

—Patrick Hazlewood.

Dudas. Estuvo observando los dedos que había extendido, y me pregunté brevemente si habría algún tipo de norma policial que prohibía todo tipo de contacto físico —salvo a la hora de aplicar la fuerza— con el público general.

Poco después, me estrechó la mano y me dijo su nombre.

—Debo reconocer que se ha desenvuelto muy bien —me atreví a comentar.

Ante mi sorpresa, las mejillas se le sonrosaron un poco. Fue tremendamente conmovedor.

—Gracias, señor Hazlewood.

Me estremecí, aun siendo consciente del error que sería pedirle que me tuteara a aquellas alturas.

—Supongo que se topará con este tipo de cosas a menudo, ¿no? ¿Con personas complicadas?

—Con algunas. —Una breve pausa, y añadió—: Pocas, la verdad. Soy nuevo. Llevo en el cuerpo de policía unas pocas semanas.

De nuevo, aquella confianza inmediata y ciega me llegó al corazón. No era como el resto. No noté en ningún momento esa mirada inquisitiva. No permitió que le cruzara el rostro ninguna sombra de duda al oír mi voz. No se cerró por completo. Se había abierto, y así siguió.

Me dio las gracias por mi ayuda y se marchó.

Eso fue hace dos semanas.

El día posterior al «accidente», volví a pasar por delante de su cabina de policía. Ni rastro de él. Y yo aún flotaba. Todas las chicas del museo se habían dado cuenta. «Qué alegre viene hoy, señor H.» Saltaba a la vista. Silbando Bizet fuera donde fuera. Lo sabía. Sin más. Un pálpito. Era cuestión de tiempo. Era cuestión de jugar bien mis cartas. De no apresurarse. De no asustarlo. Sabía que podíamos ser amigos. Sabía que podía ofrecerle lo que quería. Lo mío era ir poco a poco. Soy consciente de que existen placeres más inmediatos y seguros en el Argyle. O (Dios no lo quiera) en el Spotted Dog. Y no es que me desagraden esos lugares. Lo que más me deprime es la competencia. Todas las minorías adineradas vigilándose entre ellas, apostándose para pasar la noche, reclamando lo que entra por la puerta. Sí, tiene su gracia (me acuerdo de un marinero en concreto que acababa de llegar de Pompeya, con un ojo vago y unas caderas de infarto). Pero lo que yo quiero... bueno, es muy sencillo. Quiero algo más.

Total. Segundo día. Lo atisbé en Burlington Street, pero estaba tan lejos que tendría que haber echado a correr para poder alcanzarlo. Y no estaba dispuesto a eso. Aun así silbé, tal vez demasiado bajo; y floté, tal vez a demasiada poca altura.

Tercer día: allí estaba, saliendo de la cabina. Me apresuré un poco para alcanzarlo, pero no llegué a correr. Estuve caminando un rato detrás de él, a una distancia de unos cien metros, sin perder detalle de su esbelta cintura, de la palidez de sus muñecas lanzándome destellos mientras él bajaba por la calle. Llamarlo habría sido una ordinariez. Poco grato. Pero lo cierto es que yo no podía andar más rápido. A fin de cuentas, es policía; no creo que hubiera aceptado de buen grado que otro hombre le hiciera sombra.

Así que lo dejé ir. Tenía todo un fin de semana por delante. Aunque, claro, me había olvidado de que los policías no siguen los horarios del resto de los mortales, y no me esperaba en absoluto toparme con él en St. George's Road cuando salí a comprar el periódico. El día: sábado. La hora: las 11:30, aproximadamente. Otro caluroso día de mediados de septiembre, radiante como pocos. Venía andando hacia mí por el borde de la acera. En cuanto vi el uniforme, el pulso se me aceleró. Llevaba toda la semana igual, excitándome en cuanto veía un uniforme de policía. Una costumbre peligrosísima, todo sea dicho.

Esto fue lo que pensé: miraré en su dirección, y si él no me devuelve la mirada, se acabó lo que se daba. Lo dejaré en paz. Puede devolverme el gesto o seguir andando. Tras tantos años de experiencia, he descubierto que esa es la forma más segura de proceder. Si no le abres la puerta a los problemas, no atravesarán el umbral. E intentar captar la vista de un policía es un asunto tremendamente arriesgado.

Así que me volteé hacia él, y él me estaba mirando de frente.

—Buenos días, señor Hazlewood —exclamó.

Yo estaba exultante, seguro, cuando nos paramos e intercambiamos unos cuantos comentarios amables sobre la clemencia del tiempo. Tenía una voz dulce. No era aguda, pero tampoco hablaba con el tono grave típico de los policías. Era grave, delicada. Como los mejores tabacos de pipa.

—¿Está tranquila la mañana, de momento? —le pregunté.

Asintió.

—¿No ha tenido más problemas con nuestra amiga ciclista?

Esbozó una media sonrisa y negó con la cabeza.

—Entonces supongo que hoy es un día ideal para trabajar, ¿no? —comenté, tratando de prolongar nuestra charla—. Pasearse por la ciudad y que todo esté en orden.

Me miró fijamente a los ojos y torció el gesto.

—Uy, para nada. Necesito un caso. Nadie te toma en serio hasta que has tenido algún caso.

Creo que está intentando aparentar una cierta solemnidad, a pesar de su juventud. Está impaciente por impresionar a los demás, por no decir nada fuera de lugar. Era algo que no se correspondía con su sonrisa, con la vida que notaba palpitar bajo el uniforme.

Se produjo una pausa antes de que me preguntara:

—Y usted... ¿a qué se dedica?

Tenía un precioso acento de Brighton, de clase baja, y tampoco hacía nada por modificarlo cuando hablaba conmigo.

—Trabajo en el museo. En la galería de arte. Y pinto, de vez en cuando.

Los ojos se le iluminaron de súbito.

—¿Es usted artista?

—Algo así. Pero no es ni de lejos tan apasionante como lo suyo. Asegurarse de que haya paz. Mantener la seguridad en las calles. Detener criminales...

Hubo otra pausa antes de que él soltara una carcajada:

—Bromea.

—No, se lo digo muy en serio.

Lo miré fijamente a los ojos y él desvió la vista, farfulló algo sobre que tenía que ponerse en marcha y nos despedimos.

Una nube se posó sobre la ciudad. Me pasé todo el día preocupado por si me había pasado de la raya, si había hablado demasiado, si lo había halagado más de la cuenta, con excesivo entusiasmo. Aquel domingo llovió, y estuve muchas horas observando por la ventana el gris neutro del mar, desanimado ante la posibilidad de haber perdido a mi policía. Puedo hacer un gran berrinche. Soy así desde niño.

Lunes. Sexto día. Nada. Paseando por Kemp Town mantuve la cabeza gacha y no permití que me distrajera ningún uniforme.

Martes. Séptimo día. Estaba caminando por St. George's Road cuando oí pasos, rápidos y decididos, detrás de mí. Por inercia, me dispuse a cruzar de acera, pero me detuve al oír una voz.

—Buenos días, señor Hazlewood.

Aquel tono como de humo de pipa era inconfundible. Me tomó tan por sorpresa que me giré de golpe y respondí:

—Llámame Patrick, por favor.

Y otra vez esa sonrisa, la que los policías no deberían usar. Las mejillas ligeramente sonrosadas. Esa capacidad de mostrar una atención entusiasta.

Fue la sonrisa lo que me animó a lanzarme a la piscina.

—Tenía la esperanza de encontrarme con usted. —Bajé el ritmo para ponerme a su altura—. Tengo un proyecto entre manos. Imágenes de personas normales. Dependientes, carteros, granjeros, cajeras, policías, ese tipo de profesiones.

No dijo nada. Ya íbamos casi a la misma velocidad, aunque yo tuve que apretar el paso para seguir el ritmo de sus largas zancadas.

—Y usted sería un sujeto ideal. —Sabía que estaba yendo demasiado rápido, pero cuando empiezo a hablar, me suele costar contenerme—. Estoy preparando unos estudios sobre la vida, de sujetos adecuados, como usted, para compararlos con retratos pasados, personas normales de Brighton, que es lo que el museo necesita, lo que nosotros necesitamos; ¿qué le parece? Personas reales, y no tanto estirado.

Tenía la cabeza ladeada, lo que me hizo pensar que me estaba escuchando con suma atención.

—Es algo que espero poder exponer en el museo. Forma parte de mi plan para atraer público... general, digamos. Creo que si ven a personas, bueno, como ellos, será más probable que se animen a entrar.

Él se detuvo y me miró fijamente.

—¿Qué debería hacer?

Exhalé.

—Nada de nada. Solo tiene que sentarse. Yo lo dibujo. En el museo, si le parece. Solo le robaré un puñado de horas de su tiempo. —Intenté mantener una expresión circunspecta. Neutra. Hasta fui capaz de hacer un gesto de indiferencia con la mano—. Depende de usted, claro está. Pero me ha venido a la cabeza al habernos encontrado...

Y entonces se quitó el casco y le vi el pelo por primera vez, el pelo y la exquisita forma de su cráneo. Estuve a punto de perder el equilibrio. Su cabello forma ondas y rizos; lo tiene corto, pero lleno de vida. Percibí una pequeña marca alrededor de su cuero cabelludo, provocada por ese casco espantoso que llevaba puesto. Se pasó la mano por la nuca, como si tratara de eliminar la línea, y se volvió a colocar el casco.

—Bueno —comenzó—, ¡es la primera vez que me piden que haga de modelo!

En ese momento sentí miedo. Miedo de que me hubiera descubierto y se cerrara por completo.

Sin embargo, lo que hizo fue soltar una breve carcajada y añadir:

—¿Se expondrá mi retrato en el museo?

—Pues... sí, tal vez...

—Vamos, me apunto. Sí. ¿Por qué no?

Nos estrechamos la mano —la suya enorme, fría—, concertamos una cita y nos despedimos.

Al alejarme, comencé a silbar, y tuve que contenerme. Luego estuve a punto de echar un vistazo por encima del hombro (¡patético, más que patético!), y también tuve que contenerme.

Me pasé el resto del día sin oír más que el «sí» de mi policía.

30 DE SEPTIEMBRE DE 1957

Es tardísimo, no consigo pegar ojo. Pensamientos intrusivos —y negativos— me persiguen. He pensado en quemar mi última entrada muchas veces. No puedo. ¿Qué otra cosa podría convertirlo en algo real, más que mis palabras sobre el papel? Si no se lo puedo contar a nadie, ¿cómo voy a convencerme de que su presencia es real, de que mis sentimientos son reales?

Es un mal hábito, esto de anotarlo todo. A veces creo que es un pobre reemplazo de la vida real. Todos los años hago borrón y cuenta nueva; lo quemo todo. Hasta las cartas de Michael. Y ahora me arrepiento.

Desde que conocí a mi policía, estoy más convencido que nunca de que nada podrá devolverme a aquel abismo. Cinco años desde que perdí a Michael, y no pienso permitirme el lujo de regodearme en lo que pasó.

Mi policía no se parece en nada a Michael. Y esa es una de las muchas cosas que me gustan de él. Cuando pienso en mi policía, las palabras que me vienen a la mente son *delicadeza* y *deleite*.

No pienso volver a caer en el abismo. El trabajo me ha ayudado. Proyectos constantes, regulares. La pintura puede ser una herramienta magnífica si eres capaz de asumir el rechazo, las semanas esperando a que te vengan las musas, las cantidades de mierda infecta que debes descartar antes de lograr algo medianamente decente. No. Lo mejor son los horarios fijos. Tareas pequeñas. Recompensas pequeñas.

Por eso, como es obvio, mi policía es tan peligroso, por mucha *delicadeza* y *deleite* que me ofrezca.

Michael y yo solíamos bailar. Todos los miércoles por la noche. Y yo cuidaba hasta el más mínimo detalle. Chimenea encendida. Cena casera (le encantaba todo lo que tuviera nata y mantequilla. Todas las salsas francesas —*sole au vin blanc, poulet au gratin à la crème landaise*— y, para terminar, si me daba tiempo, *Saint Émilion au chocolat*). Una botella de burdeos. Las sábanas limpias, una toalla preparada. Un traje recién planchado. Y música. Toda esa magia sentimental que tanto adorábamos. Caruso para empezar (yo siempre lo he detestado, pero lo soportaba por Michael), seguido de Sarah Vaughan cantando «The Nearness of You». Nos pasábamos horas tomados de la cintura, dando vueltas por la moqueta como un matrimonio, él apretando sus mejillas ardientes contra las mías. Los miércoles eran un lujo, no lo niego. Para él y para mí. Yo le preparaba sus platos favoritos, bien cargados de mantequilla (que, luego, a mí me machacaban el estómago), tarareábamos «Danny Boy» por encima de la canción y él, a cambio, bailaba en mis brazos. Hasta que no se hubieran terminado los discos y las velas se hubieran consumido formando charcos de cera, no me desvestía lentamente, aquí, en la sala de estar, y volvíamos a bailar, desnudos, en un silencio absoluto salvo por la respiración entrecortada.

Pero de eso hace mucho tiempo.

Es jovencísimo.

Sí, ya sé que yo no soy un vejestorio. Y juro por Dios que mi policía me hace sentir como si volviera a ser un chico. Como el niño de nueve años que asomaba la cabeza por la verja de la casa de Londres de sus padres para espiar al chico del carnicero cuando hacía el reparto entre los vecinos. Esas rodillas. Gruesas pero con una forma exquisita, con costras, descarnadas, excitantes. Una vez me llevó a comprar en bici. Yo temblaba mientras me agarraba al asiento, observando cómo levantaba y bajaba el culo con cada pedaleo. Temblaba, sí, pero me sentía más poderoso y capaz de lo que me había sentido en la vida.

Escúchenme. Chicos de los carniceros.

Me digo a mí mismo que la edad, en este caso, es una ventaja. Tengo experiencia. Soy profesional. Lo que no debo ser nunca es paternalista. Una marica vieja con un Adonis que no hace más que depender de su dinero. ¿Será eso lo que me está pasando? ¿Es eso en lo que me estoy convirtiendo?

Toca dormir.

1 DE OCTUBRE DE 1957

7:00

Esta mañana me siento mejor. Estoy escribiendo mientras desayuno. Hoy es el día. Mi policía está vivito y coleando y hemos quedado de vernos en el museo.

Más me vale contener el entusiasmo. Es imprescindible que mantenga una cierta distancia profesional. Al menos por ahora.

En el trabajo, se me conoce por ser todo un caballero. Cuando me llaman artista, no percibo ni un atisbo de malicia. Ayuda que la mayoría de mis colegas sean mujeres jóvenes y que casi todas tengan cosas más importantes de las que preocuparse que mi vida privada. La sosegada y misteriosa señorita Butters —Jackie para mí— me apoya. Y el director, Douglas Houghton..., bueno. Casado. Dos hijas, la niña en el internado femenino Roedean. Miembro del Hove Rotary Club. Pero John Slater me comentó que se acuerda de haber visto a Houghton en Peterhouse, donde no ocultaba su esteticismo. Poco importa. Es su negocio y hasta ahora no me ha dado muestra alguna de que esté al corriente de que pertenezco a una minoría. No intercambiamos ni una sola mirada que se salga de lo estrictamente oficial o legítimo.

Cuando llegue mi policía le hablaré sobre mi campaña para celebrar una serie de conciertos a la hora del almuerzo, de entrada libre, en el vestíbulo de la entrada, en la planta baja. Música que se deslizará hasta Church Street durante ese momento tan ajetreado que es la comida. Estoy pensando en jazz, aunque soy por completo consciente de que será imposible que me acepten algo mucho más atrevido que Mozart. La gente se detendrá a escuchar, entrarán y tal vez le echen un vistazo a nuestra colección de arte mientras disfrutan de la música. Conozco a un buen montón de músicos que accederían encantados por un poco de visibilidad, ¿y qué nos cuesta poner unas cuantas sillas en el vestíbulo? El problema es que hay una cierta resistencia por parte de los poderes fácticos (y esto se lo remarcaré). Houghton opina que un museo debería ser un «remanso de paz».

—No estamos en una biblioteca, señor —apunté la última vez que mantuvimos nuestro debate habitual sobre el tema. Estábamos tomando un té después de la junta mensual.

Él arqueó las cejas y agachó la vista hasta su taza.

—¿Ah, no? ¿Acaso no es una especie de biblioteca del arte, de las antigüedades? ¿Un lugar en el que los objetos bellos se ordenan y se le ofrecen al público?

Removió el té triunfal y le dio unos golpecitos a la cerámica con la cucharilla.

—*Touché* —reconocí—. Lo que quería decir es que no tiene por qué ser un espacio silencioso. No estamos en un lugar de culto...

—¿Ah, no? —repitió—. No pretendo pecar de profano, Hazlewood, pero ¿acaso los objetos bellos no merecen ser venerados? Este museo es un refugio para los retos que nos presenta el día a día, ¿me equivoco? Aquí hay paz y reflexión para aquellos que las busquen. ¿No te recuerda eso a una iglesia?

«Pero ni de cerca igual de asfixiante», pensé. Este sitio puede hacer muchas cosas, pero no condena a nadie.

—Tiene toda la razón, señor, pero mi intención es hacer más atractivo el museo. Que esté disponible, y que incluso resulte interesante, para todas aquellas personas que por lo general no buscarían este tipo de experiencias.

Emitió un leve gorjeo con la garganta.

—Y eso es encomiable, Hazlewood. De verdad. Nadie te dirá lo contrario. Pero no te olvides: puedes acompañar a un caballo al agua, pero no puedes obligarlo a beber. ¿Mmm?

Los cambios llegarán. Con o sin Houghton. Y me aseguraré de que mi policía esté al corriente de todo.

19:00

Que llueva significa que vamos a tener trabajo en el museo, y hoy el agua ha anegado Church Street, chocando con furia contra los neumáticos y las ruedas de bicicleta, empapando zapatos y salpicando medias. Y así hemos recibido a los visitantes, con las caras mojadas, relucientes, y los cuellos de las camisas oscurecidos por la lluvia, en busca de refugio. Se han abierto paso a través de la pesada puerta, se han sacudido el agua, han dejado los paraguas en el paragüero y han buscado un lugar seco. Luego han seguido andando, salpicando de agua las baldosas mientras veían las exposiciones, siempre con un ojo pegado a las ventanas, con la esperanza de que el tiempo cambiara.

En el piso de arriba, yo aguardaba. El invierno pasado pedí que me instalaran una estufa de gas en el despacho. Me planteé encenderla para animar un poco la estancia en un día tan gris, pero luego me pareció innecesario. El despacho bastará, será suficiente para impresionarlo. Escritorio de caoba, silla con ruedas, ventanal con vistas a la calle. Recogí algunos papeles del sillón de la esquina para que tuviera algún sitio donde sentarse y le pedí a Jackie que nos subiera té a las 16:30. Estuve un buen rato ocupado con una pila de correspondencia, pero me pasé la mayor parte del tiempo contemplando el agua caer por los cristales. Miré la hora más de lo habitual. Pero no tenía ningún plan de acción. No sabía exactamente qué decirle a mi policía. Confiaba en que, de algún modo, comenzaríamos con buen pie y los pasos siguientes se manifestarían por sí solos. Cuando estuviera en esta estancia, frente a mí, todo iría como la seda.

A las cuatro en punto, ni un minuto más, ni un minuto menos, recibí una llamada de Vernon desde recepción para informarme de que mi policía había llegado. ¿Debería haberle dicho que subiera? Aunque lo más sensato habría sido pedirle que se fuera directo hacia mi despacho, y evitar así la atención de otros miembros del equipo, le dije que no. Que ya bajaría yo a buscarlo.

No me escondo: quería fanfarronear. Enseñarle el museo. Subir juntos por la escalinata.

Al no llevar el uniforme, me costó unos segundos reconocerlo. Estaba admirando el gigantesco gato del vestíbulo. Brazos cruzados, espalda recta. Parecía mucho más joven sin los botones de plata y el casco alto. Y me gustó aún más. Un *blazer* discreto (empapado en la parte de los hombros), jeans claros, sin corbata. El cuello a la vista. El pelo alisado por la lluvia. Tenía un aspecto tan infantil que me sobrevino la sensación de que había cometido un error atroz. Estuve a punto de ponerle alguna excusa y enviarlo a casa. Es demasiado joven. Demasiado vulnerable. Y, sobre todo, demasiado bello.

Mientras pensaba en todo eso, me planté en el último escalón de la escalera y lo observé durante unos instantes mientras él examinaba el enorme gato.

—Si se le echan monedas, ronronea —le dije, acercándome a él.

Alargué una mano en un gesto de profesionalidad, y él me la estrechó sin pensárselo dos veces. Y cambié de idea de inmediato. No era ningún error. Y lo último que haría sería enviarlo a casa.

—Me alegro de que haya podido venir —añadí—. ¿Ha estado aquí alguna vez?

—No. Es decir..., creo que no.

Hice un gesto despreocupado con la mano.

—¡Claro que no! Con este olor a rancio y a viejo... Pero para mí, en cierta manera, es un hogar.

Tuve que controlarme para no saltar los escalones de dos en dos mientras él me seguía escalera arriba.

—Tenemos algunas exposiciones exquisitas, pero no creo que tenga tiempo de...

—Me sobra tiempo —replicó—. Tengo turno de mañana estos días. Entro a las seis y salgo a las tres.

¿Qué podría mostrarle? Ni que esto fuera el Museo Británico. Quería impresionarlo sin pasarme de la raya. Decidí que mi policía vería algo hermoso, en lugar de algo que pudiera suponerle un reto o le resultara extraño en uno u otro sentido.

—¿Le interesa algo en particular? —le pregunté cuando llegamos al primer piso.

Se frotó un lado de la nariz y se encogió de hombros.

—No tengo mucha idea sobre arte.

—Ni falta que hace. Por eso es tan maravilloso. Lo importante es cómo reacciona uno. O lo que siente, por así decirlo. En el fondo, no tiene nada que ver con el conocimiento.

Lo guié hasta la sala de las acuarelas y los grabados. La luz era tenue, grisácea, y estábamos solos salvo por un elegante anciano que casi estaba tocando la vitrina con la nariz.

—Pues esa no es la idea que tenía —dijo, sonriendo.

Bajó la voz al acercarnos a las obras de arte, como casi todo el mundo. Es un enorme placer y todo un misterio ver cómo cambia la gente cuando viene aquí. No sé si se debe a una admiración genuina o a un respeto esclavo por los protocolos del museo. Sea como sea, las voces se acallan, los pasos se ralentizan, las risas se amortiguan. Y todo se sume en un estado de una cierta concentración. Siempre he pensado que en los museos la gente se abstrae y, al mismo tiempo, toma más conciencia de lo que la rodea. Mi policía no fue la excepción.

—¿Qué idea? —le pregunté, balanceándome sobre los tacones, devolviéndole la sonrisa y bajando también la voz—. ¿Lo que aprendió en la escuela? ¿En los periódicos?

—Bueno, es una idea general, ¿sabe?

Le mostré mi esbozo de Turner favorito de la colección. Ninguna sorpresa: olas rompiendo y espuma latiendo, pero con esa delicadeza tan propia de Turner.

Él asintió.

—Está lleno de... vida, ¿verdad?

Su voz ya se volvió prácticamente en un susurro. El anciano nos dejó solos. Vi cómo se sonrojaba y comprendí el riesgo que estaba asumiendo al articular una opinión así en mi presencia.

—Exacto —le susurré de vuelta, casi como si estuviéramos conspirando—. Lo captó, sin duda.

Ya en mi despacho, él se dio una vuelta por la estancia, examinando mis fotografías.

—¿Este es usted?

Estaba señalando una en la que yo aparezco con los ojos entrecerrados por el sol en Merton. Está en la pared opuesta a mi escritorio porque la hizo Michael; su sombra se intuye en el fondo. Siempre que miro esa fotografía no veo mi propia imagen —estoy escuálido, tengo demasiado pelo y la barbilla un poco hundida, poso sin gracia con una chamarra a cuadros que no era de mi talla—, sino la de Michael, con su preciada cámara, diciéndome que posara en serio, con cada tendón de su ágil cuerpo concentrado en el momento exacto de capturarme en la película. Lo curioso es que aún no éramos amantes, pero en esa fotografía hay parte de la promesa —y la amenaza— de lo que estaba por venir.

—Ese soy yo. En otra vida.

Se alejó de mí y carraspeó.

—Por favor, siéntese —le ofrecí.

—Estoy bien de pie.

Tenía las manos entrelazadas por delante de él. Un breve silencio. De nuevo, reprimí el miedo a haber cometido un terrible error. Me senté en mi escritorio. Carraspeé. Fingí que ordenaba unos papeles. Acto seguido, llamé a Jackie para que subiera el té, y la esperamos sin que nuestras miradas llegaran a cruzarse.

—Le agradezco de corazón que haya venido —dijo, y él asintió. Volví a intentarlo—: Por favor, ¿no le gustaría sentarse?

Miró de reojo la silla que tenía detrás, soltó un leve suspiro y al final se ha dejado caer en el asiento. Jackie entró con el té y la observamos en silencio mientras servía dos tazas. Ella miró por encima del hombro a mi policía, luego a mí, sin torcer en ningún momento su gesto impasible. Ha sido mi secretaria desde que empecé a trabajar en el museo y nunca ha mostrado ningún tipo de interés por mis aventuras, que es justo lo que a mí me gusta. Hoy ha sido como cualquier otro día. No me ha preguntado nada ni ha parecido sentir ni un ápice de curiosidad. Jackie siempre está impecable, sin un pelo fuera de lugar, el lápiz labial bien aplicado, y es bastante eficiente. Corre el rumor de que perdió a su amor durante el brote de tuberculosis de hace unos años, y no ha vuelto a casarse. A veces la oigo desternillándose con las otras chicas, y hay algo en esa risa que me enerva un poco, un ruido no tan distinto a las interferencias de una radio, pero Jackie y yo raramente bromeamos entre nosotros. Hace poco se compró unos lentes ojos de gato nuevos con engastes de circonitas diminutas en la parte superior que le confieren un aspecto extraño, un cruce entre reina del glamur y directora de instituto.

144

Al inclinarse sobre el carrito, contemplé el rostro de mi policía y me di cuenta de que no seguía los movimientos de Jackie con los ojos.

Cuando se fue y los dos alzamos nuestras tazas, me preparé para lanzarle una perorata. Me giré hacia la ventana para no tener que mirar a mi policía a la cara mientras le resumía mi proyecto ficticio.

—Probablemente querrá conocer un poco mejor esta idea de los retratos —empecé.

Y me puse a hablar Dios sabe durante cuánto rato, describiendo mis planes, usando palabras como *democrático*, *nuevas perspectivas* y *visión*. No me atreví a mirarlo en ningún momento. Mi objetivo principal era que relajara aquel cuerpo robusto en las desgastadas almohadillas, así que seguí hablando y hablando, con la esperanza de que mis palabras pudieran tranquilizarlo. O, como mínimo, aburrirlo hasta someterlo.

Cuando terminé, se produjo una pausa antes de que él dejara la taza en la mesa y dijera:

—Es la primera vez que me pintan.

Entonces claro que lo miré y vi su sonrisa, el delicado cuello abierto de su camisa, sus cabellos reposando sobre mi antimacasar. Y contesté:

—No tiene de qué preocuparse. Lo único que debe hacer es quedarse quieto.

—¿Cuándo empezamos?

No había previsto ese entusiasmo. Había dado por supuesto que necesitaríamos varias reuniones antes de ponernos manos a la obra. Un período de calentamiento. Ni siquiera traje los materiales.

—Ya empezamos —dije.

Parecía desconcertado.

—Conocerse es parte del proceso. Los esbozos aún tardarán un poco en llegar. Es importante que exista un entendimiento previo. Saber un poco más del otro. Solo así seré capaz de traducir su personalidad en un cuadro... —Me detuve, valorando si debía seguir por esa línea de persuasión—. No puedo dibujarlo si no sé quién es. ¿Se entiende?

Sus ojos se fueron hacia la ventana.

—Entonces, ¿hoy no habrá pintura?

—Nada de pintura.

—Me resulta un poco... raro.

Me miró fijamente, y yo no desvié la vista.

—Es el procedimiento estándar —contesté antes de sonreír y añadir—: El mío, vaya. —Por la expresión de sorpresa de su rostro, creí que lo mejor era seguir presionándolo; de perdidos al río—. Dígame: ¿le gusta ser policía?

—¿Esto forma parte del procedimiento?

Sonreía con sutilidad, removiéndose en su silla.

—Por ejemplo.

Soltó una breve carcajada.

—Pues sí, creo que sí. Es un buen trabajo. Mejor que muchos.

Seleccioné una hoja de papel y tomé un lápiz para parecer más profesional.

—Me alegra saber que estoy haciendo algo por la ciudadanía —continuó—. Proteger a la gente y eso.

Anoté *protección* en la hoja. Sin alzar la vista, le pregunté:

—¿Qué más hace?

—¿Cómo?

—Además del trabajo.

—Ah. —Estuvo pensando unos segundos—. Nado. En el club de natación marítima.

Eso explicaba aquellos hombros.

—¿Incluso en esta época del año?

—Todos los días, sin excepción —anunció con un orgullo sin florituras. Anoté la palabra *orgullo*.

—¿Qué cree que hace falta para ser un buen nadador en el mar?

No hubo vacilación en su respuesta.

—Amar el agua. Te tiene que encantar estar metido en el mar.

Me imaginé sus brazos cortando las olas, las piernas envueltas en algas. Anoté *amor*. Acto seguido, taché la palabra y escribí *agua*.

—Mire, señor Hazlewood...

—Patrick, por favor.

—¿Puedo pedirte algo?

Se inclinó hacia delante y yo solté el lápiz.

—Lo que sea.

—No serás uno de esos... Ya me entiendes...

Entrelazó las manos con nerviosismo.

—¿Un qué?

—... Uno de esos artistas modernos.

Estuve a punto de echarme a reír.

—No tengo claro a qué te refieres con...

—A ver, ya te he dicho que no sé nada sobre arte, pero lo que quiero decir es que, cuando me dibujes, se parecerá a mí, ¿no? No será como... uno de esos edificios de departamentos nuevos ni nada.

Ahí sí que me reí. No pude evitarlo.

—Te aseguro que nunca podría hacerte parecer un edificio de departamentos.

Parecía algo incómodo.

—Perfecto. Quería asegurarme. Nunca se sabe...

—Pues sí. Tienes razón.

Miró su reloj.

—¿A la misma hora la semana que viene? —le pregunté.

Asintió. En la puerta, se volteó hacia mí y dijo:

—Gracias, Patrick.

Aún puedo oírlo pronunciando mi nombre. Fue como oírlo por primera vez.

A la misma hora la semana que viene.

Para mí, una eternidad.

3 DE OCTUBRE DE 1957

Dos días desde que nos vimos y la impaciencia ya me está carcomiendo por dentro. Hoy, sin venir a cuento, Jackie me ha preguntado:

—¿Quién era aquel muchacho?

Primera hora de la tarde. Me estaba entregando las actas de mi última reunión con Houghton. Ha dejado caer la pregunta sin despeinarse, pero con un gesto que no le había visto nunca; uno de una curiosidad sincera. No me ha pasado por alto ni siquiera con esos lentes de circonitas oscureciéndole los ojos.

Evitar el tema es como echarle gasolina al fuego, así que he respondido:

—Un sujeto.

Se ha plantado una mano en la cadera, esperando algo más.

—Nos estamos organizando para hacerle un retrato. Es un proyecto nuevo. Personas corrientes de la ciudad.

Ha asentido.

Luego, después de una breve pausa, ha añadido:

—¿Deduzco entonces que él es «corriente»?

Estaba husmeando. Las otras chicas deben de haber estado hablando sobre él. Sobre mí. Claro, vamos, «alimenta el chisme», he pensado. Deshazte de ella.

149

—Es policía —digo finalmente.

Hay una pausa mientras Jackie digiere la información. Me he dado media vuelta y he tomado el auricular del teléfono para insinuarle que se marchara, pero no ha entendido la indirecta.

—No parece policía —ha replicado.

He fingido no oírla y he comenzado a marcar un número.

Cuando por fin se ha ido, he dejado el auricular y me he quedado inmóvil para que el corazón se me relajara. «No tienes de qué preocuparte», me he dicho. La curiosidad es humana. ¿Cómo no van a querer las chicas saber quién es? Un joven atractivo, desconocido. No es algo que se suela ver en el museo. Y poco importa. Es algo transparente. Profesional. Y Jackie es leal. Jackie es discreta. Misteriosa, pero de fiar.

Pero. La sangre me bombeaba con fuerza en el pecho. Me pasa con cierta frecuencia. Fui al médico. Langland. Dicen que es comprensivo. Hasta cierto punto, claro. Creo que es bastante aficionado al psicoanálisis. Se lo expliqué: me suele pasar de noche, cuando intento dormirme. Tumbado en la cama, juro que me veo un músculo protuberante dándome saltos en el pecho. Langland dijo que era del todo normal. O, como mínimo, habitual. Un latido ectópico, según él. También dijo que me sorprendería saber lo típico que es. A veces los latidos se invierten, y por eso la taquicardia puede llegar a ser más evidente. Me lo demostró:

—En lugar de hacer PUM-pum —me explicó, dando un manotazo en el escritorio—, hace pum-PUM. No es nada grave.

—Ah —exclamé—. Es decir, que es trocaico en vez de yámbico.

Creo que mi observación le hizo gracia.

—Exacto —respondió con una sonrisa.

Ahora que le he puesto nombre me preocupa un poco menos, pero me sigue costando horrores ignorarlo. Mi corazón trocaico.

Me he quedado sentado en el escritorio hasta que se ha relajado. Luego me he marchado. He salido del despacho, he atravesado la larga galería, he bajado la escalinata, he dejado atrás el gato del dinero y he huido a la calle.

Me ha sorprendido que nadie me parase. Ni una sola persona se ha girado hacia mí mientras caminaba. Fuera lloviznaba y se había levantado viento. Rachas de aire húmedo y salobre me han asaltado desde el otro lado del Steine. La brisa arrastraba notas metálicas del puerto aquí y allá. He cruzado hasta la calle St. Jame's. A pesar de que el cielo tenía un tono parduzco, he agradecido un poco de aire fresco después de estar en el museo. He apretado el paso. Sabía adónde iba, pero no tenía ni idea de lo que haría cuando llegara. Qué más da. He seguido adelante, alentado por haber escapado del despacho sin apenas obstáculos. Aliviado por los latidos regulares de mi corazón. PUM-PUM. PUM-PUM. PUM-PUM. Nada extraño. Sin prisa. Ninguna sensación de movimiento del pecho a la cabeza ni el martilleo de la sangre en las orejas. Pulso firme, igual que mis pasos hasta la cabina de policía.

La lluvia ha arreciado. He salido sin saco ni paraguas y se me han empapado las rodillas. Y el cuello de la camisa. Pero he agradecido la sensación de la lluvia en la piel. Cada paso que daba me acercaba más a él. No tenía por qué justificarme o excusarme. Necesitaba verlo, y punto.

La última vez que me sentí así fue con Michael. Tenía tantas ganas de verlo que todo me parecía posible. Las convenciones, las opiniones de los demás, la ley, todo se antoja risible frente a tus deseos, al impulso por alcanzar el amor. Es un estado de euforia, pero también es una sensación muy efímera. De buenas a primeras, te ves caminando bajo la lluvia, calado hasta los huesos, sabiendo que deberías estar sentado en tu escritorio. Las mujeres con niños te apartan de un codazo y miran de reojo al tipo que anda sin abrigo ni sombrero por una calle comercial a media tarde. Las parejas mayores que se apresuran por llegar a las paradas de autobús te embisten con los paraguas. Y tú piensas: «Aunque esté allí, ¿qué voy a decirle?». Claro que, en ese momento, en ese instante de euforia en el que todo parece posible, las palabras sobran. Sencillamente, te lanzas a los brazos del otro y él al fin lo entiende todo. Todo. Pero cuando esa sensación empieza a desvanecerse, cuando otra mujer te acaba de soltar un «disculpa» después de pisarte el pie de todas formas, cuando echas un vistazo al reflejo del escaparate del Sainsbury's y vislumbras a un tipo con los ojos fuera de las órbitas que chorrea agua, que ha dejado atrás la primera juventud, observándote boquiabierto, caes en la cuenta de que sí necesitarás palabras.

¿Y qué le habría dicho? ¿Qué excusa podría haberle puesto para plantarme en su cabina a aquella hora, mojado de arriba abajo? ¿«No podía esperar más» o «necesitaba hacer unos esbozos preliminares urgentes»? Supongo que podría haber jugado la carta del artista temperamental.

Aunque es probable que sea más conveniente reservarla para momentos más complicados.

Total, que he dado media vuelta. He vuelto a cambiar de sentido y he puesto rumbo a casa. Allí, he telefoneado a Jackie y le he dicho que no me encontraba bien. Le he contado que he salido por el periódico (algo que tampoco es inaudito durante los descansos vespertinos en el museo) y me han entrado náuseas. Que me he pasado el resto del día en la cama y que mañana estaría de vuelta. Que les dijera a todas las personas que llamaran que mañana atendería sus consultas. No la he notado sorprendida. No me ha preguntado nada más. «Bien, Jackie, leal como siempre», he pensado. ¿De qué me preocupaba antes?

He corrido las cortinas. He encendido la calefacción. El departamento no estaba frío, pero necesitaba entrar en calor lo más rápido posible. Me he quitado la ropa mojada. Me he metido en la cama con la pijama que tanto detesto. Franela, rayas azules. Me lo pongo porque es mejor que estar desnudo en la cama. Estar desnudo es un recordatorio de que estás solo. Si estás desnudo, lo único con lo que puedes frotarte son las sábanas. Al menos la franela actúa como capa de protección sobre la piel.

Al final no he llorado. Cuando me he tumbado, las extremidades me pesaban y tenía la mente nublada. No he pensado en Michael. No he pensado en mí escabulléndome por las calles tras un fantasma, como un imbécil. Me he limitado a sacudirme hasta que he dejado de temblar, y luego me he dormido. Me he pasado la tarde durmiendo hasta entrada la noche. Luego me he despertado y he escrito esto.

Y ahora voy a volver a acostarme.

4 DE OCTUBRE DE 1957

Estoy escribiendo esto un viernes por la noche. Ha sido un día ciertamente satisfactorio.

Después de aquella pequeña recaída, me había resignado a soportar la larga espera hasta el martes. Pero no ha hecho falta. Cuatro y media. Tras una reunión aburrida hasta decir basta con Houghton, he atravesado la galería principal pensando vagamente en el té y la galleta de crema que me iba a tomar, o, para ser más exactos, en el hecho de que solo faltaban tres días hasta el martes.

Y entonces: la silueta inconfundible de sus hombros. Mi policía contemplaba con la cabeza inclinada un Sisley más bien mediocre que ahora mismo tenemos como préstamo temporal. Sin uniforme (el mismo *blazer* del otro día). Magníficamente vivo, respirando allí mismo, en el museo, en carne y hueso. Me lo había figurado tantas veces durante los últimos días que me he frotado los ojos, igual que las chicas descreídas de las películas.

Me he acercado a él. Se ha dado la vuelta y me ha mirado a los ojos, y luego al suelo. Algo tímido. Como si lo hubiera tomado desprevenido. PUM-pum, latía mi corazón trocaico.

—¿Ya has acabado la ronda? —le he preguntado.

Ha asentido.

—Me gustaría dar otra vuelta y ver con qué tendría que competir mi pintura. —Y la vista otra vez al suelo—. No quiero ser un problema para ti.

—No te preocupes —he contestado, guiándolo ya hasta mi despacho.

Lo he invitado a entrar y le he hecho un gesto de cabeza a Jackie para que nos trajera el té, ignorando su expresión de interés. Se ha sentado en el sillón. Yo me he apostado en el borde del escritorio.

—Bueno. ¿Has visto algo interesante?

No ha vacilado ni un instante.

—Sí. Hay uno de una mujer, sin ropa, sentada en una roca, con unas piernas como de cabra...

—Sátiros. De la escuela francesa.

—Me ha parecido muy interesante.

—¿Ah, sí? ¿Por qué?

La vista otra vez al suelo.

—Bueno, porque las mujeres no tienen piernas de cabra, ¿no?

He sonreído.

—Forma parte de la mitología... de la antigua Grecia. Es una criatura llamada sátiro, mitad humana...

—Sí, pero ¿no es simplemente una excusa?

—¿Una excusa?

—Sí, el arte. ¿No es una excusa para ver..., bueno, gente desnuda? Mujeres desnudas.

Esta vez no ha agachado la cabeza. Me ha mirado con tanta convicción, con el azul cristalino de esos ojillos suyos, que he sido yo quien ha tenido que desviar la vista.

—A ver. —Me he estirado los puños de la camisa—. Es verdad que existe una cierta obsesión con las formas humanas, con los cuerpos, y sí, a veces una celebración de las beldades de la carne, por así decirlo, de hombres y mujeres...

Le he lanzado una ojeada rápida, pero Jackie ha escogido ese momento para entrar con el carrito del té. Llevaba un vestido amarillo narciso, ajustadísimo en la cintura. Zapatos amarillos a juego. Un collar de cuentas amarillas. El efecto era casi cegador. He visto a mi policía procesar aquella imagen dorada con lo que creo que era un ligero interés. Pero luego se ha girado hacia mí y ha vuelto esa sonrisilla casi clandestina.

Jackie, ajena a nuestro intercambio de miradas, ha exclamado:

—Me alegro de volver a verlo, señor...

Le ha dicho su nombre. Ella le ha alargado el té.

—¿Viene a que le hagan el retrato?

Se ha ruborizado.

—Eso mismo.

Una breve pausa mientras ella se resistía a soltar el platillo, como si se estuviera preparando para seguir metiendo las narices.

Me he puesto de pie y le he sujetado la puerta.

—Gracias, Jackie.

Ella se ha llevado el carrito con una sonrisa forzada.

—Perdón, por la parte que me toca.

Él ha asentido, dándole sorbitos al té.

—¿Qué me estabas explicando?

—¿Cómo?

—Sobre los cuerpos desnudos.

—Ay, sí. —Me he vuelto a sentar en la esquina del escritorio—. Sí. Mira, si te interesa, te puedo enseñar algunas muestras fascinantes.

—¿Ahora?

—Si tienes tiempo...

—Claro —ha respondido, sirviéndose una segunda galleta. Come rápido, e incluso hace ruido. Con la boca ligeramente abierta. Disfrutando cada bocado. Le he acercado el plato.

—Toma todas las que quieras —le he ofrecido—. Luego te enseñaré una cosa.

Nos quedaba media hora antes de que el museo cerrara. He decidido ir al grano: el Ícaro de bronce. Caminábamos en paralelo, en silencio, hasta que he aventurado:

—Sin ánimo de ofender, ¿verdad que es inusual que a un policía le interese el arte? ¿Tienes algún colega al que creas que también pueda gustarle?

Ha soltado una carcajada repentina, sonora y desinhibida, que ha retumbado por toda la galería.

—Dios mío, para nada... —ha balbucido.

—Qué lástima.

Se ha encogido de hombros.

—En la comisaría, si te gusta el arte, eres un blandengue. Como poco.

Nos hemos mirado. Juro que me estaba sonriendo con los ojos.

—Bueno..., supongo que esa es la percepción general...

—Solo conozco a otra persona a quien le gusta.

—¿Ah, sí? ¿Quién?

—Una amiga. Es profesora, de hecho. Aunque ella es más de libros. Pero, a ver si me explico, a veces debatimos...

—¿Sobre arte?

—Sobre todo. Le estoy enseñando a nadar. —Ha dejado escapar otra carcajada, esta vez más controlada—. Es malísima. No mejora por nada.

«No me extraña», he pensado.

He retomado la marcha, guiándolo hasta la galería de esculturas. «Amiga», me ha dicho. Una fugaz revelación. Que no cunda el pánico. Cuando ha hablado de ella, no se le ha alterado lo más mínimo el color del rostro. No me ha evitado los ojos ni un instante. Me las puedo arreglar con una «amiga». «Amiga.» «Novia.» «Compañera.» «Prometida.» Puedo arreglármelas con todas esas. Tengo experiencia. Después de todo, Michael tenía novia. Qué poquito valía, la pobre. Estaba todo el día dándole sándwiches. Era tierna, a su manera.

«Esposa», si me apuras. Creo que me las puedo arreglar con una esposa. Las esposas se quedan en casa, eso es lo bueno que tienen. Están en casa, son discretas y se alegran de quitárselo de encima. Normalmente.

«Amante» sí que no. Con las amantes es distinto.

—Esto es el *Ícaro* de Albert Gilbert. Es un bronce. Nos lo han dejado prestado.

Allí estaba, rodeado por las alas como si de la capa de un torero se tratara, sin hoja de parra. Lo más impresionante, para mí, era la fe ciega que había depositado en esas alas. Inútiles, frágiles, sujetas a sus brazos por un par de abrazaderas, y aun así creía en ellas como un niño creería que una capa puede volverlo invisible. Tiene una musculatura joven, una cadera levantada, la pierna flexionada, y el pecho refleja la luz que le llega de arriba. La línea que va desde la garganta hasta la ingle muestra una curvatura delicada. Está solo sobre una roca, mirando con timidez al suelo. Tiene un gesto serio y absurdo, y es hermoso.

Mi policía y yo nos hemos plantado delante, y le he preguntado:

—¿Conoces la historia?

Me ha mirado de reojo.

—Me temo que volvemos a la mitología griega. Ícaro y su padre, Dédalo, escaparon de una prisión con la ayuda de unas alas hechas de plumas y cera. Sin embargo, y a pesar de las advertencias del padre, Ícaro voló demasiado cerca del sol, las alas se derritieron y..., bueno, te puedes imaginar el resto. Es una fábula que se les suele contar a los niños en la escuela para que conozcan los peligros de una ambición desmesurada. Y para que se les quede muy grabado la importancia de escuchar a sus padres.

Se había inclinado hacia delante, exhalando aire sobre la vitrina. Estaba rodeando la escultura, asimilando al muchacho desde todos los ángulos, mientras yo lo observaba desde la distancia. Nos hemos encontrado con el reflejo del otro en el cristal, con nuestros rostros fundiéndose y entrelazándose con el Ícaro dorado de Gilbert.

Habría querido decirle: «No sé nadar. Enséñame. Enséñame a atravesar las olas contigo».

Pero no me he atrevido. En su lugar, con toda la ilusión posible, le he dicho:

—Deberías traerla.

—¿A quién?

Justo la respuesta que esperaba.

—A tu amiga. La profesora.

—Ah, Marion.

—Marion. —Hasta el nombre es de profesora. Me vienen a la cabeza medias gruesas, y unos lentes aún más gruesos—. Tráela un día.

—¿A ver el museo?

—Y a que me conozca.

Se ha enderezado, se ha llevado una mano al cuello y ha fruncido el ceño:

—¿Quieres que forme parte del proyecto?

He esbozado una sonrisa. Poco ha tardado en preocuparse por que le usurpen el sitio.

—Puede ser —he respondido—. Pero tú eres nuestro primer sujeto. Vamos viendo cómo evoluciona el proyecto. ¿Quedamos así?

—El martes.

—El martes. —E, impulsivamente, he añadido—: ¿Te importaría que nos viéramos en otro sitio? En mi despacho apenas hay espacio, y tampoco tengo todo el equipo que necesitaría. —Me he sacado una tarjeta de visita del bolsillo y se la he entregado—. Podríamos quedar aquí. Tendrá que ser un poco más tarde. ¿A las siete y media?

Ha echado un vistazo a la tarjeta.

—¿Es tu estudio?

—Sí. Y mi hogar.

Le ha dado la vuelta a la tarjeta antes de metérsela en el saco. Sonriendo, ha dicho:

—Hecho.

No sabría decir si ha sido una sonrisa de felicidad ante la idea de ir a mi departamento, de interés por mis tretas para llevarlo allí o de simple vergüenza.

Da igual. Lleva la tarjeta en el bolsillo. Y el martes nos vemos.

5 DE OCTUBRE DE 1957

Me levanté con una resaca de campeonato. Me desperté tardísimo y me senté a tomarme un café, a comerme un pan tostado y a releer a Agatha Christie con la esperanza de que remitiera. De momento, no ha habido suerte.

Anoche, cuando acabé de escribir, decidí acercarme al Argyle. En parte, no me entusiasmaba la idea de pasar otra larga noche solo, esperando a que llegara el martes. Pero en el fondo lo que sucedía era que tenía el orgullo subido por el éxito. El chico iba a venir aquí, a mi departamento. Había accedido. Y vendría solo, el martes por la noche. Habíamos contemplado juntos el Ícaro y me había regalado su sonrisa secreta y había accedido a venir.

Así pues, creí que podría divertirme un poco en el Argyle. Lo que nunca hay que hacer es ir a esos lugares cuando estás deprimido o te sientes solo. No hacen más que agravar la miseria, sobre todo si acabas marchándote solo. Pero si estás optimista..., bueno: el Argyle es el sitio indicado. Es un lugar lleno de posibilidades.

Hacía muchísimo que no iba; desde que conseguí el trabajo de conservador, ya hace unos años, me he visto obligado a ser discreto. Tampoco es que antes fuera distinto, la verdad. Michael y yo apenas salíamos. Los miércoles eran el único día que podíamos pasar toda la noche juntos, y no estaba dispuesto a malgastarlo llevándolo por ahí ni compartiéndolo con nadie. Solía visitarlo durante el día, pero él siempre me quería fuera de su habitación a las ocho en punto, por si a la casera le daba por sospechar.

Pero incluso pasar por delante del Argyle es arriesgado. ¿Y si Jackie me viera mirando la puerta? ¿O Houghton? ¿O cualquiera de las chicas del museo? Aunque, claro, si sueles ir a bares, aprendes a tomar una serie de precauciones: esperar a que caiga la noche, ir solo, no mirar a nadie a los ojos mientras caminas por la calle, no entrar en ningún establecimiento que esté demasiado cerca de tu casa... Por eso disfruto tanto de mis noches en Londres con Charlie. Es mucho más fácil pasar desapercibido en aquellas calles. Brighton, por muchos aires de cosmopolita que se dé, es una ciudad pequeña.

Era una noche deprimente, húmeda y templada, con pocas estrellas. Daba gracias por la lluvia; me daba una excusa para refugiarme debajo del paraguas más grande que tengo. Eché a andar por el paseo marítimo, dejando atrás el Palace Pier, y crucé hasta King's Road para evitar el centro. Andaba rápido, pero sin prisa. Doblé hacia Middle Street con la cabeza gacha. Por suerte, eran casi las nueve y media y las calles estaban bastante tranquilas. Todo el mundo estaba acabándose sus copas.

Me deslicé a través de la puerta negra (adornada únicamente por una plaquita dorada: HOTEL ARGYLE), me registré con el mismo nombre que uso siempre en ese tipo de lugares, me quité el abrigo, dejé el paraguas chorreante en el paragüero y entré en el bar.

A la luz de las velas. Una chimenea que emanaba demasiado calor. Sillones de cuero. «Stormy Weather» sonando en el piano, interpretada por un chico oriental. Se dice que había tocado en el Hotel Raffles de Singapur. Olor a ginebra, perfume Givenchy, polvo y rosas. Siempre hay rosas frescas en la barra. Anoche eran de un amarillo pálido, delicadísimas.

De inmediato, he reconocido esa sensación familiar de ser el centro de atención de más de una docena de pares de ojos masculinos. Una sensación que hace unos equilibrios exquisitos entre el placer y el sufrimiento. Tampoco es que todos se hubieran girado a mirarme, en el Argyle no se permitirían tales impertinencias, pero mi presencia no había pasado desapercibida. Iba como un pincel: antes de salir de casa me había arreglado el bigote, echado aceite en el pelo y seleccionado el saco que me quedaba mejor (el gris marga de Jermyn Street), así que estaba preparado. Me mantengo en forma; calistenia todas las mañanas. Una de las pocas cosas que le debo al ejército. Y no tengo ni una sola cana en la cabeza. Nunca me han obsesionado esas cosas, pero me mantengo alerta. Estaba listo. Derrochaba elegancia, pensé. Era —y en mi cabeza eso ya está cobrando carácter de extraña realidad— un artista a punto de embarcarse en un nuevo y atrevido proyecto como retratista.

Me acerqué a la barra, asegurándome de no mirar a nadie a los ojos. Lo primero era tener una copa en la mano. Las señoritas Brown estaban, como siempre, sentadas en sus altos taburetes detrás de la barra. La más joven —que ya debía de rondar los sesenta años— lleva las cuentas. La mayor da la bienvenida a los caballeros y sirve las bebidas.

Me saludó con un collar alto de encaje y un cigarro en la mano; se había acordado de mi nombre.

—¿Y cómo va la vida? —me preguntó.

—Ahí vamos.

—Pues ya somos dos. —Esbozó una sonrisa cálida—. Me alegro muchísimo de verlo aquí otra vez. Uno de los chicos le tomará la comanda.

La señorita Brown sénior es famosa por intercambiar mensajes entre los clientes. Tú le deslizas una nota por la barra y ella se la hace llegar al destinatario. Si no viene esa noche, guarda la nota detrás de una botella de crema de cacao que hay en la repisa inferior. Siempre hay trozos de papel nuevos detrás de esa botella. Nadie dice nada; se limita a entregarte la nota mezclada con el cambio.

La Duquesa del Argyle, como se le conoce, anotó el martini seco que le había pedido y me acompañó hasta una mesa junto a la ventana en saliente, profusamente cubierta con cortinas. Se había empolvado la cara y llevaba su habitual saco militar rojo ajustado. A los pocos sorbos, comencé a relajarme y eché un vistazo a lo que me rodeaba. Reconocí un par de rostros. Bunny Waters, distinguido como siempre, sentado a la barra, con unas mangas de camisa blanco brillante, varias pulseras de oro y un chaleco bermellón. Parece que él también me había reconocido, puesto que me dirigió un sutil movimiento de cabeza y levantó la copa, y yo le devolví el gesto. Hubo un Año Nuevo en que lo vi bailando *foxtrot* con un adonis. No había nadie más bailando. Ahora tengo dudas de que llegara a ocurrir, aquella imagen de dos elegantes hombres de pelo oscuro danzando por la estancia, captando la atención y la admiración de todos sin que nadie llegara a sentir la necesidad de hacer el más mínimo comentario. Fue un momento para el recuerdo. Todos coincidimos en silencio en que fue algo hermoso e inusual, y que quedaría entre nosotros. Reaccionamos como si fuera lo más normal del mundo. Más tarde me enteré de que Bunny estaba en el Queen of Clubs la noche en que les cayó una redada por, en teoría, no tener licencia para servir cenas. No sé cómo lo arregló, pero evitó el escándalo con la prensa, los empleados y la policía, y no presentaron cargos en su contra. Hubo otros que no tuvieron tanta suerte.

En una mesa cercana a la mía vi a Anthony B. Estoy convencido de que Charlie tuvo un fugaz *affaire* con él, el año antes de que se mudara a Londres. Lo llamaba Anton. Tiene el mismo aspecto respetable de siempre; estaba leyendo el *Times*, con el pelo algo más canoso, y no dejaba de mirar hacia la puerta, aunque se sentiría en casa en cualquier club de caballeros. Sigue con los mismos mofletes rubicundos. Hay algo especialmente atractivo en los hombres respetables con las mejillas sonrosadas. Una sugerencia, tal vez, de que su copa está rebosando. De que no siempre pueden contener sus emociones. De que bajo aquel exterior impasible se oculta muchísima sangre; una sangre que, antes o después, acabará brotando.

Yo creo que no me ruborizo desde el instituto. Era mi cruz. «Hierba fría y húmeda —me decía Charlie—. Imagínatela. Permítete tumbarte encima.» No me funcionó ni una sola vez. Uno de los profesores de educación física siempre me decía que me daba vergüenza. «Vamos, Hazlewood. Hazme el favor de moverte un poco, ¿quieres? No vas a tener vergüenza toda la vida, ¿no?». Por Dios, qué asco le tenía. Solía soñar que le tiraba ácido a esa cara sudorosa que tenía.

Me pedí otro martini seco.

A eso de las diez, entró un muchacho de pelo castaño, tan corto y áspero que parecía el pellejo de un animal. Tenía la cara afilada y un cuerpo menudo, aunque bien proporcionado. Todos los parroquianos se removieron en su asiento cuando el chico se detuvo en el umbral, se encendió un cigarro y se dirigió hacia la barra dando largas zancadas. Mantuvo la cabeza gacha durante todo el trayecto, igual que había hecho yo. Lo mejor es dejar que los demás te miren bien antes de devolverles la mirada.

Aquel muchacho se tomó su tiempo. Se quedó plantado en la barra, con la espalda muy recta, después de que la señorita Brown sénior le ofreciera asiento y él lo rechazara. Pidió una *baby tolly*, algo que me resultó adorabilísimo. Luego siguió fumando, observando su propio reflejo en el espejo que había detrás de la barra.

Mi policía no se comportaría así. Entraría sonriendo y saludando a los desconocidos con un gesto de cabeza, con educación, y mostraría interés por el entorno. Me permití imaginarme la escena: los dos entrando por la puerta, sacudiendo la lluvia de nuestros abrigos. La señorita Brown sénior nos preguntaría cómo nos iba la vida y los dos responderíamos que mejor que bien, gracias, e intercambiaríamos una sonrisa llena de significado antes de retirarnos a nuestra mesa de siempre. Todas las miradas se posarían sobre nosotros, en el adonis y el atractivo caballero. Charlaríamos sobre la película o el espectáculo que acabábamos de ver. Cuando nos levantáramos para marcharnos, habría un toquecito en el hombro; le tocaría el hombro a mi policía en un gesto sutil pero inconfundible, un gesto que diría: «Vámonos, querido, se hace tarde, es hora de volver a casa y acostarse».

Pero él jamás pisaría un lugar así. Si se ha cruzado ya con los secuestradores de la brigada antivicio, no me cabe duda de que está al tanto de todo. Las señales sugieren que es un joven sensible, eso sí. Capaz de ser distinto. Capaz de resistirse. (Estoy tan animado ahora mismo que pocas veces me he sentido tan ingenuo y tan optimista, a pesar de la resaca.)

Me pedí otro martini seco.

Y luego pensé: ¿por qué no? El joven de la barra aún no se había pedido nada más; seguía contemplando el vaso vacío. Así que me senté a su lado. A una distancia prudente. Con el cuerpo apartado de él, en dirección a la estancia.

—¿Qué estás tomando? —le pregunté. Por algún sitio hay que empezar.

Respondió sin dudarlo:

—*Whisky*.

Le pedí un *whisky* doble a la Duquesa y los dos observamos a la señorita Brown sénior mientras servía la copa.

Me dio las gracias mientras alzaba el vaso, y se bebió la mitad de un trago sin mirarme en ningún momento.

—¿Sigue lloviendo? —insistí.

Vació el vaso.

—A mares. Carajo, tengo los zapatos empapados.

Le pedí otra copa.

—¿Por qué no te sientas conmigo al lado del fuego? Te secarás en un momento.

Entonces sí que me miró. Tenía los ojos muy grandes y un gesto hambriento y demacrado en su pálido rostro. Algo joven pero frágil. Sin añadir nada más, volví a mi mesa y me senté, convencido de que no tardaría en acercarse.

«Pase lo que pase —pensé—, veré a mi policía el martes. Irá a mi departamento. Hasta entonces, puedo disfrutar de esto, acabe como acabe.»

Apenas tardó unos segundos en unirse a mí. Insistí en que aproximara su silla al fuego, más cerca de donde yo estaba. Y entonces se impuso un largo silencio. Le ofrecí un cigarro. En cuanto lo aceptó, la Duquesa le acercó un mechero. Y me dediqué a contemplar al joven fumando. Levantaba el cigarro con parsimonia hasta llegar a la boca, como si lo hubiera aprendido en alguna película, imitando hasta el más mínimo movimiento del actor. Entrecerrando los ojos. Hundiendo las mejillas. Conteniendo el aliento unos segundos antes de expulsar el humo. Cuando volvió a llevarse la mano a la boca, le vi una magulladura en la muñeca.

Me pregunté cómo habría acabado allí, quién le habría recomendado aquel lugar. El saco parecía algo ajado, pero las botas con punta estaban flamantes. Debería haber ido al Greyhound, sinceramente. Alguien había errado con el consejo. O, quizá, igual que me pasó a mí hace tantos años, había reunido todo el coraje del que era capaz y se había plantado en el primer sitio sobre el que le había llegado algún rumor difamatorio.

—Bueno, ¿y qué te trae a este viejo antro? —le pregunté. (A esas alturas estaba ya un poco borracho).

Se encogió de hombros.

—Déjame que te invite a otra.

Le hice un gesto a la Duquesa, que estaba apoyada en el bar mientras nos observaba con atención.

Cuando llegaron las copas, junto con un cenicero nuevo y una mirada persistente de la Duquesa, me acerqué un poco más al muchacho.

—Es la primera vez que te veo aquí —le dije.

—Y yo a ti.

Touché.

—Aunque tampoco vengo mucho —añadió.

—Es un buen sitio. Mejor que muchos.

—Ya lo sé.

De repente, probablemente por la cantidad de martini seco que había consumido, perdí la paciencia. Saltaba a la vista que el chico se estaba aburriendo; lo único que quería era una copa que él no podía permitirse; yo no le interesaba lo más mínimo.

Me levanté y noté un ligero balanceo.

—¿Te vas?

—Se me está haciendo tarde...

Levantó la vista.

—A lo mejor podríamos hablar... en otro sitio.

Eso es arrojo y lo demás son tonterías.

—En el Black Lion —respondí, apagando el cigarro—. En diez minutos.

Pagué la cuenta, dejé una generosa propina para una boquiabierta Duquesa y me fui. Estaba muy tranquilo cuando crucé la calle y me adentré en el callejón que conducía a Black Lion Street. Ya no llovía. Iba meciendo el paraguas y sentía esa ligereza en los pies que te produce el alcohol. Andaba rápido, pero no notaba que estuviera haciendo ningún esfuerzo, e incluso es posible que fuera silbando «Stormy Weather».

No vacilé al bajar los primeros escalones que conducían al baño público. Ni siquiera me volteé para comprobar si me estaban vigilando. Nunca he sido mucho de este tipo de encuentros. Tuve mis historias, claro, sobre todo antes de que lo mío con Michael pasara a ser algo más serio. Pero desde entonces apenas he tenido contacto con la piel de otro hombre. Anoche, de repente, me di cuenta de lo mucho que lo necesitaba. De lo muchísimo que lo echaba de menos.

En ese momento, un hombre alto con un elegante abrigo de *tweed* y el cuello vuelto hacia arriba empezó a subir la escalera. Después de apartarme de un empujón, masculló:

—Puto maricón.

Dios sabe que no es la primera vez. Y está claro que no será la última. Pero me dejó estupefacto. Estupefacto y con la piel, antes tan cargada de deseo, fría como un témpano. Porque me había tomado demasiados martinis. Porque había dejado de llover. Porque había quedado de ver a mi policía el próximo martes. Porque había sido lo suficientemente imbécil como para creer que, por una vez, podría haber disfrutado de aquel muchacho y olvidarme de todo lo demás.

Me paré a medio camino y me apoyé en el frío muro de baldosas. Me llegaba el hedor a orina, desinfectante y semen del baño. Tenía la opción de bajar de todas formas. Aún podía abrazarme a aquel chico e imaginarme que era mi policía. Podía tocarle el áspero pelo castaño y figurarme que eran suaves rizos rubios.

Pero mi corazón trocaico protestó. Así que me hice un favor y volví a casa en taxi.

Qué extraño. Lo que me ha quedado es la satisfacción de saber que fui hasta allí. Tenía miedo, pero al menos había ido primero al Argyle y luego al Black Lion. Dos cosas que a duras penas había sido capaz de hacer desde lo de Michael. Y, a pesar de esta condenada resaca, estoy sorprendentemente animado.

Solo dos días hasta...

8 DE OCTUBRE DE 1957

El día: martes. La hora: siete y media de la tarde.

Estoy apostado en la ventana, esperándolo. Dentro, el departamento está como los chorros del oro. Fuera, se extiende un mar oscuro y en calma.

PUM-PUM, late mi corazón.

He abierto el mueble bar, he dejado el último número de *Arte y artistas* sobre la mesa auxiliar y me he asegurado de que el baño estuviera impoluto. La asistenta, la señora Gunn, viene una vez por semana, y tengo la sospecha de que su vista ya no es lo que era. He desempolvado mi viejo caballete y lo he montado en la habitación de invitados, junto con una paleta, unos cuantos tubos de pintura, algunas espátulas y unos pinceles dentro de un bote de mermelada. La habitación sigue estando demasiado limpia para ser un estudio —la moqueta aspirada, la cama recién hecha—, pero deduzco que será el primer espacio artístico que ve en su vida, conque tampoco vendrá con demasiadas expectativas.

No he guardado las fotografías de Michael, aunque me lo he planteado. He pensado en poner música, pero me ha parecido que era pasarse un poco.

La noche se presenta bastante fría, así que he puesto la calefacción y voy en mangas de camisa. No dejo de tocarme el cuello, como si me estuviera preparando para el momento en que mi policía me lo toque con la mano. O con los labios.

Lo mejor es no pensar.

Me acerco al mueble bar y me sirvo una ginebra larga, antes de volver a la ventana y oír cómo el hielo se funde en el alcohol. La gata de la vecina se escabulle hasta mi alféizar y me dirige una mirada esperanzada. Pero no voy a dejarla entrar. Esta noche no.

Mientras espero, me acuerdo de los miércoles. De cómo los preparativos antes de que llegara Michael —la cena, el arreglo del departamento y de mí mismo— fueron, al menos durante un tiempo, casi más mágicos que los encuentros en sí mismos. Era la promesa de lo que estaba a punto de ocurrir, eso lo sé. A veces, después de que nos fuéramos a la cama y él se hubiera dormido, me levantaba en mitad de la noche y contemplaba el desastre que habíamos hecho. Los platos sucios. Las copas de vino vacías. La ropa tirada por el suelo. Colillas en el cenicero. Vinilos repartidos por el aparador sin sus fundas. Y yo sentía el impulso de recogerlo todo, de prepararme para que la noche volviera a empezar. Si pudiera limpiarlo todo, pensaba, cuando Michael se levante antes de que raye el alba, verá que estoy listo para él. Que lo espero. Que lo anhelo. Y tal vez decida pasar conmigo la noche siguiente, y la otra, y la otra, y la otra.

Suena el timbre. Dejo la copa y me paso la mano por el pelo. Tomo aire. Bajo hasta la puerta principal.

Viene sin uniforme, y menos mal. Ya estoy corriendo suficiente riesgo con que un hombre solo llame a mi puerta después de las seis de la tarde. Lleva una bolsa, y me la enseña.

—Es el uniforme. Supongo que quieres que me lo ponga. Para el retrato.

Se ruboriza un poco y agacha la vista hacia el tapete de la entrada. Lo invito a entrar. Me sigue escaleras arriba (desiertas, por suerte) y entramos en el departamento, acompañados del crujir de sus botas.

—¿Quieres una?

Cuando levanto la copa, me tiembla la mano. Me responde que, si puede ser, le gustaría una cerveza; está fuera de servicio hasta las seis de la mañana. Mientras abro la única botella de cerveza rubia del mueble bar, me atrevo a echarle un vistazo de reojo. Mi policía está de pie sobre mi moqueta, erguido como una vela, con la luz de la araña iluminándole los rizos rubios, y mira a su alrededor con la boca ligeramente abierta. Posa la vista sobre el óleo que compré hace poco y que con orgullo he colgado encima de la chimenea —un retrato de Philpot de un joven con el torso desnudo, robusto—, antes de acercarse a la ventana.

Le doy su vaso.

—Las vistas son magníficas, ¿verdad? —comento, como un tonto.

Apenas se ve algo más que nuestros reflejos, pero él me da la razón y los dos contemplamos el negro del cielo entornando los ojos. Me llega su aroma: algo con un toque carbólico que me recuerda a la escuela —el olor de la comisaría, sin duda—, pero también notas de talco de pino.

Sé que debería seguir hablando para que no se ponga nervioso, pero no se me ocurre nada. Por fin está aquí, a mi lado. Lo oigo respirar. Lo tengo tan cerca que se me empieza a ir la cabeza, por culpa del aroma y su respiración y esa forma que tiene de beberse la cerveza a largos sorbos.

—Señor Hazlewood...

—Patrick, por favor.

—¿Te parece si me cambio? ¿Nos ponemos en ello?

Cuando entra en la sala de invitados, lleva el casco en la mano, pero todo lo demás está en su sitio. El saco de lana negra. La corbata ajustada. El cinturón con la hebilla plateada. La cadena del silbato, colgada entre el bolsillo del pecho y el botón superior. El número pulido en el hombro. Las botas relucientes. Siento una extraña excitación por el hecho de tener un policía en mi departamento. Peligroso, a pesar de su aspecto tímido. Pero también transmite una cierta ridiculez.

Le digo que está fantástico y lo invito a sentarse en la silla que he dispuesto junto a la ventana. He colocado una luz potente justo detrás y he colgado un mantel verde del riel de la cortina como fondo. Le he sugerido que se acomodara el casco en las rodillas y mirara hacia la esquina de la habitación, por encima de mi hombro derecho.

Me he sentado en un taburete con la libreta de esbozos en el regazo y los lápices en la mano. El cuarto se sume en el silencio y me entretengo unos instantes buscando una página en blanco en la libreta (aunque, de hecho, hace años que no la uso) y seleccionando el lápiz adecuado. Luego, caigo en la cuenta de que tengo total libertad para observarlo con todo el descaro que me plazca, durante horas si quisiera, y me quedo paralizado.

No soy capaz de seguir. No me atrevo a levantar la vista. El corazón se me acelera con el peso de la situación, con el placer sin límites que me espera. Se me caen el lápiz y el papel y acabo arrodillado en el suelo, frente a él, esforzándome desesperadamente por recogerlo todo.

—¿Estás bien? —me pregunta.

Habla con suavidad, pero también con una cierta gravedad, y tomo aire. Me vuelvo a sentar en el taburete. Me acomodo.

—Sí, tranquilo —contesto.

Manos a la obra.

Es extraño. Al principio solo soy capaz de echarle una ojeada. Me preocupa romper a reír de alegría. Tal vez me ponga a reír por su juventud, por el fulgor que emana, por cómo se ruboriza, por cómo le brillan los ojos con interés. Por cómo descansan sus muslos cuando se sienta. Por esa forma que tiene de mantener firmes sus exquisitos hombros. O, en este estado, a lo mejor rompo a llorar.

Intento recomponerme. Llego a la conclusión de que debo convencerme a mí mismo de la seriedad del proyecto. Solo así podré permitirme examinarlo en condiciones. Debo tratar de verlo desde dentro, como decía mi profesor de arte. Ver la manzana desde el interior. Es la única forma de dibujarla.

Sostengo el lápiz frente a mis ojos, los entrecierro y analizo sus proporciones: de los ojos a la nariz y la boca. De la barbilla a los hombros y la cintura. Marco los puntos en la hoja. Tiene las cejas poco pobladas y una sutil giba en el puente de la nariz. Las narinas forman un elegante ángulo; su boca, una línea firme. El labio superior es algo más carnoso que el inferior (casi pierdo la concentración en ese momento). En la barbilla tiene un hoyuelo delicadísimo.

Me dispongo a preparar el esbozo y, de hecho, la tarea consigue absorberme bastante. El rumor del lápiz me tranquiliza. Normal que me tome desprevenido cuando me dice:

—Seguro que nunca te habrías imaginado que llegarías a tener a un policía sentado en tu habitación.

No flaqueo. Continúo dibujando con líneas suaves, intentando concentrarme en el trabajo.

—Seguro que tú nunca te habrías imaginado que acabarías en el estudio de un artista —le replico, satisfecho de mí mismo por haber mantenido tan bien la compostura.

Deja escapar una risilla.

—Puede que sí. Puede que no.

Levanto la vista. Me recuerdo que, obviamente, es imposible que no sea consciente de su aspecto; debe conocer algo de su poder, a pesar de su juventud.

—No, en serio. Siempre me ha interesado el arte y todo eso —añade.

Habla con orgullo, pero hay algo infantil en la jactancia. Es encantador. Me está demostrando lo que vale.

En ese momento, me sobreviene una idea: si me callo, seguirá hablando. Lo vomitará todo. En esta habitación tranquila, con un mantel cubriendo la ventana y una lámpara iluminándole el cuerpo, con mis ojos clavados en él y mi boca cerrada, puede ser quien quiere ser: el policía culto.

—A los demás policías no les interesa, claro. Les parece algo pretencioso. Pero yo creo que, a ver, está ahí, ¿no? Depende de ti que lo aproveches o no. Está al alcance. No siempre ha sido así.

Se está enrojeciendo más y más; las patillas se le oscurecen con el sudor.

—Es decir, yo tampoco tengo muchos estudios, la verdad; fui al instituto moderno, casi todo era carpintería y dibujo técnico, y luego al ejército, claro. Aunque solo se te ocurriera tararear a Mozart, te molestaban. Pero ahora puedo ser yo mismo, ¿no? Depende de mí.

—Sí —coincido—, en efecto.

—Aunque claro, tú tienes ventaja, sin ánimo de ofender. Te viene de nacimiento. La literatura, la música, la pintura...

Dejo de dibujar.

—Bueno, a medias. No todo el mundo que me rodeaba aceptaba ese tipo de aficiones.

Mi padre, por ejemplo. Un hombre de los de antes, director de la escuela. Una vez me dijo: «La literatura inglesa no es carrera de hombres, Hazlewood. Novelas... ¿Eso no es lo que se estudia en esas dichosas universidades femeninas?».

—Pero supongo que en mi instituto no había tanto filisteo como en el tuyo —añado.

Se produce una breve pausa. Retomo el esbozo.

—Aunque, como decías —continúo—, puedes demostrárselo ahora. Ellos eran los que se equivocaban, y ahora se lo puedes enseñar.

—Como tú —responde.

Nuestras miradas se cruzan.

Dejo el lápiz despacio.

—Creo que ya basta por hoy.

—¿Has terminado?

—Nos llevará varias semanas. Algo más, quizá. Esto no es más que un esbozo preliminar.

Asiente y se mira el reloj.

—Entonces, ¿hemos terminado?

De súbito, me veo incapaz de soportar su presencia en el departamento. Sé que no seré capaz de fingir mucho más tiempo. No podré seguir con las charlas de ascensor sobre el arte, la escuela y los retos y tribulaciones propios de un joven agente de policía. Tendré que tocarlo, y la idea de que pueda rechazarme me aterra hasta el punto de que, antes de intentar calmarme, le digo:

—Sí, ya estamos. ¿A la misma hora la semana que viene?

Las palabras brotan de golpe y no me veo capaz de mirarlo a la cara.

—Sí, claro —responde, poniéndose de pie con desconcierto sutil pero evidente—. Claro.

En cuanto se lo he dicho, siento la necesidad de retractarme, de agarrarlo del brazo y tirar de él, pero se dirige a la sala de estar, guarda el saco del uniforme en la bolsa y se pone el abrigo. Después de acompañarlo hasta la puerta, sonríe y articula:

—Gracias.

Y yo asiento con torpeza.

13 DE OCTUBRE DE 1957

Me ha parecido que el domingo, un día que siempre he detestado por su tácita respetabilidad, era el momento idóneo para una visita familiar. Así que hoy he tomado el tren hasta Godstone para ver a mi madre. Cada vez que voy, está más apagada. «No está sola», me recuerdo a menudo. Tiene a Nina, que se lo hace todo. Así ha sido y así será. Tiene a la tía Cicely y al tío Bertram, que la visitan con frecuencia.

Pero han pasado, creo, tres años desde que me fui de casa. Está tan limpia e iluminada como siempre, pero persiste un aire viciado y una falta de vida entre aquellos muros. Por eso, entre otras razones, me acerco menos de lo que debería.

Era la hora de comer cuando he enfilado la larga carretera de ladrillo, he dejado atrás la silueta perfecta de los setos y he atravesado el camino de grava desde el que un día me meé en uno de los muros de la casa porque me había enterado de que mi padre había besado a la vecina, la señora Drewitt, en ese mismo lugar, bajo el ventanal de la cocina. Allí fue donde la había besado y mi madre lo sabía, pero se callaba, porque ese era el procedimiento habitual con todas sus traiciones. La señora Drewitt iba todas las

Navidades a nuestra casa a probar las tartaletas de fruta y el ponche de ron de Nina, y todas las Navidades mi madre le ponía una servilleta y le preguntaba por la salud de sus dos espantosos hijos, cuyos únicos intereses eran el rugby y el mercado de valores. Fue después de ser testigo de una de aquellas conversaciones cuando decidí decorar el muro de nuestra casa con un complejo patrón de mi propia orina.

La casa de mi madre está hasta el tope de muebles. Desde que mi viejo murió, no ha dejado de pedir cosas a Heal's. Moderno, eso sí: aparadores de fresno claro con puertas abatibles, mesillas auxiliares con patas de acero y superficies de cristal ahumado, lámparas de pie con unos enormes globos blancos como pantalla. Nada va con el edificio, que es puro neotudor, una horrenda obra de los años treinta culminada con ventanas de vidrio emplomado. He intentado convencerla de que se mude a un sitio más práctico, e incluso (Dios no lo quiera) a un departamento cercano al mío. Podría permitirse sin problema vivir en Lewes Crescent, aunque Brunswick Terrace estaría a una distancia mucho más prudente.

He entrado en la cocina sin avisar; Nina tenía unos panes tostados con queso en la plancha y el radio a todo volumen. Me he puesto detrás de ella sin hacer ruido y le he dado un pellizco en el brazo; ella ha dado un respingo.

—¡Ay, eres tú!

—¿Cómo estás, Nina?

—Vaya susto me has dado...

Nina me ha mirado perpleja mientras recuperaba el aliento, antes de bajar el estruendo que emitía el radio. Ya debe de tener unos cincuenta años. Sigue llevando el mismo pelo corto estilo bob, teñido de un negro carbón, igual que cuando yo era un niño. También conserva los mismos ojos grises de alerta y la misma sonrisa recelosa.

—Tu madre hoy está un poco distante.

—¿Has probado con la terapia electroconvulsiva? He oído que hace maravillas.

Se ha reído.

—Qué listo has sido siempre. ¿Te preparo unos panes tostados?

—¿Eso va a ser la comida?

—No sabía que venías... No me avisa nunca.

—No se lo he dicho.

Se ha producido una pausa y Nina ha mirado el reloj.

—¿Tocino con huevos?

—Estupendo.

Siempre recupero expresiones de cuando era pequeño cuando hablo con Nina. Tomo por mi cuenta un plátano del cesto de la fruta que hay encima del aparador y me siento a la mesa de la cocina a contemplar cómo Nina se las arregla con la fritura. Para ella, el «tocino con huevos» no solo lleva tocino y huevos, sino también jitomates a la plancha, un pan tostado frito y hasta riñones picantes.

—¿No vas a verla?

—Luego. ¿Qué quieres decir con que está distante?

—Ya me entiendes. Que no está como siempre.

—¿Está enferma?

Nina ha añadido tres rebanadas de tocino en un sartén con la mayor delicadeza del mundo.

—Deberías venir más a menudo. Te echa de menos.

—He estado trabajando.

Ha cortado dos jitomates por la mitad y los ha puesto debajo de la parrilla. Una pausa, antes de continuar:

—El doctor Shires dice que no es nada. Los achaques de la edad.

—¿Ha venido el doctor?

—Dice que no es nada.

—¿Cuándo ha venido el doctor?

—La semana pasada. —Ha cascado dos huevos en el sartén sin derramar una gota—. ¿Un pan tostado frito?

—No, gracias. ¿Por qué no me lo ha contado? ¿O tú?

—No quería darle importancia.

—No entiendo nada. ¿Qué le pasa?

Ha dejado la comida en un plato y me ha mirado fijamente a los ojos.

—Tuvo un problema, Patrick. La semana pasada. Estábamos jugando al Scrabble y de repente va y me dice: «Nina, no veo las palabras». Y se desesperó.

Me he quedado asombrado, incapaz de responder.

—Creí que a lo mejor se había pasado de copas la noche anterior —ha proseguido Nina—. Ya sabes cómo le gusta el vino. Pero ayer le volvió a suceder, con el periódico esta vez. «Lo veo todo borroso», me dijo. Yo le comenté que la impresión era mala con ganas, pero dudo que me creyera.

—Quiero que vuelva el doctor. Esta tarde lo llamaré.

Cuando Nina se ha volteado hacia mí, se le habían llenado los ojos de lágrimas.

—Será lo mejor, sí. Cómete eso, está bien —ha dicho—. No dejes que se enfríe.

Le he llevado el pan tostado con queso a mi madre, a la galería. El sol había calentado los muebles y me llegaba el olor a tierra del helecho grande que hay junto a la puerta. Se había dormido en su silla de mimbre; no se le caía la cabeza, pero descansaba formando un ángulo que me resultaba familiar. No me había oído, así que me he quedado de pie unos instantes mientras contemplaba el jardín. Algunas rosas seguían aguantando el tipo y había unos cuantos crisantemos púrpura secos, pero la sensación general era de aridez. Nos mudamos aquí cuando yo tenía dieciséis años, así que tampoco llegué a tomarle demasiado cariño a la casa. Fue la forma que escogió mi padre de hacer borrón y cuenta nueva tras el incidente con la chica que trabajaba con su sastre, a la que dejó embarazada en uno de sus deslices. Mi madre se pasó una semana llorando, así que él decidió resarcirse permitiéndole que se mudara de vuelta a Surrey.

Se ha removido. Puede que mi suspiro la haya despertado.

—Tricky.

—Hola, madre.

Me he agachado para darle un beso en el pelo y ella me ha puesto una mano en la mejilla.

—¿Has comido?

—Nina me ha dicho que últimamente estás distante.

Ha chasqueado la lengua y me ha soltado la mejilla.

—Déjame que te vea.

Me he plantado delante de ella, de espaldas al jardín.

Se ha incorporado en la silla. Tiene muy pocas arrugas para una persona de sesenta y cinco años, y los ojos verdes claros. Llevaba el pelo recogido en la coronilla, aún bastante denso, aunque de color gris cemento, y el collar de rubí de siempre. Sus joyas de los domingos. Solía sacarlas a pasear para ir a la iglesia, y luego a tomar una copa, seguido de una comida con amigos y vecinos. En aquella época, yo no soportaba todas esas rutinas, pero en este momento he sentido una repentina punzada de nostalgia por el tintineo del hielo en la ginebra, el aroma a cordero asado, el murmullo de las conversaciones en la sala de estar. Ahora lo que quedan son los panes tostados con queso de Nina.

—Te veo bien —apunta—. Hacía tiempo que no te veía tan bien. ¿Me equivoco?

—No te equivocas nunca.

Ha ignorado mi comentario.

—Me alegro mucho de verte.

He colocado la bandeja de la comida en la mesa que tenía delante.

—Madre, Nina me ha comentado que has estado distante...

Ha respondido con un gesto de desdén a la altura de su cara.

—Tricky, cariño. ¿Tú me ves distante?

—No, madre. Te veo bastante cerca.

—Pues ya está. Dime, ¿cómo te va en esa pocilga de Brighton? ¿Te estás portando bien?

—No, evidentemente.

Ha esbozado su sonrisa más pícara.

—Qué maravilla. Vamos a tomarnos una copa y me pones al día.

—Después de comer. Y luego llamaré al doctor Shires para que venga a verte.

Ha torcido el gesto.

—Qué ridiculez.

—Me he enterado de esos episodios que estás teniendo. Y quiero que venga a verte.

—A perder el tiempo, dirás. Ya me ha examinado.

Hablaba en voz baja. Me ha girado la cara y ha dirigido la vista al jardín.

—¿Y cuál ha sido el diagnóstico?

—Padezco una enfermedad común, creo que la llaman «vejez». Cosas que pasan. Y cada vez irá a peor.

—No digas eso.

—Tricky, mi vida, es la verdad.

—Si te vuelve a pasar, llámame. Lo primero. —La he tomado de la mano y se la he apretado—. ¿Entendido?

Ella me ha estrujado los dedos.

—Si te pones así...

—Gracias.

—Y ahora el vino, por favor. Estos panes tostados con queso se me hacen una bola sin una copa de burdeos.

Y ahí ha quedado el tema. Me he pasado las dos horas siguientes entreteniendo a mi madre con mis desencuentros con Houghton, mi relación con Jackie e incluso la historia de la señora de la bicicleta, aunque he minimizado la participación de mi policía en el incidente.

Mi madre nunca me ha preguntado por mi condición de minoría, y yo tampoco he sacado el tema. Dudo que lleguemos a sacarlo a colación, pero creo que entiende mi situación de una forma vaga, subconsciente. Por ejemplo, jamás me ha preguntado cuándo voy a llevarle a alguna chica guapa para que la conozca. Cuando tenía veintiún años, la oí de casualidad sortear la pregunta anual de la señora Drewitt sobre mi estado marital con las palabras: «Tricky está hecho de otro material».

Amén.

14 DE OCTUBRE DE 1957

Siempre sé que va a haber problemas cuando Houghton saca su reluciente coronilla por mi puerta y me dice:

—¿Comemos juntos, Hazlewood? ¿En East Street?

La última vez que comimos juntos me exigió que expusiera más acuarelas de artistas locales. Accedí, pero he conseguido ignorar la petición hasta ahora.

El Dining Room de East Street es puro Houghton: platos blancos, grandes, salseras de plata, camareros entrados en años con sonrisas frágiles y ninguna prisa por llevarte la comida, todo hervido. Pero el vino suele ser aceptable y los pudines están bastante bien. De grosella, de melaza, con frutos secos y pasas, ese tipo de cosas.

Después de haber estado esperando una eternidad a que nos atendieran, por fin nos hemos acabado los segundos (unas chuletas de cordero de Sussex más bien correosas acompañadas de lo que estoy bastante convencido que eran papas de lata, adornadas con unas ramas de perejil). Hasta ese momento, Houghton no me ha anunciado que había decidido darles el visto bueno a mis tardes de apreciación artística para estudiantes. Con todo, era incapaz, de todas todas, de acceder a organizar los conciertos del mediodía.

—Nosotros nos dedicamos a las artes visuales, no auditivas —ha apuntado, rematando la tercera copa de burdeos.

Yo también me he tomado un par de copas, así que he contratacado:

—¿Acaso importa? Sería una forma de atraer a las personas más interesadas por lo auditivo hacia lo visual.

Ha asentido lentamente y ha respirado hondo, como si ese fuera el tipo de contestación que esperaría de alguien como yo, y, de hecho, se ha alegrado de que le haya ofrecido una respuesta para la cual estaba preparado:

—Creo yo, Hazlewood, que su trabajo es mantener la excelencia de nuestra colección de arte europeo. La excelencia de la colección, y no los trucos musicales, es lo que atraerá al público al museo. —Tras una breve pausa, ha añadido—: ¿Le importa si nos saltamos el pudín? Voy con un poco de prisa.

El pudín, he querido decirle, es lo único que habría hecho que esta experiencia mereciera la pena. Aunque, como es obvio, la suya era una pregunta retórica. Ha pedido la cuenta. Luego, mientras rebuscaba en la cartera, me ha regalado el discursito que sigue:

—Los reformistas siempre sacan las cosas de madre. Hágame caso y déjelo reposar. Está muy bien bullir con nuevas ideas, pero hay que dejar que un sitio se amolde a uno antes de pedirle demasiado, no sé si me explico.

Le he dicho que sí. Y le he mencionado que ya llevaba casi cuatro años en el museo, algo que, me parece a mí, me da el derecho a sentirme bastante amoldado.

—Eso es no es nada —ha replicado con un gesto de la mano—. Yo llevo veinte y la junta directiva aún me considera un novato. Lleva su tiempo que tus colegas lleguen a saber realmente de lo que eres capaz.

Con mucha educación, le he preguntado si podía aclarar ese último comentario.

Se ha mirado el reloj.

—Mire, no quería sacar este tema ahora, pero... —En ese momento, he comprendido que a eso era a lo que se dirigía la comida desde un principio—. El otro día estuve hablando con la señorita Butters y me mencionó un proyecto suyo sobre el que yo no tenía la menor idea. Y me pareció bastante extraño. Me dijo que tenía algo que ver con retratos de gente corriente.

Jackie. ¿Se puede saber qué hacía Jackie en el despacho de Houghton?

—Ahora bien, huelga decir que no presto atención a los chismes de las chicas del museo, o al menos trato de ignorarlos...

He soltado una carcajada en el momento preciso.

—La cosa es que ese día yo tenía la oreja puesta, como suele decirse. —Ha clavado en mí sus ojos azules, firmes y claros—. Así que le pido, Hazlewood, que por favor respete el protocolo del museo. Todo proyecto nuevo debe ser aprobado por mí y, si así lo considero, por la junta directiva. Debe utilizar los canales adecuados. De lo contrario, reinaría la anarquía. ¿Me explico?

He sentido el impulso de preguntarle si él nunca se saltó el protocolo durante su etapa como esteta en Cambridge. Me he intentado imaginar a Houghton en una barca sobre el río Cam, con la cabeza de un misterioso chico de pelo negro apoyada en el regazo. ¿Llegaría a seguir adelante? ¿O no fue más que un simple coqueteo, como coquetearía con las políticas de izquierda o la comida extranjera? Algo que experimentas en la universidad y procuras dejar atrás lo antes posible, en cuanto entras en el mundo real y adulto de los empleos masculinos.

—Ya está. Vamos a volver dando un paseo y me cuenta de qué va la bagatela esta de los retratos.

Ya en la calle, he insistido en que Jackie debió de malentenderme.

—De momento no es más que una idea. No he hecho nada más.

—Está bien, pero si tiene una idea, por Dios, cuéntemela a mí y no a la secretaria, ¿quiere? Imagínese el ridículo que se siente cuando te deja en evidencia la señorita Butters.

En ese momento, ha pasado algo hermoso. Mientras cruzábamos North Street, la Duquesa del Argyle ha pasado por delante de nosotros pavoneándose como un cisne. Y, de hecho, lo parecía. Llevaba un vaporoso pañuelo blanco en el cuello, un saco y unos pantalones beige ajustados, unos zapatos del color del crepúsculo y un lápiz labial a juego. El corazón me ha enviado un potente PUM-pum, pero no tenía nada que temer. La Duquesa ni siquiera se ha girado a mirarme. Debería haber previsto que la Duquesa del Argyle jamás contrataría al tipo de persona que se dedica a gritarte por la calle.

Alguien ha farfullado:

—Maldito marica.

Y un grupo de mujeres se han reído desde la acera. North Street no es el mejor sitio para rondar al mediodía entre semana. Eso sí: la Duquesa se está haciendo mayor —bajo la radiante luz del sol se le distinguen las patas de gallo— y a lo mejor ya le resbala todo. He sentido unas ganas repentinas de correr tras él, darle un beso en la mano y decirle que ha sido más valiente que cualquier soldado al salir a pasear con tantísimo maquillaje por una ciudad costera de Inglaterra, aunque se dé la casualidad de que esa ciudad sea Brighton.

Aquella aparición ha dejado a Houghton sin habla durante unos minutos, y por un momento he creído que haría como si no hubiera ocurrido nada. Ha apretado claramente el paso, como si quisiera escapar de la mácula que impregnaba el aire mismo que acababa de atravesar la Duquesa. Pero luego ha dicho:

—Digo yo que el tipo no podrá evitarlo. Pero tampoco hace falta llamar la atención. Lo que no entiendo es qué gana uno comportándose así. Es decir, las mujeres son unas criaturas hermosas. ¿No le parece que ese tipo de actitudes son humillantes para el bello sexo?

Me estaba mirando a los ojos, pero en su rostro he percibido algo que solo podría identificar con confusión.

Algo, tal vez la presencia de mi policía en el departamento la otra noche, tal vez el rencor por los intentos de Houghton de obligarme a hacer lo que quiere o tal vez el arrojo que ha demostrado la Duquesa con su ejemplo, me ha animado a responder:

—Yo intento no prestarle atención, señor. A fin de cuentas, no todas las mujeres son hermosas. Algunas son bastante hombrunas y la gente ni se inmuta, ¿me equivoco?

Me he pasado el resto del trayecto con la sensación de que Houghton estaba buscando una réplica. No ha encontrado ninguna, y hemos entrado en el museo en silencio.

Fuera de mi despacho, Jackie ha levantado la vista, expectante. Le he dicho si podíamos hablar un momento, y a punto he estado de dirigirme a ella como «señorita Butters» por puro enojo.

Se ha sentado en el sillón que hay frente a mi escritorio. Yo me he pasado un rato deambulando por el despacho, deseando no haber llegado jamás a verme en esta situación. Se merecía una reprimenda, sin más. Houghton se había desahogado conmigo y ahora me tocaba a mí hacer lo propio con Jackie. Pero ¿a quién regañaría Jackie? A su perro, tal vez. Una vez la vi en Queen's Park lanzándole un palo a un cocker spaniel. Sonreía de oreja a oreja y había una cierta serenidad en la forma en que se arrodillaba para felicitar a la criatura por dejarle el palo a los pies, mientras permitía que le pusiera las patas en los hombros y le cubriera cada centímetro de la cara con la lengua. Era casi hermosa en ese momento. Libre.

Estaba carraspeando cuando me ha dicho:

—Señor Hazlewood, le pido mil disculpas si le he causado algún problema.

Se ha agarrado el dobladillo de la falda —se había vuelto a poner el conjunto limón— y se la ha bajado hasta más allá de las rodillas, sin dejar de mover con nerviosismo los pies.

—Ha estado un buen rato comiendo con el señor Houghton, y eso no suele ser bueno —ha proseguido, abriendo mucho los ojos—. Y luego me he acordado de que el otro día le mencioné lo de su proyecto con los retratos al señor Houghton y puso muy mala cara cuando se lo dije... Ahora no sé si a lo mejor metí la pata.

Le he preguntado qué le dijo exactamente.

—Casi nada, la verdad.

Me he sentado en el borde del escritorio con la intención de esbozar una sonrisa benevolente que transmitiera poder pero que, en el fondo, no fuera amenazadora. Aunque sabe Dios qué expresión tenía yo en la cara, de absoluto pavor, con toda probabilidad, cuando he replicado:

—Algo le habrás dicho.

—Me preguntó si usted «tenía algo entre manos». Me suena que esas fueron sus palabras. Pero más que nada... charlamos. A veces me pregunta cosas.

—¿Cómo que te pregunta cosas?

—Cuando usted ya se ha ido a casa. Viene y me pregunta cosas.

—¿Qué tipo de cosas?

—Uy, tonterías, sin más. —Ha parpadeado con timidez y ha agachado la cabeza, pero yo seguía sin entender a qué se refería—. Viene a platicar.

«¿Platicar?» estuve a punto de repetir con una carcajada. ¿Houghton platica con la gente? Luego me mostré incrédulo.

—¿Me estás intentando decir que el viejo Houghton viene aquí a cortejarte?

Ha soltado lo que solo puedo describir como una «risita».

—Bueno, sí, algo así.

Por fin lo he comprendido todo, con demasiada claridad. Él apoyado sobre el hombro de ella, hojeando el montón de fotocopias aún húmedas. Ella quitándose los lentes ojo de gato y exhalando aire sobre las manos calientes de Houghton. Algo que me ha dejado en una situación terrible, tanto que no he sido capaz de decir nada más.

Nos hemos sumido en un largo silencio. Luego Jackie ha vuelto a abrir la boca.

—No es nada serio, señor Hazlewood. Él está casado. Es solo un poco de diversión.

—A mí no me parece divertido.

—Por favor, no se enfade, señor Hazlewood. Perdóneme si le he causado algún problema.

—No te disculpes —he contestado—. Pero te agradecería que no volvieras a mencionar mi proyecto de los retratos durante tus... charlas con Houghton. Está en una fase embrionaria y aún no hay ninguna necesidad de que se corra la voz.

—Apenas le dije nada.

—Bien.

—Solo le hablé del apuesto policía que pasó por aquí. Nada más.

Lo que tengo claro es que he intentado no inmutarme. Jackie se ha alisado de nuevo la falda. A pesar de lo mucho que se arregla, tiene todas las uñas completamente mordidas. He clavado la mirada en esos irregulares muñones y he conseguido responder:

—No te preocupes. Te lo digo porque lo mejor es que yo le presente el proyecto al señor Houghton cuando esté listo.

—Claro, lo entiendo.

Le he dicho que se podía ir. En la puerta, ha repetido:

—Lo entiendo, señor Hazlewood. No diré nada.

Y se ha ido.

Ahora, ya en casa, me ha venido a la cabeza la casera de Michael. La señora Esme Owens, viuda. Vivía en el departamento de abajo, no hacía preguntas, tejía incontables calcetines para los pobres y, los viernes, le preparaba a Michael unas empanadas de pescado que él juraba que estaban deliciosas. Siempre decía que la señora Owens era el alma de la discreción. Esme tenía una edad y había sido testigo de algunas cosas en la guerra, y ya no le sorprendía nada. A cambio de su compañía, ella le ofrecía su silencio. Está claro que debía de notar la frecuencia de mis visitas y especular qué haría Michael fuera de casa todos los miércoles por la noche.

Aunque yo a menudo me he preguntado quién le escribía aquellas cartas a Michael. Decía que no era nadie conocido, una banda profesional que con toda probabilidad se ganaba la vida extorsionando a homosexuales. La primera carta no se andaba precisamente con rodeos: TE HEMOS VISTO CON UN PUTO. NUESTRO SILENCIO, CINCO LIBRAS ANTES DEL VIE. La dirección era la de una casa en West Hove. Nuestra justificada indignación nos incitó a cometer la estupidez de plantarnos allí el domingo por la tarde sin ningún tipo de plan ni idea de lo que estábamos haciendo. Después de pasar por delante de la puerta varias veces, descubrimos que el lugar estaba por completo vacío. Fue justamente esa vacuidad lo que me hizo tomar conciencia de la seriedad de la situación. Aquella amenaza no tenía rostro. Era algo que no podíamos ver, y mucho menos combatir. Regresamos a casa sin mediar palabra. Pese a que traté de disuadirlo, Michael acabó enviando el dinero. Yo sabía que no le quedaba otra opción, pero sentía que debía oponerme de algún modo. Se negó a que habláramos más del tema.

Unas semanas más tarde, encontré otra nota en su departamento, y esta vez el precio del silencio se había doblado. Dos meses después de recibir la primera carta, Michael se suicidó.

Total, que a veces pienso en la señora Esme Owens y su discreción. Al funeral de Michael llevó un chal de piel que parecía bastante caro. Y mostró bastante más desconsuelo del que le habría correspondido a una casera.

15 DE OCTUBRE DE 1957

Los problemas de mi madre me han tenido en vilo. El domingo por la noche, tumbado en la cama sin pegar ojo, estaba convencido de que apenas le quedaban unos días de vida y que debía prepararme para su muerte. Sin embargo, el lunes pensé que quizá, en el peor de los casos, estaba a punto de padecer una larga enfermedad y que me la tendría que traer a Brighton para cuidarla. Incluso me dio por mirar en el escaparate de Cubitt & West cuando volvía a casa del museo para ver si había algún departamento libre cerca del mío. Aun así, esta mañana he pensado que mi madre es una superviviente y que probablemente le quedan un puñado de años buenos antes de que mi intervención sea imprescindible. Con todo, he decidido que al menos debería invitarla a venir, aunque solo sea para demostrarle mi buena voluntad. Y estaba sentado esta tarde, gin-tonic en mano, escribiéndole una carta para tal efecto cuando ha sonado el timbre.

«A la misma hora la semana que viene.» He sonreído. A pesar de estar distraído con la enfermedad de mi madre, lo he estado esperando, por supuesto, y ya había preparado la habitación de invitados. Pero hasta que no ha sonado el timbre no he podido admitir que, aunque lo hubiera echado la última vez, no veía la hora de que mi policía regresara.

Me he quedado sentado unos segundos, deleitándome con la anticipación de su presencia. Me he tomado mi tiempo, e incluso he leído lo que había escrito. «Querida madre: Espero que no pienses que me estoy entrometiendo o padeciendo por tu enfermedad.» Mentira. Las dos cosas.

Y ha vuelto a sonar. Esta vez, más prolongado, impaciente. Ha vuelto. Lo eché, y ha vuelto. Y eso significa que todo ha cambiado. Ha venido por su cuenta. El que ha insistido no he sido yo. Ahí estaba, fuera, presionando de nuevo el timbre. Me he bebido el resto de la ginebra y he bajado a abrirle.

Al verme, sus primeras palabras han sido:

—¿Llego pronto?

—En absoluto —he respondido, sin mirar el reloj—. Llegas justo a tiempo.

Lo he invitado a subir la escalera y a entrar en el departamento, dejando que se adelantara para que no se percatara de la incontrolable alegría de mis pasos.

Ha vuelto a traer el uniforme, pero llevaba puesto un suéter negro y unos jeans. Hemos llegado a la sala de estar y nos hemos quedado quietos sobre la alfombra. Ante mi sorpresa, ha esbozado una media sonrisa. No lo he visto tan nervioso como la primera vez. Ha habido un momento en que todo me ha parecido sencillísimo: aquí lo tenía otra vez, había vuelto al departamento. ¿Acaso importaba algo más? Mi policía estaba conmigo, y me estaba sonriendo.

—Genial —ha celebrado—. ¿Nos ponemos en ello?

Hablaba con una confianza y una determinación insólitas.

—Creo que será lo mejor.

Y se ha girado, se ha ido a la habitación de invitados y ha cerrado la puerta. He intentado no obsesionarme con el hecho de que se estuviera desvistiendo detrás de esa puerta, así que he ido a la cocina a buscarle una cerveza. Al pasar por el espejo del recibidor, he echado una ojeada a mi aspecto y no he podido evitar dirigirle a mi reflejo una sonrisa pícara.

—Ya estoy listo —ha exclamado, abriendo la puerta del «estudio».

Y, en efecto, estaba listo, vestido para mí, esperando a que empezara.

Cuando he acabado de dibujarlo, nos hemos ido a la sala de estar y le he dado otra botella.

La cerveza debe de haberlo relajado, porque se ha desabrochado el cinturón, se ha quitado el saco, lo ha dejado en el sillón y se ha sentado en el chéster sin preguntar. He observado la silueta que dibujaba su saco en el respaldo del sillón y he pensado en lo vacío que parecía sin su cuerpo llenándola.

—¿Te gusta el uniforme? —le he preguntado.

—Deberías haberme visto cuando me lo dieron. No dejaba de andar arriba y abajo por el salón, mirándome en el espejo. —Ha sacudido la cabeza—. En aquel momento no me di cuenta de lo mucho que pesa.

—¿Pesa?

—Muchísimo. Póntelo.

—No me va a quedar bien...

—Vamos, inténtalo.

Lo he tomado. Tenía razón: pesaba bastante. He acariciado la lana entre los dedos y el pulgar.

—Es un poco áspero...

Los ojos le han brillado cuando se han encontrado con los míos.

—Como yo.

—Todo lo contrario a ti.

Se ha producido una pausa. Ninguno de los dos ha desviado la mirada.

Me he puesto el saco en la espalda y he forcejeado para intentar meter los brazos en las mangas. Me quedaba muy grande —la cintura demasiado baja, los hombros demasiado anchos—, pero conservaba el calor de su cuerpo. Me ha asaltado el aroma a carbólico y talco de pino. La aspereza del cuello del saco me ha hecho cosquillas en la piel y me he estremecido. Quería hundir la nariz en la manga, cubrirme firmemente con la prenda e inhalar su olor. Su calor. En cambio, he hecho una reverencia y, con una voz más bien débil, he dicho:

—Buenas noches tenga usted.

Él se ha reído.

—No he oído nunca a nadie decir eso. Al menos en la vida real.

Me he quitado el saco y me he servido otra copa de ginebra. Después me he sentado a su lado en el sofá, lo más cerca que me he atrevido.

—¿Soy un buen sujeto, entonces? —me ha preguntado—. ¿Quedaré bien en el retrato?

Le he dado un sorbo a mi copa. Que esperara un poco la respuesta. Ha soltado un leve suspiro y ha alargado un brazo que ha recorrido el respaldo del chéster. Hacia mí.

Fuera, era negra noche. Lo único que se veía era el resplandor de las farolas y la silueta acuosa del reflejo de la habitación en el cristal. He intentado razonar conmigo mismo. «Aquí estoy —he pensado—, con un policía en mi departamento, y no me va a quedar otra que tocarlo pronto si sigue comportándose así, pero es un policía, carajo, y pocas cosas hay más arriesgadas que esto, y debería recordar el comentario cómplice de Jackie, y a la señora Esme Owens, y lo que le pasó a aquel chico en el Napoleon...»

He pensado todo eso. Pero lo único que sentía era la calidez de su brazo en el respaldo del chéster, a punto de tocarme el hombro. El olor a cerveza que emanaba, ese aroma a pan. El chirriar de su cinturón cuando ha acercado un poco más la mano.

—Vas a quedar magnífico en el retrato —he respondido—. Y me quedo corto.

Y me ha rozado el cuello con las puntas de los dedos. Yo seguía sin mirarlo. He echado un vistazo a la ventana y el reflejo de la habitación se ha fundido en una delicada masa de luz y penumbra. Todo se ha fundido, la habitación entera, entre el contacto de los dedos de mi policía entre mis cabellos. Ha pasado a sostenerme la nunca, a acariciármela, y yo lo único que quería era reposar allí la cabeza, en esa mano enorme y capaz. Su tacto era firme, sorprendentemente decidido, pero cuando por fin me he atrevido a girarme hacia él, estaba pálido y respiraba agitado.

—Patrick... —ha empezado a decir, apenas un murmullo.

He apagado la lámpara de la mesa y le he tapado la hermosa boca con la mano. He sentido la carne de su labio superior mientras contenía el aliento.

—No digas nada —he musitado.

Sin apartar la mano de la boca, lo he apretado con la parte superior del muslo. Ha cerrado los ojos y ha exhalado un resuello. He empezado a frotarlo a través de la áspera lana de los pantalones de policía hasta que ha comenzado a tragar saliva con brusquedad y su aliento me ha humedecido los dedos. En cuanto he notado su pene irguiéndose hacia mí, he levantado la mano y le he aflojado la corbata. No ha dicho nada, pero ha seguido resollando. Le he desabrochado la camisa deprisa, con el corazón latiéndome violentamente con ese ritmo inverso suyo, y él ha empezado a lamerme un dedo, al principio con delicadeza, pero cuando he llevado la boca a su cuello desnudo, y luego a su pecho, me ha succionado la piel con voracidad. Y cuando le he besado los pelillos que le subían hasta el ombligo, me ha mordido con fuerza. He seguido besándolo. Él ha seguido mordiéndome. Luego le he quitado la mano de la boca, he ahuecado las manos alrededor de su rostro y lo he besado, con muchísima ternura, antes de alejarme de su esforzada lengua. Ha soltado un ruidito, un gemido sutil, y yo he bajado la mano, le he agarrado el pene y le he susurrado al oído:

—Vas a quedar fantástico.

Después, he reposado la cabeza en su regazo y nos hemos quedado en silencio. Las cortinas seguían descorridas y la habitación estaba algo iluminada por la luz de las farolas de la calle. Se oía pasar algunos coches. Las últimas gaviotas graznaban en el aire de la noche. Mi policía ha apoyado la cabeza en el respaldo del chéster, con las manos en mi

202

pelo. Ninguno de los dos ha abierto la boca durante lo que se me han antojado horas.

Por último, he levantado la cabeza, decidido a decirle algo, pero antes de que pudiera hablar se ha levantado, se ha subido la bragueta, ha recogido el saco y me ha dicho:

—Lo mejor será que no vuelva, ¿no?

Era una pregunta. Una pregunta, no una declaración.

—Todo lo contrario.

No ha respondido. Se ha abrochado el cinturón, se ha puesto el saco y ha echado a andar. He añadido:

—Si quieres, claro.

Se ha detenido en el umbral.

—No es tan sencillo, y lo sabes.

Igual que Michael todos los miércoles por la noche. Se iba. Cerraba la puerta con un golpe y se acabó lo que se daba. Ya hablaremos de eso en otro momento, he pensado. Quédate un poco más.

No he sido capaz de moverme. Me he quedado sentado, escuchando sus pasos, y lo único que he sido capaz de articular ha sido:

—¿A la misma hora la semana que viene?

Pero él ya había cerrado de un portazo la puerta de abajo.

19 DE OCTUBRE DE 1957

Me he pasado toda la semana soñando con sus gemidos mientras lo besaba. Con la excitación de sentir su pene en la palma de la mano. Y el ruido del portazo.

Es evidente que está asustado. Es joven. Inexperto. Aunque soy consciente de que bastantes muchachos tienen muchísima más experiencia de la que yo tenía a su edad. Una vez conocí a un chico en el Greyhound que juraba y perjuraba que un amigo de su padre y él lo habían hecho en su huerto cuando apenas tenía quince años. Y que le había encantado. Pero dudo que mi policía haya vivido algo así. Creo que, quizá desde un punto de vista más bien romántico, somos iguales: se ha pasado muchos años, desde que era un niño, mirando a los hombres, deseando que lo tocaran. Tal vez haya empezado a considerarse parte de una minoría. Incluso puede que ya sepa que ninguna mujer podrá ofrecerle una «cura». Confío en que lo sepa, aunque para mí no resultó algo tan obvio hasta que cumplí casi los treinta. Ni siquiera estando ya con Michael podía evitar preguntarme si alguna hembra sería capaz algún día de sacármelo de la cabeza. Pero cuando murió comprendí que no eran más que disparates, porque la única palabra que existía para describir lo que había perdido era *amor*. Ya está. Ya lo he escrito.

Lo dicho: dudo que a mi policía lo haya tocado otro hombre antes que yo. Dudo que haya mecido la cabeza de otro hombre en sus manos. Ha demostrado arrojo; admito que eso me ha sorprendido y cautivado. Pero ¿serán sus actos un reflejo de sus sentimientos? No tengo forma de saber el miedo que puede estar pasando. Esa risa y ese brillo en los ojos son un buen escudo, tanto de cara al mundo como a sí mismo.

25 DE OCTUBRE DE 1957

Un escándalo mayúsculo en los diarios que implica al Departamento de Investigación Criminal de Brighton nos ha sorprendido a todos. Creo que ha salido hasta en *The Times*. El jefe de policía y un inspector se han sentado en el banquillo de los acusados por un delito de conspiración. Apenas han salido detalles a la luz, pero no cabe duda de que estos tipos se han visto implicados en acuerdos mutuamente beneficiosos con varios canallas como los que puedes encontrarte en el Bucket of Blood. Debo decir que se me ha alegrado el corazón cuando he leído el titular en el *Argus*: EL JEFE DE POLICÍA Y OTROS DOS AGENTES SE HAN SENTADO EN EL BANQUILLO DE LOS ACUSADOS. Al menos, esta vez han sido nuestros muchachos de azul los que se enfrentan al escarnio público y tal vez a la prisión, pero se me ha caído el alma a los pies cuando he pensado en las implicaciones que eso puede tener para mi policía. Los miembros corrientes y honestos del cuerpo de policía tendrán que pagar por los desmanes de sus superiores. No me quiero ni imaginar a cuánta presión estarán sometidos ahora mismo.

Pero no hay nada que pueda hacer al respecto. Lo único que está en mi mano es esperar a que vuelva. Nada más.

4 DE NOVIEMBRE DE 1957

Esta mañana había una capa de hielo en las aceras. Se avecina un invierno frío.

Llevo casi tres semanas sin verlo, y a cada día que pasa, una parte de los recuerdos de aquella noche se pierden en el olvido. Aún puedo sentir sus labios, pero no soy capaz de recordar la forma exacta de la giba que tiene en el puente de la nariz.

En el museo, Jackie no ha perdido detalle desde detrás de los lentes, y Houghton me ha estado machacando con lo necesario que es tener contento al director, a los administradores y al ayuntamiento evitando hacer cosas demasiado extravagantes. No hemos vuelto a hablar del proyecto de los retratos, aunque, tal vez inspirado por la sensación de haber sido capaz de seducir a un veinteañero, he estado insistiendo con el tema de las reformas. Lo único que tengo que hacer ahora es encontrar una escuela que esté dispuesta a enviar a sus jóvenes mentes a colaborar con nosotros y a dejarlos bajo mi dudosa influencia.

Esta tarde he sentido que debía subir a Londres a ver a Charlie. Ya era bastante tarde, pero podría estar con él un par de horas antes del último tren. No veía el momento de contarle lo de mi policía. De hablar de él. De gritar su nombre. Ante su ausencia, la única alternativa era darle vida describiéndoselo a Charlie. También quería, y lo admito, presumir un poco. Desde que éramos pequeños, Charlie ha sido siempre el que me ha venido con historias sobre la excitante silueta de los hombros de algún chico, de lo dulce que resulta que el tal Bob, George o Harry estén fascinados con sus conversaciones y lo tomen como ejemplo, por no hablar de la absoluta satisfacción que les ofrece en la cama. Ahora por fin tengo mi propia historia que contar.

A Charlie no le ha sorprendido mi vista —nunca lo aviso—, pero me ha tenido esperando en la entrada un par de minutos.

—Oye —me ha dicho—, ahora mismo tengo compañía. ¿Sería posible que volvieras mañana?

No ha cambiado ni pizca, vaya. Le he contestado que, a diferencia de él, yo tenía que trabajar al día siguiente, así que era ahora o nunca. Ha abierto la puerta y me ha espetado:

—Pues entra y te presento a Jim, vamos.

Charlie acaba de reformar su casa de Pimlico de arriba abajo, con montones de espejos, lámparas de acero, muebles estrechos y tapices modernos. Es un sitio diáfano, bien iluminado y muy relajante a simple vista. El espacio perfecto, de hecho, para Jim, que estaba sentado en el flamante sofá de Charlie fumándose un Woodbine. Descalzo. Y, en definitiva, como si estuviera en su casa.

—Encantado de conocerte —ha exclamado, alargando una mano suave y blanquísima, sin levantarse del sofá.

Se la he estrechado mientras él me miraba fijamente con unos ojos color óxido.

—Jim trabaja para mí —me ha informado Charlie.

—¿Ah, sí? ¿De qué?

Los dos han intercambiado sendas sonrisas.

—Cosas sin importancia —ha respondido Charlie—. No sabes lo práctico que es tener a un interno. ¿Una copa?

Le he pedido un gin-tonic y, ante mi sorpresa, Jim se ha puesto de pie de un salto.

—Yo lo de siempre, querido —le ha pedido Charlie, sin quitarle ojo al muchacho hasta que se ha ido.

Jim era un chico de baja estatura, pero bien proporcionado, piernas largas y culito respingón.

Me he girado hacia Charlie, y en ese momento se ha echado a reír.

—Vaya cara —ha farfullado.

—¿Lo tienes de... mayordomo?

—Lo tengo de lo que yo quiera.

—¿Y él lo sabe?

—Por supuesto.

Charlie se ha sentado en un sillón junto al fuego y se ha pasado la mano por los mechones de pelo negro. Alguna que otra cana, pero aún conserva la densidad. En la escuela no paraba de decirme que su cabello podía desafilar tijeras. Y no me habría extrañado.

—Es fantástico, de verdad. Una relación mutuamente satisfactoria.

—¿Cuánto llevas...?

—¿Con él? Uy, unos cuatro meses. Espero el día en que me aburra. O se aburra él. Pero de momento no ha pasado.

Jim ha vuelto con las copas y hemos pasado una hora agradable, llena prácticamente toda por las historias de Charlie sobre personas que hace mucho que no veo o que ni siquiera conozco. Pero no me importaba. Aunque con la presencia de Jim me he inhibido de sacar el tema de mi policía, me ha parecido increíble verlos a los dos disfrutando de la compañía del otro con tanta facilidad. Charlie de vez en cuando le tocaba el cuello a Jim, y este le agarraba la muñeca. Incluso me he permitido imaginarme una pequeña fantasía. Yo podría vivir así con mi policía. Podríamos pasarnos las noches charlando con amigos, tomando copas, comportándonos como si estuviéramos, bueno, casados.

Sea como fuera, me he alegrado de que Charlie me acompañara a la puerta solo.

—Me alegro muchísimo de haberte visto —ha reconocido—. Te veo mejor que nunca.

He sonreído.

—Está bien, ¿y cómo se llama? —me ha preguntado Charlie.

Se lo he dicho.

—Es policía —he añadido.

—La virgen —ha exclamado Charlie—. ¿Qué ha pasado con el Hazlewood cauto que yo conocía?

—Lo he enterrado —he respondido.

Charlie ha entornado la puerta y hemos bajado hasta la calle.

—Patrick, no quiero pecar de paternalista, pero... —Se ha detenido, me ha tomado con cuidado del cuello y me ha acercado la cara—. ¿Un policía? —ha susurrado.

He soltado una risotada.

—Ya lo sé. Pero no es un policía cualquiera.

—Hombre, ya imagino que no.

Se ha producido un breve silencio. Charlie me ha soltado y hemos encendido un cigarro. Nos hemos apoyado en la barandilla, exhalando humo hacia el cielo nocturno. «Igual que en el cobertizo de las bicicletas del instituto», he pensado.

—¿Y cómo es?

—Veintipocos. Alegre. Atlético. Rubio.

—No me jodas —ha dicho, sonriendo.

—Es él, Charlie. —No he podido evitarlo—. De verdad te lo digo.

Charlie ha fruncido el ceño.

—Ahora sí que me voy a poner paternalista. Poco a poco. Ve con cuidado.

Me ha sobrevenido un acceso de ira.

—¿Ah, sí? ¿Por qué? —le he preguntado—. No predicas con el ejemplo. El tuyo está viviendo contigo.

Charlie ha tirado el cigarro a una alcantarilla.

—Sí, pero... es distinto.

—¿Distinto? ¿En qué?

—Patrick, Jim es mi empleado. Vivimos bajo unas reglas que entendemos nosotros y el resto del mundo. Vive bajo mi techo y yo le pago por sus... servicios.

—¿Me estás diciendo que no es más que un acuerdo económico? ¿Nada más?

—Claro que no. Pero quizá sí para ojos ajenos. Y así se levantan menos suspicacias, ¿no te parece? Todo lo demás es... imposible, carajo. Y lo sabes.

Después de despedirnos y que él comenzara a subir la escalera hacia su casa, he exclamado:

—Ya lo verás. Dentro de un año estará viviendo conmigo.

Y, en ese momento, lo creía firmemente.

12 DE NOVIEMBRE DE 1957

Las aceras siguen heladas, la estufa de gas escupe gases en mi despacho, llevo un suéter debajo de la chamarra, Jackie exagera sus escalofríos siempre que puede y él ha vuelto.

La hora: las siete y media. El día: martes. Estaba terminándome un plato de *goulash* en el departamento cuando, de repente, ha sonado el timbre. PUM-pum, ha latido mi corazón, aunque solo una vez. Casi he aprendido a no esperar que sea él.

Pero ahí estaba. Cuando he abierto la puerta, no ha dicho ni mu. He conseguido que nuestras miradas se cruzaran antes de que él agachara la cabeza.

—Estamos a martes, ¿no? —ha preguntado.

Hablaba con calma y una cierta frialdad. Lo he invitado a entrar. Esta vez ha venido sin uniforme, pero llevaba puesto un largo abrigo gris que me ha dejado tomarle en cuanto hemos entrado. La prenda era lo suficientemente grande como para montar un toldo y refugiarse debajo, y me he quedado un instante quieto, sosteniéndolo en las manos y observando cómo se dirigía a la habitación sin que yo le dijera nada.

En un ataque de orden, había guardado el caballete y las pinturas, y la silla en la que había posado volvía a estar en su sitio, junto a la cama.

Se ha parado en el centro de la habitación y ha girado sobre los talones para mirarme de frente.

—¿No vas a pintarme?

Tenía las mejillas macilentas, y no del tono rosado de siempre, y una mirada dura. Yo seguía con su abrigo en las manos.

—Si quieres... —he respondido, buscando un lugar donde dejarlo. Soltarlo en la cama me ha parecido demasiado atrevido. Como tentar al destino.

—Pensaba que nos veíamos aquí para eso. Para que me hicieras un retrato. Los martes por la tarde. Un retrato de una persona *corriente*. Como yo.

He colocado el abrigo en la silla.

—Si quieres, puedo pintarte...

—¿Cómo que «si quiero»? ¿No era eso lo que tú querías?

—No tengo nada montado, pero...

—Esto ni siquiera es un estudio, ¿me equivoco?

Lo he ignorado y he dejado que flotara un breve silencio entre los dos.

—¿Por qué no lo hablamos en la sala de estar?

—¿Me has convencido de todo mediante engaños? —Hablaba en voz baja, con una clara nota de rabia—. Eres un *maleante* de esos, ¿no? Me has traído aquí con un objetivo muy claro en mente, ¿verdad?

Se ha pasado la lengua por los labios y se ha arremangado. Ha dado un paso hacia mí. En ese momento, no había nada que lo distinguiera de los policías más matones.

He reculado, me he sentado en la cama y he cerrado los ojos. Estaba preparado para el golpe, para el puñetazo en el pómulo. «Te has metido en este problema tú solito, Hazle-

213

wood», me he dicho. Estos abusadores son todos iguales, como Thompson, un chico de mi instituto: en la noche me cogía y en el día me pegaba.

—Respóndeme —me ha exigido—. ¿O no sabes qué contestar?

Sin abrir los ojos, he respondido con toda la suavidad que he podido.

—¿Tratas así a todos tus sospechosos?

No sé qué me ha animado a provocarlo de esa manera. Supongo que los restos de confianza que aún sentía por él. El convencimiento de que al final él dejaría de tener miedo.

Una larga pausa. Seguíamos cerca; lo oía respirar despacio. He abierto los ojos. Me observaba desde las alturas, pero había recuperado el color habitual en las mejillas y tenía los ojos de un azul intenso.

—Puedo dibujarte —he insistido, levantando la cabeza—. Me gustaría, de hecho. Quiero completar el retrato. Eso no es mentira.

Su mandíbula temblaba ligeramente, como si se estuviera reprimiendo algo.

He pronunciado su nombre, y cuando he alargado una mano y le he agarrado el muslo, no se ha apartado.

—Lo siento si crees que te he hecho venir solo por una razón. Porque no es verdad, en absoluto.

He vuelto a pronunciar su nombre.

—Quédate aquí a dormir hoy —le he propuesto.

Notaba la tensión de su muslo en la mano. Poco después, ha suspirado.

—No deberías haberme dicho que vinieras.

—Pero tú has querido venir. Quédate a dormir.

—No sé si...

—No hay nada que saber.

Tenía las mejillas cerca de su entrepierna.

Se ha desasido de mi mano.

—He venido a decirte que no puedo volver.

Un largo silencio. No he apartado la vista de él, pero él me evitaba la mirada.

Finalmente, con la esperanza de que se notara el humor en mi voz, he dicho:

—¿Has tenido que venir en persona a decírmelo? ¿No podías meterme una nota por debajo de la puerta?

Al ver que no respondía, no he podido evitar añadir:

—Quizá algo como: «Querido Patrick: Me alegro de haberte conocido, pero tengo que poner fin a nuestra amistad porque soy un policía respetable y, además, un cobarde...».

Ha extendido el brazo. Yo, por instinto, lo he esquivado, pero no había nada que esquivar. He sentido algo cercano a la decepción. Me avergüenza admitir que quería sentir sus manos sobre mí, fuera como fuera. En lugar de dirigirlo a mi mejilla, se ha llevado el puño a su sien y se ha machacado la piel con los nudillos. Luego ha emitido un extraño sonido, algo entre un gorjeo y un sollozo. Su rostro se ha convertido en una terrible máscara roja de tanto apretar los ojos y la boca.

—Para —le he exhortado, levantándome y poniéndole una mano en el brazo—. Por favor, para.

Nos hemos quedado de pie un buen rato, mientras él se esforzaba por controlar la respiración. Por último, se ha llevado un antebrazo a la cara y se ha frotado los ojos varias veces.

—¿Tienes algo de beber? —me ha preguntado.

He ido a buscar un par de copas y nos hemos sentado juntos en el sofá, meciendo nuestros brandis. No he dejado de pensar en qué podía decirle para confortarlo, pero no se me ocurrían más que clichés, así que he optado por callarme. Y, poco a poco, se le ha enfriado la cara y ha relajado los hombros.

Me he servido otra copa y me he lanzado:

—No eres un cobarde. Hay que ser muy valiente para venir aquí.

Ha clavado la vista en su copa.

—¿Cómo lo haces?

—¿El qué?

—Lo de vivir... esta vida.

—Ah —he exhalado—. Eso.

¿Por dónde empezar? He sentido un repentino deseo de levantarme y pasearme por la estancia como un abogado que expusiera un par de verdades sobre lo que él ha gustado de llamar «esta vida». Es decir, mi vida. Las vidas de los demás. Las vidas de las personas de moral disoluta. De los criminales sexuales. De los que la sociedad ha condenado al ostracismo, al miedo y al autoodio.

Pero me he contenido. No quería asustar al muchacho.

—No me ha quedado otra. Supongo que he ido tirando... —He empezado—. Con el paso de los años, uno aprende a...

Me he cortado. ¿Qué se aprende? ¿A temer a los desconocidos, a desconfiar incluso de tus seres queridos? ¿A disimular todo lo posible? ¿A asumir que la soledad absoluta es inevitable? ¿A que lleves ocho años con tu amante y nunca se quede más de una noche y cada vez esté más distante, hasta que finalmente un día entras a la fuerza en su habitación y encuentras su cuerpo frío, gris y cubierto de vómito desmadejado en la cama?

No, eso no.

¿Quizá a que, a pesar de todo esto, la idea de «normalidad» te produce un miedo cerval?

—Bueno. Uno aprender a vivir como puede. —Le he dado un largo sorbo al brandi y he añadido—: Como debe.

He intentado apartar todas las imágenes de Michael de la mente. Lo peor fue el olor. El aroma dulzón y putrefacto que provoca en un espacio cerrado una muerte por sobredosis de medicación. Cuánto tópico. Lo pensé incluso en aquel instante, mientras sostenía su malogrado y hermoso cuerpo entre los brazos. Habían vencido. Y él los había dejado ganar.

Es algo que me sigue sacando de quicio.

—¿Nunca has pensado en casarte?

He estado a punto de reír, pero había gravedad en su rostro.

—Conocí a una chica —he respondido, aliviado por poder pensar en otra cosa—. Nos llevábamos bien. Supongo que se me llegó a pasar por la cabeza..., pero no. Sabía que sería imposible.

Alice. Hacía una eternidad que no pensaba en ella. Esta noche le he quitado importancia delante de mi policía, pero me han aflorado todos los recuerdos: aquella época, en Oxford, cuando creía que tal vez casarme con Alice era la mejor solución. Disfrutábamos de la compañía del otro. A veces incluso íbamos a bailar, aunque a las pocas semanas tuve la sensación de que ella quería que pasara algo más después del baile. Algo que yo no podía ofrecerle. Pero era una persona alegre, generosa y abierta, e incluso se me ocurrió que con Alice como esposa quizá podría escapar de mi condición de minoría. Con ella, me hubiera sido más fácil gozar de un cierto respeto. Tendría a alguien que me cuidaría sin que llegara a exigirme demasiado. Alguien que tal vez llegaría a comprenderme si sufría alguna que otra recaída ocasional... Y la tenía en gran estima. Sabía que muchos matrimonios se sustentaban en mucho menos que eso. Luego Michael y yo nos hicimos amantes. Pobre Alice. Creo que sabía qué —o, más bien, quién— era lo que me alejaba de ella, pero nunca hizo ningún numerito. Los numeritos no eran su estilo, y esa era una de las cosas que me gustaban de ella.

—Yo estoy pensando en casarme —ha anunciado mi policía.

—¿Lo estás pensando? —He tomado aire—. ¿Quieres decir que ya estás prometido?

—No, pero le estoy dando vueltas.

He dejado la copa.

—No serías el primero.

He intentado reírme. Si podía quitarle solemnidad al asunto, antes podríamos pasarlo de largo. Y en cuanto lo pasáramos de largo, antes podríamos olvidarnos de aquella necedad y a lo mejor nos iríamos a la cama. Sabía lo que estaba haciendo. Lo he vivido varias veces. La perorata exculpatoria que sucede a la consumación. «No soy marica, ¿eh? Te lo digo para que lo sepas. Tengo mujer e hijos esperándome en casa. Es la primera vez que me sucede algo así.»

—Del dicho al hecho hay un gran trecho —he añadido, alargando una mano hasta su rodilla.

Pero no me estaba escuchando. Quería hablar.

—El otro día me convocó el jefe, ¿y sabes qué me dijo? «A ver cuándo conviertes a alguna chica en la respetable esposa de un policía.»

—¡Qué insolencia!

—No es la primera vez que me lo insinúa... «Hay solteros —me dijo un día—, hay solteros que han tenido problemas para subir de rango en esta división.»

—¿Y qué le contestaste?

—Alguna tontería. Claro, ahora nos están machacando a todos desde que sentaron al comisario en el banquillo... Tenemos que ser todos más papistas que el papa.

Sabía que aquel alboroto no nos favorecería lo más mínimo.

—Le podrías haber dicho que eres muy joven para casarte y que no se meta en camisa de once varas.

Ha soltado una risotada.

—¿Tú te oyes? Camisa de once varas...

—¿Qué tiene de malo esa expresión?

Se ha limitado a sacudir la cabeza.

—Tengo muchos compañeros más jóvenes que yo que ya se han casado.

—Y mira cómo están.

Se ha encogido de hombros y me ha mirado de reojo.

—Tampoco sería tan dramático, ¿no?

Era tan evidente que hablaba como el que no quiere la cosa que he inferido al instante que ya tenía a alguien en mente. Que ya lo estaba organizando. Y he supuesto que era la profesora de la que me había hablado el día que le enseñé el Ícaro. ¿A santo de qué la habría mencionado si no? No se puede ser más imbécil que yo.

En definitiva, que, con toda la despreocupación posible, he respondido:

—Es la chica de la que me hablaste, ¿no?

Ha tragado saliva.

—De momento solo somos amigos. No hay nada serio.

Me estaba engañando.

—Bueno, me remito a lo que te dije. Me gustaría conocerla.

Sé que no me queda otra. Puedo fingir que no existe y arriesgarme a perderlo del todo, o bien meterme de pleno en el calvario que supondría y quedarme con las migajas.

Con un poco de esfuerzo, podría llegar a quitarle a la mujer de la cabeza.

Total, que hemos quedado en que vendría al museo pronto, en algún momento. He evitado deliberadamente fijar una fecha exacta con la esperanza, patética, dicho sea de paso, de que él llegara a olvidarse del asunto.

Ha accedido a sentarse y terminar el retrato. Pienso plasmarlo en papel, cueste lo que cueste.

24 DE NOVIEMBRE DE 1957

Domingo por la mañana y ya tengo nuestro pícnic a punto. Sí, repito: «Nuestro».

Ayer compré lengua de buey en Brampton's, un par de cervezas para él, una buena porción de roquefort, un bote de aceitunas y un par de bollitos glaseados. Lo escogí todo sin dejar de pensar en lo que podría gustarle a mi policía, pero también en lo que a mí me gustaría que probara. Dudaba si incluir también servilletas y una botella de champán. Al final he optado por las dos cosas. A fin de cuentas, ¿qué me impedía intentar impresionarlo?

Eso sí: el plan no podría ser más absurdo, y eso sin tener en cuenta que se ha levantado la mañana más fría de lo que llevamos de año. El sol se ha retirado, una niebla húmeda se ha instalado en la playa y lo primero que veo en el baño es mi aliento. Pero llegará a las doce y yo lo llevaré en el Fiat a Cuckmere Haven. Fuera de broma, creo que debería llevar un termo de té y un par de mantas gruesas. A lo mejor las pongo también, por si no llegamos ni a salir del coche.

Aun así, la languidez del día es una buena noticia para nuestra privacidad. No hay nada que fastidie más un plan que demasiadas miradas de sospecha. Espero que traiga alguna prenda de senderismo para no llamar demasiado la atención. Michael siempre se negó a ponerse nada que llevara *tweed*, y ni siquiera tenía un par de zapatos duros para caminar, una de las razones por las que normalmente no salíamos de casa. Es evidente que hay espacios naturales en los que es difícil cruzarse con alguien, pero es posible que las personas con las que te topes sean bastante desconsideradas y te fulminen con una mirada de reprobación por no tener el mismo aspecto que ellas. Uno aprende a ignorar ese tipo de cosas hasta cierto punto, pero no soporto la idea de que mi policía se vea mancillado por esas miradas airadas.

Voy a comprobar que el Fiat arranque sin problemas.

Ha llegado puntual. Con los jeans, la camiseta y los botines de siempre. Y el largo abrigo gris.

—¿Qué pasa? —me ha preguntado cuando lo he repasado de arriba abajo.

—Nada —he respondido, sonriendo—. Nada.

He conducido sin ningún tipo de prudencia. Girándome hacia él siempre que he podido. Tomando las curvas de cualquier forma. Sintiendo tal poder con el pie en el acelerador que a punto he estado de echarme a reír.

—Vas muy rápido —me ha recriminado cuando hemos tomado la carretera de la costa que sale de la ciudad.

—¿Vas a arrestarme?

Ha dejado escapar una risotada breve.

—Me ha extrañado, simplemente.

—Las apariencias engañan.

Le he pedido que me lo contara todo sobre él.

—Empieza por el principio —he insistido—. Quiero conocerte a fondo.

Se ha encogido de hombros.

—No hay mucho que contar.

—Eso es mentira —le he implorado, dirigiéndole una mirada ferviente.

Él ha desviado la vista hacia la ventana. Ha suspirado.

—Ya lo sabes casi todo. Te lo conté. El instituto. Un asco. La militar. Nada importante. El cuerpo de policía. No está mal. Y la natación...

—¿Y qué pasa con tu familia? Tus padres, hermanos...

—¿A qué te refieres?

—Que cómo son.

—Pues... no sé. Son buena gente. Del montón.

He probado a cambiar de estrategia.

—¿Qué esperas de la vida?

Se ha quedado callado un buen rato, y luego ha dicho:

—Lo que espero, ahora mismo, es conocerte. Eso es lo que quiero.

Así que me he puesto a hablar yo. Tenía tantas ganas de oír lo que tenía que contarle que casi he podido sentir que me estaba escuchando. Ese es el halago definitivo: una oreja dispuesta a escucharte. Y por eso he hablado y hablado sobre mi vida en Oxford, los años que me pasé intentando vivir de la pintura, el día que conseguí el trabajo en el museo, lo que pienso del arte. He prometido llevarlo a la ópera, a un concierto en el Royal Festival Hall y a todas las galerías importantes de Londres. Me ha comentado que ya ha estado en la National Gallery. Una excursión de la escuela. Le he preguntado qué recuerda del viaje, y me ha mencionado *Los discípulos de Emaús* de Caravaggio: el Cristo afeitado.

—No podía dejar de mirarlo —me ha explicado—. Jesús sin barba. Rarísimo.

—Raro... pero ¿hermoso?

—Puede que sí. No me cuadraba, pero no había nada en el cuadro que fuera más real que él.

Le he dado la razón. Y hemos hecho un plan para ir juntos el fin de semana que viene.

La bruma era aún peor en Seaford, y cuando hemos llegado a Cuckmere Haven, la carretera que teníamos delante parecía haber desaparecido por completo. El Fiat era el único vehículo del estacionamiento. Le he dicho que no hacía falta ir de paseo, que podíamos charlar y ya está. Y comer. Y lo que quisiéramos. Pero él ya se había decidido.

—Ya que hemos venido hasta aquí... —ha dicho, bajándose del coche.

Me he llevado una buena decepción al verlo alejarse de esa manera, sabiendo que ya no era mi prisionero.

El río, con su manso meandro discurriendo hacia el mar, se perdía entre la niebla. Lo único que alcanzábamos a ver era la caliza gris del sendero, y los pies, que no las cimas, de las montañas que había a un lado. A través de la bruma se distinguía el bulto mudo de alguna que otra oveja. Y nada más.

Mi policía se ha adelantado un poco con las manos en los bolsillos. Mientras andábamos, nos hemos sumido en un silencio cómodo. Como si aquella neblina apacible y benévola nos protegiera. No había ni un alma. No oíamos nada salvo nuestras propias pisadas sobre el camino. Le he dicho que deberíamos volver; estábamos perdiendo el tiempo: no se veía ni el río, ni los campos ni el cielo. Y yo tenía hambre; había traído un pícnic y quería comer. Se ha volteado hacia mí:

—Cuando veamos el mar —ha respondido.

Al poco rato, me ha llegado el rumor y el bramar del Canal, aunque no pudiéramos ver la playa. Mi policía ha apretado el paso, y yo he hecho lo propio. Una vez allí, nos hemos plantado en la empinada orilla de guijarros, con la mirada clavada en la niebla gris. Él ha inspirado hondo.

—Aquí se tiene que nadar de lujo —ha dicho.

—Ya volveremos en primavera.

Me ha mirado. Otra vez esa sonrisa danzando en sus labios.

—O antes. Podríamos venir de noche.

—Hará frío —he apuntado.

—Estaremos ocultos —ha replicado.

Le he tocado el hombro.

—Ya volveremos cuando haya salido el sol. Cuando haga calor. Y nadaremos juntos.

—Pero a mí me gusta así. Nosotros y la niebla, y nada más.

Me he reído.

—Para ser policía, eres muy romántico.

—Y tú, para ser artista, eres muy miedoso —me ha dicho.

Mi respuesta ha sido besarlo con ímpetu en la boca.

13 DE DICIEMBRE DE 1957

Hemos quedado para comer varias veces, siempre que él ha tenido pausas largas en el trabajo. Pero no se ha olvidado de la profesora. Y ayer, por primera vez, la trajo consigo.

Me tuve que esforzar por ser encantador y hospitalario lo que no está escrito. Hacen tan mala pareja que no pude evitar sonreír cuando los vi juntos. Ella es casi tan alta como él, y tampoco intenta disimularlo (llevaba tacones), y ni la mitad de guapa. Tampoco es que esperara opinar otra cosa.

Dicho esto, le noté algo inusual. A lo mejor fue el pelo rojo, de un tono tan cobrizo que a nadie le pasaría por alto. O tal vez fuera porque, al contrario que la mayoría de las mujeres jóvenes, no aparta la vista cuando la miras fijamente a los ojos.

Después de presentarnos en el museo, los llevé a los dos al Clock Tower Café, que se ha convertido en nuestro local favorito, mío y de mi policía, para disfrutar de ese tipo de comidas opíparas y sencillas que se me antojan de vez en cuando. De todas formas, siempre es fantástico encontrarse con el aire viciado y grasiento de la cafetería después del frío silencio del museo, y estaba decidido a no hacer el más mínimo esfuerzo por impresionar a la señorita Marion Taylor. Sabía que habría previsto cubertería de plata y manteles de tela, así que yo, a cambio, le ofrecí el Clock Tower. No es el tipo de sitio en el que una profesora querría que la vieran. Salta a la vista, solo por los tacones, que es de esas personas que ascienden en la escala social y que quiere arrastrar a mi policía con ella. Seguro que tiene todo un futuro planeado entre *kitchenettes*, televisiones y lavadoras.

Pero no estoy siendo justo. Tengo que ir recordándome que lo suyo es darle una oportunidad. Que mi mejor táctica es ganármela. Si consigo que confíe en mí, será mucho más fácil seguir viéndolo. ¿Y por qué no debería fiarse de mí? A fin de cuentas, nuestro objetivo principal es el bienestar de mi policía. Estoy seguro de que ella quiere hacerlo feliz. Igual que yo.

No me acaba de convencer ni siquiera a mí mismo. La verdad es que me preocupa un poco que ese pelo rojo y esa confianza en sí misma hayan provocado en él algún tipo de duda. Como si ella pudiera ofrecerle algo que yo no. Para empezar, seguridad. Respeto (algo que, sea consciente o no, derrocha a espuertas). Y, quizá, un ascenso.

Es innegable que parece una digna rival. Vi constancia —¿o tozudez?— cuando esperó a que mi policía le abriera la puerta de la cafetería, y también cómo le contemplaba el rostro cada vez que él hablaba, como si tratara de descifrar el verdadero significado. La señorita Taylor es una muchacha determinada, no me cabe duda. Y de las serias.

De vuelta al museo, le agarró el brazo a mi policía, dirigiéndolo hacia delante.

—¿Nos vemos el próximo martes por la tarde, como de costumbre? —le recuerdo a él.

Ella lo miraba fijamente, con su enorme boca formando una línea recta, cuando él respondió:

—Claro.

Le puse una mano en el hombro a mi policía.

—Y quiero que los dos vengan a la ópera conmigo a principios de año. *Carmen*, en Covent Garden. Corre por mi cuenta.

Él esbozó una sonrisa de oreja a oreja, pero la señorita Taylor objetó:

—No, no podemos aceptarlo. Es demasiado...

—Claro que pueden. Dile que sí.

Después de asentir con la cabeza en su dirección, él respondió:

—No pasa nada, Marion. Ya lo invitaremos nosotros a otra cosa.

—De eso ni hablar. —Le he dado la espalda a ella y le he clavado la mirada—. Ya acabaremos de concretar el martes.

Me despedí y eché a andar Bond Street abajo, con la esperanza de que Marion se diera cuenta de cómo balanceaba los brazos.

16 DE DICIEMBRE DE 1957

Anoche, después de tanto, vino al departamento.

—Te cayó bien, ¿no?

Yo seguía somnoliento y había salido a duras penas de la cama, en pijama, aún soñando a medias con él, y allí lo tenía: tenso, con el pelo húmedo de la noche. Plantado en el umbral. Pidiéndome la opinión.

—Por Dios, entra —susurré—. Que vas a despertar a los vecinos.

Subí la escalera con él detrás y lo acompañé hasta la sala de estar. Encendí una lámpara de mesa y vi la hora: la una cuarenta y cinco de la madrugada.

—¿Quieres una copa? —le pregunté, señalando el aparador—. ¿O un té?

Estaba de pie en la alfombra, igual que el primer día que me visitó —tieso, nervioso— y me miraba con una intensidad que no había visto jamás.

Me froté los ojos.

—¿Qué pasa?

—Te he hecho una pregunta.

«Otra vez no», pensé. La rutina sospechoso-interrogador.

—Un poco tarde, ¿no? —le dije, aunque pudiera parecerle que estuviera enfadado.

No contestó. Y esperó.

—Mira, ¿por qué no nos tomamos una taza de té? Sigo con la cabeza en la cama.

Sin darle tiempo a discutírmelo, me fui a buscar la bata y entré en la cocina a poner la tetera a calentar. Me siguió.

—No te cayó bien.

—Vete y siéntate, ¿quieres? Yo necesito un té. Luego hablamos.

—¿Por qué no me contestas?

—¡Que te esperes!

Me reí y me acerqué a él, pero había algo en su porte —tan inalterable y firme, como si estuviera a punto de saltar— que me impidió tocarlo.

—Dame un segundo para que ordene mis pensamientos...

El silbido de la tetera nos interrumpió y me puse a medir, servir y remover, consciente en todo momento de que seguía negándose a moverse.

—Vamos a sentarnos.

Le alargué una taza.

—No quiero té, Patrick...

—Estaba soñando contigo —le dije—. Por si te interesa saberlo. Y ahora te tengo aquí. Es un poco raro. Y bonito. Y es tarde. Por favor. Vamos a sentarnos.

Cedió y nos sentamos uno a cada extremo del chéster. Lo vi tan inquieto e insistente que supe lo que tenía que hacer. Así que le dije:

—Es fantástica. Y afortunada.

El rostro se le iluminó al instante y relajó los hombros.

—¿Me lo dices en serio?

—Sí.

—Es que pensé que, a lo mejor, no congeniarían.

Suspiré.

—Bueno, tampoco es que dependa de mí. La decisión es tuya...

—Me fastidiaría un montón que no se llevaran bien.

—Pero no fue el caso, ¿no?

—A ella le caíste genial. Me lo dijo. Dice que eres todo un caballero.

—¿Ah, sí?

—Lo dijo de corazón.

No sé si fue por la hora o por aquella opinión que la señorita Taylor había manifestado sobre mí, pero ya no pude ocultar más mi enfado.

—Mira —le espeté—, no puedo impedirte que salgas con ella. Ya lo sé. Pero no esperes que cambien las cosas.

—¿Qué cosas?

—Lo nuestro.

Estuvimos un buen rato mirándonos fijamente.

Y luego sonrió.

—¿De verdad estabas soñando conmigo?

Después de darle mi bendición, me recompensó con creces. Fue la primera vez que nos fuimos a la cama y se quedó conmigo toda la noche.

Casi había olvidado la satisfacción de despertarme por la mañana y, antes de abrir los ojos, saber por la forma del colchón, por el calor de las sábanas, que él sigue ahí.

Me he despertado con la maravillosa imagen de sus hombros. Tiene la espalda más sugerente del mundo. Musculada de tanto nadar, con una pequeña zona de vello en la parte inferior de la columna, como si fuera el inicio de una cola. El pecho y las piernas también los tiene cubiertos de una hirsuta pelusa rubia. Anoche bajé la boca hasta la barriga y le estuve dando mordisquitos en el pelo que tiene ahí, y me sorprendió lo duro que lo notaba entre los dientes.

He contemplado el movimiento de sus hombros mientras respiraba, la tenue luz de su piel con el sol que entraba por las cortinas. Cuando le he tocado el cuello, se ha despertado dando un respingo, se ha incorporado y ha echado un vistazo alrededor de la habitación.

—Buenos días —le he dicho.

—Dios —ha replicado.

—No exactamente. —He sonreído—. Soy Patrick, sin más.

—Dios —ha repetido—. ¿Qué hora es?

Ha sacado las piernas de la cama y apenas me ha dado tiempo de apreciar la maravilla escultural que es su cuerpo, desnudo, antes de ponerse los calzoncillos y subirse los pantalones.

—Las ocho y pico, diría.

—¡Dios! —ha vuelto a decir, más alto—. Entro a las seis. ¡Carajo!

Él seguía dando vueltas por la habitación, buscando las prendas que había dejado abandonadas durante la noche, y yo me he puesto una bata. Estaba claro que todo intento de hablar con él, y mucho menos de reavivar una cierta intimidad, sería fútil.

—¿Café? —le he ofrecido mientras se dirigía hacia la puerta.

—Estoy en problemas.

232

Lo he seguido hasta la sala de estar, donde ha recogido el abrigo.

—Espera.

Se ha parado y me ha mirado, y yo he alargado un brazo y le he alisado un mechón de pelo.

—Tengo que irme...

Lo he entretenido con un firme beso en la boca. Luego he abierto la puerta y he comprobado que no hubiera nadie a la vista.

—Vamos, en marcha —le he susurrado—. Pórtate bien. Y que no te vea nadie por la escalera.

Ha sido una insensatez supina dejar que se fuera a esa hora. Pero había vuelto a sumirme en ese estado. El estado en el que todo parece posible. Cuando se ha ido, he puesto «Quando me'n vo' soletta per la via» en el tocadiscos. He subido el volumen al máximo. He bailado un vals por el departamento, solo, hasta que me he atolondrado. Eso es lo que dice mi madre. «Me he atolondrado.» La sensación es indescriptible.

Por suerte, ha sido un día tranquilo. Me las he arreglado para pasarme casi toda la mañana encerrado en mi despacho, mirando por la ventana y recordando las caricias de mi policía.

Algo que me ha bastado para ocupar el tiempo hasta casi las dos en punto, cuando, de repente, he caído en la cuenta de que no tenía ni idea de cuándo volvería a verlo. Quizá, he pensado, aquella noche juntos sería la última. Quizá lo de las prisas por marcharse al trabajo hubiera sido una excusa. Una estrategia para huir de mi departamento, de mí y de lo que había sucedido lo más rápido posible. Necesitaba verlo, aunque fuera un minuto. De lo contrario, aquella noche, algo ya prácticamente onírico por su improbabilidad, se vendría abajo. No podía permitirlo.

Así que, cuando Jackie ha venido a preguntarme si quería té, le he dicho que me marchaba a una reunión urgente y que ya no volvería hasta el día siguiente.

—¿Quiere que avise al señor Houghton? —me ha preguntado, torciendo un poco una de las comisuras de la boca.

—No es necesario —he contestado, y he pasado por su lado antes de que pudiera preguntarme nada más.

Fuera, hacía una tarde fría y despejada. La intensidad del sol me ha convencido de que había tomado la decisión correcta. Los tonos crema del pabellón relucían con fuerza. Las fuentes del Steine centelleaban.

Con la primera bocanada de aire fresco, parte de la urgencia que sentía se ha esfumado. He echado a trotar por el paseo marítimo, agradeciendo la brisa gélida en el rostro. Contemplando el blanco refulgente de los adosados del Regency. Reflexionando por enésima vez sobre la suerte que tengo de vivir en esta ciudad. Brighton es el extremo de Inglaterra, y se respira una cierta sensación de que vivimos en un lugar por completo distinto. Un lugar remoto, lejos de la melancolía sofocante de Surrey, de las calles húmedas y deprimentes de Oxford. Aquí pueden ocurrir cosas que no verías en ningún otro lugar, aunque sean algo efímero. Aquí no solo puedo tocar a mi policía, sino que además puedo pasar la noche con él mientras su pesado muslo aplasta el mío contra el colchón. La mera idea me ha resultado tan escandalosa, tan ridícula y, sin embargo, tan real que he soltado una carcajada, allí mismo, en Marine Parade. Una mujer que caminaba en dirección contraria me ha sonreído como quien se ríe de las gracias de un maníaco. Aún riéndome, he girado por Burlington Street en dirección a Bloomsbury Place.

Y allí estaba la cabina de policía, no más grande que una letrina, cuya luz azul languidecía bajo los rayos del sol. Me he alegrado al ver que no había ninguna bicicleta estacionada fuera. Mi policía me contó que eso era señal de que el sargento estaba de visita. Aun así, me he detenido y he mirado a ambos lados de la calle. No había ni un alma a la vista. A lo lejos, el suave romper de las olas. Las ventanas heladas de la cabina no delataban nada. Pero confiaba en que estuviera allí. Esperándome.

«Es el lugar ideal para un encuentro amoroso», he pensado. Dentro, estaríamos ocultos en mitad de un espacio público. Una cabina de policía es intimidad, morbo. ¿Se puede pedir más? Amor en la cabina de policía. Serviría para un fantástico libro de tapa rústica de esos que solo puedes pedir por correo.

Estaba atolondrado. Y todo me parecía posible.

He llamado con fuerza a la puerta. PUM-pum, latía mi corazón. PUM-pum. PUM-pum. PUM-pum.

POLICÍA, rezaba el cartel. ANTE UNA EMERGENCIA, LLAME DESDE AQUÍ.

A mí me parecía, en cierto modo, una emergencia.

En cuanto la puerta se ha abierto, he musitado un «perdóname» y he tenido la fantasía del niño católico que suplica confesión.

Ha flotado un silencio entre nosotros mientras él digería lo que estaba pasando. Luego, después de comprobar que no hubiera nadie a la vista, me ha agarrado de la solapa y me ha metido dentro, antes de dar un portazo.

—¿Se puede saber a qué demonios juegas? —me ha siseado.

Me he sacudido la ropa.

—Ya lo sé, ya lo sé...

—¿No te basta el problema que he tenido por llegar tarde? ¿Tienes que complicar aún más las cosas?

Ha inflado las mejillas y se ha llevado una mano a la frente.

Yo he seguido disculpándome sin dejar de sonreír. Le he dado tiempo para que superara la sorpresa inicial, y he echado un vistazo a la habitación. Era un espacio más bien tristón, pero había un calentador eléctrico en una esquina y, en un estante, una fiambrera y un termo. De repente me he imaginado a su madre cortándole triángulos de pan de molde relleno de fuagrás y he sentido un amor renovado por él.

—¿No piensas ofrecerme una taza de té? —le he preguntado.

—Estoy de servicio.

—Uy, y yo. Bueno, en teoría. Me he escapado del despacho.

—No lo compares. Tú puedes saltarte las reglas. Yo no.

En ese momento, ha ladeado ligeramente la cabeza, como un niño enfurruñado.

—Ya lo sé —me he disculpado—. Y lo siento.

He alargado una mano para tocarle el brazo, pero se ha apartado. Ha habido una pausa.

—He venido a darte esto. —Le he mostrado un juego de llaves de mi departamento. Siempre tengo una copia en el despacho. Un impulso. Una excusa. Una forma de ganármelo—. Para que puedas ir cuando quieras. Incluso aunque yo no esté.

Ha clavado la mirada en las llaves, pero no ha dado muestra de querer aceptarlas. Así que las he dejado en el estante, junto al termo.

—Bueno, pues me voy —he suspirado—. No debería haber venido. Lo siento.

Sin embargo, en lugar de girarme hacia la puerta, le he tomado el primer botón del saco. Lo he agarrado con fuerza, sintiendo el frío metal entre los dedos. No se lo he desabrochado. Lo he aguantado hasta que lo he calentado con la mano.

—El problema es que... —he empezado a decir mientras bajaba hasta el siguiente botón, asiéndolo con vehemencia—, no veo forma de...

No se ha inmutado, ni ha dicho nada, así que he continuado con el siguiente botón:

—... de dejar de pensar...

Otro botón.

—... en tu belleza.

Se le ha acelerado la respiración a medida que yo iba bajando, y cuando he llegado al último botón me ha agarrado una mano. Con delicadeza, me ha llevado dos dedos hacia su boca abierta. Tenía los labios ardiendo en un día gélido. Me los ha empezado a lamer y a chupar, y yo he empezado a resollar. Tiene ansias de mí, y lo sé. Las mismas que yo de él.

Acto seguido, se ha sacado mis dedos de la boca y, presionándolos contra su entrepierna, me ha preguntado:

—¿Estás dispuesto a compartir?

—¿Cómo?

—Si estás dispuesto a compartirme.

He notado cómo se le endurecía y he asentido.

—Si no hay más remedio, sí, puedo compartirte.

Y he acabado de rodillas frente a él.

III

PEACEHAVEN, NOVIEMBRE DE 1999

Viéndote contemplar la lluvia a través de la ventana, me pregunto si te acuerdas del día en que Tom y yo nos casamos, y cómo llovía, como si no fuera a amainar nunca. Probablemente aquel día te parezca mucho más real que este, un miércoles de noviembre en Peacehaven de finales del siglo xx, donde no hay consuelo ni en la monotonía del cielo ni en el aullar del viento en las ventanas. A mí, al menos, me parece más real.

El 29 de marzo de 1958. El día de mi boda, y vaya que el cielo se cayó. No era un chaparrón de primavera que podía empapar vestidos y refrescado caras, sino un verdadero diluvio. Me desperté con el sonido de la lluvia martilleando nuestro tejado, repiqueteando por las canaletas. En aquel momento, me pareció un buen augurio, algo así como un bautismo hacia una nueva vida. Me quedé tumbada en la cama, figurándome torrentes de agua purificadora, pensando en heroínas shakespearianas recalando en playas extranjeras, dejando que la corriente se llevara sus vidas pasadas, dispuestas a enfrentarse a mundos nuevos.

Estuvimos muy poco tiempo prometidos, menos de un mes. Tom parecía ansioso por seguir adelante con todo y, como es obvio, yo también. Echando la vista atrás, a menudo he pensado a qué vendría tanta prisa. En aquel momento, me resultaba excitante aquella premura confusa hacia el matrimonio, y también me halagaba. Pero ahora sospecho que lo que quería era acabar de una vez antes de que cambiara de idea.

El camino que conducía a la iglesia era muy traicionero para mis zapatos de satén, y ni el sombrero *pillbox* ni el velo corto me protegían lo más mínimo. Las cabezuelas de los narcisos estaban todas dobladas y maltrechas, pero yo atravesé aquel sendero con calma, tomándome mi tiempo, a pesar de la impaciencia de mi padre por que llegáramos a la seguridad relativa del porche. Una vez allí, esperaba que me dijera algo, que me confesara el orgullo o los miedos que sentía, pero calló, y cuando me ajustó el velo, le temblaban las manos. Ahora que lo pienso, tendría que haber sido más consciente de la magnitud de aquel momento. Era la última vez que mi padre podía afirmar ser el hombre más importante de mi vida. Y no había sido un mal padre. Nunca me pegó, y raramente levantaba la voz. Cuando mi madre se deshizo en lágrimas al saber que yo iría al instituto, mi padre me guiñó un ojo con disimulo. Nunca me llegó a decir si yo era buena o mala, ni nada entre medias. Creo que, sobre todo, lo desconcertaba; pero tampoco era algo que mereciera castigo. Debería haber sido capaz de decirle algo a mi padre en ese instante, en el umbral de mi nueva vida con otro hombre. El problema, claro, era que Tom me estaba esperando, y no podía pensar en nada que no fuera él.

De camino al altar, todo el mundo se volteó hacia mí y sonrió, menos tú. Pero me dio igual. Tenía los zapatos empapados y las medias salpicadas de lodo, y tú eras el padrino en lugar de Roy, algo que había causado un cierto revuelo, pero tampoco me importó. Ni siquiera hizo mella en mí el hecho de que Tom, en lugar de su uniforme, llevara puesto el traje que le habías comprado (idéntico al que llevabas, pero gris en vez de marrón oscuro). Porque cuando lo alcancé, le entregaste el anillo que me convirtió en la esposa de Tom Burgess.

La ceremonia dio paso a cervezas y bocadillos en el salón de la iglesia, cuyo olor me recordó mucho al del St. Luke: zapatillas de niño y ternera demasiado cocida. Sylvie, embarazada ya de verdad, llevaba un vestido sencillo y se había sentado a fumar en un rincón, sin quitarle ojo a Roy, quien parecía haberse emborrachado incluso antes de que empezara el banquete. Había invitado a Julia, porque estaba convencida de que se estaba convirtiendo en una buena amiga, y vino con un traje de dos piezas verde jade y esa sonrisa amplia, tan suya. ¿Llegaste a hablar con ella, Patrick? No me acuerdo. De lo que sí que me acuerdo es del momento en que la vi tratando de iniciar una conversación con mi hermano Harry, mientras él no despegaba la vista de los pechos de Sylvie. Los padres de Tom también fueron, como es evidente; su padre seguía dándole golpes en la espalda a todo el mundo, a todas luces con demasiada fuerza (de repente comprendí de dónde la había sacado Tom). Su madre tenía los pechos más grandes que nunca, embutidos en una blusa con estampado de flores. Después de la ceremonia, me dio un beso en la mejilla y percibí el sutil aroma a rancio de su lápiz labial cuando me dijo «bienvenida a la familia» y se secó los ojos.

Yo lo único que quería era irme de allí con mi flamante esposo.

¿Qué dijiste en tu discurso? Al principio apenas te escuchaba nadie; estaban demasiado ansiosos por echar mano de los sándwiches de fuagrás y las botellas de Harvey's. Aun así, te plantaste delante del auditorio y seguiste como si la cosa no fuera contigo, mientras Tom no dejaba de mirar nervioso a su alrededor, y, al cabo de un rato, la inusual autenticidad de tu voz de terciopelo, excesiva, y esas vocales tan Oxford atrajeron los oídos de la audiencia. Tom frunció ligeramente el ceño cuando te pusiste a contar cómo se conocieron; fue la primera vez que oí hablar de la señora de la bicicleta, y tú te divertías recordando aquella historia, y, en aras de la comicidad, hiciste una pausa antes de repetir lo que te dijo Tom sobre ella, lo de que era una pajarraca chiflada, y mi padre rompió a reír como un loco. Comentaste algo sobre que Tom y yo éramos la pareja perfecta, ejemplo de civilidad; el policía y la maestra. Nadie podría acusarnos de deberle algo a la sociedad, y las gentes de Brighton podían descansar por la noche sabiendo que Tom peinaba las calles y yo atendía la educación de sus vástagos. En aquel momento no tuve claro hasta qué punto hablabas en serio, pero sentí una ligera punzada de orgullo cuando afirmaste aquellas cosas. Luego levantaste la copa, pediste un brindis y te bebiste la mitad de la cerveza en pocos tragos, le susurraste algo a Tom que no alcancé a oír, le diste una palmadita en el brazo, me diste un beso firme en la mano y te marchaste.

La noche antes de la boda, fui al departamento de Sylvie. Supongo que eso es lo que ahora la gente llama «despedida de soltera», teniendo en cuenta que Tom había salido con algunos colegas del cuerpo de policía.

Sylvie y Roy por fin se las habían arreglado para irse de la casa de la madre de él en Portslade a un departamento en un edificio nuevo, con ascensor y ventanales, con vistas al mercado municipal. Apenas hacía unos meses que les habían dado las llaves; los pasillos aún olían a cemento húmedo y pintura fresca. Pero cuando entré en el reluciente ascensor, las puertas se abrieron con suavidad.

Me acuerdo de que Sylvie había puesto lirios en el papel de la pared y en las cortinas del salón, de un azul intensísimo salpicado de amarillo. Eso sí: todo lo demás era moderno; el sofá, bajo y con los brazos estrechos, estaba cubierto por un tejido frío y resbaladizo que debía de ser casi todo plástico.

—Mi padre se compadeció de nosotros y puso el dinero —me confesó, al ver que yo no dejaba de mirar el reloj de madera con forma de sol que colgaba encima de la chimenea de gas—. Le corroía la conciencia.

Después de la boda, se había pasado unos cuantos meses negándose a ver a Sylvie.

—¿Una Mackeson? Siéntate, vamos.

Se había hinchado ya bastante. Los límites delicados y frágiles de Sylvie se difuminaban.

—No te metas en el club tan pronto como yo, hazme caso. Es un maldito horror. —Me alargó un vaso y se agachó despacio para sentarse en el sofá—. Lo que más me fastidia —continuó— es que ni siquiera tuve que engañar a Roy. En cuanto nos casamos, me quedé preñada de verdad. Él se cree que ya van seis meses, pero yo sé que este bebé va a hacerse rogar. —Me dio un codazo y dejó escapar una risita—. No, de verdad, tengo muchas ganas. Por fin podré acurrucar a mi pequeñín.

Me acordé del día de la boda, cuando me había dicho que ojalá pudiera hacer lo que le diera la gana, y me pregunté qué habría pasado para que cambiara de idea, pero al final me limité a decir:

—Tienes esto muy bonito.

Ella asintió.

—No está mal, ¿verdad que no? El ayuntamiento nos dio las llaves antes de que lo terminara, el papel de la pared seguía húmedo, pero me gusta que el departamento esté tan alto. Vivimos en las nubes, vaya.

Cuatro pisos de altura no eran exactamente las nubes, pero sonreí.

—Pues lo que te mereces, Sylvie.

—Y lo que tú te merecerás cuando te cases mañana. Aunque sea con el patán de mi hermano.

Me apretó la rodilla y yo noté cómo me ruborizaba de placer.

—Mira que lo quieres, ¿eh? —comentó.

Asentí, y ella suspiró.

—No viene nunca a verme, ya lo sabes. Entiendo que Roy y él hayan acabado mal por lo del padrino, pero podría venir cuando Roy no esté, ¿o no? —Me miró fijamente, con unos ojos grandes y claros—. ¿Se lo comentarás, Marion? Que se acuerde de que tiene una hermana.

Le dije que sí, que se lo diría. No era consciente de que la riña entre Tom y Roy hubiera llegado a aquellos extremos.

Nos tomamos la cerveza y Sylvie me estuvo hablando de la ropa de bebé y me comentó que no sabía cómo secaría los pañales en el departamento. Después de que se fuera por más bebida y siguiera parloteando, la cabeza se me fue a lo que me pasaría al día siguiente, imaginándome agarrada del brazo de Tom, con mi pelo rojo reflejando la luz del sol. Nos bañarían en confeti y él no me quitaría ojo de encima, como si me viera por primera vez. «Radiante.» Esa sería la palabra que le vendría a la mente.

—Marion, ¿te acuerdas de aquello que te dije, ya hace unos años, sobre Tom?

Sylvie iba por la tercera cerveza y se había sentado a apenas unos centímetros de mí.

Tomé aire y dejé mi botella en el brazo del sofá solo para poder apartar la mirada.

—¿El qué? —le pregunté, y el corazón se me aceleró. Sabía bien a qué se refería.

—Pues aquello de que Tom no era, a ver, como los otros hombres...

«Eso no fue lo que me dijo», pensé. No me había dicho eso. No exactamente.

—¿Te acuerdas, Marion? —insistió.

Yo había clavado la mirada en las puertas de cristal de la vitrina. Dentro no había más que una jarra azul con el texto RECUERDO DE CAMBER SANDS escrito a un lado y una fotografía de Sylvie y Roy, sin marco, del día de su boda, ella con unos ojos tan abatidos que aparentaba menos edad de la que tenía.

—No, la verdad —mentí.

—Bueno, mejor. Porque quiero que te olvides. O sea, en casa nadie pensaba que se llegara a casar, y mira adónde han llegado...

Se produjo un breve silencio,

—Sí, mira adónde hemos llegado.

Me pareció oír que Sylvie exhalaba.

—Total, que habrá cambiado, o a lo mejor fue error nuestro, o vete a saber, pero, sea como sea, tú te olvidas de aquello, Marion. Me duele en el alma.

Me giré hacia ella. Tenía la cara rosada y rolliza, pero seguía siendo atractiva, y yo volvía a estar en aquel banco, escuchándola mientras me contaba que Roy la había tocado y que yo debería perder toda esperanza de ganarme los afectos de su hermano.

—Es que ni siquiera me acuerdo de lo que me dijiste, Sylvie —afirmé—. Nos olvidamos del tema y ya está, ¿está bien?

Nos quedamos sentadas en silencio un buen rato. Sabía que Sylvie estaba devanándose los sesos para no meter la pata. Al final, se le ocurrió decir:

—Pronto las dos seremos señoras casadas empujando carreolas por el paseo marítimo.

No sé por qué, pero aquel comentario no hizo sino que empeorar mi enojo.

Me puse de pie.

—La verdad es que mi idea es seguir trabajando en la escuela, así que creo que vamos a dejar lo de los niños para más adelante.

De hecho, cuando soñaba despierta con casarme con Tom, tener niños ni se me pasaba por la cabeza. No me lo había ni planteado. Jamás me había imaginado empujando una carreola. Solo me había imaginado agarrada de su brazo.

Después de decirle alguna excusa sobre que tenía que levantarme pronto para los preparativos de la boda, fui a buscar mi abrigo. Sylvie no dijo nada. Me acompañó hasta la gelidez de la escalera y me estuvo observando en silencio mientras esperaba el ascensor.

Cuando las puertas se abrieron, no miré atrás para despedirme, pero ella exclamó:

—Convence a Tom para que venga, ¿quieres?

Y yo, aún de espaldas, gruñí que sí.

—Ah, ¿Marion?

No me quedó otra que detener la puerta del elevador y aguardar.

—Dime —respondí, clavando la mirada en el botón de planta baja.

—Buena suerte.

Nuestra «luna de miel» consistió en pasar una noche en el hotel Old Ship. Habíamos hablado de pasada sobre irnos unos días a Weymouth más adelante, pero como a Tom no le correspondían vacaciones a corto plazo, nos tocaba esperar.

El Ship, aunque no llegara a ser el Grand, derrochaba ese tipo de glamur sutil que en aquella época me resultaba tan impresionante. Los dos nos quedamos sin palabras cuando cruzamos las puertas giratorias de cristal que daban a la recepción. La gruesa moqueta del suelo emitía unos crujidos y gruñidos reconfortantes bajo nuestros pies, y reprimí el impulso de comentar que aquel lugar hasta sonaba como un barco viejo, y de ahí el nombre del hotel. El padre de Tom había pagado la habitación y la cena como regalo de boda. Era la primera vez que tanto él como yo pasábamos la noche en un hotel, y creo que los dos experimentamos un cierto pánico al caer en la cuenta de que desconocíamos la etiqueta de aquel tipo de sitios. En las películas habíamos visto botones encargándose de tu equipaje, y recepcionistas que te pedían tus datos personales, pero aquella tarde lo único que nos recibió en el Ship fue el silencio. Yo llevaba una maleta pequeña, en la que había metido un camisón de encaje nuevo, de un color albaricoque palidísimo, comprado especialmente para la ocasión. Ya me había cambiado el vestido de novia por una falda de lana turquesa y un conjunto a juego, completado con un saco corto de *bouclé*, y consideraba que ya iba bastante elegante. Los zapatos no eran nuevos, y la punta estaba de mírame y no me toques, pero intenté no mortificarme demasiado. Tom solo traía una bolsa de tela, y ojalá que hubiera llevado una maleta para estar más a la altura de las circunstancias. Aun así, pensé, los hombres eran así. Viajaban ligeros. No armaban ningún revuelo.

—¿No debería haber alguien aquí? —preguntó Tom, escudriñando el lugar en busca de alguna señal de vida.

Se acercó a recepción y plantó ambas manos en la reluciente superficie del mostrador. Tenía una campana dorada a apenas unos centímetros de la mano, pero no la tocó. Se limitó a esperar, repiqueteando con los dedos la madera y contemplando la puerta de cristal que había detrás del mostrador.

Di una pequeña vuelta a su alrededor, echando una ojeada al menú de la noche (*sole au vin blanc*, pastel de limón) y a la lista de conferencias y bailes de la semana siguiente. No me llegué a atrever a sentarme en uno de los sillones de piel con respaldo alto que había, no fuera que apareciera alguien y me preguntara si quería tomar algo. No: lo que hice fue dar otro paseo. Y Tom seguía aguardando. Y seguía sin venir nadie.

Cansada de dar vueltas en círculos, me paré frente al mostrador y apreté con fuerza la campana. Un timbrazo nítido resonó por el vestíbulo y Tom dio un respingo.

—Me podrías haber dejado a mí —siseó.

De inmediato, un tipo de pelo negro con gel y un saco blanco almidonado se presentó ante nosotros. Posó la vista sobre Tom y luego sobre mí, y repitió el gesto antes de esbozar una sonrisa.

—Disculpen por haberlos hecho esperar, señor y señora...

—Burgess —respondió Tom antes que yo—. Señor y señora Burgess.

El presupuesto del padre de Tom no llegaba para una habitación que diera al mar. Nuestro cuarto estaba en la parte trasera del hotel, con vistas al patio en el que el personal se reunía a chismear y a fumarse un cigarro. Una vez dentro, Tom no daba muestras de querer sentarse. Se dedicó a deambular por la estancia, tirando de las pesadas cortinas carmesíes que cubrían casi toda la ventana, pasando la mano por el plumón rojo hígado, sorprendiéndose con los lujos de la habitación («¡Hay una llave monomando!»), igual que cuando estuvimos en tu departamento, Patrick. Después de pelearse con el cerrojo y provocar que la madera emitiera un terrible chirrido, consiguió abrir la ventana y dejó entrar los graznidos vespertinos de las gaviotas.

—¿Estás bien? —le pregunté.

Pero eso no era lo que pretendía decirle. «Deja ya la ventana y bésame» era lo que habría querido decirle. Llegué a plantearme, por un instante, no decirle nada en absoluto, sino empezar ya a desvestirme. Aún era pronto, no eran ni las cinco de la tarde, pero nos acabábamos de casar. Y estábamos en un hotel. En Brighton. Donde ese tipo de cosas eran el pan de cada día.

Me dirigió una de sus seductoras sonrisas.

—Mejor que nunca.

Se acercó y me dio un beso en la mejilla. Yo hice ademán de tocarle el pelo, pero antes de que me diera cuenta ya volvía a estar en la ventana, apartando las cortinas y mirando al exterior.

—Estaba pensando que podríamos hacer algo divertido. Que para eso es nuestra luna de miel.

—¿Ah, sí?

—Podríamos hacer ver que estamos de vacaciones —añadió, poniéndose el saco—. Tenemos un montón de tiempo antes de la cena. Vamos al muelle.

Seguía lloviendo. Ir al muelle, o, en general, salir de la habitación, era lo último que yo habría querido hacer. Me había imaginado una hora de intimidad, de acaramelarnos, como lo llamábamos entonces, y hablar de nuestras ñoñerías de recién casados, seguida de la cena, seguida, poco después, de la cama.

Mira, Patrick, te parecerá que solo me interesaba una cosa. Incluso te sorprenderá que, en 1958, una veinteañera como yo no viera la hora de perder la virginidad. Ahora estas cosas son mucho más frecuentes, y a edades mucho más tempranas; de hecho, seamos honestos: yo creo que ya iba un poco tarde, hasta para 1958. Lo que sí recuerdo es sentir que debería haber tenido al menos algo de miedo ante la idea de dormir con Tom. Yo no tenía ni la más mínima experiencia, y sabía más bien poco del acto en sí mismo, salvo lo que Sylvie y yo habíamos averiguado, años atrás, en el ejemplar de *Amor conyugal* que había robado de vete a saber dónde. Pero había leído montones de novelas, y creía a pies juntillas que alguna suerte de bruma romántica descendería sobre nosotros en cuanto Tom y yo estuviéramos bajo las sábanas, seguida de ese estado misterioso y místico que llaman «éxtasis». El dolor y el pudor eran algo que no me entraba en la cabeza. Confiaba en que él supiera qué hacer y que yo acabara transportándome a otro lugar, en cuerpo y alma.

A pesar de todo eso, cuando Tom me sonrió y me ofreció la mano, supe que debía aparentar que estaba nerviosa. Se espera que una esposa buena y virginal sea tímida; que se sienta aliviada si su marido la invita a pasear, en vez de lanzarse de cabeza a la cama.

Total, que pocos minutos más tarde ya estábamos paseando del brazo camino del barullo y las luces del Palace Pier.

Mi saco de *bouclé* era fino, no, lo siguiente, así que me agarré al brazo de Tom mientras nos resguardábamos bajo uno de los paraguas del hotel. Me alegré de que solo tuvieran uno disponible y nos viéramos obligados a compartirlo. Nos apresuramos por King's Road, nos salpicó de agua un autobús que pasó a nuestro lado y Tom pagó para que pudiéramos pasar por los torniquetes. El viento amenazaba con llevarse el paraguas al mar, pero Tom lo sujetaba con firmeza, y eso que las olas bramaban entre las patas de acero del muelle y expulsaban guijarros playa arriba. Nos abrimos paso entre camastros calados de agua, pitonisas y puestos de donas, yo con el pelo áspero por el viento y la mano entumecida de agarrar con fuerza el paraguas por encima de la de Tom. Su cuerpo y rostro parecían estar congelados en una mueca de determinación contra los elementos.

—Oye, ¿y si volvemos? —empecé a decir, pero el viento debió de robarme la voz, puesto que Tom se adelantó y gritó:

—¿El tobogán en espiral? ¿La casa de Hades? ¿O el tren de la bruja?

Fue entonces cuando rompí a reír. ¿Tú crees que tenía alguna otra opción, Patrick? Allí estaba yo, en mi luna de miel, vapuleada por un viento húmedo en el Palace Pier, cuando el calorcito de nuestra habitación de hotel —con la cama aún inmaculada— no estaba más que a unos pocos metros, y mi flamante marido me pedía que escogiera una de las atracciones.

—Pues el tobogán en espiral —respondí, y eché a correr hacia la torre a rayas azules y rojas.

El tobogán —que entonces se llamaba «The Joy Glide», la rampa de la alegría— era una imagen familiar y, pese a todo, nunca me había tirado por él. De repente me pareció una buena idea. Tenía los pies empapados y congelados, y al moverlos al menos se me calentaban un poco. (Tom no ha pasado frío en la vida, ¿te has dado cuenta? Cuando llevábamos un tiempo casados, llegué a preguntarme si tanto nadar en el mar no le habría hecho desarrollar una capa protectora, como la grasa de las focas, justo debajo de la superficie de la piel. Y si eso explicaría su falta de respuesta ante mis caricias. Mi propia criatura marina, hermosa y tenaz.)

La chica de la taquilla, con dos coletas negras y un labial rosa palo, tomó nuestro dinero y nos entregó un par de esterillas.

—De uno en uno —ordenó—. La esterilla no se comparte.

Fue todo un alivio meternos dentro de la torre de madera, lejos del viento. Tom me siguió escaleras arriba. A cada diez u once pasos, veíamos de reojo el cielo plomizo exterior. Cuanto más ascendíamos, más fuerte aullaba el viento. A medio camino de la cima, algo me hizo detenerme y escupir:

—No importa. Podemos compartir una esterilla. Nos acabamos de casar.

Y tiré la mía escaleras abajo. Aterrizó con un golpe seco, y a punto estuvo de darle un porrazo a la cara de desconcierto de Tom. Se rio con nerviosismo.

—¿Cabremos? —preguntó, pero lo ignoré y corrí el resto del trayecto hasta la parte superior sin detenerme.

La tarima de la estrecha plataforma vibraba con el viento. Di varias bocanadas de aire salobre. Desde allí se veían las luces de todas las habitaciones del Ship, y volví a pensar en nuestra cama, con su colcha gruesa y sus sábanas planchadas hasta el punto de resbalar.

—Date prisa —exclamé—. Que no puedo bajar sin ti.

Cuando salió de la torre, estaba palidísimo, y antes de siquiera darle dos vueltas, di un paso al frente, le agarré la cara con ambas manos y le planté un beso en la fría boca. Fue un beso breve, pero no tensó los labios, y luego, como si necesitara recuperar el aliento, me apoyó la cabeza en el hombro. Estaba tiritando, y yo dejé escapar un suspiro de alivio. Por fin. Me había correspondido.

Poco después, dijo:

—Marion, te voy a parecer un gallina, pero las alturas no son lo mío.

Dirigí la vista hacia el mar picado e intenté procesar aquella información. A Tom Burgess, nadador y policía, lo aterraba estar en la parte alta de un tobogán. Hasta ese momento, me había parecido una persona más que capaz, imperturbable incluso. Pero le había encontrado una debilidad. Y era mi oportunidad para cuidarlo. Me abracé a él y percibí el aroma a nuevo del traje, y me sorprendió la calidez que desprendía incluso en un lugar frío y descubierto como aquel. Podría haberle sugerido que volviéramos a bajar por la escalera, pero sabía que eso le heriría el orgullo, y tampoco quería dejar pasar la ocasión de compartir una esterilla con mi flamante marido, agarrados el uno al otro mientras nos deslizábamos a toda velocidad por el tobogán.

—Pues más nos vale bajar, ¿no? —le dije—. Me pongo yo primero y tú te sientas detrás.

Se había asido de la barandilla, con la mirada clavada en mi rostro, y yo sabía que no tenía más que indicarle alguna acción para que él la llevara a cabo; si seguía hablándole con mi mejor tono de profesora, reconfortante pero firme, haría cualquier cosa que le pidiera. Asintió sin despegar los labios y me observó mientras yo me sentaba en la áspera esterilla.

—Vamos —le mandé—. Antes de que te des cuenta, ya estaremos abajo.

Se sentó detrás de mí y me rodeó la cintura con los brazos. Yo me apoyé sobre él y noté la hebilla de su cinturón en las lumbares. El viento soplaba a nuestro alrededor y, a más de cien metros bajo nuestros pies, el mar rugía.

—¿Listo?

Me estaba apretando tan fuerte con las rodillas que me empezaba a faltar la respiración. Oí un gruñido, que interpreté como un «sí», y nos impulsamos tan fuerte como pude. En cuando nos movimos, Tom me agarró con más firmeza. Ganamos velocidad al tomar la primera curva, y para la siguiente ya íbamos tan rápido que llegué a valorar la posibilidad de que saliéramos despedidos por un lado y acabáramos en el agua. Una música atronadora, expulsada por la megafonía del muelle, se distorsionaba y formaba ondas a medida que bajábamos, y el gris del día se convirtió en una repentina descarga de aire fresco, en una excitante imagen de las olas distantes. Por un instante, tuve la impresión de que nada nos separaba de las profundidades, salvo por el cuadrado de la esterilla de rafia. Grité de placer, y la fuerza de los muslos de Tom me hizo proferir chillidos aún más agudos, y hasta que no estuvimos a punto de llegar a la base no caí en la cuenta de que yo no era la única que estaba montando un escándalo; Tom también berreaba.

Pasamos bastante de largo del final del tobogán y acabamos empotrados contra la valla que protegía las esterillas. Nuestras extremidades se entrecruzaron de formas que parecerían imposibles, pero Tom seguía agarrándome la cintura. Rompí a reír a mandíbula batiente, con la mejilla húmeda en contacto con la suya, notando su respiración entrecortada en el cuello. En ese momento, todo en mí se calmó, y pensé que saldríamos adelante. Tom me necesita. Estamos casados y todo va a salir bien.

Tom desenredó su cuerpo del mío y se sacudió el traje.

—¿Otra vez? —le pregunté, poniéndome de pie de un salto.

Él se frotó el rostro.

—Carajo, no... —gruñó—. No me obligues, por favor.

—Soy tu esposa y estamos de luna de miel. Y quiero subir otra vez —respondí, riendo y tirándolo de la mano. Noté que los dedos le resbalaban por el sudor.

—¿Y no podemos ir a tomar un té y ya está?

—Ya te digo yo que no.

Tom me miró con incertidumbre, incapaz de discernir si bromeaba a o no.

—¿Por qué no subes tú y yo te veo desde aquí? —se ofreció, recogiendo el paraguas del soporte que había a un lado de la taquilla.

—Pero es que sin ti no tiene gracia —protesté.

Yo empezaba a disfrutar de aquella sensación de cortejo descuidado, pero, para variar, Tom parecía no tener claro cómo reaccionar.

Tras una breve pausa, añadió:

—Como marido tuyo que soy, te ordeno que vuelvas al hotel conmigo.

Y me rodeó la cintura con el brazo. Nos besamos una vez, con muchísima delicadeza, y, sin mediar palabra, dejé que me llevara de vuelta al Ship.

Me pasé toda la cena sin dejar de sonreír, riéndome por cualquier fruslería. Tal vez fuera por el alivio de saber que la boda se había acabado, o por los nervios del tobogán, o incluso por la expectación de lo que estaba por venir. Fuera lo que fuera, tenía una intensa sensación de estar apresurándome hacia algo, de cabeza, inconsciente.

Tom sonrió, asintió y me respondió con una risita cuando terminé un largo monólogo sobre las razones que convertían al hotel en un navío viejo (los crujidos del suelo, el batir de las puertas, el viento que martilleaba las ventanas, el aspecto enfermizo del personal), pero me dio la impresión de que él se estaba limitando a esperar a que se me pasara aquel estado de ligera histeria. Yo, sin embargo, seguí adelante, sin apenas probar bocado, excediéndome con el burdeos y riéndome abiertamente de los andares de pato del camarero.

En la habitación, Tom encendió las lámparas de las mesillas de noche y colgó su chamarra mientras yo me desplomaba sobre la cama entre risas. Él había pedido que nos subieran un par de copas de *whisky* escocés; cuando el chico se plantó en la puerta con una bandeja diminuta, Tom le dio las gracias con el tono más sofisticado que le había oído nunca (debía de haberlo aprendido de ti), y yo me reí aún más.

Se sentó en el borde de la cama, se bebió el whisky de un trago y me preguntó:

—¿De qué te ríes?

—Supongo que estoy feliz —contesté, deglutiendo un trago ardiente de escocés.

—Me alegro —dijo, antes de seguir—: ¿Te parece si nos preparamos para meternos en la cama? Es tarde.

Me gustó la primera parte de la frase: había usado la palabra cama; pero ignoré la segunda, con ese tono pragmático, esa insinuación de que nos fuéramos a dormir.

—¿Tienes que usar el baño? —continuó.

Seguía con el mismo tono relajado, arrastrado y con un puntito de clase alta al que había recurrido con el chico de la puerta. Me incorporé y me mareé un poco. No, quise decirle: No, no tengo que usar el baño. Quiero que me desvistas aquí mismo, en la cama. Quiero que me bajes la cremallera de la falda, que me desabroches mi brasier de encaje nuevo y te quedes sin aliento ante la belleza de mis pechos desnudos.

Como podrás imaginarte, no le dije nada de eso. En su lugar, me fui al baño, cerré la puerta de un portazo, me senté en el borde de la bañera y reprimí la urgencia de echarme a reír. Di varias bocanadas de aire. ¿Estaría Tom desvistiéndose al otro lado de la puerta? ¿Debería sorprenderlo y plantarme en la habitación sin más ropa que los calzones? Me miré en el espejo. Tenía las mejillas sonrosadas y el vino me había teñido los labios de marrón. ¿Tendría otro aspecto ahora que estaba casada? ¿Habría cambiado a la mañana siguiente?

Cuando habíamos llegado al hotel, había sacado de la maleta mi camisón de rayón nuevo, color albaricoque, y lo había colgado en la parte de atrás de la puerta del baño, con la esperanza de que Tom lo encontrara y fuera atraído por su pronunciado escote y la larga abertura de uno de los lados. Dejé la falda y el conjunto hechos un desastre en el suelo, me pasé el camisón por la cabeza y me cepillé el pelo hasta darle brillo. Luego me lavé los dientes y abrí la puerta.

La habitación estaba en penumbra. Tom había apagado todas las luces excepto la lámpara de su mesilla. Entre las sábanas y la almohada, sobresalían unos hombros cubiertos por un saco de pijama, rectos, inmóviles. Me siguió con los ojos cuando me acerqué a la cama, aparté las sábanas y me acurruqué a su lado. A aquellas alturas, el corazón me batía en el pecho y la necesidad de reír me había abandonado por completo. ¿Qué haría si se limitaba a apagar la luz, desearme unas buenas noches y darme la espalda? Dime, Patrick, ¿cómo habría podido reaccionar a algo así? Allí tumbados, inmóviles, me empezaron a castañear los dientes. Yo no podía ser la que lo tocara primero. Por fin nos habíamos casado, pero yo sentía que no tenía ningún derecho a exigirle nada. Hasta donde yo sabía, las esposas no podían hacer peticiones físicas. Las mujeres que suplicaban contactos sexuales eran aborrecibles, antinatura.

—Qué guapa estás —comentó Tom, y yo me volteé para sonreírle, pero ya había apagado la luz.

El cuerpo se me tensó. Se acabó lo que se daba, pensé. Nos esperaba una larga noche de sueño. Se produjo un silencio eterno. Y luego me acarició la mejilla con la mano.

—¿Estás bien? —me preguntó con voz queda, y yo no supe qué responder.

»¿Marion? ¿Estás bien?

Asentí, y él debió de notar el gesto, puesto que su robusto cuerpo se volteó hacia mí y me plantó los labios en la boca. Siempre tan cálidos. Quise perderme en aquellos labios. Quise que aquel beso me transportara a otro lugar, como les sucedía a las protagonistas en las novelas que había leído. Y así fue, en parte; abrí la boca para dejarlo entrar sin obstáculos. Luego comenzó a tirarme del camisón, subiéndomelo a mano abierta por encima de la cintura. Intenté girarme para facilitarle los movimientos, pero no era nada sencillo teniendo su otra mano en la cadera, aplastándome contra la cama. La respiración se me aceleró; le acaricié el rostro.

—Oh, Tom... —susurré, y al decirlo tuve la sensación de que aquello me estaba ocurriendo de verdad, aquí y ahora, en aquella cama inmaculada del hotel Old Ship. Mi flamante esposo me estaba haciendo el amor. Tom apoyó los codos a cada lado de mis hombros y aplastó su cuerpo entero contra el mío. Puse las manos en sus lumbares y me di cuenta de que se había quitado el pantalón de la pijama. Fui dejando caer las manos hasta llegar a su trasero, y en la vida me habría imaginado que lo tendía tan suave. Me embistió varias veces. Sabía que no estaba ni siquiera cerca de su objetivo, pero no lo corregí. Por un lado, porque estaba conteniendo el aliento. Por otro, porque no quería echar a perder el momento soltándole algo inadecuado.

Al cabo de un rato, se detuvo, con la respiración algo entrecortada, y me preguntó:

—¿Crees que podrías... abrir un poco más las piernas?

Lo obedecí, agradecida por poder moverme un poco y rodearle las caderas con los muslos. No emitió ni un solo sonido cuando por fin consiguió entrar en mí. Sentí una punzada aguda de dolor, pero me convencí a mí misma de que no duraría mucho. Estaba pasando. El éxtasis no podía andar lejos.

Y fue una sensación maravillosa la de estar agarrada a Tom mientras se introducía en mí, sintiendo su sudor en los dedos, su aliento cálido en el cuello. La cercanía a él, simple, inconcebible, ya tenía algo de milagroso.

Pero, Patrick, ya entonces advertí —aunque dudo que fuera capaz de admitirlo en aquel momento— que la delicadeza con la que me sostenía durante las clases de natación brillaba por su ausencia. Con cada embestida, me imaginaba de nuevo en aquel escenario, el instante en que me había hundido y Tom me había encontrado, y recordaba cómo me había agarrado por la cintura mientras yo flotaba en el agua salada y cómo me llevó con él de vuelta hacia la orilla.

De repente Tom contuvo el aliento, me propinó una última embestida que casi me hizo gemir de dolor y se desplomó a mi lado.

Le atusé el pelo. Después de recuperar el aliento, masculló:

—¿Te ha gustado?

Pero yo no pude responder, porque a aquellas alturas estaba llorando, dedicando cada músculo de mi cuerpo a sollozar en silencio, inmóvil. Fue por el alivio de la situación, y la fascinación, y el desengaño. Así que fingí no haber oído la pregunta, y él me dio un beso en la mano, se volteó y se durmió.

Te cuento todo esto, Patrick, para que sepas cómo era la relación entre Tom y yo. Para que sepas que había ternura, y también dolor. Para que sepas por qué fallamos, los dos, pero también que lo intentamos.

Hoy estamos agotados. Me he pasado casi toda la noche escribiendo, y hasta ahora, las once y media de la mañana, no me he sentado con un café después de bañarte y vestirte, darte el desayuno y moverte el cuerpo para que pudieras mirar por la ventana, y eso que sabía que volverías a caer rendido en menos de una hora. Ha dejado de llover, pero se ha levantado viento y he encendido la calefacción, lo que le da a la casa ese aroma seco y polvoriento que me resulta tan reconfortante.

Me pregunto cuánto tiempo nos queda, sinceramente, para terminar esta historia. Y me pregunto cuánto tiempo tengo para persuadir a Tom de que hable contigo. Anoche tampoco durmió bien; lo oí levantarse como mínimo tres veces. No te sorprenderá saber que hace muchísimos años que dormimos en habitaciones separadas. Se pasa el día fuera, y yo ya no le pregunto a qué dedica el tiempo. Hace al menos veinte años que dejé de inquirirlo, después de recibir la respuesta que sabía que acabaría llegando. Tom iba de camino al trabajo, me acuerdo perfectamente, y llevaba puesto su uniforme de guardia de seguridad. Aquel uniforme relucía, todo botones y charreteras de plata, y una enorme hebilla en la cintura. Una pobre imitación del uniforme de policía, pero Tom estaba igual de deslumbrante. En aquella época tenía turno de noche. Al preguntarle qué hacía durante el día, cuando yo estaba en el trabajo, me miró fijamente a los ojos y respondió:

—Salgo con desconocidos. A veces, nos tomamos una copa. Otras, nos acostamos. Y así paso el día, Marion. Por favor, no me vuelvas a sacar el tema.

Al oír aquello, una parte de mí sintió alivio, porque supe que no había destruido por completo a mi marido.

A lo mejor sigue saliendo con desconocidos. No lo sé. Lo que sé es que casi todos los días se lleva a Walter a dar largos paseos por el campo. Yo solía ofrecerme los martes como voluntaria en la escuela de primaria de la zona para ayudar a los niños a aprender a leer, y Tom se quedaba en casa ese día. Sin embargo, desde que llegaste, le he dicho al colegio que ya no estoy disponible, así que no hay día de la semana en que Tom no se vaya de paseo. Es un hombre ocupado. Siempre se le ha dado bien estar ocupado. Sigue nadando todas las mañanas. No más de quince minutos, pero se lleva el coche hasta los acantilados de Telscombe y se adentra en las gélidas aguas. No hace falta que te diga, Patrick, que está sorprendentemente en forma para ser un hombre de sesenta y tres años. Nunca se ha abandonado. No le quita ojo al peso, apenas bebe, nada, pasea al perro y ve documentales por la noche. Le interesa todo lo que tenga que ver con crímenes reales, algo que siempre me ha asombrado, teniendo en cuenta lo que pasó. Y no habla con nadie. Y mucho menos conmigo.

¿Sabes qué? La verdad es que él no quería que vinieras. Fue idea mía. De hecho, insistí. Te costará creerlo, pero en cuarenta años de matrimonio nunca había insistido tanto en algo como con esto.

Todas las mañanas espero que mi marido no salga de casa. Desde la mañana en que intenté que te sentaras con nosotros en lo que la enfermera Pamela llama «mesa familiar», Tom ni siquiera desayuna con nosotros. Antes, su ausencia me proporcionaba un cierto alivio después de todo lo que habíamos vivido, pero ahora lo quiero a mi lado. Y también lo quiero a tu lado. Ojalá que venga a vernos a tu habitación, aunque sea un rato. Ojalá que venga y te mire, te mire de verdad, y vea lo que yo veo: que, a pesar de todo, lo sigues queriendo. Ojalá eso rompa su silencio.

En lugar de pasar cuatro días en Weymouth, nos ofreciste tu casita de la isla de Wight durante las vacaciones de la escuela. Aunque yo tuviera mis reservas, necesitaba tanto huir de las camas separadas que nos esperaban en la casa de los padres de Tom, que era donde nos habíamos mudado hasta que nos dieran una casa de la policía, que accedí. (Según Tom, no había espacio para una cama doble en su habitación, así que acabé en la antigua habitación de Sylvie.) Tom y yo tendríamos cuatro noches para nosotros solos, y tú te nos unirías las otras tres para «hacernos un *tour* por la zona». Eso significaba una semana entera fuera, y me pasaría la mayor parte del tiempo a solas con Tom. Así que acepté.

La casita no era en absoluto como me la había imaginado. Cuando nos dijiste que era una *casita*, supuse que estabas pecando de modesto, y que en el fondo te referías a una «mansión pequeña» o, como mínimo, a un «chalé amueblado delante del mar».

Nada más lejos de la realidad. *Casita* era una descripción más que precisa. Estaba ubicada en una callejuela deprimente de Bonchurch, que no estaba lejos del mar, pero tampoco lo suficientemente cerca como para tener vistas a la costa. La casa entera olía a humedad y a cerrado. Había dos habitaciones, la doble con el techo inclinado y una cama hundida. En la parte delantera había un jardín descuidado, y en la trasera, una letrina. Tenía una cocina diminuta sin electricidad, aunque a la casita llegaba el gas. Las ventanas eran todas pequeñas y estaban más bien mugrientas.

Al bajar por la calle, el aroma afrutado del ajo de oso era abrumador. Incluso dentro de la casita, entre los olores mezclados de moqueta húmeda y gas, podía oler a ajo. Me preguntaba cómo era posible que hubiera gente que se comiera una sustancia tan hedionda. A mí el olor no me parecía tan distinto al del sudor viejo. Ahora me gusta bastante el ajo, pero en aquella época, el mero hecho de caminar por aquella calle, con sus parterres de lenguas verdes y flores blancas, el calor y el aroma que flotaba en el aire, casi me provocaba náuseas.

Con todo, tuvimos una semana de sol, y durante los días que estuvimos solos, Tom y yo nos deleitamos con las típicas actividades de los veraneantes. Paseamos por Blackgang Chine, vimos un espectáculo de marionetas en Ventnor (Tom se partió de risa cuando apareció el policía), visitamos el pueblo en miniatura de Godshill. Tom me compró un collar de coral color melocotón y crema. Todas las mañanas me preparaba huevos con tocino, y mientras yo me los comía él se dedicaba a sugerirme planes para el día que siempre me parecían bien. Por la noche, agradecía que la cama estuviera hundida y que nos obligara a rodar, juntarnos y dormir pegados. Me pasé muchas horas despierta, disfrutando de la forma que nuestros cuerpos tenían de encajar sin remedio, con mi barriga ocupando el espacio vacío que dejaba su espalda, mis pechos apretados contra sus hombros. A veces le soplaba en la nuca con dulzura para despertarlo. Conseguimos repetir el acto de la noche de bodas la misma noche que llegamos, y recuerdo que me dolió menos, pero también que terminó muy rápido. Aun así, sentía que había margen de mejora. Pensaba que si encontraba la manera de animar a Tom, de guiarlo sin exigirle nada, tal vez nuestras actividades de alcoba serían más placenteras. A fin de cuentas, apenas estábamos iniciando nuestra vida marital, ¿y no me había dicho Tom, aquella noche en tu departamento, que había tenido muy pocas experiencias?

Y luego llegaste tú. Estuve a punto de echarme a reír cuando te vi enfilar la calle con tu deportivo Fiat verde, desde el que te bajaste de un salto y sacaste tu maleta. Llevabas un traje marrón claro con un pañuelo rojo suelto alrededor del cuello, y tenías el aspecto del perfecto caballero inglés durante sus vacaciones de primavera. Apostada en la ventana, vi cómo tu leve gesto ceñudo daba paso a una sonrisa cuando viste a Tom recorriendo el camino de la entrada para recibirte.

En la cocina, descargué las cajas de provisiones que habías traído: aceite de oliva, botellas de vino tinto y un puñado de espárragos que, según nos dijiste, habías comprado en un puestecito encantador de carretera con el que te habías topado de camino.

—Siento muchísimo lo de la cama —te disculpaste después de que tomáramos una taza de té—. Es un horror, ¿verdad que sí? Es como intentar dormir en arenas movedizas.

Tomé a Tom de la mano.

—No nos importa en absoluto —respondí.

Tú te atusaste el bigote y echaste un vistazo a la mesa antes de anunciar que te gustaría dar un paseo hasta el mar y estirar las piernas. Tom se puso de pie de un salto y exclamó que se apuntaba, y me informó de que estarían de vuelta para la hora de almorzar.

Debiste de percatarte de mi rostro descompuesto, porque le plantaste una mano a Tom en el hombro y, mirándome, dijiste:

—Ahora que sale el tema, he traído cosas para hacer un pícnic. Vámonos juntos y pasamos el día fuera, ¿les parece? Es una lástima desperdiciar este fantástico día, ¿verdad, Marion?

Agradecí tanta magnanimidad.

A lo largo de los días que siguieron, nos enseñaste las rutas costeras que bordeaban el sur de la isla. A medida que andábamos, te ibas asegurando de que yo estuviera entre ustedes dos siempre que el sendero lo permitiera, guiándome con mano firme para que fuera a tu lado, sin dejar en ningún momento que me rezagara. Me dio la impresión de que estabas un poco obsesionado con la piedra que conformaba el paisaje; nos explicaste cómo se había producido cada roca, guijarro y grano de arena, señalando los distintos tamaños, formas y colores. Te referiste al paisaje

como algo «escultural», y hablaste de la «paleta de la naturaleza» y de la textura de sus «materiales».

Durante una caminata especialmente larga, cuando los
zapatos ya me habían empezado a molestar, comenté:

—A ti todo te parece una obra de arte, ¿no?

Te detuviste, me atravesaste con la mirada y esbozaste
un gesto serio.

—Por supuesto. La naturaleza es la obra de arte definitiva. La que siempre estamos tratando de imitar.

Tom parecía impresionado con tu respuesta, y me fas-
tidió no ser capaz de pensar en alguna replica.

Todas las noches te encargabas de la cena y te pasabas horas y horas en la cocina preparando tus platos. Aún me
acuerdo de lo que nos hiciste: *bœuf bourguignon* una noche, pollo en salsa cazadora la siguiente y, el último día,
salmón con salsa holandesa. La idea de que uno pudiera
preparar y tomar salsas así en casa, y no en un restaurante
de lujo, era algo nuevo para mí. Tom se sentaba a la mesa
de la cocina y charlaba contigo mientras cocinabas, pero
yo solía quitarme de en medio y aprovechaba la oportunidad para desaparecer por ahí con una novela. Tanto socia-
lizar me había agotado siempre muchísimo, y aunque todavía estaba en esa etapa en la que disfrutaba bastante de
tu compañía, necesitaba escapar de vez en cuando.

Después de terminarnos los platos, que estaban siempre
de rechupete, nos sentábamos y bebíamos vino a la luz de
las velas. Hasta Tom acabó agarrándole el gusto a tus tin-
tos. Nos hablabas de arte y literatura, claro, algo que tanto
Tom como yo acogíamos con entusiasmo, pero también

me animabas a que hablara sobre docencia, mi familia y mi opinión sobre la «posición de las mujeres en la sociedad», palabras textuales tuyas. La segunda noche, después del pollo en salsa cazadora y demasiadas copas de *beaujolais*, me preguntaste qué pensaba de las madres trabajadoras. ¿Qué impacto creía yo que tenía sobre la vida familiar? ¿La delincuencia adolescente era culpa de las madres trabajadoras? Sabía que últimamente había habido un acalorado debate al respecto en los diarios. A una mujer —profesora, de hecho— le habían echado la culpa de la muerte de su hijo a causa de una neumonía. Se comentaba que si hubiera estado más en casa habría detectado la gravedad de la enfermedad del niño mucho antes, y este habría conservado la vida.

A pesar de que había leído sobre el caso con un cierto interés —más que nada por estar involucrada una profesora—, no me sentía del todo preparada para exponer mi opinión sobre el asunto. Lo único que tenía, en aquel momento, eran mis sentimientos. No conseguía encontrar las palabras, entonces, para hablar de ese tipo de cosas. Y aun así, envalentonada por el vino y por el interés y la determinación de tu cara, admití que no tenía pensado dejar el trabajo, ni siquiera si tenía hijos.

Vi cómo esbozabas una media sonrisa por debajo del bigote.

Tom, que llevaba un rato entretenido con un charquito de cera de las velas mientras nosotros charlábamos, levantó la vista.

—Perdón, ¿qué dijiste?

—Marion me estaba comentando que le gustaría seguir trabajando cuando tengan hijos —lo informaste, sin dejar de mirarme mientras hablabas.

Tom se quedó callado unos instantes.

—Aún no he tomado ninguna decisión definitiva —me justifiqué—. Ya lo hablaremos con calma.

—¿Y se puede saber por qué querrías seguir trabajando? —preguntó Tom, con esa melosidad deliberada suya que más tarde reconocería como algo más bien peligroso. En ese momento, sin embargo, no comprendí la advertencia.

—Creo que Marion tiene razón. —Le llenaste la copa de vino a Tom hasta el borde—. ¿Por qué no deberían trabajar las madres? Sobre todo si los niños están en el colegio. A mi madre le habría quedado de maravilla tener alguna profesión, algún propósito.

—Pero tú tuviste niñera, ¿no? Y estabas casi siempre lejos, en el internado. —Tom apartó la copa—. No hay ni punto de comparación.

—Por desgracia, no.

Me dedicaste una sonrisa.

—Ningún hijo mío... —comenzó Tom, pero se interrumpió—. Un niño necesita a su madre —se corrigió—. No habría ninguna necesidad de que siguieras trabajando, Marion. Yo podría mantener a la familia. De eso se ocupa el padre.

En aquel momento, me sorprendió la vehemencia con que hablaba Tom del tema. Ahora, echando la vista atrás, lo comprendo mucho más. Tom siempre había tenido una relación estrecha con su madre. Cuando murió, hará unos diez años, estuvo dos semanas sin salir de la cama. Hasta entonces, se habían visto cada semana sin falta, normalmente a solas. Poco después de casarnos, cuando entraba en casa de mi suegra, apenas despegaba los labios, mientras Tom la ponía al día de sus últimos hitos en el cuerpo de policía. Yo sabía que a veces se los inventaba, pero nunca lo dejaba en evidencia. Ella no cabía en sí de orgullo; tenía la casa llena de fotografías de su hijo uniformado, y él le devolvía el gesto recogiendo catálogos de ropa de tallas grandes y sugiriéndole las prendas que pudieran quedarle bien. Durante la última época, directamente escogía y compraba la ropa por ella.

—Nadie pone en duda tu capacidad para ser padre, Tom —añadiste tú con un tono dulce y conciliador—. Pero ¿qué pasa con las intenciones de Marion?

—¿No les parece todo un poco teórico? —insistí, intentando reírme—. A lo mejor ni siquiera tenemos la suerte de ser padres...

—Claro que sí —recalcó Tom, antes de alargar un brazo y colocar una mano cálida sobre la mía.

—Nos estamos desviando del tema —replicaste con rapidez—. Estábamos debatiendo si las madres deberían trabajar...

—Ya te digo que no —lo interrumpió Tom.

Tú soltaste una carcajada.

—Qué categórico te pones con este tema, Tom. No te tenía por alguien tan... provinciano, digamos.

Te volviste a reír, pero Tom no estaba para bromas.

—¿Y tú qué sabrás sobre el tema? —te exigió con voz queda.

—Solo estamos charlando, ¿no? Ejercitando la lengua, como suele decirse.

—Pero es que no tienes ni idea, ¿me equivoco?

Me puse de pie y comencé a recoger los platos, notando una tensión creciente que no acababa de entender. Pero Tom prosiguió, levantando la voz:

—No sabes nada sobre los hijos ni sobre la paternidad. Y tampoco tienes ni idea lo que significa estar casado.

Y te las arreglaste para no perder la sonrisa, pero una sombra te cruzó la cara cuando mascullaste:

—Y que siga así muchos años.

Me puse a servir el postre sin dejar de hablar sobre lo fantástico que era el pastel de manzana y ruibarbo que habías preparado (tu masa siempre fue mucho mejor que la mía; se fundía en la boca), y les di tiempo a los dos para que se recompusieran. Yo sabía que a Tom los prontos se le pasaban bastante rápido, y si yo conseguía seguir cacareando sobre cremas, cucharadas y rellenos de fruta, todo se arreglaría.

Es posible que te preguntaras, ya en aquel momento, por qué reaccioné así. ¿Por qué no permití que la discusión siguiera acalorándose hasta que nos diera por hacer las maletas y marcharnos? ¿Por qué no me definí, ni defendí a mi marido ni lo animé a que siguiera atacándote? Aunque entonces aún no hubiera aceptado lo que tenían Tom y tú entre manos, no soportaba ver lo poco que te costaba provocarlo, lo obvio que era que le importaba lo que pensaras de él. No quería ni plantearme qué podía significar aquello.

Pero tampoco puedo negar que estaba de acuerdo contigo. Creía que las mujeres que trabajaban fuera de casa también podían ser buenas madres. Sabía que tú tenías razón y que Tom se equivocaba. Y no sería la última vez que me pasara, aunque yo siguiera negándolo siempre que me veía en la misma tesitura.

Durante nuestro último día en la isla, me salí con la mía y organizamos un viaje al castillo de Osborne. Tampoco es que nunca me hubiera interesado demasiado por la realeza, pero siempre me ha gustado curiosear por las mansiones, y me parecía que una visita a la isla de Wight no podía estar completa si no le echábamos un vistazo a la residencia veraniega de la reina Victoria. Por aquel entonces, el recinto solo abría algunas tardes y prácticamente todas las habitaciones estaban vetadas a los visitantes. Huelga decir que no había tienda de regalos, salón de té ni siquiera demasiada información; todo desprendía un cierto aroma a humedad y clandestinidad. Era como si estuvieras metiendo las narices en un mundo privado, por mucho que hubiera terminado muchos años atrás, y eso era lo que más me gustaba.

Te opusiste a la idea, sin aspavientos, pero después de la discusión de la noche anterior, tenía a Tom de mi lado, así que ignoramos tus amables protestas sobre el terrible gusto de la realeza y sus muebles de segunda, y sobre el hecho de que nos guiaran como a borregos con un montón de turistas (no llegué a preguntarte en qué nos diferenciábamos de ellos). Al final, cediste y nos llevaste en coche hasta allí.

«Nadie te ha dicho que vengas», pensé. Tom y yo podríamos haber ido solos. Pero te metiste con nosotros en la fila de las entradas y, hacia el final de la visita, hasta conseguiste dejar de poner los ojos en blanco ante todo lo que nos decía la guía.

La parte más alucinante del castillo fue el salón Durbar, una estancia que parecía estar completamente tallada en marfil y cuya blancura era casi cegadora. No había superficie que no estuviera adornada: el techo era un intrincado artesonado y en los muros se exponían trabajadas tallas de marfil. Hasta tú dejaste de hablar cuando entramos. A través de los ventanales se veía una estampa soleada del estrecho de Solent, pero el interior era puro estilo anglohindú. La guía nos estuvo hablando de la alfombra de Agra, de la repisa de la chimenea y el revestimiento, con forma de pavo real, y, lo más maravilloso de todo, el palacio en miniatura del marajá, tallado en hueso. Cuando eché un vistazo al interior, llegué a ver a los mismísimos marajás y sus relucientes zapatitos acabados en una punta alzada. La guía nos explicó que aquel salón fue el intento de la reina por crear un rinconcito de la India en la isla de Wight. Ella no había estado nunca en la India, pero la habían cautivado los relatos que el príncipe Albert le contaba sobre sus viajes por el subcontinente, e incluso llegó a contratar a un muchacho hindú, en particular, con el que llegó a mantener una relación estrechísima, como secretario personal, aunque a él, como al resto de los sirvientes, se le ordenó que desviara la vista cuando hablara con la soberana. Había una fotografía de aquel chico en el salón, con un turbante que, según dicen, la reina ordenó que cosieran con hilo de oro, a pesar de que no fuera su costumbre. Tenía unos ojos y una mirada graves; la piel le brillaba. Me lo imaginé quitándose el turbante para dejar al descubierto la serpiente negra de sus cabellos, y a Victoria —una mujer de cincuenta y tantos, embutida en corsés, con su propio pelo atado hasta tal punto que debían de dolerle los ojos— observándolo, anhelando poder tocarlos. Aquel muchacho parecía una niña hermosa. No me extraña que optaran por las barbas y las espadas, pensé.

Por mucho que el salón me resultara harto frívolo y que incluso rozara lo inmoral —tanto colmillo de elefante, con el único propósito de contentar a una reina con un cierto gusto por lo exótico—, comprendí a qué te referías cuando alabaste su audacia, esa «belleza tan fabulosamente vana», según tus palabras. De hecho, estaba tan absorta en aquel lugar que no me di cuenta de que Tom y tú habían salido de la estancia. Cuando levanté la cabeza después de examinar otro bordado compuesto por un millón de hilos de oro, los había perdido de vista a los dos.

Luego vi de reojo tu pañuelo bermellón asomando entre los setos ornamentados. Nuestra guía había empezado a preparar al grupo para marcharnos, pero yo me rezagué y me acerqué a la ventana. Atisbé por fin a Tom, de pie y con las manos en los bolsillos, medio oculto por un arbusto alto. Estaban frente a frente. No sonreían ni hablaban; simplemente se estaban mirando con la misma intensidad con la que yo había contemplado la fotografía del muchacho hindú. Sus cuerpos estaban muy cerca, la mirada fija, y cuando le tocaste el hombro a Tom, estoy convencida de que vi cómo mi marido cerraba los ojos y abría la boca, tan solo un instante.

Anoche, mientras dormías, me quedé despierta con la esperanza de poder hablar con Tom. Esto es toda una disrupción en la rutina diaria que instauramos desde que los dos nos jubilamos, y que consiste en lo siguiente: todas las noches preparo una cena más bien deslucida, lejos de los festines que solías ofrecernos: lasaña precocinada, empanadas de pollo o unas cuantas salchichas del carnicero de Peacehaven, un tipo que, no sé cómo, consigue ser tan arisco como servil. Comemos en la mesa de la cocina, y tal vez entablamos conversaciones anodinas sobre el perro o las noticias, y después yo me encargo de los platos mientras Tom se lleva a Walter a dar una última vuelta por la manzana. Luego vemos la televisión durante más o menos una hora. Tom compra el *Radio Times* todas las semanas y señala los programas que no quiere perderse con un marcador amarillo. Tenemos una antena parabólica, así que tiene acceso tanto a History Channel como a National Geographic.

Mientras Tom ve otro documental sobre los osos polares, cómo construyó César su imperio o Al Capone, yo suelo leer el periódico o hacer un crucigrama, y antes de las diez ya me he ido a dormir, mientras que él se queda aún un par de horas más con la televisión.

Como habrás deducido, hay algo en esta rutina que impide que puedan producirse conversaciones reales o desviaciones de ningún tipo. También hay algo, creo, que tanto a Tom como a mí nos resulta reconfortante.

Desde que estás con nosotros, me he asegurado de que nunca te saltes una comida, que te doy con una cuchara para evitar altercados antes de que Tom y yo nos sentemos a comernos lo nuestro. Y, aunque estés en la cama de la habitación que hay al fondo del pasillo, no se habla de tu presencia.

Sin embargo, estos días he tomado el hábito de sentarme a tu lado mientras mi marido ve la televisión. Tom no me ha dicho ni mu, pero en vez de quedarme con él en la sala de estar, me siento junto a la cama y te leo en voz alta. Ahora estamos disfrutando de *Anna Karenina*. Todavía no puedes hablar, pero sé que entiendes cada palabra que te leo, Patrick, y no solo porque estés claramente familiarizado con la novela. Veo que cierras los ojos y gozas del ritmo de las frases. Congelas el gesto, relajas los hombros, y el único sonido además de mi voz es el murmullo constante de la televisión que nos llega desde el salón. Siempre he pensado que el entendimiento de Tolstói sobre la psique femenina es extraordinario. Anoche leí una de mis partes favoritas: las reflexiones de Dolly sobre el sufrimiento que deriva del embarazo y el parto, y se me saltaron las lágrimas de tantas veces que, a lo largo de los años, he anhelado ese sufrimiento, imaginándome que un hijo podría habernos reconciliado, porque, a pesar de todo, estoy convencida de que él quería tener hijos; e incluso cuando ya sabía que aquello era del todo imposible, me imaginé que un niño podría reconciliarme conmigo misma.

No me quitaste los ojos de encima mientras lloraba. Tenías una mirada tierna, y eso que últimamente la sueles tener más bien perdida. Decidí interpretarlo como un gesto de empatía.

—Lo siento —musité, y tú hiciste un ligero movimiento de cabeza que no acababa de ser de asentimiento, pero casi, quizá.

Cuando salí de tu habitación, sentí una extraña sensación de euforia, y tal vez fuera eso lo que me hizo sentarme, vestida de pies a cabeza, al borde de mi cama hasta pasada la una de la madrugada, esperando a que Tom se retirara.

Por fin oí sus pasos ligeros sobre la alfombra del pasillo y un sonoro bostezo.

—Sí que te acuestas tarde.

Me había plantado en el umbral de mi habitación y hablaba en voz baja. Lo noté desconcertado durante unos segundos, pero luego recuperó la misma expresión de agotamiento de siempre.

—¿Podemos hablar un momento?

Aguanté la puerta abierta a modo de invitación, sintiéndome otra vez la vicedirectora durante mis últimos días en el St. Luke, cuando a menudo me tocaba charlar con los profesores nuevos sobre la importancia de tomarse en serio sus responsabilidades durante el recreo, o los peligros de tomarles demasiado cariño a los niños más dependientes.

Se miró el reloj. Yo abrí un poco más la puerta.

—Por favor —añadí.

Mi marido no se sentó en la habitación, sino que se dedicó a deambular por la estancia como si aquel fuera un lugar totalmente desconocido para él (aunque, en cierto modo, supongo que es así). Me recordó a nuestra primera noche juntos en el Ship. Pero mi habitación es muy distinta a aquella: en lugar de cortinas, tengo unas venecianas de madera practiquísimas; en vez de un edredón bordado, tengo una colcha que no hace falta planchar. Todos estos artículos me los compré, junto con los muebles de la habitación, en Ikea, el día que nos mudamos. Tampoco le di demasiadas vueltas, e Ikea me ayudó a «deshacerme del *chintz*», como decían ellos. Y así fue cómo le di la patada a todos los bártulos que había heredado de mamá y papá, que tampoco es que fueran muchos: una lámpara estándar con flecos, un espejo de pared con baldas ornamentales, una mesa de roble desgastada... Y le di la bienvenida al estilo Ikea. Supongo que buscaba sobriedad. No tanto porque intentara hacer borrón y cuenta nueva, sino porque me negaba a comprometerme con el proceso. Tal vez fuera un anhelo de negarme completamente a mí misma de aquel lugar. Por eso, las paredes están pintadas de un tono bizcocho, y todos los muebles están fabricados en una madera artificial de ese color que llaman «rubio». Siempre que lo pienso, sonrío. Vaya palabra rara para hablar de un armario. «Rubio.» Tan glamuroso, tan voluptuoso. Las mujeres cañón son rubias. Y las sirenas. Y Tom, claro, aunque ahora ya tenga el pelo gris; denso, sí, pero sin el brillo de la juventud.

La única extravagancia que tengo en la habitación es un librero que va del suelo al techo y que monté a lo largo de una de las paredes. Siempre me habían fascinado tus librerías de Chichester Terrace. Como te imaginarás, las mías no son ni de lejos tan impresionantes como las tuyas, que estaban hechas de caoba y llenas de libros de tapa dura forrados en cuero y enormes monográficos sobre arte. A saber qué les habrá pasado a esos libros. No había ni rastro de ellos en tu casa de Surrey, porque fui hará como un mes, primero en un intento por encontrarte antes de saber que estabas en el hospital, y luego para recoger algunas cosillas tuyas cuando te traje aquí. Aquella casa era muy distinta de la de Chichester Terrace. ¿Cuánto tiempo debiste de vivir allí solo después de que muriera tu madre? Más de treinta años. No tengo ni idea de lo que hiciste durante ese período. El vecino que me contó lo del ictus me dijo que habías sido una persona reservada, pero que siempre saludabas y le preguntabas con interés por su salud cuando se veían en la calle, y eso me sacó una sonrisa. Ahí fue cuando por fin encontré al Patrick Hazlewood de verdad, al bueno.

Tom por fin se paró, después de dar una vuelta completa por la habitación, y se quedó delante de la persiana con los brazos cruzados.

—Es por Patrick —le dije.

Dejó escapar un gruñido suave.

—Marion, es tardísimo...

—Preguntó por ti. El otro día. Dijo tu nombre.

Tom bajó la vista hasta la moqueta beige.

—No, para nada.

—¿Y tú qué sabrás?

—Que no dijo mi nombre.

—Tom, lo oí. Te llamaba.

Tom suspiró y negó con la cabeza.

—Marion, le han dado dos ictus graves. El doctor nos dijo que es cuestión de tiempo que le dé otro. Ni habla, ni hablará. Son imaginaciones tuyas.

—Ha habido progresos, de verdad —respondí, consciente de que estaba exagerando. Después de todo, no has vuelto a decir ni mu desde el día que pronunciaste el nombre de Tom—. Necesita apoyo. Y necesita que lo apoyes tú.

—Tiene casi ochenta años.

—Setenta y seis.

Tom me miró fijamente a los ojos.

—Ya hemos hablado de esto. Para empezar, no sé por qué lo trajiste aquí. No sé qué clase de maquinación extraña tienes en la cabeza. —Soltó una carcajada breve—. Si te gusta hacer de niñera, allá tú. Pero no esperes que yo colabore.

—No tiene a nadie —insistí.

Se produjo un largo silencio. Tom descruzó los brazos y se pasó una mano por el rostro cansado.

—Mira, me voy a la cama —concluyó en voz baja.

Pero yo no cedí.

—Está sufriendo —susurré, esta vez con un tono persuasivo—. Te necesita.

Tom se detuvo en la puerta y se volteó hacia mí con una mirada cargada de rabia.

—Me necesitó hace muchos años, Marion —me espetó, y salió de la habitación.

Principios de verano de 1958. Ya hacía calor; en la escuela, el olor a leche caliente era insoportable, y la hora de la siesta de los niños era un momento agradable y tranquilo, incluso para mí. Así que cuando Julia me propuso que nos lleváramos a nuestras clases a Woodingdean, de excursión por la naturaleza, no lo pensé dos veces. El director accedió y nos ofreció hacerlo un viernes por la tarde. Tomaríamos un autobús hasta allí y luego iríamos a pie hasta Castle Hill. Como para la gran mayoría de los niños, sería mi primera visita allí, y la idea de romper con la rutina habitual de la escuela se me antojaba igual de atractiva que a ellos. Nos pasamos una semana entera dibujando las plantas y los animales que esperábamos ver, liebres, alondras, aliagas, y enseñé a los niños a deletrear las palabras *búgula*, *orquídea* y *prímula*. Debo admitir, Patrick, que saqué ideas de lo que nos enseñaste a Tom y a mí durante nuestros paseos por la isla de Wight.

Salimos de la escuela a eso de las once y media, con los niños agarrados a sus recipientes de comida, caminando en fila india con Julia al frente y yo en la retaguardia. Hacía un día precioso, cálido aunque con algo de aire, y los descuidados castaños de Indias nos observaban desde las alturas mientras el autobús dejaba atrás el hipódromo y enfilaba la carretera hacia Woodingdean. Milly Oliver, la niña introvertida y más bien flacucha con los montones de rizos negros con los que me quedé tan absorta el primer día, se había mareado antes de que llegáramos a los campos de Brighton. Bobby Blakemore, el chico del pelo con forma de bota, se había sentado al fondo del autobús y le sacaba la lengua a los coches que pasaban. Alice Rumbold no dejó de hablar a viva voz durante todo el trayecto sobre la moto nueva que se había comprado su hermano, y eso que Julia la mandó callar varias veces. Aun así, la mayoría de los niños no abrieron la boca de puro entusiasmo, sino que se limitaron a ver por las ventanas cuando dejamos la ciudad atrás y el paisaje dio paso a las montañas y al mar.

Nos bajamos todos en una parada a las afueras del pueblo y Julia nos guio de camino a los campos. Siempre había sido una persona enérgica. En aquel momento, tanta energía desbocada me resultaba algo intimidante, pero hoy día casi la añoro. A ti te habría bañado en menos que canta un gallo, Patrick. Aquel día se había puesto unos pantalones de sarga, un suéter fino y unos zapatos resistentes, pero también llevaba unas brillantes cuentas naranjas colgadas del cuello y unos lentes de sol de carey haciendo equilibrios en la nariz. La seguía toda una jauría de niños, y ella no dejaba pasar ninguna oportunidad de tocarlos, según vi. Les daba golpecitos en los hombros, los guiaba en la dirección que quería colocándoles una mano en la espalda, o se arrodillaba para estar a su altura y los agarraba de los codos mientras les hablaba. Me prometí parecerme mucho más a ella. Yo raramente me permitía tocar a los niños, pero, al contrario que otros profesores, tampoco les pegaba por norma, y a medida que progresó mi carrera, apenas sentí necesidad de recurrir a este tipo de castigos. Sí que recuerdo haberle sacado la regla a Alice Rumbold al principio. Me atravesó con la mirada cuando le azoté la palma de la mano con la pieza de madera, observándome con unos ojos firmes, oscuros; me temblaba tanto la mano que se me estuvo a punto de caer el arma. Fue mi propia timidez, el sudor de mis dedos temblorosos y la intensidad de su mirada lo que me hizo azotarla con mucha más fuerza de la que debía, y me pasé muchas semanas arrepintiéndome de lo que había ocurrido.

Fue un alivio que nos resguardáramos del viento y pudiéramos contemplar aquel profundo valle. Había vivido en Brighton toda mi vida, pero no había llegado a ser del todo consciente del paisaje que rodeaba a mi ciudad natal. En las colinas no había ni un árbol, pero parecía que eso solo contribuía a destacar la belleza de sus curvas, e incluso sus colores casi cantaban en el aire fresco, desde los tonos marrones purpúreos hasta los verdes esmeralda. Las alondras no dejaban de trinar en las alturas, igual que cuando estuvimos en la isla de Wight, y la hierba estaba salpicada de botones de oro. La vista nos llegaba hasta el mar, que emitía destellos blancos. Me detuve a mirar, dejando que el sol calentara mis brazos desnudos. No había previsto que el viento nos soplaría con tanta fuerza allí arriba, y me había dejado un suéter colgado en el respaldo de la silla de la clase, lo que me dejaba con mi blusa rosa como única protección.

Julia informó a los niños de que podían empezar a comer, y las dos nos sentamos detrás del grupo, algo apartadas, para vigilarlos. Estábamos rodeados por matojos de aliagas, densas y espinosas, que emanaban un ligero aroma a coco y le confería a la escena un cierto ambiente de vacaciones.

Cuando me terminé mis sándwiches de huevo y berros, Julia me ofreció uno de los suyos.

—Toma uno —me dijo, subiéndose los lentes de sol hasta el pelo—. Son de salmón ahumado. Tengo un amigo que me lo trae baratísimo.

No había probado el salmón ahumado en mi vida, así que tampoco sabía si me gustaría, pero se lo acepté y le di un mordisco. El sabor era intenso: salado, como el mar, pero con una melosidad aceitosa. Caí prendada al instante.

Bobby Blakemore se levantó y le ordené que volviera a sentarse hasta que todo el mundo hubiera acabado de comer. Ante mi sorpresa, me obedeció sin rechistar.

—Ya empiezas a tomarle el modo —me susurró Julia con una risita, y yo sentí que me ruborizaba de placer.

»Oye, no me has dicho nada de tu luna de miel —añadió—. Fueron a la isla de Wight, ¿no?

—Sí —respondí—. Fue..., bueno... —Se me escapó una risa nerviosa—. Fue especial.

Julia arqueó las cejas y me escudriñó el rostro con tanto interés que no me quedó otra que seguir.

—Nos alojamos en una casita que tiene allí Patrick, el amigo de Tom. Fue su padrino en la boda.

—Sí, me acuerdo. —Julia hizo una pausa y le dio un mordisco a la manzana—. Qué generoso de su parte, ¿no?

Me miré las uñas. No le había contado a nadie que habías estado con nosotros, ni siquiera a mis padres, y mucho menos a Sylvie.

—Entonces, ¿la pasaron bien?

Había algo en el día, en la claridad y la calidez, que hacía de la confesión algo irresistible. Así que contesté:

—A ver, sí, Tom y yo nos la pasamos muy bien. Pero él también vino.

—¿Quién?

—El amigo de Tom, Patrick. Solo los últimos días, por eso.

Le di otro bocado al sándwich y le aparté la mirada a Julia. En cuanto aquellas palabras salieron de mi boca, me di cuenta de lo horrible que sonaban. ¿Quién habría soportado cualquier tipo de trío en su luna de miel? Pues una gran tonta.

—Ah, ya. —Julia se terminó la manzana y tiró el corazón a las aliagas—. ¿Te cayó mal?

No fui capaz de decirle la verdad.

—Bueno, no. Es un buen amigo. De los dos.

Julia asintió.

—De hecho, es un tipo interesante —tartamudeé—. Es conservador del museo. Está siempre llevándonos a ver espectáculos y conciertos, nos lo paga todo.

Julia esbozó una sonrisa.

—A mí me cayó bien. Él entiende, ¿no?

No tenía ni idea de qué quería decir. Me estaba mirando con una cierta ilusión y los ojos le brillaban, y yo quería entender sus palabras, pero no era capaz.

Al darse cuenta de lo confusa que estaba, se acercó a mí y, con un tono de voz que no me pareció lo suficientemente bajo, me dijo:

—Es homosexual, ¿no?

El salmón ahumado se me convirtió en aceite rancio en la boca. Me costaba creer que hubiera pronunciado aquella palabra con tanta despreocupación, como si me estuviera preguntando por tu signo del zodíaco o por la talla de zapato.

Debió de percibir mi pánico, porque añadió:

—O sea, que a mí me lo pareció cuando lo conocí. Pero a lo mejor me equivoco.

Intenté tragar, pero el estómago me molestaba y tenía la boca seca como el esparto.

—Ay, cariño —murmuró, antes de ponerme una mano en el brazo, igual que cuando se arrodillaba al lado de un niño—. Te he ofendido.

Conseguí reírme.

—No, de verdad...

—Lo siento, Marion. Quizá no tendría que haberte dicho nada.

Bobby Blakemore volvió a ponerse de pie y le ladré que se sentara. El niño me miró, descolocado, y cayó de rodillas.

Julia seguía tocándome el brazo, y la oí castigarse:

—Mira que soy tonta, de verdad, siempre metiendo la pata. Es que pensaba que..., bueno, suponía que...

—Da igual —la corté, y me levanté—. Como no nos pongamos en marcha, se nos irá la tarde.

Di una palmada y les ordené a los niños que se pusieran de pie. Julia asintió, tal vez un poco aliviada, y se puso al frente, guiando a los niños colina abajo, señalando aves y plantas a cada paso que daba, nombrándolos a todos. Pero yo no podía mirarla. No podía apartar la vista de mis pies, que se movían pesadamente sobre la hierba.

Te engañaría, Patrick, si te dijera que no se me había pasado por la cabeza. Pero hasta ese momento en Castl Hill, nadie me había dicho aquella palabra en voz alta, y yo había hecho todo lo posible por quitarme la idea de la cabeza y recluirla en un lugar en el que no pudiera examinarla del todo. ¿Cómo podía empezar a admitir algo así? En aquella época, era algo inadmisible. Yo no tenía la menor idea sobre la vida gay, como lo llamaría ahora. Lo único que conocía eran los titulares de los periódicos: el caso Montagu fue el más sonado, pero solía haber historias más pequeñas en el *Argus*, normalmente en la página diez, intercaladas entre los divorcios y las infracciones de tráfico. «Un director ha sido acusado de actividades impúdicas» o «Se ha descubierto a un empresario cometiendo actos contra natura». Apenas les prestaba atención. Eran tan habituales que casi parecían algo corriente; esperabas verlas en todos los diarios, igual que el parte meteorológico y la programación de las emisoras de radio.

Echando la vista atrás, y mientras escribo esto, creo que es obvio que, hasta cierto punto, lo había sabido desde el principio, quizá desde que Sylvie me había confesado que Tom no era lo que creía, y claramente desde el momento en que los vi a los dos juntos fuera del castillo de Osborne. La cosa es que en aquel momento no me parecía obvio —o, como mínimo, admisible— en absoluto, y a estas alturas me resulta imposible señalar el momento exacto en que me permití tomar conciencia del panorama en su conjunto. Eso sí: el incidente en Castle Hill fue un punto de inflexión. Desde entonces, ya no podía evitar pensar en ti, y, por ende, en Tom, desde ese nuevo punto de vista. La palabra se había pronunciado y no había vuelta atrás.

Cuando regresé a casa —nos habíamos mudado a una pareada con dos habitaciones arriba y otras dos abajo en Islington Street; no era la casa para policías que esperábamos, sino una que habíamos encontrado gracias a la influencia de uno de los compañeros de Tom en el cuerpo de policía— estaba decidida a contárselo a mi esposo. Me había convencido a mí misma, de forma deliberada, de que lo único que estaba haciendo era darle la oportunidad de negarlo. El asunto se arreglaría en un abrir y cerrar de ojos, y seguiríamos adelante con nuestras vidas.

Solo se me habían ocurrido las palabras con las que empezaría: «Hoy Julia me ha dicho una cosa horrible sobre Patrick». Aparte de eso, no tenía ni idea de qué le diría, ni hasta dónde me atrevería a seguir. No veía nada más allá de esa primera frase, y me la fui repitiendo para mis adentros de camino a casa, tratando de convencerme de que aquellas serían las palabras que saldrían de mi boca, sin importar a donde me llevaran.

Tom tenía turno de mañana aquella semana, de modo que volvía a casa antes que yo. Tenía la esperanza de que hubiera salido, lo que me habría dado tiempo para ponerme cómoda y prepararme, fuera como fuera, para la escenita que nos aguardaba. Sin embargo, en cuanto puse un pie en el umbral, me llegó un aroma a jabón. La casa tenía un baño en el piso de arriba y un lavamanos al fondo del recibidor, pero a Tom le gustaba desvestirse y lavarse en la pila de la cocina después del trabajo. Llenaba el fregadero, ponía la tetera a calentar y, cuando había terminado de frotarse la cara y el cuello y de enjabonarse las axilas, el agua ya hervía y podía prepararse una taza de té. Nunca lo había reprendido por aquel hábito; de hecho, siempre había disfrutado viéndolo lavarse así.

Entré en la cocina, dejé la cesta de los libros y vi su espalda desnuda. «Hoy Julia me ha dicho una cosa horrible sobre Patrick.» Seguía sin acostumbrarme a la imagen de la piel de mi marido, así que en lugar de ir al grano, me detuve a admirarlo, a contemplar el movimiento de sus musculosos hombros mientras se secaba el cuello con una toalla. La tetera había empezado a silbar y a llenar la estancia de vapor, por lo que la aparté del fuego.

Tom se volteó.

—Qué pronto llegas —dijo sonriendo—. ¿Cómo ha ido el paseo por el campo?

A pesar de tu entusiasmo por el senderismo, Tom siempre se sintió como en casa metido en el agua, y los paseos le parecían una pérdida de tiempo. Para él, andar no era un ejercicio como tal, le faltaba esfuerzo, riesgo. Ahora, claro, se pasa las horas en los campos con Walter, pero, hasta donde yo sé, en aquella época nunca se dio un paseo sin un destino claro en mente.

—Bien —respondí, y le di la espalda mientras preparaba el té. «Hoy Julia me ha dicho una cosa horrible sobre Patrick.» Verlo allí, deslumbrando bajo la luz de la tarde que entraba por la ventana de la cocina, me había derretido el cerebro. Pensé que lo más fácil sería no decirle nada. Podría limitarme a empujar la palabra de Julia hasta ese punto de mi mente en el que almacenaba los comentarios de Sylvie y la imagen de Tom y tú fuera del castillo de Osborne. Estaba delante de mi marido, el hombre que tanto había anhelado, semidesnudo en la cocina. No podía atraer ese tipo de palabras a nuestras vidas.

Tom me dio un golpecito en el brazo.

—Me pongo una camisa limpia y nos tomamos una taza.

Llevé el té hasta el cuarto de estar y lo dejé en la mesa que había delante de la ventana, donde nos sentábamos a comer. Habíamos heredado un mantel de la madre de Tom color mostaza, de velvetón grueso, que a mí me asqueaba. Me recordaba a residencias de ancianos y tanatorios. Era el mantel perfecto para poner encima una planta fea, como una aspidistra. Dejé mi taza de té sin cuidado, con la intención de que se derramara y manchara la tela. Luego me senté y esperé a Tom, echando un vistazo por la estancia, yendo de un pensamiento a otro sin descanso. «Hoy Julia me ha dicho una cosa horrible sobre Patrick.» Debía decírselo. Clavé la mirada en el linóleo, imaginándome al pececillo de plata que sabía que reptaba por debajo, con su tono metálico y sus contoneos. Nuestra habitación, que daba a la calle, era luminosa y espaciosa, tenía dos ventanales y estaba pintada, no empapelada, pero la sala de estar seguía siendo un lugar sombrío y húmedo. «Algo habrá que hacerle», pensé. «Hoy Julia me ha dicho una cosa horrible sobre Patrick.» Podría comprar una lámpara nueva en una de las tiendas de segunda mano de Tidy Street. Podría arriesgarme a deshacerme de aquel maldito mantel. «Hoy Julia me ha dicho una cosa horrible sobre Patrick.» Tendría que habérselo dicho nada más cruzar la puerta. No tendría que haberme dado tiempo para pensar. «Hoy Julia me ha dicho una cosa horrible sobre Patrick.»

Tom vino y se sentó frente a mí. Se sirvió una taza de té y le dio un sorbo largo. Cuando se lo acabó, se sirvió otra taza y se la volvió a beber con voracidad. Observé cómo se le contraía la garganta y cerraba los ojos con cada trago, y de repente caí en la cuenta de que nunca le había visto la cara cuando hacíamos el amor. En aquella época, habíamos caído en una cierta rutina, y yo me decía a mí misma que, alguna que otra noche de sábado, las cosas iban un poco mejor. Incluso había empezado a buscar señales de embarazo todos los meses, y si el período se me retrasaba, aunque solo fuera un día, me mareaba de pura ilusión. Pero Tom siempre apagaba la luz y, de todas formas, solía hundir la cabeza en mis hombros, así que tampoco habría sido posible que le viera la expresión en nuestros momentos más íntimos.

Me aferré a la rabia que sentía crecer en mi interior ante tamaña injusticia. Justo cuando Tom estaba agarrando una galleta, dejé que las palabras salieran de mi boca.

—Hoy Julia me ha dicho una cosa sobre Patrick.

No conseguí añadir lo de «horrible». Fue como mi primer día en el St. Luke, cuando tuve la impresión de tener la voz completamente separada del cuerpo; debió de temblarme, porque Tom dejó la galleta y me escudriñó el rostro. Parpadeé varias veces, en un intento por controlar los nervios, y él, impasible, me preguntó:

—Ah, ¿es que lo conoce?

Ay, Patrick, no te imaginas lo tranquilo que estaba. Aquella no era la respuesta que había previsto, si es que había previsto algo. Me había imaginado, vagamente, que lo negaría de manera rotunda, o al menos que se pondría a la defensiva. En cambio, levantó la cucharilla y se puso a remover el té, esperando una respuesta.

—Se vieron en nuestra boda.

Tom asintió.

—Vaya, que no lo conoce.

Eso no podía rebatírselo. Era como si me hubiera dado un golpe en el costado, suave pero firme. Sin saber qué responder, desvié la vista a la ventana, hacia la calle. Si dejaba de mirar a mi esposo, tal vez fuera capaz de contener la ira. Quizá incluso fuera capaz de dar rienda suelta al temperamento que se nos atribuía a los pelirrojos. Puede que el enfrentamiento que buscaba estuviera de camino.

A los pocos segundos, Tom dejó que la cuchara repiqueteara en el plato y me preguntó:

—Bueno, ¿y qué te ha dicho?

Sin parar de mirar por la ventana, levanté un poco la voz y respondí:

—Pues que él... entiende.

Tom dejó escapar un resoplido burlón, algo que jamás le había visto hacer. Fue el tipo de sonido que tú podrías haber hecho, Patrick, como respuesta a algún comentario estúpido. Pero cuando miré a mi esposo a la cara, volví a percibir la expresión que había esbozado en la cima del tobogán: las mejillas se le habían empalidecido, tenía la boca torcida y me contemplaba con unos ojos muy grandes. Durante un instante, me pareció tan frágil que deseé no haberle dicho nada. Quería alargar un brazo y agarrarlo de la mano, decirle que había sido una broma tonta, o un error. Pero luego tragó saliva y, de golpe, enderezó sus facciones. Se puso de pie y, con un tono alto y firme, me exigió:

—¿Y qué se supone que significa eso?

—Ya lo sabes —contesté.

—No, no lo sé.

Nos sostuvimos la mirada. Me sentía como si fuera la sospechosa en un interrogatorio cruzado. Sabía que últimamente Tom había estado presente en unos cuantos.

—Dímelo, Marion. ¿Qué significa?

La frialdad en su voz provocó que me temblaran las manos y se me tensara la mandíbula. Me vi perdiendo todo lo que tenía, vi cómo se me escapaba mi esposo, mi hogar, la oportunidad de formar una familia. Sabía que él podía arrebatármelo todo de un plumazo.

—Marion, ¿qué significa?

Sin despegar la vista del horrendo mantel mostaza, me las arreglé para musitar:

—Que es un... invertido.

Me preparé para una reacción explosiva, para que Tom lanzara la taza contra la pared o volcara la mesa. Y él se rio. No fue una de esas carcajadas tan suyas, sino más bien un ruido de cansancio, como alguien que suelta una amargura acumulada durante años.

—Vaya ridiculez —dijo—. Una soberana ridiculez. No alcé la vista.

—Ni siquiera lo conoce. ¿Cómo se atreve a afirmar algo así?

No sabía qué responder.

—Si quieres ver invertidos, Marion, como los llamas tú, yo te los enseño. Nos llegan unos cuantos a comisaría todas las semanas. Se ponen cosas en la cara, colorete y demás. Y joyas. Es patético. Y cómo andan. Se les ve a leguas. La brigada antivicio siempre está arrestando a los mismos. El comisario quiere que limpiemos la calle de toda esa chusma. No deja de repetirlo. Los de la brigada los atrapan en el baño de caballeros de Plummer Roddis, ¿lo sabías?

—Que sí, que te entiendo...

Pero Tom se había desbocado, y que pudiera hablar de lo que veía en comisaría no ayudaba.

—Patrick no es así, ¿verdad? Un homosexual, un desviado. ¿Verdad que él no es así? —Volvió a soltar una carcajada, esta vez más contenida—. Tiene un trabajo respetable. ¿Tú crees que estaría donde está si fuera..., qué has dicho? Con lo bien que se ha portado con nosotros, carajo. Mira cómo nos ayudó con la boda.

Sí, le pagaste el traje a Tom.

—Creo que vas a tener que ignorar a esa amiga tuya. Como vaya diciendo esas cosas por ahí, se puede meter en un buen problema.

Decidí que no quería oír ni una sola palabra más con aquel tono policial y calmado, así que me puse de pie para recoger los platos y las tazas. Con todo, cuando me llevé la bandeja a la cocina, Tom me fue persiguiendo.

—Marion —insistió—, sabes lo ridículo que es lo que te dijo, ¿verdad?

Lo ignoré, dejé las tazas en la pila y saqué tocino del refrigerador.

—¿Marion? Quiero que me prometas que la ignorarás.

En ese momento, estuve a punto de lanzar algo. De cerrar la puerta del refrigerador con violencia y gritarle que se callara. De informarle de que podía hacerme la vista gorda, pero que no estaba dispuesta, bajo ninguna circunstancia, a que me tratara con condescendencia.

Luego Tom me plantó las manos en los hombros y me los apretó. Al notar su tacto, exhalé. Me dio un beso en la nuca.

—¿Me lo prometes?

Hablaba con dulzura, y me volteó hacia él y me tocó la mejilla. Perdí todas las ganas de discutir, y lo único que me quedó fue el agotamiento. Y a él también se le veía en la cara: el cansancio alrededor de los ojos.

Asentí. Y aunque me sonriera y me dijera «¿Vas a hacer papas fritas?, me encantan, sobre todo las tuyas», supe que no volveríamos a dirigirnos la palabra en toda la noche. Lo que no preví fue la fiereza con la que Tom me hizo el amor aquella noche. Aún me acuerdo. Fue la única vez que me desvistió él. Me bajó la falda hasta el suelo con una mano y me tiró a la cama. Le noté una resolución nueva en el cuerpo, Patrick, como si fuera en serio. Me hizo olvidarme de las palabras de Julia, aunque solo fuera aquella noche, y luego me dormí profundamente sobre su pecho, sin soñar con nada.

Fueron pasando las semanas. En julio, Tom me anunció que habían acordado pasar juntos las tardes de los sábados, uno de cada dos, así como todos los martes por la noche, porque aún no habías terminado su retrato. No protesté. Algunos jueves venías a casa, siempre con vino, y nos hablabas con entusiasmo de las obras de teatro y películas más recientes. Una noche, mientras comíamos el pastel de carne que yo había preparado, y que estaba tirando a duro, nos contaste que por fin habías persuadido a tu jefe para que aceptara organizar una serie de tardes de apreciación artística para niños en el museo, y me preguntaste si me gustaría que mi clase fuera la primera que se beneficiara. Dije que sí. Más que nada por contentar a Tom, para convencerlo de que me había olvidado del atrevimiento de Julia, pero también, creo, para darme la oportunidad de estar contigo a solas. Sabía que no había manera humana de hablar las cosas contigo, pero, sin Tom delante, tal vez podría valorarte por mí misma.

La tarde de la visita hacía un sol terrible, y en el autobús de camino al centro me arrepentí de haber accedido a tu plan. Se estaba acabando el trimestre, los niños estaban agotados y de mal humor con el calor y a mí me ponía nerviosa tener que exhibir mis capacidades docentes delante de ti. Me preocupaba que Bobby Blakemore o Alice Rumbold me desafiaran, o que a Milly Oliver le diera por desaparecer y nos obligara a buscarla por todo el museo.

Aun así, cuando entré y me alejé de los destellos de la calle, fue casi un alivio toparme con aquel lugar fresco y poco iluminado, y la paz que transmitía acalló la fila de los niños. Me pareció un sitio muy distinto: había dejado de ser el lugar imponente y misterioso que una vez fuera, tal vez porque ahora ya estaba decidida a defender mi derecho a estar allí. El hermoso mosaico del suelo serpenteaba bajo mis pies, y mirara donde mirara veía bordes festoneados y adornos de madera, alrededor de las ventanas, en los marcos de las puertas, con forma de torrecillas, como si evocaran el pabellón de fuera.

Los niños también se pararon a mirar, pero apenas tuvimos tiempo de asimilar nada, puesto que, para mi sorpresa, apareciste casi de inmediato para recibirnos. Era como si hubieras estado vigilando desde una de las ventanas del piso superior, esperando a que llegáramos. Te acercaste a mí, sonriendo, con ambas manos extendidas, diciendo lo contento y honrado que estabas con nuestra presencia. Llevabas un traje fino y olías, como siempre, a algo caro; cuando me estrechaste la mano, tenías los dedos fríos y secos. Se te veía como en casa, sin duda, con un control absoluto del entorno. Me di cuenta de que tus pisadas sobre los baldosines resonaban aún más fuerte que las mías, y no dudabas en levantar la voz y dar palmadas mientras guiabas a los niños por el pasillo, anunciándoles que ibas a enseñarles algo mágico. Era, cómo no, el gato del dinero, que demostraste con un reluciente penique. Los niños se empujaban y escurrían para llegar hasta primera fila y ver con sus propios ojos cómo se iluminaba la panza del gato, y le echaste unas cuantas monedas para asegurarte de que todos eran testigos de aquella maravilla. Milly Oliver, sin embargo, se alejó de aquellos ojos diabólicos, y a mí me pareció la más sensata de todos.

A medida que la tarde avanzaba, me di cuenta de que estabas ilusionado de verdad con tener allí a los niños, y ellos, a cambio, te trataban con afecto. De hecho, estabas deslumbrante mientras los guiabas por las exposiciones que habías escogido y que incluían una máscara de madera de Costa de Marfil, decorada con huesos de ave y dientes de animales, y un vestido con polisón victoriano de terciopelo negro que provocó que todas las niñas aplastaran la nariz contra el cristal para contemplarlo de cerca.

Después de la visita, nos llevaste a una sala pequeña con unos ventanales arqueados llena de mesas y sillas, así como delantales, botes de pintura y de pegamento, y cajas llenas de tesoros, como popotes, plumas, conchas y estrellas de papel dorado. Les pediste a los niños que confeccionaran sus propias máscaras con las plantillas de cartón que les habías dado, y juntos los supervisamos mientras pegaban y pintaban todo tipo de cosas tanto sobre las máscaras como sobre sus cuerpos. De vez en cuando, te oía reír a mandíbula batiente, y al levantar la vista te descubría probándote una máscara, o dando instrucciones sobre cómo hacer que una diera más miedo, o, según te oí decir, que tuvieran un «toque más farandulero». Tuve que reprimir una sonrisa ante la mirada desconcertada que te dirigió Alice Rumbold cuando le dijiste que su creación era una «verdadera exquisitez». Dudo que hubiera oído alguna vez aquella palabra, y, en todo caso, estoy segura de que jamás se habría referido así a nada que ella hubiera hecho. Le diste unos golpecitos en la cabeza, te atusaste el bigote y sonreíste, y ella me miró, todavía sin saber cómo interpretar tu reacción. Alice acabó demostrando bastante talento para el arte, algo que yo fui totalmente incapaz de percibir, al contrario que tú. Me acordé de lo que Tom me había dicho sobre ti al principio: «No te juzga solo por tu aspecto». En ese instante, descubrí que era verdad, y me avergoncé un poco de mí misma.

Cuando estaba a punto de marcharme, me tocaste el codo y me dijiste:

—Marion, gracias por esta tarde. Ha sido estupenda.

Estábamos en el oscuro vestíbulo, rodeados de niños agarrados a sus máscaras y mirando hacia las puertas de cristal, ansiosos por volver a casa. Se había hecho tarde; me lo había pasado tan bien que me había olvidado de controlar el reloj.

Había sido una tarde estupenda, eso no podía negarlo.

Y luego añadiste:

—Y no sabes cómo te agradezco que dejes que Tom vaya a Venecia conmigo. Sé que valora el gesto.

Cuando pronunciaste aquellas palabras, no desviaste la mirada. No había ni un ápice de vergüenza, ni de malicia, en el tono. Estabas exponiendo unos hechos, simple y llanamente. Tenías los ojos serios, pero una sonrisa cada vez más amplia.

—¿No te lo había dicho?

—Señorita, Milly está llorando.

Oí la voz de Caroline Mears, pero no acabé de comprender lo que me estaba diciendo. Seguía tratando de entender tus palabras. «Te agradezco. Tom. Venecia.»

—Señorita, creo que se ha hecho pipí encima.

Me volteé hacia Milly, que estaba sentada en el suelo de mosaico rodeada por otros cinco compañeros, sollozando. Los rizos negros le caían sin orden sobre el rostro, tenía una pluma blanca diminuta clavada en la mejilla y había lanzado la máscara a un lado. Estaba acostumbrada al olor avinagrado de la orina de los niños. En la escuela, el problema no tenía más complicación: si la criatura estaba tan avergonzada que no quería llamar la atención con el incidente, ni tampoco había empapado el suelo ni la silla, normalmente me hacía de la vista gorda. Si se quejaban, o si el hedor era insoportable, los enviaba con la enfermera, quien tenía una actitud firme pero amable a la hora de advertir sobre los peligros de no usar el baño durante las pausas, así como un montón de ropa interior limpia, aunque vieja.

Pero allí no había ninguna enfermera, y tanto el hedor como el charco amarillento que rodeaba a Milly eran inconfundibles.

—Ay, Dios —exclamaste—. ¿Puedo ayudarte de alguna forma?

Me volteé hacia ti.

—Sí —respondí, lo bastante alto como para que me oyeran todos los niños—. Podrías llevarte a esta niña al baño, secarla y limpiarle el trasero y hacer aparecer unos calzoncitos nuevos como por arte de magia. Con eso, empezaríamos con buen pie.

El bigote te tembló.

—No sé yo si estoy capacitado para...

—¿No? Pues entonces nos vamos. —Agarré a Milly del brazo—. No te preocupes —le dije, pisando las baldosas resbaladizas del mosaico—. El señor Hazlewood se encargará de limpiar este desastre. Ya puedes dejar de llorar. Niños, dénle las gracias al señor Hazlewood.

Se oyó un débil coro de «gracias», y tú sonreíste.

—Gracias a ustedes, niños...

Te interrumpí.

—Caroline, tú primero. Ya tendríamos que estar en casa.

No miré atrás mientras guiaba a los niños a través de las puertas, y eso que sabía que seguirías plantado junto al charco de orina de Milly, con una inmaculada mano extendida que esperaba estrecharse con la mía.

Al llegar a casa y ver que Tom no estaba, lancé un plato de té de un lado a otro de la cocina. Me deleité especialmente al elegir uno de los que su madre nos había dado el día de la boda, de cerámica fina decorada con puntos rojo sangre. El embriagador sonido que produjo al romperse y la fuerza con la que descubrí que podía tirarlo contra la puerta de atrás me resultaron tan placenteros que no esperé ni un segundo a lanzar otro, y otro, viendo cómo el último plato se quedaba a pocos centímetros de la ventana y no producía dos explosiones, como esperaba, sino solo una. Aquella decepción me relajó un poco, y recuperé el control de la respiración. Me di cuenta de que estaba sudando la gota gorda; tenía la espalda del suéter empapada y la goma de la falda me rozaba la piel. Me quité los zapatos, me desabroché el suéter y recorrí la casa abriendo todas las ventanas, agradeciendo la brisa de la tarde en la piel, como si de ese modo pudiera sofocar mi ira. En la habitación, rebusqué en la mitad de Tom del armario, arrancando camisas, pantalones y sacos de las perchas, buscando algo que pudiera enojarme aún más de lo que estaba. Incluso llegué a mirar dentro de los zapatos y a desenrollar las bolas de calcetines. Pero no había nada, salvo unos recibos antiguos y entradas de cine, de las cuales solo una era de una película que yo no había visto con él. Me la guardé en el bolsillo, por si pudiera necesitarla más tarde, por si no conseguía encontrar nada mejor, y me acerqué a la mesilla de noche que Tom tenía junto a la cama, donde hallé una novela de John Galsworthy, a medio leer, un pulsera de reloj vieja, un par de lentes de sol, un recorte del *Argus* sobre el club de natación y una fotografía de Tom delante del consistorio después de pronunciar el juramento para entrar al cuerpo de policía, flanqueado por su madre, que llevaba un vestido de flores, y su padre, que, para variar, no tenía el gesto torcido.

No sé qué esperaba encontrar. O qué rezaba no descubrir. ¿Un ejemplar de *Physique Pictorial*? ¿Una carta de amor tuya? Tanto lo uno como lo otro era un disparate; Tom no se habría arriesgado tanto. Y aun así lo saqué todo, y al verme rodeada de las pertenencias de Tom sobre la moqueta, me di cuenta de que tampoco tenía tantas. Fuera como fuera, seguí a lo mío, removiendo los escombros que había debajo de la cama, con el suéter pegado al cuerpo y las manos grises de polvo, apartando calcetines desparejados y una caja de pañuelos para estrenar, sin descubrir nada que pudiera alimentar todavía más mi rabia.

Y luego oí las llaves de Tom en la puerta principal. Dejé de buscar, pero seguí arrodillada junto a la cama, incapaz de moverme, mientras él me llamaba. Oí sus pasos detenerse en la entrada de la cocina y me imaginé su desconcierto al ver los platos de té hechos pedazos en el suelo. Su voz cobró urgencia.

—¿Marion? ¿Marion?

Eché un vistazo a la destrucción que había causado. Camisas, pantalones, calcetines, libros, fotografías, todo desperdigado por la habitación. Las ventanas abiertas de par en par. El armario vacío. El contenido de la mesilla de Tom esparcido por el suelo.

Seguía gritando mi nombre, pero había empezado a subir poco a poco la escalera, como si temiera lo que pudiera encontrarse.

—¿Marion? —exclamó—. ¿Qué ha pasado?

No respondí. Esperé, con la mente en blanco. No se me ocurría ninguna excusa para justificar lo que había hecho, y ante el sonido de la voz insegura de Tom, toda mi ira pareció contraerse en una bola tensa.

Cuando entró en la habitación, oí un grito ahogado. Me quedé arrodillada en el suelo, con la mirada clavada en la moqueta, cerrándome con fuerza el suéter desabrochado. Debía de tener un aspecto lamentable, porque suavizó la voz y me dijo:

—Dios mío. ¿Estás bien?

Pensé en engañarlo. Podría haberle dicho que nos habían entrado a robar, que me había amenazado un matón que se había dado vueltas por la casa rompiendo platos y lanzando sus cosas sin ton ni son por la habitación.

—¿Marion? ¿Qué ha pasado?

Se arrodilló a mi lado y vi tanta dulzura en sus ojos que no fui capaz de articular palabra, así que rompí a llorar. Me reconfortó, Patrick, optar por aquella reacción femenina. Tom me ayudó a levantarme y me senté en la cama, soltando sonoros sollozos con la boca muy abierta, sin preocuparme por taparme la cara. Tom me rodeó con un brazo y yo me permití el lujo de apoyar la mejilla húmeda sobre su pecho. Eso era lo único que quería en aquel momento. El olvido estaba en cada lágrima que derramaba sobre la camisa de mi marido. Él no dijo nada; se limitó a apoyar la barbilla en mi coronilla y a acariciarme el hombro despacio.

Cuando me hube calmado un poco, volvió a intentarlo.

—Vamos, dime qué ha pasado —dijo, con un tono suave pero algo severo.

—Te vas a Venecia con Patrick —le dije en el pecho, sin levantar la cabeza, consciente de que sonaba como una niña malcriada. Igual que Milly Oliver, sentada en un charco de su propia orina—. ¿Por qué no me lo habías dicho?

Dejó de tocarme el hombro y se produjo una pausa larga. Tragué saliva, esperando —y casi deseando— que su furia me golpeara como una oleada de calor.

—¿Ya está? ¿Eso es todo?

Había vuelto a recurrir a su tono de policía. Lo reconocí de la última discusión que tuvimos sobre ti. Había reprimido esa cadencia, ese puntito de sorna que solía ocultarse detrás de todo lo que decía. Era uno de sus talentos, ¿no te parece, Patrick? El don de poder abstraerse por completo de sus palabras. El don de estar físicamente en un lugar, hablando, respondiendo, sin llegar a estar allí en absoluto, no desde un punto de vista emocional. En aquel momento, pensé que era parte de la formación policial, y durante un tiempo me dije a mí misma que Tom necesitaba recurrir a eso, que no podía evitarlo. Abstraerse así era su manera de gestionar su trabajo, algo que había terminado metiéndose en su vida privada. Ahora me pregunto si no era algo con lo que siempre había contado.

Me enderecé.

—¿Por qué no me lo habías dicho?

—Marion, esto no puede seguir así.

—¿Por qué no me lo habías dicho?

—Es una actitud destructiva. Muy destructiva. —Estaba mirando al frente, y hablaba con una calma monótona—. ¿Es que tengo que contártelo todo al momento? ¿Es eso lo que me pides?

—No, pero..., estamos casados... —farfullé.

—¿Y qué pasa con nuestra libertad, Marion? ¿Qué me dices? Yo pensaba que teníamos, a ver cómo te lo digo, que nos entendíamos. Creía que éramos..., bueno, un matrimonio moderno. Tú tienes la libertad de trabajar, ¿o no? Yo debería tener la libertad de ver a quien me plazca. Pensaba que éramos diferentes a nuestros padres. —Se puso de pie—. Te lo iba a decir esta noche. Patrick me lo preguntó ayer. Tiene que ir a Venecia por trabajo, a no sé qué conferencias. Solo unos días. Y no quería ir solo. —Sin dejar de hablar, comenzó a recoger su ropa del suelo y a doblarla en montones sobre la cama—. No veo dónde está el problema. Estamos hablando de pasar unos días fuera con un amigo, no tiene más. No creía que fueras a negarme la oportunidad de ver mundo. De verdad te lo digo. —Echó un vistazo a los objetos que guardaba en su mesilla de noche, desparramados sobre la moqueta. Los volvió a dejar en el sitio que les correspondía—. No hay ninguna falta de... Es que no sé ni cómo llamarlo. Histeria. Celos. ¿Es eso? ¿Tú lo llamarías así?

Mientras esperaba mi respuesta, siguió recogiendo la habitación, cerrando ventanas, colgando los sacos y pantalones en el armario, esquivándome la mirada.

Escuchando aquel tono impasible, viendo cómo ordenaba las pruebas de mi ataque de ira, yo había empezado a temblar. Aquella frialdad me aterrorizaba, y con cada objeto que levantaba del suelo no hacía sino aumentar la sensación de pudor por haberme paseado por la casa como una demente. Yo no era una demente. Era profesora, y estaba casada con un policía. No era una histérica.

Al rato, conseguí contestar:

—Entiéndeme, Tom... Es lo que me dijo Julia...

Tom estaba frotando las mangas de su mejor saco, el que le compraste para que se lo pusiera el día de nuestra boda. Agarrando uno de los puños, dijo:

—¿No lo habíamos aclarado?

—Sí, sí, pero...

—¿Por qué vuelves a sacar el tema? —Al fin se volteó hacia mí, y a pesar de que su voz seguía manteniendo ese tono perfectamente neutro, se le habían sonrojado las mejillas de pura rabia—. Mira, Marion, a ver si lo que te pasa es que tienes la mente sucia.

Cerró las puertas del armario y el cajón de la mesilla, enérgicamente, y alisó la moqueta. Se dirigió después a grandes zancadas hacia la puerta y se detuvo.

—Vamos a hacer una cosa: no vamos a volver a hablar del tema. Me voy abajo. Quiero que te arregles. Cenaremos y nos olvidaremos de todo esto. ¿Te parece?

No pude decirle nada. Nada en absoluto.

A estas alturas, te habrás dado cuenta de que estuve meses esforzándome al máximo por ignorar lo que se traían entre manos Tom y tú. Pero después de que Julia le pusiera nombre a esas inclinaciones, la relación que había entre ustedes comenzó a adquirir una claridad aterradora. «Entiende»: la palabra en sí era horripilante; evocaba un conocimiento indiferente que a mí me excluía sin miramientos. Yo no entendía. Y estaba tan conmocionada con la verdad que no podía sino dejar que fueran pasando los días con la mayor normalidad posible, intentando no prestar demasiada atención a la imagen de ustedes dos que siempre estaba ahí, por mucho que deseara desviar la vista.

Concluí que me faltaba justamente lo que la señorita Monkton del colegio había mencionado tantos años atrás. Y no se equivocaba. Una «dedicación tremenda y un aguante considerable» eran cosas de las que carecía. Al menos en mi matrimonio. Así que opté por la solución de los cobardes. Aunque ya no pudiera negar la verdad sobre Tom, escogí el silencio en lugar de más confrontaciones.

Fue Julia la que intentó rescatarme.

Una tarde, durante la última semana del trimestre, después de que todos los niños se fueran a casa, estaba yo en la clase, limpiando botes de pintura y colgando dibujos en una cuerda que había tendido en la ventana con ese fin. Aquello me proporcionó el tipo de satisfacción que supuse que debía de experimentar mi madre los días de lavar al ver la cuerda llena de pañales blancos como la nieve meciéndose bajo los rayos del sol. Un trabajo bien hecho. Los niños, cuidados. Y la prueba al viento, para que todo el mundo la viera.

Sin mediar palabra, Julia entró y se sentó en un pupitre, lo que le confirió de golpe un aspecto absolutamente ridículo, con esas piernas tan largas suyas; era casi tan alta como yo. Se llevó una mano a la frente, como si tratara de mitigar un dolor de cabeza, y dijo:

—Oye, ¿va todo bien?

Julia no era mucho de preámbulos. Nada de esquivar el tema. Debería haberle dado las gracias, pero lo que hice fue responder con un cierto tono de sorpresa:

—Sí, todo bien.

Ella sonrió, dándose golpecitos suaves en la frente.

—Es que tengo la sensación, absurda, seguro, de que me evitas. —Me miraba fijamente con sus ojos azules, brillantes—. Apenas hemos hablado desde que nos llevamos a los niños a Castle Hill, ¿verdad? Espero que me hayas perdonado aquella metedura de pata...

Me puse a colgar otra pintura para no tener que ver su rostro inquisitivo, y respondí:

—Claro que sí.

Tras una pausa, Julia se puso de pie y se plantó a mis espaldas.

310

—Estos son bonitos. —Tocó la esquina de uno de los dibujos y lo examinó de cerca—. El director comentó que la visita al museo fue un exitazo. Creo que me llevaré a los míos el trimestre que viene.

Cuando el director me preguntó por la visita, se me ocurrió decirle que no eras más que un presumido incompetente con ínfulas artísticas y que no tenías ni idea sobre cómo manejar una estancia llena de niños. Pero no fui capaz de mentir, Patrick, a pesar de lo que había pasado al final de aquel día. Así que le ofrecí un informe positivo pero breve sobre tus actividades y le mostré algunos de los esfuerzos creativos de los niños. Admiró, sobre todo, la máscara de Alice. Huelga decir que no le conté lo del charquito de Milly a nadie. Pero no me gustaría darte mucho más reconocimiento.

—Estuvo bien —contesté—. Tampoco como para tirar cohetes.

—¿Te parece que vayamos a tomar algo? —me preguntó Julia—. Se ve que te lo mereces. Está bien. Vámonos ya de aquí. —Estaba sonriendo y haciendo gestos en dirección a la puerta—. Yo no sé tú, pero a mí el cuerpo me pide algo fuerte.

Nos sentamos en un saloncito de la taberna Queen's Park. No me acababa de cuadrar que Julia tuviera una copa de oporto y limón en la mano. Había dado por supuesto que se pediría medio tarro de cerveza tostada, o algo en vaso pequeño, pero se declaró una esclava de aquella bebida dulzona, así que a mí también me pidió una y me prometió que, si la probaba, me encantaría.

Había algo maravilloso e ilícito en el simple hecho de estar en aquel pub sombrío y con un puntito de sordidez, con sus pesadas cortinas verdes y paneles de madera casi negros, en una tarde tan radiante. Habíamos escogido un reservado en penumbra dentro de un salón prácticamente vacío, y éramos las únicas mujeres a la vista. Algunos de los tipos de mediana edad que ocupaba la barra se quedaron mirándonos mientras pedían las copas, pero descubrí que no me importaba. Julia me encendió un cigarro, y luego el suyo, y las dos nos pusimos a expulsar el humo y a reír. Era como volver a mis años de instituto, en la habitación de Sylvie, con la diferencia de que en aquella época ni se me habría pasado por la cabeza fumar.

—Nos lo pasamos bien en Castle Hill —comentó ella—. Agradecí poder salir del aula.

Coincidí y le di varios sorbos al oporto con limón, y después de superar el dulzor nauseabundo de la mezcla, acabé disfrutando de la sutil sensación que me bajaba hasta las rodillas, de la calidez que me generaba en la garganta.

—Yo intento llevármelos todo lo que pueda —prosiguió Julia—. Estamos rodeados de un paisaje de ensueño, y la mayoría de la gente no ha pasado de Preston Park.

Sabía que podía confiar en ella, así que le confesé:

—Ni yo tampoco.

Ella se limitó a arquear las cejas.

—Ya me lo había imaginado. Espero que no te importe que te lo diga.

Negué con la cabeza.

—No sé por qué, la verdad...

—¿A tu marido no le gusta salir mucho?

Me reí.

—De hecho, Tom está en el club de natación marítima. Va todas las mañanas, siempre que no tenga el turno de mañanas. Si no, va después de trabajar.

—Qué disciplinado.

—Uy, sí.

Me miró de reojo.

—¿Tú no vas con él?

Pensé en Tom sosteniéndome entre las olas y llevándome de vuelta a la orilla. Pensé en lo ligera que me sentía en sus brazos. Y luego pensé en todas sus pertenencias repartidas a mi alrededor en el suelo de la habitación, yo con el suéter abierto, las manos sucias. Di otro sorbo y respondí:

—La natación no es lo mío.

—Qué me vas a contar. Yo solo sé nadar estilo perrito. —Julia soltó la copa, alzó las dos manos, dejó muertas las muñecas y manoteó con vehemencia hacia la nada, torciendo el gesto en una mueca triste—. Si tuviera las orejas más grandes y cola, hasta me tirarían un palo. ¿Quieres otra?

Eché un vistazo al reloj amarillento que había encima de la barra. Las cinco y media pasadas. Tom ya estaría en casa, preguntándose dónde estaba yo. Que se espere, decidí.

—Sí. ¿Por qué no?

En la barra, Julia plantó un pie en la guía de latón que recorría la parte inferior, esperando a que le sirvieran. Un hombre con poquísimos dientes la miraba sin reparo, pero cuando ella le hizo un gesto de cabeza, el tipo apartó la vista. Luego se volteó hacia mí y me dirigió una sonrisa, y a mí me sorprendió lo fuerte que parecía de pie en la barra, como si estuviera preparada para cualquier cosa, o cualquier persona. Su pelo negro liso y su lápiz labial carmín la hacían destacar allí donde fuera, pero en el bar era como una baliza. Pidió las copas con una voz clara y lo bastante alta como para que, en aquel salón, la oyeran todos los parroquianos, y no se preocupó por atenuarla. Me pregunté qué pensaría en el fondo de aquel establecimiento que, con claridad, no era su entorno natural. Julia no encajaba en bares con olor a cerveza, se me ocurrió; o, al menos, aquel no era el tipo de mundo en el que había crecido. Me la imaginé de pequeña montando a caballo los fines de semana, yendo de campamento, de vacaciones con su familia a las islas occidentales de Escocia. Pero lo más curioso era que no me importaba lo más mínimo que tuviéramos trasfondos tan distintos. Descubrí que su aparente independencia, ese no tener miedo a parecer o sonar diferente, era algo que quería para mí.

Colocó las copas en la mesa y me preguntó alegremente:

—Bueno, Marion, ¿qué opinas de la política?

A punto estuve de escupirle un trago de oporto y limón al regazo.

—Lo siento —se disculpó—. ¿Te parece una pregunta inapropiada? A lo mejor tendría que haber esperado a que nos tomáramos unas cuantas más.

Me estaba sonriendo, pero yo tenía la sensación de que, de una forma u otra, me estaba poniendo a prueba, y lo que más quería en ese momento era superar el test. Recordé nuestra conversación durante la cena en la isla de Wight, Patrick, y, después de tomar media copa, contesté:

—A ver. Creo que las madres deberían poder trabajar, eso para empezar. Estoy a favor de la igualdad. Entre sexos, quiero decir.

Julia asintió y murmuró que estaba de acuerdo, pero era evidente que esperaba más revelaciones.

—Y también me parece horroroso todo el tema de las pruebas con la bomba H. Me aterra. Estoy planteándome meterme en alguna campaña en contra.

Aquello no era del todo cierto, o no lo fue hasta el momento exacto en que lo anuncié.

Julia encendió otro cigarro.

—Yo estuve en la manifestación de Pascua. Y también hay reuniones regulares en la ciudad. Deberías venir un día. Siempre necesitamos que se nos ayude a correr la voz. Se nos viene encima una catástrofe y a la gente le preocupa más lo que lleva puesto la ilustre familia real.

Desvió la vista hacia la barra y expulsó el humo hacia arriba.

—¿Cuándo es la próxima? —le pregunté.

—El sábado.

Me quedé callada unos segundos. Tom me había prometido que me sacaría a dar una vuelta el sábado por la tarde, y eso que era tu turno para verlo. Me lo sugirió él; sabía que era una forma de compensarme por lo de irse a Venecia contigo. Tenían el viaje organizado para mediados de agosto, y Tom me dijo que se reservaba todos los sábados para mí hasta entonces.

—Pero ten en cuenta que no te dejarán entrar sin un suéter Fair Isle y una pipa.

—Pues más me vale conseguirlos antes de ir —respondí. Nos sonreímos y levantamos las copas.

—Por la resistencia —exclamó Julia.

Cuando Tom me preguntó aquella noche dónde había estado, le dije la verdad: habíamos tenido un día duro y a Julia y a mí nos había dado por tomarnos una copa y charlar. Lo noté casi aliviado al oír aquello, a pesar de lo que Julia había dicho sobre ti.

—Me alegro de que te veas con tus amigas —me comentó—. Y de que salgas. A ver si ves también más a Sylvie.

No le dije nada sobre los planes del sábado. Sabía que no estaría de acuerdo con que fuera a un mitin político. No era la típica actividad que esperarías de la mujer de un policía. Cuando le había descrito el horror que sentí cuando el director nos había comunicado que todos los profesores deberían organizar una sesión sobre cómo sobrevivir a un ataque nuclear, su respuesta fue:

—¿Eh? ¿Y por qué no deberían estar preparados?

Y pasó del pan tostado con mantequilla al pastel que le había dejado en la mesa, en un esfuerzo por reivindicarme como una esposa buena y fiel.

Como ves, Patrick, en aquella época estaba muy confundida con todo. Lo único que tenía claro era que quería parecerme más a Julia. En la escuela, comíamos juntas y me hablaba de aquella manifestación en la que había participado. Las mejillas se le sonrosaban mientras me describía cómo todo tipo de personas —cristianos, *beatniks*, estudiantes, profesores, obreros de las fábricas, anarquistas— se habían unido para hacerse oír. En aquel frío día de primavera, habían marchado juntos desde Londres hasta el centro de investigación nuclear de Aldermaston. Me habló de una amiga, Rita, que había estado con ella. Se había pasado todo el trayecto a pie, a pesar del mal tiempo y del hecho de que, hacia el final, hubieran preferido meterse en un bar. Se rio y me dijo:

—Hay personas un poco..., a ver si me explico..., aburridas. Pero es maravilloso. Cuando te manifiestas, tienes la sensación de estar haciendo algo. Y de que no estás sola.

Me pareció algo mágico. Como un mundo totalmente distinto en el que no veía la hora de entrar.

Llegó el sábado y le insistí a Tom que fuera contigo después de todo, arguyendo que no estaba bien que te dejara tirado, y que ya me lo compensaría el fin de semana siguiente. Lo vi confundido, pero se fue de todas formas. En la puerta, me dio un beso en la mejilla.

—Gracias, Marion —me susurró—, por portarte tan bien en general.

Se quedó un rato mirándome, claramente indeciso sobre si aprovecharse de mi aparente generosidad o no. Lo despedí con una sonrisa.

Cuando se fue, subí al piso de arriba e intenté decidir qué podría ponerme para una reunión del grupo local de la Campaña por el Desarme Nuclear. Hacía un caluroso día de julio, pero era consciente de que mi mejor vestido de verano —de color mandarina claro con un estampado geométrico en tonos crema— habría estado muy fuera de lugar. No tenía nada en el armario que me pareciera lo bastante serio para la ocasión. Había visto fotos en los periódicos sobre la marcha de Aldermaston, y sabía que Julia no iba tan desencaminada al bromear con lo del suéter Fair Isle y la pipa. Lentes, bufandas largas y abrigos de lana gruesa parecían ser el uniforme de los manifestantes, fueran hombres o mujeres. Repasé los colores pastel y los estampados de flores de mi fondo de armario y me avergoncé de mí misma. ¿Cómo es que no tenía, al menos, unos pantalones? Al final, me decidí por uno de los conjuntos que solía llevar a la escuela: una falda sencilla azul marino y una blusa rosa palo. Después de tomar mi suéter color crema con los botones azules grandotes, me fui a buscar a Julia.

Cuando llegué a la Casa de Reuniones de los Amigos, vi que no tendría que haberme preocupado tanto por no llamar la atención. Saltaba a la vista que Julia no había tenido tantos problemas: su vestido verde jade y las cuentas naranja destacaban entre la multitud. Y escribo *multitud*, pero dudo que hubiera más de treinta personas en la sala de conferencias de la Casa de Reuniones. Era una estancia de muros blancos con altos ventanales en uno de los extremos, y la luz del sol le aportaba calidez al espacio. En la parte trasera de la sala había una mesa de caballete con tazas y una tetera sobre un mantel de papel. En la parte delantera, habían colgado una pancarta con las palabras CDN BRIGHTON bordadas. Cuando llegué, un tipo con barba corta y una camisa blanca recién almidonada, arremangada con cuidado hasta los codos, estaba hablando de pie. Julia me distinguió y me hizo gestos para que me sentara en un banco a su lado. Me escurrí hasta ella procurando no hacer ruido, contenta de no haberme puesto mis zapatos de tacón sensato. Me sonrió, me rozó con suavidad el brazo y volvió a poner una cara seria cuando se giró hacia delante.

La sala no tenía apariencia de ser un espacio religioso, aunque aquella tarde de sábado transmitía un cierto respeto silencioso. El orador no tenía tarima a la que subirse, y mucho menos un púlpito desde el que predicar, pero la luz del sol que lo iluminaba por detrás, a través de las ventanas, añadía dramatismo a la escena, y todo el mundo dejó de hablar antes de que comenzara su discurso.

—Amigos y amigas, gracias a todos por venir hoy. Me alegra especialmente ver caras nuevas... —Se volteó hacia mí y, sin darme cuenta, le devolví la sonrisa—. Como saben, estamos aquí unidos por la lucha a favor de la paz...

A medida que hablaba, me di cuenta de lo dulce pero firme que era su voz, cómo conseguía aparentar tanto despreocupación como urgencia. Creo que tenía que ver con cómo se inclinaba ligeramente hacia atrás mientras hablaba, cómo sonreía a todo el auditorio y dejaba que hablaran sus palabras, sin los gestos afectados o los gritos que me había esperado. En su lugar, mostraba una confianza tácita, una confianza que, me pareció, envolvía al resto de los asistentes. Lo que dijo era tan sensato, tan evidente, que me costaba creer que hubiera alguien que no estuviera de acuerdo. Por supuesto que la supervivencia debía anteponerse a la democracia e incluso a la libertad. Por supuesto que era ridículo discutir sobre política ante la destrucción que comportaría un ataque nuclear. Por supuesto que las pruebas de la bomba H, que podían provocar cánceres, debían detenerse de inmediato. Nos indicó que Gran Bretaña podría ser pionera en el mundo predicando con el ejemplo.

—A fin de cuentas, allá donde vamos, nos siguen —declaró, y todo el mundo aplaudió—. Tenemos el apoyo de muchísimos hombres y mujeres, personas buenas y grandes. Benjamin Britten, E. M. Forster y Barbara Hepworth son algunos de los nombres que me enorgullece poder añadir a las voces de nuestra campaña. Pero este movimiento no puede pecar de complaciente. Dependemos del apoyo fundamental de mujeres y hombres como ustedes. Así que, por favor, tomen tantos panfletos como puedan y repártanlos lo más lejos posible. Déjenlos en bares, aulas e iglesias. Sin ustedes, estamos perdimos. Con ustedes, casi todo es posible. El cambio es posible, y llegará. ¡Prohibiremos la bomba!

Mientras hablaba, se veían vigorosos gestos de aprobación y murmullos de asentimiento, pero solo una mujer gritaba a viva voz, y siempre a destiempo. Vi cómo el orador torcía el gesto cuando ella chilló un «¡eso, eso!» después de que él dijera:

—Pídanle los panfletos a Pamela, que está junto a la mesa del té...

Pamela saludó con la mano y se tocó sus finos rizos.

—Eso sí: después de tomar el té —añadió, y todo el mundo rompió a reír.

Pensé, por un momento, lo satisfecho que estarías si supieras que yo formaba parte de algo que involucraba a un reconocido grupo de escritores y artistas. Tú nos habías introducido a Tom y a mí en la obra de las personas que el orador había mencionado, y estarías orgulloso, seguro, de verme allí sentada, escuchando aquel discurso. Estarías orgulloso de que yo me hubiera plantado por mis ideales, aunque fuera de una forma tan humilde. Tal vez incluso me habrías ayudado, pensé, a convencer a Tom de que él también debería sentir orgullo.

Pero sabía que ese tipo de conversaciones y entendimientos entre nosotros eran imposibles. Jamás te llegaría a hablar de aquel día. Sería mi secreto. Tom y tú tenían sus secretos, y ahora yo tenía los míos. Era un secretillo más bien inocuo, pero era mío.

Después de recoger los panfletos, Julia me sugirió que diéramos una vuelta por el paseo marítimo. A medida que nos acercábamos al mar, nos llegaban las arengas de los comerciantes que anunciaba a viva voz sus mercancías a los grupos de turistas: bocadillos grandes de salchicha, ostras frescas, berberechos, bígaros, postales subiditas de tono, helados, pamelas, palos de gomitas, portarrollos de papel de inodoro con mensajes obscenos. Al llegar al paseo, nos apoyamos en la barandilla y contemplamos la panorámica que ofrecía la playa bajo nuestros pies. Me acuerdo de que noté el sol del mediodía casi como una bofetada después de la delicada luz de la Casa de Reuniones. Detrás de las cortinas, las familias comían entretenidas sus bocadillos y pasteles de nata; los niños lloraban al meterse en el agua, y luego volvían a llorar para salir; había muchachos jóvenes con camisetas de colores sentados en grupos, bebiendo botellas de cerveza, y chicas vestidas de negro intentando leer novelas bajo los destellos del sol; niñas que chillaban en la orilla, con las faldas metidas en los calzones, mientras señoras con pañuelos en la cabeza, sentadas en silencio en sus hamacas, ocupaban la acera y vigilaban sin descanso.

Era una imagen muy distinta a la que me había recibido la primera mañana que vi a Tom para nuestras clases de natación. Ese día, el ruido no tenía fin: el repiqueteo de monedas de las máquinas de juegos, los disparos de la galería de tiro, risas y música en el bar Chatfield, gritos del tobogán en espiral. Me volvió a venir a la cabeza la cara de Tom en la parte superior de la escalera, pálida e infantil. Advertí que aquella había sido la única vez en que se me había mostrado en verdad frágil. Miré a Julia, que se estaba protegiendo los ojos del sol sin dejar de sonreír por el caos de la playa, y sentí una necesidad repentina de contárselo todo. A mi marido le dan miedo las alturas. Y no es sexualmente normal. Pensé que tal vez sería capaz de decirle todas esas cosas y que no le sorprenderían ni le asquearían; quizá incluso podría contárselas sin miedo a romper nuestra amistad.

—Vamos a nadar —me propuso, quitándose del hombro el saco lleno de panfletos—. Tengo los pies tan calientes que creo que me van a explotar.

Sin evitar que la radiante luz me emborronara un poco la visión, la seguí hasta los guijarros. Nos acercamos entre tambaleos hasta la orilla, agarrándonos de los codos para no perder pie. Julia se desabrochó las sandalias y yo dirigí la vista al centelleante brillo de las olas.

Me di cuenta de que lo que quería era adentrarme en el agua, sumergirme y dejar que el mar volviera a sostenerme, que se llevara el ruido de la playa, que el frío me entumeciera la tórrida piel y detuviera por completo mis pensamientos. Me quité los zapatos y, sin pensármelo dos veces, me metí las manos debajo de la falda para quitarme las medias. Julia ya estaba manoteando en el agua, pero se volteó y me lanzó un silbido.

—¡Vaya fresca! ¿Y si te ve uno de los niños del colegio?

Pero la ignoré. Me centré en los destellos del mar, y las cacofonías de la playa remitieron a medida que entraba en el agua. No tropecé con las piedras ni vacilé como cuando había estado con Tom. Eché a andar en línea recta, sin apenas notar el gélido tacto del mar, con el dobladillo de la falda empapándose despacio hasta que el agua me llegó a la cintura. Y, aun así, seguí avanzando, sin despegar la vista del horizonte.

—¿Marion?

La voz de Julia me sonaba muy lejana. A cada paso que daba, no dejaba de pensar en que el mar podía lanzarme a un lado o a otro, o directamente hundirme. La corriente jugueteaba entre mis piernas y me hacía balancearme adelante y atrás. Pero esa vez no me parecía una amenaza, sino más bien un juego. Dejé el cuerpo inerte y permití que las olas me mecieran. Me acordé de lo elástico que tenía Tom el cuerpo aquel día. Se movía con el mar. Tal vez yo pudiera hacer lo mismo.

Levanté los pies del fondo y pensé: me ha enseñado a nadar, pero ¿de qué me ha servido? Más me habría valido no meterme jamás en el agua.

Volví a oír la voz de Julia.

—¡Marion! ¿Se puede saber qué haces? ¡Marion! ¡Vuelve aquí!

Planté los pies en el fondo y la vi en la zona que no cubría, con una mano en la frente.

—Vuelve aquí —exclamó, riendo con nerviosismo—. Me estás asustando.

Me alargó una mano y yo me puse a andar hacia ella, con la falda mojada pegada a los muslos y los dedos goteando agua cuando se encontraron con los suyos. Después de agarrarme con fuerza, me atrajo hacia ella con una cierta fuerza y me rodeó con sus cálidos brazos. Percibí el aroma a té dulce en su aliento cuando me dijo:

—Si quieres nadar, necesitarás un traje de baño, porque si no vas a acabar llamando al salvavidas.

Intenté sonreír, pero no pude. Resollando y tiritando al mismo tiempo, le apoyé la cabeza en el hombro.

—No pasa nada —me susurró—. No estás sola

Me enviaste una postal desde Venecia. La fotografía del anverso no era la típica imagen de la plaza de San Marcos ni del puente de Rialto. Tampoco había ningún canal ni góndola a la vista. Decidiste enviarme una reproducción de una escena del ciclo de *Historias de santa Úrsula*, de Carpaccio: *La llegada de los embajadores ingleses*. La postal mostraba a dos jóvenes con leotardos rojo jitomate y abrigos con cuellos de piel apoyados en una barandilla, con sus extravagantes cabellos rizados cayéndoles sobre los hombros. Uno de ellos sostenía un halcón peregrino en el brazo. Me sorprendió que los dos actuaran como observadores y como exhibicionistas, contemplando la escena y claramente conscientes de que los estaban mirando. En el reverso, escribiste: «Este pintor le dio nombre a las rebanadas de ternera fría que sirven aquí. Crudas, de un rojo cautivador; delgadas como la piel. Venecia es tan hermosa que huye de toda descripción. Patrick». Debajo, Tom había escrito: «El viaje largo, pero bien. El sitio es precioso. Te echo de menos. Tom». Tú habías sido capaz de contármelo todo, y Tom no me había dicho absolutamente nada. A punto estuve de reír con el contraste.

Llegó días después de que regresaran, y la quemé de inmediato.

Se fueron un viernes por la mañana de mediados de agosto. Tom te había pedido prestada una maleta y durante toda la semana estuvo llenando, sacando cosas y volviéndolas a meter. Puso su traje de boda, aunque tuvo que hacerlo a escondidas, en el último momento, porque no me di cuenta de que faltaba en el armario hasta que se fue y toqué la percha de la que estaba colgado desde marzo. También había tomado una guía de Italia de la biblioteca. Le dije que era una tontería, porque tú habías ido allí mil veces y, como era evidente, asumirías el papel de guía con Tom. ¿Acaso no nos habías hablado largo y tendido de las maravillas del *vaporetto* y de las obras imprescindibles de la Galleria Accademia?

Eso sí: no pude evitar echarle una ojeada a la sección de Venecia de aquel libro. Tom me había dicho que no sabía dónde se hospedarían ni lo que harían cuando llegaran. Eso, claro, dependía sobre todo de ti. Sonrió y añadió:

—Supongo que me tocará pasear solo bastantes veces. Patrick estará ocupado con el trabajo.

Pero yo sabía que nunca serías capaz de permitir algo así. Hojeando la guía, supuse que te responsabilizarías de enseñarle a Tom lo más reconocido el primer día; quizá harían fila para subir al Campanile a disfrutar de las vistas, que, según el libro, merecían la pena; se tomarían un café en Florian, y sabrías —sin consultar el libro— que no se podían pedir capuchinos después de las once de la mañana; le tomarías una fotografía a Tom en el puente de Rialto; y puede que hasta culminaran el día con un paseo en góndola, con los dos flotando juntos a través de lo que la guía llamaba los «magníficos canales de la ciudad». «No hay viaje que se precie —seguía la guía— sin un paseo en góndola, sobre todo entre parejas que estén de luna de miel.»

Yo también he estado en Venecia. Fue este septiembre pasado, de hecho, en un viaje operístico organizado a Verona con un autobús lleno de desconocidos, casi todos de mi edad, y casi todos viajando solos, como yo. Ya hace muchos años que Tom y yo nos vamos de vacaciones por nuestra cuenta, y yo siempre procuro bromear y quitarme de encima las preguntas sobre mi esposo cuando viajo. Uy, les digo, es que detesta la ópera. O los jardines. O las casas históricas. Lo que toque en función de la situación.

No he llegado a decirle a Tom que la visita a Verona incluía una excursión de un día a Venecia. *Venecia* es una de las muchas palabras que no pronunciamos en presencia del otro desde que te lo llevaste allí. Me la había imaginado muchísimas veces, pero nada podría haberme preparado para el nivel de detalle de aquel lugar, esa forma que tiene todo de ser hermoso, hasta los desagües, los callejones y los autobuses acuáticos. Todo. Deambulando por la ciudad, sola, se me llenaba la cabeza de imágenes de ustedes dos. Los veía llegando a la estación de Santa Lucia y descender del tren bajo la luz del sol como dos estrellas de cine. Los veía cruzando juntos los puentes, con las ondas de sus reflejos centelleando en el agua. Los vi muy pegados en el embarcadero, esperando al *vaporetto*. Los imaginé a los dos en cada calle y *sotoportego*, de espaldas a mí, con la cabeza inclinada hacia el otro. Debías de mirar a Tom con una intensidad distinta en aquella extraña y majestuosa ciudad, prendado de sus cabellos rubios y largas extremidades que lo hacían destacar entre los tonos oscuros de la ágil ciudadanía veneciana. En un momento dado, me di cuenta de que tenía ganas de llorar al sentarme en la escalera de Santa Maria della Salute, observando a una pareja real de hombres jóvenes leyendo juntos una guía, cada uno sosteniendo con ternura una página, compartiendo la información. Me pregunté, por centésima vez, dónde estarías y qué te habría pasado. Incluso me dio por buscar los Carpaccios en la Accademia y me pasé un buen rato contemplando los dos hombres del cuadro de los embajadores ingleses. Casi podía oír tu voz mientras se lo explicabas a Tom; me lo imaginaba con el gesto serio mientras procesaba tus palabras. Dando vueltas por la ciudad, sudando y con dolor de pies, me preguntaba qué estaba haciendo en el fondo. Allí me tenías, a una sesentona sola, intentando seguir los pasos de su marido y su amante en una ciudad extraña. ¿Era algún tipo de peregrinaje? ¿O tal vez un acto purgativo, una forma de expulsar definitivamente a los fantasmas de 1958?

Al final no resultó ser ninguna de las dos. Fue, en cambio, un catalizador. Demasiado pospuesto, y quizá también demasiado tardío, pero un catalizador al fin y al cabo. Poco después, tomé la decisión que llevaba años postergando: te busqué. Te traje de vuelta.

El sábado que estuvieron fuera me lo pasé casi entero metida entre las sábanas después de una noche de insomnio, con frases e imágenes del libro rondándome la cabeza. «La tranquilidad de una ciudad construida por completo sobre el agua es algo que hay que ver para creer.» Cuando conseguía dormirme, soñaba que estaba en una góndola que se adentraba en el mar mientras ustedes me hacían gestos desde la orilla. No había forma de alcanzarlos, porque en el sueño volvía a estar donde había empezado: no sabía nadar y me daba miedo meterme en el agua.

A eso de las seis, me obligué a levantarme y vestirme. Intenté no ver el espacio vacío que había dejado el traje de Tom en el armario, ni el sitio junto a la puerta en el que solía tener los zapatos. Mediante una fuerza de voluntad inhumana, o a lo mejor simplemente por la fatiga, conseguí centrar los pensamientos en el oporto con limón que me esperaba. El primer sorbo desagradable, la quemazón que le seguía. Había quedado de ver a Julia para tomar algo en la taberna Queen's Park, y había invitado también a Sylvie. No cupo en sí de alegría cuando se lo dije; sería la primera vez que dejaría a su hija, Kathleen, que apenas tenía unas pocas semanas, sola con su suegra por la noche. Kathleen había sacado el pelo negro y los ojos algo saltones de Roy, y cuando la visité, me sorprendió que Sylvie ya estuviera decepcionada con su hija. Tenía una manera particular de hablar sobre el bebé, como si ya hubiera desarrollado por completo su personalidad y fuera capaz de desafiar a conciencia las intenciones de su madre.

—Ay —suspiró Sylvie cuando tomé a Kathleen y esta empezó a llorar—, lo que más le gusta es llamar la atención.

Desde el principio, Sylvie y su hija se enfrascaron en una lucha de voluntades.

Llegué al bar antes de tiempo porque quería tomarme una copa antes de enfrentarme a las preguntas de Sylvie sobre el paradero de Tom, aunque eso significara tener que sentarme sola y soportar las miradas de los parroquianos. Escogí el reservado en el que Julia y yo nos habíamos sentado aquella tarde después del trabajo, y me refugié en un rincón. Después de darle el primer sorbo, me permití volver a pensar en ustedes dos, que, por lo que me imaginaba, estarían zampándose unos espaguetis en alguna terraza bañada por la luz del sol. Había dejado que se fuera, me dije. Se lo había permitido. Y ahora me tocaba vivir con ello.

Sylvie entró en el bar. Saltaba a la vista que se había arreglado el pelo para la ocasión, no tenía ni un mechón fuera de sitio, e iba pintada como una puerta: se había sombreado los párpados con un color azul intenso metalizado, y los labios de un color melocotón perlado. Supuse que el objetivo era ocultar las noches en vela. Llevaba un impermeable blanco con cinturón, a pesar de que la tarde era calurosa, y un suéter ajustado color limón. Al verla acercándose, volví a tomar conciencia de lo diferente que era de Julia, y experimenté una nueva punzada de ansiedad ante la posibilidad de que no se llevaran bien.

—¿Qué tomas? —me preguntó Sylvie, echándole una ojeada a mi copa con sospecha. Se rio en cuanto se lo dije—. Creo que mi tía Gert le tiene un cariño especial al oporto con limón. Oye, ¿qué demonios? Voy a probarlo.

Se sentó delante de mí y chocamos las copas.

—Por... las vías de escape.

—Por las vías de escape —coincidí—. ¿Cómo está Kathleen?

—Recibiendo toda la atención que le pide a la madre de Roy, que, por cierto, me trata bastante bien desde que nació la niña. Lo único que podría haber hecho mejor es tener un varón. Pero como Kath se parece tanto a Roy, no le supone demasiado problema. —Volvió a levantar la copa—. Y por las chicas, ¿eh?

—Por las chicas.

Las dos bebimos, y luego Sylvie susurró:

—Oye, esta Julia... ¿Cómo es? No estoy acostumbrada a hablar con profesoras. Sin contarte a ti, claro.

—No le des más vueltas, Sylvie —respondí, ignorando su pregunta y acabándome la copa—. ¿Quieres otra?

—Ya me está costando acabarme esta. Qué asco más grande. Luego me pediré una cerveza.

Cuando me puse de pie para ir a la barra, Sylvie me agarró de la muñeca.

—¿Estás bien? He oído que Tom está fuera con ese..., con Patrick.

La atravesé con la mirada.

—Me lo ha dicho mi padre.

—¿Y qué pasa?

—Nada, solo pregunto. Me parece un poco fuerte, ya está. Lo de dejarte sola, quiero decir.

—A ver si ahora no van a poder irse dos amigos de viaje unos días.

—Yo no he dicho eso. Lo que pasa es que te he visto... decaída.

En ese momento, llegó Julia. Dejé escapar un largo suspiro cuando la vi dirigirse hacia nosotros a grandes zancadas, balanceando los brazos con ligereza, sonriendo. Me tocó el brazo y le alargó una mano a Sylvie.

—Tú eres Sylvie, ¿no? —dijo—. Encantada de conocerte.

Sylvie le miró la mano unos segundos antes de estrechársela sin fuerza.

—Igualmente —respondió.

Julia se volteó hacia mí.

—¿Pedimos la bebida o qué?

—Yo quiero medio tarro de cerveza —anunció Sylvie—. Esto está asqueroso.

Después de sentarnos con nuestras copas, Julia le preguntó a Sylvie por Kathleen, y Sylvie pareció disfrutar al contarle que su hija era como un dolor de muelas.

—Eso sí —añadió después de terminar—, ni punto de comparación con mi marido...

Y siguió con su monólogo, enumerando todos los defectos de Roy, cuyos detalles había practicado conmigo tantas veces. Roy era un vago. Se bebía hasta el agua de los floreros. No ayudaba con el bebé. Era incapaz de esforzarse para progresar en el trabajo. No sabía de nada, más que de coches. Estaba demasiado ligado a su madre. Como siempre que Sylvie atacaba a Roy, lo decía todo con tanta vivacidad y una sonrisa tan ancha en el rostro que yo sabía que si lo quería era precisamente por esos defectos.

Julia la escuchaba con atención, asintiendo de vez en cuando para animarla. Cuando Sylvie terminó, Julia le preguntó con un tono que no me pareció tan inocente como ella pretendía aparentar:

—Entonces, ¿por qué te casaste con él, Sylvie?

Sylvie se quedó mirando a Julia, en blanco. Luego se terminó el tarro, se estiró un mechón de pelo que le caía en forma de rizo sobre el cuello y, con voz queda, dijo:

—¿Quieren que les diga la verdad?

Julia le contestó que sí, y las dos nos inclinamos hacia Sylvie cuando nos hizo un gesto con el dedo para que nos acercáramos.

—Es muy muy considerado en lo que a la cama se refiere.

Al principio, Julia pareció algo desconcertada, pero cuando yo empecé a reírme y Sylvie se tapó la boca para ocultar su euforia, Julia soltó una risotada tan sonora que medio bar se volteó hacia nosotras.

—Es irresistible, ¿verdad, Marion? —continuó Sylvie, contemplando su vaso con una expresión más bien tristona—. Tú ya me entiendes. Cuando te encandilan, ya no hay vuelta atrás.

Julia se enderezó.

—¿Tú crees? ¿Aunque sepas que no te conviene?

—Ya te digo yo que no hay vuelta atrás —insistió Sylvie, mirándome fijamente.

Poco antes de la hora de cierre, Roy apareció por la puerta del bar. Lo vi antes que Sylvie, y me percaté de cómo se le ensombrecía el gesto al procesar la escena que tenía delante: tres mujeres borrachas en un reservado, riéndose por lo bajo, rodeadas de copas y vasos vacíos.

—Vaya fiesta hicieron —exclamó, dejando caer una pesada mano sobre el hombro de Sylvie, quien dio un respingo.

—Sylvie. Marion. —Roy me saludó con la cabeza—. ¿Y esta quién es?

Estaba observando a Julia con curiosidad. Cuando ella le alargó una mano, aprecié que le temblaba un poco. Aun así, cuando contestó, su voz solo transmitía seguridad:

—Julia Harcourt. Encantada de conocerte. ¿Tú eres...?

—El marido de Sylvie.

—¡Vaya! —exclamó Julia con una sorpresa fingida—. Nos ha hablado muchísimo de ti.

Roy ignoró el comentario y se volteó hacia Sylvie.

—Está bien, vámonos, que te llevo a casa.

—¿No te gustaría tomarte algo? —le preguntó Sylvie, arrastrando ligeramente las palabras—. Con lo que te gusta.

—¿Cómo estás, Roy? —le pregunté yo, intentando aligerar la tensión de la situación.

—De fábula, gracias, Marion —respondió Roy sin dejar de mirar a su mujer.

—¿Y Kathleen?

—Es un tesorito. ¿Verdad, Sylvie?

Sylvie dio un sorbo largo y respondió:

—Si aún falta para que cierren.

Roy extendió ambas manos en un gesto de aparente indefensión.

—Y qué. Vamos, ponte el abrigo. Tu hija te está esperando.

En ese momento, la cara de Sylvie adquirió un brillante tono rosado.

—¿Por qué no te tomas una copa con nosotras, Roy? —volví a proponerle—. Una más y nos vamos.

—Ya voy yo por ellas —se ofreció Julia, poniéndose de pie—. ¿Qué te gustaría, Roy?

Roy hizo un movimiento lateral para cerrarle el paso a Julia.

—No hace falta, cariño. Gracias igualmente.

Julia y Roy se miraron. Se veía tan alta comparada con él que tuve que reprimir una risilla. «Intenta impedirle el paso, vamos —pensé—. Pagaría por verlo.»

Sylvie golpeó la copa contra la mesa.

—Lo siento, chicas —farfulló, y comenzó a ponerse el abrigo.

Le costó varios intentos encontrar las mangas, pero nadie la ayudó. Cuando se volteó hacia mí, tenía los ojos tan vidriosos que, por un momento, pensé que se echaría a llorar.

Cuando Roy agarró a su mujer del brazo, se giró hacia mí y me dijo:

—He oído que tienes a Tom en Venecia. Qué bonito tener amigos así, que te lleven de viaje.

Sylvie le dio un empujón a Roy en el hombro.

—Vamos —le insistió—. Si nos vamos, nos vamos.

Desde la puerta, nos dirigió a Julia y a mí un gesto de resignación.

Cuando se fueron, Julia clavó la vista en su copa y soltó una carcajada triste.

—Es un poquito... tosco, ¿no?

—No la conoce nada —contesté, sorprendida por el veneno que tenía en la voz.

De repente el comportamiento de Roy me sacó de mis casillas. Sentí el impulso de echar a correr tras ellos y gritarle: «¡Te engañó! ¡No estaba embarazada cuando se casaron! ¿Cómo se puede ser tan imbécil?».

Pero Julia me puso una mano en el codo y bromeó:

—Vete a saber. Yo creo que hacen buena pareja. Y, a fin de cuentas, él es irresistible.

Intenté reírme, pero me di cuenta de que estaba al borde del llanto y de que no podía ni sonreír. Julia debió de notarme la angustia, porque me ofreció:

—¿Te gustaría otra más en mi casa? Podemos ir por el parque.

Hacía una noche cálida y tranquila. Tenía la sensación de que a mis piernas apenas les costaba llevarme cuesta abajo después de tanto oporto, y al pasar por debajo del elaborado pórtico, Julia me deslizó un brazo desnudo a través del mío. Las gaviotas graznaban de vez en cuando desde los tejados mientras paseábamos por los oscuros caminos de Queen's Park. Me llegaba el dulzor imposible de la madreselva y el azahar, mezclado con el hedor a comida podrida y cerveza de las papeleras del parque. Caminamos en silencio a través de extensiones de hierba seca, y nos detuvimos en la rosaleda. El tenue brillo de una de las pocas farolas del parque resaltaba el color carmesí intenso de las flores, y pensé que aquel era el color de las entrañas de las personas. Y de las mías, quizá. Misterioso y cambiante. Julia se acercó una flor a la nariz y la olió; vi cómo los pétalos le rozaban la pálida piel, y a punto estuvo de tocar la flor con los labios.

—Julia —le susurré, acercándome a ella—. No sé qué hacer con Tom.

Nos miramos fijamente. Julia negó con la cabeza y soltó una carcajada breve.

—Él tampoco te conoce, ¿verdad? —me preguntó en voz baja.

—Lo que me dijiste sobre Patrick... —empecé.

Pero no fui capaz de seguir, y nos sumimos en un silencio efímero.

—Marion, no hay ninguna necesidad de hablar de eso si no quieres.

—Lo que me dijiste... —volví a intentar decirle, cerrando los ojos y tomando aire—. Es verdad, y creo que a Tom le pasa lo mismo.

—No tienes por qué contármelo —insistió.

—Se han ido a Venecia juntos.

—Vamos, ya me lo has dicho —suspiró Julia—. Los hombres tienen muchísimas libertades. Incluso casados.

Bajé la mirada al suelo.

—Vamos a sentarnos —me propuso, y me llevó hasta una zona de césped negro debajo de un sauce.

No estaba llorando, Patrick. Por curioso que parezca, me sentía ligera. El hecho de haber podido soltarlo me había aligerado. Y al haber empezado, al haber comenzado a dejar que las palabras fluyeran, no fui capaz de parar. Nos sentamos en la hierba y se lo conté todo: cómo conocí a Tom, cómo me enseñó a nadar, la proposición en tu departamento, esa forma que tenían de mirarse cuando los vi en la isla de Wight. Las advertencias de Sylvie. Lo saqué todo. A mitad de la historia, Julia se tumbó de espaldas, levantó los brazos y apoyó la cabeza, y yo hice lo mismo, pero no paré. Las palabras se fundían en la oscuridad. Me hacía tan bien hablar, dejar que todo ascendiera hacia las ramas de los árboles. No miré a Julia ni una sola vez mientras le hablaba, consciente de que aquello podía provocar que se me rompiera la voz o que le mintiera. No: fijé la vista en la luz titilante de la luna que se colaba entre las hojas. Y seguí hablando hasta que lo dije todo.

Cuando terminé, Julia se quedó callada un buen rato. Notaba su hombro rozando el mío, así que me volteé hacia ella, esperando una respuesta. Sin devolverme la mirada, me tomó de la mano y masculló:

—Mi pobre Marion.

Me acordé de la fuerza con la que me había abrazado en la playa, y deseé que volviera a hacerlo. Sin embargo, se limitó a repetir:

—Mi pobre Marion.

Poco después, se incorporó, me miró fijamente a los ojos y dijo:

—No va a cambiar, y lo sabes.

La atravesé con la mirada, boquiabierta.

—Me sabe fatal decirte esto, pero es lo mejor que puedo hacer.

Hablaba con dureza y claridad. Me apoyé en los codos y empecé a protestar, pero ella me interrumpió.

—Marion, escúchame. Sé que te ha engañado y que duele, pero no va a cambiar.

No me podía creer que me estuviera hablando del tema con esa frialdad. Le había contado cosas que me costaba admitir a mí misma, y mucho más a otras personas, y en lugar de ofrecerme su apoyo, parecía que se estuviera posicionando en mi contra.

—Sé que es difícil, pero lo mejor para los dos será que lo aceptes.

Dirigió la vista hacia la oscuridad.

—Pero ¡si es culpa suya! —exclamé, al borde de las lágrimas.

Julia dejó escapar una carcajada suave.

—A lo mejor no tendría que haberse casado contigo...

—No —la corregí—. Claro que se tenía que casar conmigo. Y me alegro de que así fuera, era lo que él quería. Lo que queríamos los dos. Y podría cambiar, ¿no? —farfullé—. Conmigo a su lado. Podría pedir... ayuda, ¿verdad que sí? Yo misma podría ayudarlo.

Julia se levantó y, por primera vez, me fijé en que le temblaban las manos. Apenas en un susurro, me dijo:

—Por favor, Marion, no digas esas cosas, porque no es verdad.

Me levanté para mirarla a la cara.

—¿Y tú qué sabrás?

Ella agachó la cabeza, pero yo ya me había encendido y alcé la voz.

—¡Es mi marido! Y yo soy su mujer. Yo sé lo que es verdad y lo que no.

—Puede que sí, pero...

—Tantas... mentiras. Lo que está haciendo no está bien. El culpable es él.

Julia tomó aire.

—Pues, en ese caso, yo también soy culpable.

—¿Tú? —le pregunté—. ¿Qué quieres decir?

No contestó.

—¿Julia?

Suspiró pesadamente.

—Dios mío. ¿No te habías dado cuenta?

No fui capaz de articular palabra. En ese momento, no tenía ni idea de lo que sentía.

—Marion, en serio. Abre los ojos de una vez. Eres demasiado brillante. No malgastes tus capacidades.

Y echó a andar, con los brazos muy pegados al cuerpo y la cabeza gacha.

Julia. Le he escrito muchísimas veces a lo largo de los años, con la esperanza de que me perdonara. La he mantenido al día de todas mis actividades, al menos de las que yo sabía que le parecerían bien. Cuando me nombraron vicedirectora en el St. Luke. Cuando fundé un grupo de la CDN en la escuela.

También compartía con ella lo que opinaba sobre el movimiento feminista (aunque nunca fuera a ninguna manifestación ni quemara brasieres, me apunté a un curso por la tarde en la Universidad de Sussex sobre feminismo y literatura, y me pareció fascinante). En esas cartas nunca le he llegado a hablar de Tom o de ti, pero creo que sabe lo que ocurrió. Si no, ¿a qué viene tanta frialdad en sus respuestas, incluso hoy día? Con cada carta que me envía espero alguna revelación personal, o un destello de aquel humor suyo que tanto me gustaba. Pero lo único que recibo son informes sobre sus últimos paseos, las reformas que ha hecho en su casa o su jardín y declaraciones sinceras pero formales de lo mucho que también echa de menos la docencia.

A veces pienso que, de haber sido más valiente, Julia y yo seguiríamos siendo amigas íntimas, y estaría aquí para ayudarme a cuidarte en condiciones. Tal como están las cosas, me resulta imposible levantarte de la silla con inodoro, y eso que ahora mismo pesarás menos que yo. Tienes los brazos delgados como los de una chica joven y las piernas huesudas. Así que no me arriesgo. Todas las mañanas me levanto a las cinco y media para cambiarte tus calzoncillos impermeables y la almohadilla para incontinencias, que ahora llevas a todas horas. La enfermera Pamela dice que deberías usar estas terribles prendas solo por las noches, pero no es consciente de lo poco dispuesto que está Tom a colaborar, y yo no tengo ninguna intención de mencionárselo, porque sé que pondría en duda la idoneidad de nuestra casa como base para tus cuidados. A pesar de que no tengo la fuerza suficiente para levantarte, sí que me siento válida en otros aspectos, Patrick. Sé que estoy capacitada para estos trabajos. Mi propio cuerpo, aunque posiblemente esté al borde de la decrepitud, me funciona bastante bien, teniendo en cuenta que nunca en mi vida he hecho ejercicio por voluntad propia. Las clases me mantenían bastante activa, supongo. Hace poco que empecé a notar dolores y rigidez en zonas extrañas, como los nudillos, la ingle y la parte trasera de los tobillos. Pero supongo que casi todo se debe a los esfuerzos que hago para cuidarte. Cambiar las sábanas cada día, girar todo tu cuerpo para lavarte, estirarme para conseguir ponerte una pijama limpia o llevarte la comida a la boca. Todo eso me ha pasado factura.

En la mesa que hay junto a la ventana, encima del horror de mantel de la madre de Tom, a eso de las cuatro y media de un domingo por la mañana, con las gaviotas graznando cerca de la ventana, notando el olor a sudor seco y alcohol de mi propia piel, con la garganta seca y dolorida, la casa como una tumba ante la ausencia de Tom y las palabras de Julia en la cabeza, escribí una carta, sellada dentro de un sobre neutro, apunté la dirección en el anverso, pegué un sello y, antes de echarme atrás, me acerqué al buzón de la esquina de la calle y la dejé caer por la abertura. Percibí una cierta fluidez en la caída; oí cómo la carta se asentaba sobre el resto del correo con un suave golpecito. No pensé en las consecuencias de lo que había escrito. Con el paso de los años, me he convencido a mí misma de que lo único que quería era asustarte un poco. Me imaginé que quizá recibirías un aviso por parte de tu jefe; que te prohibirían relacionarte con los niños; que, en el peor de los casos, te despedirían.

Sí estaba al tanto, como te imaginarás, de los casos de índole sexual que aparecían en los periódicos. Y sabía que la policía de Brighton había intentado recuperar su reputación tras el escándalo de corrupción de principios de año.

Pero estaba agotadísima, y no pensaba más que en el té caliente que me tomaría cuando regresara a casa y en las sábanas suaves en las que me acurrucaría hasta que Tom volviese.

Esto, Patrick, fue lo que escribí.

Sr. Houghton
Conservador jefe de arte occidental
Museo y Galería de Arte de Brighton
Church Street
Brighton

Querido Sr. Houghton:
Le escribo para ponerlo en conocimiento de un asunto urgente.

Por lo que sé, el Sr. Patrick Hazlewood, conservador de arte occidental en su museo, está organizando actualmente tardes de apreciación artística para niños en sus instalaciones, y creo que le interesará saber que el Sr. Hazlewood es un invertido sexual culpable de haber cometido actos contrarios a la moral con otros hombres.

Seguro que compartirá mis inquietudes ante estas noticias, y que hará todo lo que esté en sus manos para preservar tanto el bienestar de los niños como la intachable reputación del museo.

Atentamente,

Una persona amiga

IV

PRISIÓN DE WORMWOOD SCRUBS, FEBRERO DE 1959

Tengo los dedos tan congelados que apenas puedo sostener esta pluma más de unos pocos segundos. Una palabra, y otra, y otra, y otra. Y luego me tengo que sentar encima de mis manos para recuperar el flujo de sangre. Puede que hasta la tinta acabe helándose pronto. Si se hiela, ¿explotará la pluma? ¿Será capaz este lugar de desfigurar incluso mi pluma?

Sin embargo, estoy anotando palabras en un papel. Que ya es algo. Aquí, está cerca de serlo todo.

¿Por dónde empezar? ¿Con el policía que llamó a la puerta de mi casa a la una de la madrugada? ¿Con la noche que pasé en los calabozos de la comisaría de Brighton? ¿Con la señora Marion Burgess en el estrado, describiéndome como un hombre «muy imaginativo»? ¿Con el porrazo de la puerta de la furgoneta después de sentarme en el banquillo de los acusados? ¿Con todos los portazos que he oído desde entonces?

Voy a empezar con Bert. Bert, la persona que me ha otorgado el don de la escritura.

«Si quieres esconder algo —dice Bert—, yo me encargo. Los guardias ni se enterarán.»

¿Cómo es posible que sepa lo que quiero? Y, aun así, lo sabe. Bert lo sabe todo. No descartaría que esos ojos azul petróleo tuvieran la capacidad de ver a través de las paredes. Es el recluso más temido y poderoso del módulo D, y es, según me ha comunicado, mi amigo.

¿La causa? A Bert le gusta oír hablar a un «presumido culto» como yo.

En cuanto me permitieron relacionarme con los demás, Bert se encargó de presentarse. Yo estaba esperando a que me sirvieran las lamentables sobras que llaman aquí comida (col hervida hasta volverse translúcida, pegotes de una carne irreconocible) cuando alguien en la fila sintió la necesidad de apremiarme soltando las palabras: «Date prisa, maricón». Tampoco era el insulto más original del mundo, pero yo estaba preparado para agachar la cabeza y obedecerlo sin rechistar. Aquella estrategia me había ayudado a sobrevivir los últimos tres meses sin demasiados problemas. Y entonces Bert apareció a mi lado.

—Escúchame, hijo de puta. Este hombre es amigo mío. Y mis amigos no son maricones. ¿Lo captas?

Voz grave. Mejillas macilentas.

Por primera vez, iba mirando al frente de camino a las mesas. Seguí a Bert, quien, de alguna forma, me había comunicado que ese era su deseo sin llegar a articular palabra o gesto alguno. Una vez sentados con nuestras bandejas, me dirigió un gesto de cabeza.

—He oído hablar de tu caso —me dijo—. Valientes desgraciados. Te han jodido pero bien, igual que a mí.

No lo contradije. Es posible que, al no ir por ahí contoneándome con «polvos de maquillaje» (harina de la cocina) ni «pintaúñas» (pintura sustraída de la clase de arte), Bert crea que soy normal. La mayoría de las minorías de este lugar son muy pero que muy descaradas. Supongo que han decidido pasar el tiempo que estén aquí de la mejor forma posible. Las capas de lana gris que nos han dado para los meses de invierno —que se anudan al cuello y llegan hasta la cintura— producen un efecto bastante melodramático cuando las extiendes en el aire para cubrirte los hombros. ¿Cómo no vas a aprovecharlas? Hasta a mí me tienta un poco. Dios sabe que son la mejor prenda del armario del presidiario. Pero ya se sabe que uno es genio y figura hasta la sepultura. Así que a Bert, aunque sea el único, lo he engañado. Y nadie le lleva la contraria.

Me habían llegado rumores sobre él antes de que se me presentara. Es un magnate del tabaco. Todos los viernes recoge sus beneficios de todos los hombres a los que ha vendido cigarros por un precio cargado de intereses. A simple vista, no vale nada. Es un tipo bajito, pelirrojo, con la mitad del cuerpo rechoncho. Tatuajes en ambos antebrazos, aunque me ha dicho que fueron errores de juventud de los que se ahora se arrepiente.

—Me los hicieron en Piccadilly —me contó—, cuando me gané mi primer sueldo en condiciones. Mil libras, que se dice rápido. Me sentía el rey o vete tú a saber qué.

Pero Bert es un líder nato. Es esa voz grave y dulce. El hecho de que no se le escape nada. Esa forma que tiene de estar de pie, como si hubiera salido del suelo. Defiende su derecho a existir como cualquier árbol. Y también tiene que ver con cómo se hace amigo de las personas que lo necesitan, como yo, y luego se aprovecha de ellas. En definitiva: Bert ha accedido a esconder este libro de ejercicios. Me ha dicho que no sabe leer. ¿Cómo iba a engañarme sobre algo así?

Según él, lo único que me pide a cambio es que hable. Como los presumidos cultos.

He estado pensando muchísimo en las cuchillas de afeitar. Y en los guantes sin dedos. Me he dado cuenta de que esos dos objetos pueden ocuparme los pensamientos casi completamente.

Los guantes sin dedos, porque tengo las manos agrietadas y rojas alrededor de las articulaciones por el espantoso frío que hace aquí. Sueño despierto con el par que tenía en Oxford. Verde oscuro, lana hervida. En aquella época, tenía la impresión de que le daban un aspecto obrero a mis manos. Ahora soy consciente de lo lujosos que eran.

Y las cuchillas. Las que nos entregan todas las mañanas son demasiado romas como para que nos afeitemos como Dios manda. Al principio estuve a punto de perder la cabeza. El picor de la barba incipiente me resultaba insoportable, y me pasaba una buena parte del día rascándome la cara, o con el deseo de rascármela. Anhelaba mi cuchilla de afeitar. No dejaba de imaginarme entrando simplemente en un Selfridges y comprándome una sin pensármelo dos veces.

Me he dado cuenta de que cuesta muy poco concentrarse en las cosas más insignificantes. Sobre todo, cuando todos los días son la misma repetición una y otra vez, salvo por las contadas diferencias en la comida (los viernes nos sirven un pescado correoso con un rebozado denso, y los sábados una pizca de mermelada con el pan tostado de la merienda) o en las actividades que nos obligan a hacer (misa los domingos, baño los jueves). Pensar en las cosas más grandes te saca de quicio. Una pastilla de jabón reciclado. Un orinal limpio. Una cuchilla más afilada que la de ayer. Empiezas a valorar de verdad estas cosas. Te mantienen casi cuerdo. Me ofrecen algo en lo que pensar que no sea Tom. Porque pensar en mi policía sería como hundirse en las tinieblas. Hago todo lo que puedo por evitar esos pensamientos.

Cuchillas de afeitar. Orinales. Una pizca de mermelada. Jabón.

Y si fantaseo: guantes sin dedos.

Jamás había sido tan consciente de las dimensiones de una estancia como con las de esta celda. Tres metros y medio de largo, dos metros y medio de ancho, tres metros de alto. La he recorrido muchas veces. La mitad superior de los muros está pintada de un color crema apagado, y la mitad inferior está encalada. El suelo no son más que unos tablones de madera austeros, fregados de más. No hay radiador. Una cama de lona con mantas grises que raspan. Y, en una esquina, una mesita, en la que estoy escribiendo esto. La mesa está cubierta de letras marcadas en la malograda superficie. La mayoría tienen que ver con el tiempo: MÁX. 9 MESES. 02/03/48. Otras son patéticos insultos contra los guardias: «Hillsman es un chupapenes». La que más me interesa, y con la que a veces me paso largos minutos simplemente repasándola con el pulgar, es la palabra «JOY», alegría. El nombre de alguna mujer añorada, supongo. Pero me parece tan improbable encontrar una palabra así en una de las mesas de este lugar que, a veces, me tienta leerla como si fuera un pequeño mensaje de esperanza.

Hay una ventana en lo alto con treinta y dos (sí, las he contado) hojas de vidrio sucísimas. Todas las mañanas,

351

me despierto mucho antes de que corran los cerrojos de las puertas, y me quedo mirando la tenue silueta de esos cuadrados de cristal, tratando de convencerme a mí mismo de que hoy el sol tal vez consiga abrirse paso y proyecte su preciada luz sobre el suelo de la celda. Pero aún no ha pasado ni un solo día. Y quizá sea lo mejor.

No hay forma de saber con precisión la hora que es, pero no tardarán en apagar las luces. Y luego comenzarán los gritos. «Dios mío. Dios mío.» Todas las noches grita el mismo hombre, una y otra vez. «Dios mío. Dios mío. ¡DIOS mío!» Como si creyera de verdad que puede invocar a Dios a este lugar gritando lo suficientemente alto. Los primeros días pensaba que algún otro prisionero le respondería a gritos y le ordenaría que cerrara la boca. Eso fue antes de entender que, una vez que se apagan las luces, no hay prisionero que te pida que niegues tu dolor. Así que nos dedicamos a escucharlo en silencio, o a responderle con nuestro propio duelo. Queda en manos de los guardias que le aporreen la puerta y lo amenacen con aislarlo.

La llamada a la puerta. La una y cuarto de la madrugada. Un golpe fuerte. El tipo de golpe que no cesa hasta que abres. Y, a veces, ni siquiera cuando abres. Una llamada diseñada para informar a todos los vecinos de que alguien ha venido por ti en mitad de la noche y que no se marchará porque sí.

Toc, toc, toc.

Debía de estar profundamente dormido cuando sonó el timbre de abajo, porque había alguien justo al otro lado de la puerta de mi departamento. Sabía que no podía ser

Tom. Él tenía llaves. Lo que no me habría imaginado jamás era que sería otro policía.

Seguía con la mano alzada cuando abrí la puerta. Por debajo del casco asomaba una cabeza cómicamente pequeña y roja. Miré por encima de él por si veía a Tom, pensando, confundido aún por el sueño, que a lo mejor aquello era una broma de mal gusto. Pero había otros tres agentes. Dos con uniforme, como el que había llamado a la puerta. Uno sin uniforme, con ropa de calle, más abajo, vigilando la escalera. Volví a mirar, pero Tom no estaba por ningún lado.

—¿Es usted Patrick Francis Hazlewood?

Asentí.

—Tengo aquí una orden de arresto contra usted, bajo sospecha de haber cometido actos contrarios a la moral con Laurence Cedric Coleman.

—¿Quién?

El de la cara roja hizo un gesto de desdén.

—Eso dicen todos.

—¿Me están haciendo algún tipo de broma?

—Eso también lo dicen todos.

—¿Cómo han subido?

Soltó una carcajada.

—Tiene usted unos vecinos bastante serviciales, señor Hazlewood.

Mientras el agente me recitaba las frases típicas —«todo lo que diga puede ser registrado y usado como prueba, etc., etc.»—, no era capaz de pensar en nada. Clavé la mirada en el profundo hoyuelo de su barbilla e intenté comprender qué podía estar pasando. Luego me plantó una mano en el hombro, y el contacto con el guante del policía me hizo tomar conciencia poco a poco de lo que estaba ocurriendo. Lo primero que pensé fue: es Tom, no hay más. Se han enterado de lo mío con Tom. Hay algo, algún código policial, que les impide decir su nombre, pero lo saben. Si no, ¿qué hacen aquí?

No me esposaron. Los obedecí sin rechistar, creyendo que cuanto menos alboroto armara, menos sufriría él. El tipo de la cara roja, que luego me enteré de que se llamaba Slater, me comunicó algo sobre una orden de registro; no vi ningún documento, pero mientras Slater me acompañaba a la calle, los otros dos hombres uniformados se abalanzaron sobre mi departamento. No. Abalanzarse es demasiado dramático. Se metieron en mi casa, sonriendo. Tenía el diario abierto en el escritorio de mi habitación. No tardarían en encontrarlo.

Se notaba que a Slater le hastiaba todo aquel enredo. Mientras atravesábamos la ciudad dentro de la camioneta, empezó a charlar con el colega que iba de paisano sobre otro caso en el que había tenido que «darle un porrazo» al criminal. Su víctima se había echado a llorar, «igual que mi madre cuando le dije que quería ser policía». Los dos se pusieron a reír entre dientes, como adolescentes.

Dentro de la sala de interrogatorios, me aclararon quién era Laurence Coleman. Aplastaron contra la mesa una fotografía poco favorecedora del chico. ¿Conocía a aquel muchacho? ¿Le había, tal y como consta en su declaración, «intentado convencer de que a cambio de dinero» fuera a los servicios del Black Lion? ¿Había cometido actos contrarios a la moral en dichos servicios con este hombre?

Estuve a punto de reírme de puro alivio. Aquello no tenía nada que ver con Tom, sino con el muchacho de pelo oscuro del Argyle.

No, respondí. No he cometido tales actos.

Slater esbozó una sonrisa.

—Le recomiendo, por su bien, que me cuente la verdad y se declare culpable.

Lo que sí recuerdo ahora es la cantidad de manchas de té que había sobre aquella mesa desconchada, y a Slater agarrándose al borde de la silla al inclinarse hacia delante.

—Una declaración de culpabilidad —continuó— suele ahorrar un montón de problemas. Para usted. Y para sus «cómplices».

Había perdido el color de las mejillas y se le veían con claridad las arrugas alrededor de la boca bajo el chorro de luz de la lámpara que teníamos sobre nuestras cabezas.

—En este tipo de casos, la familia y los amigos suelen salir mal parados. —Negó con la cabeza—. Con lo fácil que es evitarlo. Se me parte el alma.

Una oleada fría de pánico me recorrió el pecho. Quizá, después de todo, Tom sí que estaba implicado, y aquella era la forma que tenía Slater de salvar a un amigo y colega.

Lo miré fijamente a los ojos.

—Lo entiendo —respondí—. Y, ahora que lo pienso, sí que me encontré con ese muchacho, y recuerdo que fornicamos en los baños y que a los dos nos encantó.

Una sonrisa sutil le cruzó el rostro a Slater.

—Le acaba de facilitar muchísimo el trabajo al jurado —concluyó.

Esta mañana a las nueve, un guardia, Burkitt, se ha presentado en mi celda. Burkitt tiene fama de sádico, pero yo personalmente no puedo dar fe de ello. Es un tipo alto y delgado, con unos ojazos marrones y una barba recortada con cuidado, y sería un hombre atractivo si no fuera por su inexistente barbilla. Se ha quedado callado unos segundos, plantado frente a mí, y ha empezado a abrir despacio un caramelo de menta.

Luego:

—Hazlewood. De pie, vamos. Te toca chupacerebro.

—¿Chupacerebro?

Yo sigo sin entender toda la jerga de la prisión. Hay algunas expresiones que no por desagradables son menos imaginativas. Con «baño seco» para referirse a los registros al desnudo me parecía que habían dado en el clavo.

Burkitt se ha metido el caramelo en la boca, me ha dado un ligero empujón en el hombro y no ha visto necesario explicarme adónde íbamos. Ha procurado no despegarse de mí mientras caminábamos, y me ha ido diciendo:

—Mira que lo tienen bien los maricas aquí, ¿eh? No les falta trabajo.

Tenía la boca tan cerca de mi oreja que me llegaba el olor dulzón de la menta cada vez que exhalaba. Bueno, pensé, pues de ahí le viene la reputación: sabe que el tabaco de la cárcel nos deja la boca con el sabor y la textura del culo áspero de un perro, así que él nos tortura con el frescor de la menta.

Hemos salido del módulo D, hemos atravesado un largo pasillo y varias puertas cerradas, hemos llegado al patio y, después de cruzar una reja trancada, hemos entrado en un sitio milagroso: el ala hospitalaria. Había oído rumores de la existencia de aquel edificio nuevo e impoluto, y conocía a hombres que lo habían intentado todo —hasta quemarse los brazos con aceite caliente de la cocina— para ganarse una estancia breve allí.

En cuanto he puesto un pie dentro de aquellos muros blancos, me ha asaltado un aroma a yeso fresco. Comparado con el hedor a col hervida de la cárcel y el sudor reseco de cientos de hombres aterrorizados y desaseados, aquel nuevo olor ha hecho que se me saltaran las lágrimas. Casi me recordaba al aroma del pan. Me he preguntado, por un instante, a qué sabría una pared recién enyesada si la lamiera. Y todo estaba mucho más iluminado, también. Largos ventanales ocupaban toda la extensión del pasillo y bañaban el lugar de luz.

Burkitt me ha clavado un dedo entre los omoplatos.

—Arriba.

Al final de la escalera, había una puerta con las letras DR. R. A. RUSSELL escritas con una moderna tipografía plateada. Burkitt se ha abierto otro caramelo de menta y ha empezado a chuparlo, sin quitarme ojo. Poco después, ha llamado a la puerta.

—Adelante.

El fuego crepitaba en la chimenea. Bajo mis pies se extendía una moqueta nueva. Era una monstruosidad delgada y sintética, formada por cubos multicolor sobre un fondo azul Klein, pero la sensación de tenerla bajo las botas ha sido fantástica. De repente he sentido como si me elevara del suelo.

Un hombre se ha levantado desde detrás de un escritorio.

—¿Patrick Hazlewood?

—Sí.

—Soy el doctor Russell.

No debía de tener más de veintiocho años. Hoyuelos en unas mejillas anchas. Un *blazer* de corte cuadrado, desabrochado. Alrededor de un talle más bien rechoncho, un cinturón a estrenar se le clavaba en la carne. No parecía en absoluto una persona amenazadora, pero tampoco tenía ni idea de qué tipo de tratamiento me tenían preparado.

—Gracias, Burkitt —ha exclamado, dirigiéndole una sonrisa al ceñudo guardia.

—Me quedo fuera —ha respondido Burkitt, antes de cerrar la puerta.

Russell se ha volteado hacia mí.

—Siéntate.

No me esperaba aquella orden. Seducido, supongo, por la moqueta, el fuego y las mejillas colegiales de Russell, casi estaba esperando un «por favor».

Se ha arrellanado en su sillón de piel y ha tomado una pluma estilográfica. A pesar de las comodidades de la estancia, mi silla era de madera, como las demás. Ha debido de percatarse de mi gesto de decepción, porque se ha justificado:

—Estamos trabajando en ello. Es absurdo esperar que una persona hable con libertad encaramado en una silla de colegio. Nadie le cuenta sus secretos a un profesor, ¿eh?

Pues claro, pensé. Es el psiquiatra. Me he relajado un poco. Nunca me he creído que pudieran llegar a ofrecerme ningún tipo de «cura», pero siempre he sentido curiosidad por la experiencia de visitar a uno.

—Bueno. Para empezar, cuéntame cómo te encuentras en estos momentos.

No he respondido. Estaba absorto con la reproducción de *La Danse*, de Matisse, que colgaba encima del escritorio:

la primera obra de arte que veía en tres meses. La belleza de sus intensos colores se me ha antojado casi obscena.

Russell me ha seguido con la mirada.

—Hermoso, ¿no te parece? —me ha preguntado.

No he sido capaz de despegar los labios durante un minuto entero. Él ha esperado, dándole vueltas y más vueltas a la pluma. Luego, le he espetado:

—¿Lo has colgado para torturar a tus pacientes hasta lograr que confiesen?

Se ha quitado una pelusa imaginaria de la rodilla.

—No me interesan las confesiones. Tienes a un sacerdote dispuesto a escucharte todos los domingos. ¿Crees en algo?

—No creo en ningún Dios que condena a tantas personas.

—A tantas... ¿de tu condición?

—De cualquier condición.

Se ha producido un largo silencio.

—Me interesaría saber por qué crees que ese cuadro es una tortura.

—Creo que es bastante obvio.

Russell ha arqueado las cejas. Y ha esperado.

—Es un recordatorio de la belleza. De lo que hay fuera de estos muros.

Ha asentido.

—Tienes razón. Pero hay quien encuentra belleza esté donde esté.

—Aquí andamos algo cortos de eso.

Otra pausa prolongada. Ha repiqueteado la pluma tres veces sobre el cuaderno y, sin previo aviso, ha esbozado una sonrisa.

—¿Quieres curarte? —me ha preguntado.

A punto he estado de que se me escapara la risa, pero me he recompuesto al notar la intensidad que transmitía la mirada solemne de Russell.

No era una pregunta difícil de responder. ¿Quería pasar más tiempo en aquella habitación cálida e iluminada, charlando con Russell junto al fuego? ¿O quería que me devolvieran a mi celda?

—Sí —contesté—. Por supuesto.

Me recibirá una vez por semana.

He escrito que hago todo lo posible para no pensar en Tom, pero, como es obvio, prácticamente no pienso en nada que no sea Tom. Y es un infierno. Sobre todo porque, cuanto más pienso en él, más me cuesta recordar los motivos que nos impiden estar juntos. Tampoco me resulta fácil recordar algo que estuviera mal, o que fuera difícil. Lo único que recuerdo es su ternura. Y eso es lo más insoportable de todo. Aun así, mi mente no deja de llevarme a él. A Venecia. Y, en concreto, al autobús acuático que tomamos en mitad de la noche para cruzar la laguna hasta la ciudad. Nos subimos a la reluciente cabina de madera, nos sentamos juntos en la parte trasera de la embarcación y el capitán cerró la escotilla para darnos intimidad. Poco después se puso a cabalgar las olas a tal velocidad que no fuimos capaces de contener la risa ante la insensatez que suponía estar en aquel bote entre las oscuras aguas. Zum, zum. Nuestros muslos se tocaban. Nuestros cuerpos impulsados hacia atrás por la velocidad de aquel trasto. Y, poco después, la embarcación aminoró despacio, y la belleza de

Venecia se desplegó ante nosotros a través de las ventanillas. Tom soltó un grito ahogado, y yo sonreí ante su fascinación. Pero lo que a mí me fascinaba era el contacto de su mano entrelazada con la mía en aquella cabina que fue nuestra y solo nuestra durante el tiempo que tardamos en llegar al hotel.

Como la mayoría de las personas que experimentan este tipo de situaciones, durante la detención y el juicio, y los primeros días aquí, confiaba ciegamente en que aparecería alguien para anunciarme que había habido un terrible error y pedirme que aceptara las disculpas de todos los implicados. Y todas las puertas cerradas volverían a abrirse y yo las cruzaría hasta respirar otra vez aire fresco, lejos de aquel extraño teatro en el que se había convertido mi vida.

Con todo, trece semanas más tarde, me he acostumbrado a nuestras rutinas casi tanto como los demás. Y la sigo con la misma mirada vacía y resignada. 6:30. La alarma anuncia que es hora de levantarse. 7:00. Fuera desechos, procurando llevar el orinal metálico de cada uno con la mayor indiferencia posible. Vamos a buscar agua fría y nos afeitamos con la cuchilla sin filo que nos proporcionan. Ahora, desde que tengo conexiones, se me permite «salir a comer» con los demás, en lugar de engullir la comida a solas en mi celda. Eso sí: es el mismo té con sabor a agua de fregar, pan rancio, mancha de margarina y un plato de avena que apenas sabe a algo. Es posible que la avena sea un plato tan vil que poco se puede hacer para empeorarlo. Luego, toca trabajar en la biblioteca. Mi posición en la cárcel me ha permitido tener acceso a cuadernos y plumas, pero la palabra *biblioteca*, como descripción de aquel lugar, es puro chiste; los libros son todos una grosería (en un sentido estrictamente literal) y están obsoletos. Es imposible que un prisionero obtenga algo que quiera leer de verdad, excepto los pocos ejemplares de westerns en rústica que hay en cada pasillo. La biblioteca es un espacio lóbrego, pero al menos se está algo más caliente que en el resto de la prisión. De hecho, uno de los radiadores hasta funciona. El vigilante al cargo, O'Brien, debe de estar a punto de jubilarse, y se pasa la mayor parte del día sentado en una esquina pidiendo silencio a ladridos y rechazando peticiones. Sin embargo, está bastante sordo, así que el ruido debe alcanzar un cierto volumen antes de que se ponga a ladrar. Por tanto, los hombres pueden hablar entre ellos casi libremente, siempre que mantengan un tono de voz bajo.

La mayor parte del trabajo consiste en gestionar los envíos de las bibliotecas públicas. No recibimos más que morralla. En el envío de ayer, por ejemplo: una guía de mantenimiento de las motocicletas Norton de los años treinta, un libro de historia sobre el pueblo de Ripe, una obra sobre el sistema monetario de Oriente Medio, otra sobre la vestimenta de las gentes de Lituania y, el único volumen que podría considerarse algo interesante de todo el montón, una biografía de Guillermo de Orange, escrita en 1905.

Conmigo, en la biblioteca, está Davies, un tipo grande y callado de ojos grises, al que, por lo visto, encerraron por causarle a su esposa lesiones corporales graves. Me resulta imposible imaginar a una persona con menos aspecto de haber cometido un crimen de estas características. Pero uno aprende a no cuestionar demasiado las sentencias de los demás. Y también está Mowatt, un muchacho de pelo rubio adornado con pecas. Tiene la costumbre de lamerse los labios mientras trabaja. Mowatt fue un niño de reformatorio, como tantos otros aquí. No deja de hablar sobre su próximo «tinglado de veintidós quilates», que ahora entiendo que se refería a un robo a una escala nunca vista y con un riesgo nulo. Camina como si tuviera los pies demasiado largos, levantándolos y plantándolos en el suelo con tantísimo cuidado que le entran ganas a uno de echarle una mano.

Ayer, Mowatt no dijo ni mu mientras organizamos el envío de libros. En un primer momento, agradecí poder ahorrarme sus típicas fantasías sobre cómo, cuando lo soltaran, «quedaría con su preciosa gorrioncilla», que lo estaba esperando, y aprovecharía el «dineral» que tenía «escondido para empezar de cero en España». Más tarde me di cuenta de que las manos le temblaban más de la cuenta al pasarlas por el lomo de los libros, y caminaba no solo como si tuviera los pies demasiado largos, sino también como si le pesaran una tonelada. Al final, Davies arrojó luz sobre el problema.

—Tiene visita familiar —me susurró—. Mañana. Ha ahorrado lo suficiente como para comprarse un poco de brillantina, pero está obsesionado con cómo tiene las botas. Yo ya le he dicho que no le voy a dejar las mías. No las recuperaría en la vida.

En definitiva, esta mañana, cuando estábamos sentados juntos en la mesa de la biblioteca, me he quitado las botas, que ya me había dejado desabrochadas, y se las he dado a Mowatt. No ha habido respuesta. Así que le he lanzado un anticuado manual de teología, golpeándolo adrede en las costillas con una de las esquinas.

—¡Oye! —ha exclamado él, lo que ha provocado que O'Brien levantara la cabeza.

Le he agarrado una mano con delicadeza para hacerlo callar, y el viejo sordo ha decidido ignorarnos.

Mowatt me ha mirado los dedos sin saber qué decir durante un buen rato. Le he hecho un gesto para que mirara debajo de la mesa, buscando sus botas con los pies. Un segundo más tarde, ha entendido lo que estaba ocurriendo. Me ha mirado con tal agradecimiento en los ojos que he estado a punto de romper a reír, a punto de abrir la boca y reír como un loco en aquella estancia fría y pestilente, entre montones de libros inútiles y olvidados.

Otra visita al santuario cálido de Russell.

—¿Por qué no empezamos por tu infancia? Cuéntame cómo fue.

—Y yo que pensaba que en realidad no preguntaban esas cosas.

—Comienza por donde quieras.

Mi primer instinto fue inventarme algo. «A los nueve años, mi tío ruso me forzó brutalmente en el caballito balancín de mi cuarto, y desde entonces me han atraído los hombres, doctor.» O: «Mi madre me vestía con vestidos de flores y me ponía colorete en las mejillas con cinco años, y desde entonces he anhelado atraer a un hombre fortachón a mi cama, doctor». Pero, en vez de eso, le conté una verdad a medias: que tuve una infancia feliz. Sin hermanos ni hermanas que me bajaran del pedestal. Muchísimas horas idílicas jugando en el jardín (con un marinero de trapo que se llamaba Hops, pero, en definitiva, al aire libre). Mi padre, casi siempre ausente, como tantos otros padres, pero sin llegar a ser un tipo especialmente misterioso o violento, a pesar de sus devaneos posteriores. Mi madre y yo siempre nos llevamos bien. Cuando volvía de la escuela, disfrutábamos de la compañía del otro y bajábamos al centro para ir al teatro, a los museos, a las cafeterías... Luego la cosa se me fue un poco de las manos, y empecé a contarle lo del día en que estábamos en Fortnum's y el desconocido de la mesa de al lado se ofreció a invitar a mi madre a una copa de champán. Ella le sonrió y rechazó la oferta con rotundidad. Vaya decepción me llevé. El tipo tenía unos cabellos rubios con unas ondas magníficas, y llevaba un pañuelo de seda azul en el cuello y un anillo de zafiro en el dedo índice. Al verlo, tuve la sensación de que debía de conocer todos los secretos del mundo. Cuando nos marchamos, mi madre se quejó acaloradamente por su impertinencia, pero durante el resto de la tarde toda ella brilló de una manera que yo nunca había visto. Se movía con facilidad, se reía de mis tonterías y compró todo tipo de cosas que no estaban en la lista: una bufanda nueva para ella, una libreta forrada en cuero para mí. Aún pienso a veces en aquel hombre y me acuerdo de cómo sorbía el café y cómo se encogió de hombros ante la negativa de mi madre. Quise que se echara a llorar o perdiera los estribos, pero se limitó a dejar la taza en la mesa, agachar la cabeza y decir: «Qué lástima».

—Se nos acabó el tiempo —anunció Russell.

Esperaba sus comentarios sobre cómo me había proyectado en la situación de mi madre y lo insano que resultaba eso, y creí también que aprovecharía para dejar caer algo así como que no era ninguna sorpresa que estuviera en la cárcel por conductas contrarias a la moral. Pero no comentó nada.

—Antes de que te vayas —dijo—, quiero que sepas que puedes cambiar. La cuestión es: ¿es eso realmente lo que quieres?

—Te lo dije la semana pasada. Quiero que me cures.

—No sé si te creo.

No respondí.

Él soltó un largo suspiro.

—Mira, no te voy a engañar. Con terapia, hay algunos individuos que son capaces de superar ciertas... inclinaciones, pero requiere muchos esfuerzos y tiempo, mucho tiempo.

—¿Cuánto tiempo?

—Años, probablemente.

—A mí solo me quedan seis meses.

Dejó escapar una carcajada triste.

—En lo que a mí respecta —empezó a decir, inclinándose hacia delante y bajando la voz—, creo que la ley es una mierda. Lo que dos adultos hagan en su intimidad es cosa suya. —Me miraba con el semblante muy serio, y los hoyuelos de las mejillas le relucían—. Total, que lo que quiero decir es que si tú quieres cambiar, la terapia puede ayudarte. Si no... —Puso las palmas de las manos hacia arriba y sonrió—. Ya te digo yo que el esfuerzo no merece la pena.

Le alargué una mano, me la estrechó y le di las gracias por su honestidad.

—Se acabaron las charlas junto al fuego, entonces —le dije.

—Se acabaron las charlas junto al fuego.

—Es una verdadera lástima.

Burkitt me llevó de vuelta a mi celda.

Intento quedarme con la imagen de *La Danse* en la cabeza.

No creo que un tipo con la integridad de Russell dure demasiado tiempo aquí.

En Venecia, nos pasábamos la mañana en la cama, disfrutábamos de comidas opíparas en la terraza del hotel y paseábamos por la ciudad. Deliciosa libertad. Nadie se volteaba al vernos, ni siquiera cuando tomaba a Tom del brazo y lo guiaba entre las multitudes de turistas que ocupaban el puente de Rialto. Una tarde, dejamos atrás el aire viciado del verano y abrazamos el dulce frescor de la iglesia de Santa Maria dei Miracoli. Lo que más me ha gustado siempre de aquel rinconcito es su palidez. La iglesia de los milagros, con sus muros y suelos de mármol gris pastel, rosa y blanco, bien podría estar hecha de azúcar. Nos sentamos en el banco delantero. Completamente solos. Y nos besamos. Allí, en presencia de todos los santos y ángeles, nos besamos. Miré hacia el altar, con su imagen de la milagrosa Virgen —que, según cuentan, resucitó a un hombre que se había ahogado—, y dije:

—Deberíamos vivir aquí.

Después de solo dos días de valorar las posibilidades que ofrecía Venecia, le dije:

—Deberíamos vivir aquí.

Y la respuesta de Tom fue:

—Y también deberíamos ir a la luna.

Pero estaba sonriendo.

Cada quince días se me permite recibir y responder a una carta. Hasta ahora, casi todas han sido de mi madre. Están escritas a máquina, por lo que asumo que se las dicta a Nina. No me dice nada sobre su salud, sino que se dedica a desvariar sobre el tiempo, los vecinos y lo que Nina le ha preparado para cenar. Pero esta mañana me han entregado una de la señora Marion Burgess. Una carta breve, formal, en la que pide permiso para visitarme. En un principio, estaba decidido a rechazarla. De todas las personas que hay en el mundo, ¿a santo de qué querría yo verla a ella? Pero no he tardado en cambiar de opinión. Aquella mujer es mi única conexión con Tom, cuyo clamoroso silencio apenas me atrevo a valorar. No sé nada de él desde que me arrestaron. Al principio casi deseé que apareciera en la Scrubs a cumplir condena, solo para poder verlo otra vez.

Si ella viene, puede que venga con él. O puede que me traiga algún mensaje.

El tribunal era un espacio pequeño y recargado, sin ninguno de los adornos que me había imaginado. Se parecía más al aula de una escuela que a una cámara de justicia. El proceso comenzó con un aviso a la tribuna pública: durante el juicio se mostrarían imágenes que podían ofender a las damas, y se las invitaba a salir. Todas, sin excepción, se dirigieron atropelladamente hacia la salida. Solo hubo una que parecía algo arrepentida. Las otras se pusieron rojas como jitomates.

Mientras Jones, el abogado de la acusación —un tipo con ojos de labrador, pero que hablaba con el tono de una bichón frisé—, presentaba el caso contra mí, Coleman permanecía de pie en el estrado, temblando, sin girarse en ningún momento hacia mí. Con el traje de franela azul, parecía mayor que cuando nos vimos. Cuando lo interrogaron, quedó claro —para mí, al menos— que había presentado aquella declaración para evitarse problemas; sí admitió haber estado involucrado en un robo insustancial. Pero ni siquiera aquello me sacó de mi embotamiento. Todas las personas del tribunal parecían estar interpretando su papel: el policía bostezaba de vez en cuando y el juez atendía con gesto impasible, y yo no era la excepción. Estaba de pie en mi estrado, consciente del tipo uniformado que tenía sentado detrás y que se iba mordiendo las uñas distraídamente. Me di cuenta de que estaba escuchando el sonido de la saliva en su boca a cada mordisco que daba, en lugar de las intervenciones del tribunal. No dejaba de repetirme: pronto me comunicarán mi sentencia. Se decidirá mi futuro. Sin embargo, por alguna razón no era capaz de comprender lo que me estaba sucediendo.

Luego, todo cambió. El señor Thompson, mi abogado, un tipo igual de simpático que inútil, comenzó su presentación de la defensa. Y llamó al estrado a Marion Burgess.

Yo ya estaba preparado para aquello. Thompson me había preguntado a quién le recomendaría como testigo para que avalara mi personalidad. Mi lista no incluía a ninguna mujer casada, como él me había señalado poco después de empezar a leerla.

—¿No conoces a ninguna señora que sea aburrida a más no poder? —me preguntó—. ¿Bibliotecarias, enfermeras, profesoras?

Marion era mi única opción. Y preví que, aunque estuviera al tanto de la verdadera relación que yo tenía con Tom (él siempre me había repetido que no tenía ni idea, pero a mí me parecía una chica demasiado avispada como para no darse cuenta en un momento u otro), no se arriesgaría a denunciarme por el daño que le causaría a su marido y, por extensión, a ella.

Llevaba un vestido verde pálido que le quedaba demasiado ancho. Había perdido peso desde la última vez que la había visto, y eso acentuaba su altura. Tenía el cabello recogido en un peinado absolutamente inamovible. Hablaba con la espalda muy recta y un par de guantes blancos en las manos. Apenas fui capaz de oírla mientras respondía a las formalidades de siempre; juramento, nombre, profesión. Luego le preguntaron de qué conocía al acusado.

—El señor Hazlewood tuvo la amabilidad de acoger a mis pupilos y ofrecerles una tarde de apreciación artística en el museo —declaró.

Y, de súbito, comenzó a hablar con una voz que no era la suya. Ya hacía tiempo que había tenido la impresión de que la docencia le había limado las aristas de su acento de Brighton, aunque nunca lo hubiera tenido tan marcado como Tom, pero subida al estrado sonaba como si hubiera estudiado en el Roedean.

Confirmó que yo había cumplido a la perfección con mis obligaciones, que no dudaría en volver a llamarme y que no era, en absoluto, el tipo de hombre que te encuentras cometiendo actos impúdicos en unos baños públicos.

A continuación, el abogado de la acusación se puso de pie y le preguntó a la señora Burgess si conocía al acusado en otra esfera que no fuera la meramente profesional.

Un gesto de preocupación le surcó el rostro cubierto de pecas. No respondió. Ojalá me hubiera mirado. Si se hubiera volteado hacia mí, habría tenido la oportunidad, con una mirada, de convencerla de que no dijera nada.

—¿Acaso niega —prosiguió Jones— que el acusado es amigo íntimo de su esposo, el agente de policía Thomas Burgess?

El sonido de su nombre me hizo proferir un grito ahogado, pero no despegué los ojos de Marion.

—No.

—Hable más alto para que la oiga todo el tribunal.

—No, no lo niego.

—¿Cómo describiría su relación?

—Como usted ha dicho. Son buenos amigos.

—Por tanto, ¿usted conocía en persona al señor Hazlewood?

—Sí.

—¿Y mantiene que no es el tipo de hombre capaz de cometer el delito por el que se le acusa?

—Por supuesto que sí.

Tenía la mirada clavada en los hombros de Jones mientras respondía.

—¿Y confió plenamente en este hombre para que se relacionara con sus pupilos?

—Plenamente.

—Señora Burgess, me gustaría leerle un fragmento del diario de Patrick Hazlewood.

Thomson objetó, pero su protesta fue denegada.

—Me temo que hay algunas partes con una prosa bastante florida. Está fechado en octubre de 1957. —Jones dedicó un buen rato a ajustarse los lentes sobre la nariz, antes de aclararse la garganta y, agitando con frivolidad una mano en el aire, comenzar a leer—: «Y entonces: la silueta inconfundible de sus hombros. Mi policía contemplaba con la cabeza inclinada un Sisley más bien mediocre... Magníficamente vivo, respirando allí mismo, en el museo, en carne y hueso. Me lo había figurado tantas veces durante los últimos días que me he frotado los ojos, igual que las chicas descreídas de las películas». —Una pausa breve—. Señora Burgess, ¿quién es «mi policía»?

Marion se enderezó para aparentar más altura y levantó la barbilla.

—No tengo la menor idea.

Sonaba bastante convincente. Mucho más de lo que yo habría conseguido aparentar en su caso, dadas las circunstancias.

—Tal vez otro fragmento la ayude a recordar. Este está datado en diciembre de 1957. —Otro numerito de carraspeo seguido de la recolocación de los lentes—. «Nos hemos visto para comer varias veces, siempre que él ha tenido pausas largas en el trabajo. Pero no se ha olvidado de la profesora. Y ayer, por primera vez, la trajo consigo... Hacen tan mala pareja que no pude evitar sonreír cuando los vi juntos.»

Torcí el gesto.

—«Ella es casi tan alta como él, y tampoco intenta disimularlo (llevaba tacones), y ni la mitad de guapa. Tampoco es que esperara opinar otra cosa.»

Otra pausa larga por parte de Jones.

—Señora Burgess, ¿quién es «la profesora»?

Marion no contestó. Seguía erguida y con la espalda recta, sin apartar la vista del hombro del abogado. Las mejillas enrojecidas. Parpadeando sin parar.

Jones se dirigió al jurado:

—Este diario contiene otros muchos detalles de la relación que Patrick Hazlewood mantuvo con «su» policía, una relación que solo puede describirse como profundamente perversa. Pero voy a ahorrarle a este tribunal cualquier otro dato sobre esta depravación. —Se volteó hacia Marion—. ¿Sobre quién cree usted que escribe el acusado, señora Burgess?

—No lo sé. —Se mordió el labio—. Puede que sean fantasías suyas.

—Para ser fantasías suyas, la cantidad de detalles es pasmosa.

—El señor Hazlewood es un hombre muy imaginativo.

—Y yo me pregunto: ¿a santo de qué se imaginaría que su amante varón estuviera prometido con una profesora?

Sin respuesta.

—Señora Burgess, no quiero ponerla en un aprieto, pero debo comunicarle que Patrick Hazlewood mantenía una relación indecente con su marido.

Agachó la vista y respondió con un hilillo de voz.

—No.

—¿Niega entonces que el acusado sea homosexual?

—Pues... no lo sé.

Seguía erguida, pero me di cuenta de que los guantes habían empezado a temblarle. Me acordé del día que nos conocimos, cuando la vi bajando por North Street con Tom. Del orgullo y la confianza que despedía a cada paso que daba. Y quise devolverle aquellas cualidades. Su marido estaba fuera de su alcance, y eso era algo que me alegraba. Pero no me proporcionaba ningún placer verla así.

Sin embargo, Jones, la perra de bichón, no había tirado la toalla.

—Debo preguntárselo de nuevo, señora Burgess. ¿Es Patrick Hazlewood el tipo de hombre que cometería actos contrarios a la moral?

Silencio.

—Por favor, responda a la pregunta, señora Burgess —los interrumpió el juez.

Se produjo una larga pausa antes de que ella me mirara fijamente y contestara:

—No.

—No tengo más preguntas, señoría —concluyó Jones.

No obstante, Marion siguió hablando.

—Se portó muy bien con los niños. De hecho, se portó de maravilla con ellos.

Le hice un gesto de cabeza y ella me lo devolvió.

Fue un intercambio breve, sin sentimentalismos y del todo civilizado.

Después de aquel día, solo podía pensar en qué podría llegar a pasarle a Tom. ¿Qué harían a partir de ahora? ¿Sería capaz de perdonarme alguna vez por mi estupidez?

Pero nadie volvió a mencionar a mi policía, a pesar de que yo estuve con su nombre en la punta de la lengua durante el resto del juicio, y hasta el día de hoy.

Durante nuestro último día en Venecia, fuimos al islote de Torcello a ver los mosaicos. Tom apenas abrió la boca en el ferri, pero supuse que estaba absorto, como yo, con las vistas de la ciudad que desaparecía tras nosotros. En Venecia, uno nunca tiene claro qué es real y qué es un reflejo, y, visto desde la parte trasera de un *vaporetto*, el lugar se antoja un espejismo, flotando en una bruma imposible. El silencio de Torcello nos tomó por sorpresa después del continuo tintineo de campanas, tazas de café y guías turísticas de San Marco. Entramos a la basílica sin mediar palabra. ¿Me habría excedido con las actividades culturales? ¿Preferiría Tom ir al Harry's Bar y pasarse el resto de la tarde tomando Bellinis? En Torcello, contemplamos los resplandecientes rojos y dorados del Juicio Final. Lanzas demoníacas empujaban a los condenados al infierno. Algunos acababan consumidos por las llamas; otros, por bestias salvajes. Los más desafortunados debían de castigarse ellos mismos y se comían sus propias manos, dedo a dedo.

Tom se quedó allí un buen rato, sin despegar la vista del aterrador rincón en el que habían recluido a los pecadores. Y, aun así, seguía sin hablar. Comencé a sentir un acceso de pánico ante la idea de regresar a Inglaterra. Ante la idea de separarnos. Ante la idea de compartirlo. De repente lo agarré del brazo, le busqué la cara, pronuncié su nombre.

—No podemos volver —masapusé.

Él me dio unos golpecitos en la mano y esbozó una sonrisa más bien fría, burlona.

—Patrick, no seas ridículo.

—No me obligues a volver.

Dejó escapar un suspiro.

—Tenemos que volver.

—¿Por qué?

Desvió la vista al techo.

—Tú ya sabes por qué.

—Dímelo. Creo que me he olvidado. No seríamos los únicos. Hay más gente viviendo en Europa, juntos. Lo dejan todo y viven felices...

—Tienes un buen empleo en Inglaterra. Como yo. No sé italiano. Los dos tenemos amigos, familia... No podemos vivir aquí.

Hablaba con un tono de extrema calma, definitivo. A pesar de eso, mi consuelo fue que no la había mencionado. No había dicho «porque estoy casado» ni una sola vez.

Una carta de mi madre.

Mi querido Tricky:

He tomado una decisión. Cuando te suelten, quiero que te vengas aquí a vivir conmigo. Como en los viejos tiempos. Mejor, eso sí, porque tu padre ya no está. Tendrás TODA la libertad que desees. Solo te pido compañía en las comidas y las cenas, y una o dos copas en la sobremesa. Y por lo que piensen los vecinos... Por mí, que los zurzan.

Perdona los desvaríos de esta anciana.

Tu madre, que te quiere siempre

P. D.: Espero que no haga falta que te diga que, de no ser por las instrucciones del doctor, ya te habría visitado. Pero estoy bien, no te preocupes por NADA.

Lo que más me aterra es que, tal y como están las cosas, me parece una propuesta excelente.

Marion me ha visitado hoy.

Me he pasado toda la noche debatiéndome entre dejarla plantada o no. Que viniera y me esperara, con los guantes temblándole cada vez más y un peinado impoluto que empezara a empapársele de sudor. Que me esperara con las mujeres pintarrajeadas de los estafadores, los escandalosos hijos de los quinquis y las desalentadas madres de los pervertidos sexuales. Y que sea ella la que tenga que dar media vuelta e irse, al saber que he rechazado verla.

Aun así, esta mañana ya sabía que no sería capaz de hacerle algo así.

Burkitt me ha llevado a la sala de visitas a las tres. No me he esforzado lo más mínimo por estar presentable. De hecho, esta mañana me he afeitado especialmente mal, y me he alegrado de cada corte y cada rozadura. Supongo que todo se debe a un deseo patético de conmocionarla. Tal vez incluso de ganarme su simpatía.

En cuanto la he visto —estaba sola, con un gesto de terror— me ha colmado una sensación de desilusión. «¿Dónde está? —he querido gritarle—. ¿Por qué has venido tú y él no? ¿Dónde está mi amor?»

—Hola, Patrick.

—Marion.

Me he sentado en una silla metálica frente a ella. La sala de visitas —una estancia pequeña, bastante iluminada, pero igual de fría que el resto de la cárcel— olía a producto de limpieza y leche pasada. Había otras cuatro visitas en curso, y Burkitt las vigilaba todas. Marion me miraba fijamente, sin pestañear, y me he dado cuenta de que estaba tratando de centrarse solo en el espectáculo de Patrick Hazlewood, el prisionero, y no en la escena que se estaba desarrollando a nuestro lado, en la que marido y mujer intentaban agarrar con desesperación la rodilla del otro por debajo de la mesa. En un peregrino intento por proporcionarnos intimidad, el radio emitía un inane concurso de la emisora Light Programme a medio volumen. «Manos en los botones, por favor... Primera pregunta...»

Marion se ha quitado los guantes y los ha dejado sobre la mesa. Se había pintado las uñas de un naranja chillón, cosa que me ha sorprendido. De hecho, cuando por fin la he mirado de verdad, me he dado cuenta de que también llevaba mucho más maquillaje de lo habitual. Tenía los párpados cubiertos de una sustancia brillante, y los labios pintados de un tono rosa con aspecto de plástico. A diferencia de mí, saltaba a la vista que ella sí que se había esforzado. De todas formas, el efecto general no distaba demasiado del que intentaban conseguir los maricas de la Scrubs. Y eso que no tenían más que pasta de harina y pintura al agua.

Se ha arremangado el suéter mostaza y se ha palpado el collar. Tenía el rostro pálido y sereno, pero un sarpullido rojo le cruzaba el cuello.

—Me alegro de verte —ha dicho.

Solo por la forma de sus facciones, y esa mirada empática, distante y respetuosa, sabía que no me traía ningún mensaje de Tom. Aquella mujer no tenía nada que ofrecerme. Todo lo contrario: he comprendido que era ella la que quería algo de mí.

—No sé por dónde empezar —ha titubeado.

Yo no le he ofrecido ninguna ayuda.

—No sé cómo decirte lo mal que me siento por todo lo que ha pasado. —Ha tragado saliva—. Todo esto ha sido un fallo garrafal por parte de la justicia. Coleman es el que debería estar aquí, no tú.

He asentido.

—Es un escándalo, Patrick.

—Ya lo sé —le he espetado—. Ya he recibido una carta del museo en la que se me releva de todas mis obligaciones. Y otra de mi casera, en la que se me informa que le han alquilado mi departamento a una familia encantadora de Shoreham. Mi madre es la única que jura no sentirse avergonzada de mí. ¿No te parece irónico?

—No pretendía... Quería decir que es un escándalo que estés aquí y no...

—Pero es que soy homosexual, Marion.

No ha levantado la vista de la mesa.

—Y quería tener sexo con Coleman. En el tribunal parecía un chico bastante patético, pero te aseguro que la noche que lo conocí era otra persona. Incluso si nunca hubiéramos llegado a culminar el acto en sí, la intención estaba ahí. Y eso, a ojos de la ley, es suficiente para condenar a un hombre. Lo estaba «importunando». —Ella ha seguido sin levantar la vista de la mesa, pero yo no podía parar—. Es terriblemente injusto, pero así es la vida. Creo que hay comités, peticiones, cabilderos y gente por el estilo que está intentando cambiar la ley. Pero, para la mentalidad británica, que dos hombres intimen está al nivel de un crimen de daños físicos severos, robos a mano armada y fraudes graves.

Marion se ha toqueteado los guantes y ha echado un vistazo alrededor de la habitación, antes de susurrarme:

—¿Te están tratando bien?

—Se parece un poco a un instituto público. Y sobre todo al ejército. ¿A qué has venido?

Parecía desconcertada.

—No-no lo sé...

Se ha producido una pausa larga. Finalmente, lo ha vuelto a intentar:

—¿Qué tal la comida?

—Marion, por el amor de Dios. Dime algo de Tom. ¿Cómo está?

—Pues... no es buena.

He esperado. Me he imaginado agarrándola de los hombros y sacudiéndola hasta que lo soltara todo.

—Ha dejado el cuerpo de policía.

—¿Por qué?

Me ha mirado como si tuviera que saber la respuesta sin que ella me lo tuviera que explicar.

—Espero que no haya tenido demasiados problemas —he mascullado.

—No ha querido contármelo. Solo me ha dicho que prefería irse antes de que lo presionaran.

He asentido.

—¿Y qué va a hacer ahora?

—Ha encontrado un trabajo como guardia de seguridad. En Allan West's. No gana tanto dinero, pero yo sigo trabajando... —Se ha interrumpido y se ha examinado las uñas naranjas—. No sabe que estoy aquí —me ha confesado.

—¿Ah, no?

Una carcajada frágil, la barbilla levantada y un destello de esa sombra de ojos metálica.

—Ya era hora de que yo empezara también a tener mis propios secretos, ¿no te parece?

No he contestado. Ella ha hecho un gesto en el aire como si quisiera borrar lo que acababa de decir. Se ha disculpado.

—No he venido para recordar lo que ha pasado.

—¿Qué ha pasado?

—Lo tuyo con Tom.

— Un minuto —ha bramado Burkitt.

Marion ha recogido los guantes y ha comenzado a juguetear con el bolso, farfullando algo sobre que volvería el mes que viene.

—No vengas —le he dicho, agarrándola de la muñeca—. Dile a Tom que venga él.

Ha mirado mis dedos, que se le clavaban en la piel.

—Me haces daño.

Burkitt ha dado un paso al frente.

—El contacto físico está prohibido, Hazlewood.

He apartado la mano y ella se ha puesto de pie y se ha alisado la falda.

—Necesito verlo, Marion —he insistido—. Díselo, por favor.

Ha agachado la cabeza para mirarme y me ha sorprendido ver que estaba conteniendo las lágrimas.

—Yo se lo digo, pero no va a venir —ha respondido—. Tienes que entenderlo. Lo siento.

Bert dice: habla, vamos.

Estamos en la zona recreativa después de cenar. Algunos hombres han conseguido montar una partida tristona de pimpón, a pesar del helor que hace. Otros, como Bert y yo, estamos apoyados en el muro más alejado de los hediondos baños, charlando. La mayoría están doblados por la mitad por culpa del frío, agarrados a las capas que los cubren o soplándose fútilmente unos dedos llenos de sabañones. Davies me contó hace poco que la mejor manera de curarse los sabañones es envolvérselos con un paño empapado en orina. Tengo pendiente probarlo. La Light Programme resuena desde el aparato de la esquina. En general, estas sesiones en las que entretengo a Bert con mi ingenio, erudición y conocimientos son el punto álgido de la jornada. Pero hoy no quiero hablarle del argumento de *Otelo*, ni de la batalla de Hastings (sobre la que apenas sé nada, aunque otras veces casi he conseguido recreársela por puro entusiasmo), ni de las obras de Rembrandt ni tampoco de la gastronomía italiana (a Bert le encanta que le cuente mis viajes a Florencia, y a punto estuvo de babear cuando le describí las bondades de los *tagliatelle* con salsa de liebre). Hoy no quiero ni siquiera abrir la boca. Porque solo pienso en Tom. Tom, la persona que no va a venir a visitarme.

—Habla, vamos —ha insistido Bert—. ¿A quién esperas?

Le noto cierta crispación en la voz. Un recordatorio de quién es este hombre: el magnate del tabaco. El líder extraoficial del módulo D. Siempre obtiene lo que quiere, este hombre; es su día a día.

—¿Te suena Thomas Burgess? —le he preguntado—. ¿El policía de Brighton?

—Para nada. ¿Debería?

—Su historia es interesantísima.

—Demasiado conozco ya a esos perros. ¿Y si me hablas \
de Shakespeare? De las tragedias, por ejemplo. Me encantan las tragedias.

—Uy, esto es una tragedia. De las mejores.

Lo noto escéptico, pero ha contestado:

—Pues está bien, va. Sorpréndeme.

He tomado aire.

—Thomas, Tom para sus amigos, era un policía con un problema.

—No me digas.

—No era un mal policía. Era puntual, hacía su trabajo lo mejor que sabía e intentaba ser justo.

—No se parece a ninguno de los policías que conozco.

—Claro, porque él no era como el resto de los policías. Le interesaban las artes, la literatura y la música. No era un intelectual, la educación que recibió se lo impedía, pero era inteligente.

—Como yo.

Ignoro ese comentario.

—Y era hermoso. Tenía el aspecto de una de las estatuas griegas del Museo Británico. Adoraba nadar en el mar. Tenía un cuerpo musculoso y ágil, y unos cabellos rubios y rizados.

—Uy, a mí eso me suena a un marica de mierda.

Otros hombres se han acercado a escuchar.

—Eso es precisamente lo que era —he dicho, con el mismo tono impasible—. Ese era el problema de Tom.

Bert sacude la cabeza.

—Puta escoria. No sé si quiero que sigas, Hazlewood.

—Era un problema, pero también una alegría —he continuado—. Porque conoció a un hombre, mayor que él, que le gustaba muchísimo. Este hombre mayor llevaba a Tom al teatro, a las galerías de arte y a la ópera, y le abrió las puertas de un mundo totalmente nuevo para él.

Bert ha dejado de mover los músculos de la cara. Los ojos le tiemblan.

—A Tom le gustaba escuchar a ese hombre hablar, igual que a ti te gusta escucharme hablar a mí. Se casó con una mujer, pero no significaba nada. Siguió viéndose con el hombre mayor todo lo que pudo. Porque Tom y el hombre mayor se querían como nunca habían querido a nadie.

Bert se me acerca.

—¿Te parece si cambiamos el tema fastidioso, colega?

Pero no dejo de hablar. No puedo.

—Se amaban. Pero el hombre acabó en la cárcel a raíz de una acusación falsa por culpa de su despreocupación. El orgullo y el miedo que sentía Tom le impedían volver a ver al hombre. Y, sin embargo, el hombre siguió queriéndolo. Y siempre lo querrá.

No dejan de acercarse hombres mientras hablo, convocados por la rabia muda de Bert. Y sé que se habrán asegurado de que el guardia está mirando hacia otro lado cuando Bert me propina un puñetazo silencioso en el estómago hasta que me desplomo en el suelo. No dejo de hablar, ni siquiera cuando los golpes me sacan el aire del cuerpo. Siempre lo querrá, digo. Una y otra vez. Luego Bert me da un porrazo en el pecho y noto a alguien más atizándome por la espalda y me cubro la cara con los puños, pero no sirve de nada porque los golpes no dejan de caer. Y aun así sigo escupiendo las palabras. Siempre lo querrá. Y me acuerdo del día que Tom vino al departamento y se enfadó muchísimo conmigo por haberle mentido sobre lo del retrato y me imagino que el que me está dando la paliza es él y venga golpes y más golpes y no paro de susurrar su nombre hasta que dejo de sentirlo todo.

V

PEACEHAVEN, DICIEMBRE DE 1999

Hoy ha venido el doctor Wells, nuestro médico de cabecera. Es un hombre más bien joven, no pasa de los cuarenta, con una de esas barbitas tan graciosas que solo cubren la barbilla. Es una persona nerviosa pero cuidadosa, que se mueve por la habitación casi en silencio, algo que a mí me saca un poco de quicio. Estoy segura de que toda esa discreción también te molesta a ti. Cuando te examina, no recurre a esos gritos cordiales tan propios de los médicos («¿CÓMO NOS HEMOS LEVANTADO HOY?», como si estar enfermo implicara necesariamente estar sordo como una tapia), y eso me alivia, pero esa forma que tiene de reptar es casi peor.

—Tenemos que hablar, Marion. Será un momento —me ha dicho después de que te dejáramos durmiendo.

Nunca he llegado a decirle que pudiera tutearme, pero se lo paso. Nos hemos sentado en extremos opuestos del sofá y ha rechazado la taza de té que le ofrecía, con la clara intención de quitarse de encima lo que quería decirme.

Ha ido directo al grano.

—Me temo que Patrick está empeorando. Por lo que he visto, no ha habido ninguna mejora significativa en la coordinación muscular, el habla o el apetito durante estas últimas semanas. Y hoy lo he notado bastante peor. De hecho, es posible que haya sufrido un tercer ictus.

Consciente de hacia dónde iba la conversación, he acudido en tu defensa.

—Ha hablado. Dijo el nombre de mi marido con bastante claridad.

—Sí, me lo comentaste. Pero ya hace bastante tiempo, ¿no?

—Unas semanas...

—¿Ha vuelto a hablar?

No podía engañarlo, Patrick, aunque quisiera.

—No.

—Ya veo. ¿Algo más?

He intentado pensar con todas mis fuerzas en algo que demostrara la recuperación que estoy segura de que tiene que llegar. Pero los dos sabemos que, hasta ahora, apenas has mostrado signos de mejora. Así que mi respuesta ha sido el silencio.

El doctor Wells se ha tocado la barba.

—¿Cómo lo llevan tu marido y tú? Cuidar de otra persona es todo un reto.

¿Te has dado cuenta de que ahora le llaman *reto* a cualquier cosa? ¿Qué ha pasado con las cosas *difíciles* o, directamente, *jodidísimas*?

—Lo llevamos bien —he respondido, antes de que me dijera lo de los trabajadores sociales y las redes de apoyo—. De lujo, la verdad.

—¿Tom no está por aquí?

—Lo he mandado a comprar. —Lo cierto es que Tom se ha ido temprano con el perro y que yo no tengo la más remota idea de dónde puede estar—. Nos faltaba leche.

—Me gustaría hablar con él la próxima vez.

—Por supuesto, doctor.

—Genial. —Ha hecho una pausa—. Si no hay ningún tipo de mejora en los próximos días, creo que deberíamos valorar seriamente la posibilidad de ingresarlo en una residencia.

Sabía que aquello acabaría llegando, pero yo me había preparado la respuesta. He asentido con gravedad y, con un tono firme pero cordial, le he expuesto:

—Doctor Wells, Tom y yo querríamos cuidarlo en casa. Patrick está comodísimo, por mucho que no esté progresando como usted, y como nosotros, deseamos. De hecho, fue usted el que nos dijo que tenía muchísimas más probabilidades de recuperarse estando entre amigos.

El doctor ha tamborileado con los dedos sobre su rodilla, protegida por unos pantalones de pana.

—Sí, y lo mantengo, pero no sé hasta cuándo podremos seguir hablando de recuperación, al menos de forma significativa.

—¿Me está diciendo que ya no se va a recuperar, definitivamente?

Sabía que no me ofrecería ninguna respuesta tajante a una pregunta así.

—Es imposible saberlo. Pero si no se recupera, los cuidados pueden acabar... complicándose bastante a corto plazo. —Ha empezado a hablar a toda velocidad—. Por ejemplo, ¿qué pasará cuando Patrick ya no pueda tolerar la comida licuada? Puede que necesite una sonda nasal, y eso es algo que no recomiendo en los cuidados domésticos. Es un procedimiento complejo y puede llegar a ser bastante angustioso.

—No hay ningún día que no sea complejo y angustioso, doctor.

Ha esbozado una sonrisa fugaz.

—El deterioro en pacientes que han sufrido un ictus puede ser muy repentino, y debemos estar preparados. Eso era lo único que te quería decir.

—Ya nos las arreglaremos. No quiero que se vea rodeado de desconocidos.

—Podrían pasarse el día en la residencia, si quisieran. Sería mucho más fácil para ti. Y para tu marido.

Ah, ya entendí. Era eso. Se siente mal por el marido desplazado. Cree que al cuidarte a ti estoy descuidando a Tom. Le preocupa que esté poniendo en riesgo la estabilidad de mi matrimonio por algún tipo de obsesión contigo. A punto he estado de echarme a reír.

—Háblalo con Tom —ha insistido, antes de levantarse del sofá y recoger su maletín—. Nos vemos la semana que viene.

Anoche terminamos *Anna Karenina*. Me he estado acostando tarde para acabarlo, y eso que a veces te has dormido antes de que yo dejara de leer. Estoy segura de que ni te enteraste de los últimos capítulos y, si te soy sincera, los he estado leyendo bastante en diagonal. Cuando llegamos a la parte en la que se tira al tren, perdí el interés. Mi mente estaba ya pensando en lo que leería a continuación. Porque las palabras del doctor Wells me han convencido de que ha llegado el momento de que oigas lo que he escrito. Por si te apartan de mí. Y he caído en la cuenta de algo: a lo mejor mi historia desencadena alguna respuesta por tu parte. Quizá estimule el movimiento o el gesto que el doctor Wells tantas ganas tiene de ver.

Después de enviar la carta al señor Houghton, me pasé varias horas durmiendo profundamente. Cuando abrí los ojos, tenía delante a Tom, con la nariz algo quemada por el sol, y una cara de desconcierto mientras me escrutaba.

—Vaya fiesta de bienvenida —me dijo—. ¿Qué ha pasado?

Parpadeé varias veces, sin saber si me había despertado del todo.

—¿Es que un hombre no merece una taza de té cuando vuelve de sus viajes?

No, no estaba soñando: aquel era, sin duda, mi marido, en persona. Tardé un rato en reunir la energía necesaria para hablar.

—¿Cu-cuánto llevo durmiendo?

—¿Y a mí qué me cuentas? Por el aspecto que tienes, desde que me fui.

—¿Qué hora es?

—Las dos, más o menos. ¿Qué haces en la cama?

Me incorporé deprisa, repasando mentalmente los acontecimientos de los últimos días. Me miré y vi que estaba vestida de pies a cabeza, hasta los zapatos, aún manchados del parque. Me tapé la boca cuando la cabeza me empezó a dar vueltas de buenas a primeras.

Tom se sentó en el borde del colchón.

—¿Estás bien?

Llevaba una camisa blanca con el primer botón desabrochado. El cuello estaba tieso y relucía, y se veían unas rayas marcadísimas a lo largo de las mangas. Se dio cuenta de lo que estaba mirando y sonrió.

—El servicio de lavandería del hotel, que era fantástico.

Asentí y me mordí la lengua, pero sabía que aquella camisa estaba recién estrenada y que se la habías regalado tú.

—Bueno, ¿me vas a decir qué ha pasado? —me preguntó.

Negué con la cabeza.

—Nada. No puedo creer que haya dormido tanto. Me tomé una copa con Sylvie y volví a casa tarde, y caí rendida en la cama...

Pero él ya había perdido el interés. Me dio un golpecito en la mano y dijo:

—Voy a preparar té.

Nunca le he preguntado nada sobre el viaje a Venecia contigo. Y él nunca me ha ofrecido ningún tipo de información. Claro está que me lo he imaginado muchas veces. Pero, de hecho, lo único que sé de aquel fin de semana es que Tom experimentó el lujo de ponerse una camisa italiana hecha a mano.

Unos días más tarde, sentí un placer inmenso al lavarle y plancharle aquella camisa a mi manera, sin cuidado, pasando de almidonar el cuello y presionando adrede las mangas para deshacer las rayas.

Al principio, estuve esperando a que la tormenta descargara sobre mí. No pasaba día sin que me imaginara a Tom llegando a casa y anunciándome que te habían echado del trabajo. Me figuraba a mí misma dándole una respuesta estupefacta, preguntándole por qué y aceptando una explicación más bien pobre. Luego me imaginé enojándome con Tom precisamente por no darme ninguna explicación, y luego a él viniéndose abajo al fin y pidiéndome disculpas, confesando incluso parte de su debilidad mientras yo ejercía de esposa fuerte y benevolente. «Saldremos adelante juntos, cariño —le diría, acunándolo entre mis brazos—. Yo te ayudaré a superar esos deseos antinatura.» Me deleitaba con esa modesta fantasía.

Pero pasaban las semanas sin que ocurriera nada y yo empecé a relajarme, creyendo que el señor Houghton había optado por ignorar el mensaje, o que tal vez no había llegado a recibirlo debido a algún problema con el correo. Tú seguiste visitándonos todos los jueves y con esa actitud efervescente, divertida y exasperante tan tuya. Tom siguió prendado hasta del aire que exhalabas. Y yo seguí observándolos a los dos, a veces preguntándome cuándo diantres produciría mi carta el efecto deseado, y otras arrepintiéndome hasta de haber acercado la pluma al papel.

Con Tom trabajando a destajo, Julia y yo evitándonos y Sylvie ocupada con el bebé, el resto del mes de agosto fue, por lo que recuerdo, largo y bastante tedioso. No veía el momento de volver a mi escritorio y ver otra vez a los niños, ahora que en el aula ya me sentía como en casa. Y, sobre todo, me moría por ver a Julia. Aunque me aterraba ser yo quien rompiera el hielo, echaba de menos nuestras conversaciones y la echaba de menos a ella. Me convencí a mí misma de que podríamos retomar nuestra amistad. Ella se había enfadado y yo estaba molesta, pero lo superaríamos. Y en cuanto a lo que insinuó sobre sus relaciones personales..., bueno, supongo que tenía la esperanza de que dejara el tema y pudiéramos seguir con nuestras vidas como siempre.

Ya lo sé, Patrick. Soy consciente de lo estúpida que fui.

El primer día del curso llovía a mares. No se levantó ese viento típico de Brighton que siempre acompaña a los días lluviosos, pero mi paraguas apenas podía protegerme: cuando llegué a la cancela del colegio, tenía los zapatos empapados y zonas oscuras húmedas en la parte delantera de la falda.

Atravesé el pasillo entre chapoteos y abrí la puerta de mi aula. Julia estaba sentada en mi escritorio, con las piernas cruzadas. No me sorprendió; ella era de las que dan la cara, y había llegado a pensar que tendría que enfrentarme a ella de esa forma. Me detuve en el umbral, con la punta del paraguas goteando.

—Cierra la puerta —exclamó, y se puso de pie.

Hice lo que me había pedido, pero me tomé mi tiempo para poder recuperar el aliento. Aún girada hacia la puerta, me quité el saco y apoyé el paraguas contra la pared.

—Marion.

La tenía apenas a unos pocos centímetros. Tragué saliva y me volteé hacia ella.

—Julia.

Sonrió.

—La misma que viste y calza.

Al contrario que yo, Julia estaba completamente seca. Hablaba con seriedad, pero tenía el gesto dominado por una sonrisa amistosa.

—Me alegro de verte... —comencé.

—Tengo un trabajo nuevo —me dijo sin perder un instante—. En un colegio de Norwood. Quería estar más cerca de Londres. De hecho, me mudaré allí. —Tomó aire—. Quería que fueras la primera en enterarse. Ya hace tiempo que me rondaba por la cabeza.

Agaché la vista hasta mis zapatos calados de agua. Los dedos de los pies se me estaban empezando a entumecer.

—Tendría que pedirte perdón por lo que te dije... —musité.

—Pues sí.

—Lo siento.

Ella asintió.

—Vamos a olvidarnos del tema, ¿está bien?

Hubo una larga pausa, durante la que nos limitamos a mirarnos fijamente. Julia estaba pálida, y la boca tenía una línea decidida. Yo fui la primera que desvió la vista. Durante un terrible instante, pensé que me iba a echar a llorar.

Julia soltó un suspiro.

—Mírate. Estás empapada. ¿Tienes algo para cambiarte?

Le dije que no. Chasqueó la lengua y me tomó del brazo.

—Ven conmigo.

En el armario esquinero del aula de Julia había dos faldas de *tweed* y un par de cardiganes colgados detrás de la puerta.

—Los tengo aquí para emergencias. Toma. —Descolgó la falda más grande y me la apretó contra el pecho—. Esta debería quedarte bien. Es horrenda, pero a caballo regalado... Quédatela.

No era para nada horrenda. La tela era delicadísima, de un tono púrpura intenso. Quedaba un poco rara con mi blusa de flores, pero me quedaba perfecta, me resaltaba las caderas y me llegaba justo a la altura de la rodilla. Me la dejé puesta todo el día, incluso después de que mi falda se hubiera secado. Me la llevé a casa y la colgué en el armario junto al traje de boda de Tom. Julia nunca me pidió que se la devolviera, y la conservo doblada con cuidado en el cajón de abajo.

La noche posterior llegué tarde a casa. Me había pasado unas cuantas horas de más preparando la clase del día siguiente. Arrojé la cesta al rincón de la cocina, me até un delantal y corrí a pelar las papas y a enharinar trozos de bacalao para la cena de Tom. Después de cortar las papas y meterlas en agua, miré el reloj. Las siete y media. Llegaba a casa a las ocho, así que aún tenía media hora para arreglarme, alisarme el pelo y sentarme a leer un libro.

Sin embargo, no tardé en caer en la cuenta de que solo estaba fingiendo que leía, puesto que no era capaz de apartar la vista del reloj que descansaba sobre la repisa de la chimenea. Las ocho y cuarto. Y media. Las ocho cuarenta. Dejé el libro y me acerqué a la ventana, la abrí y saqué la cabeza para mirar a ambos lados de la calle. Al no ver ni rastro de Tom, me intenté quitar la tontería de la cabeza. Los policías no tenían horarios fijos. Tom me lo había repetido hasta la saciedad. Un día llegó seis horas tarde. Vino con un moretón en la mejilla y un corte encima del ojo.

—Ha habido una pelea en el Bucket of Blood —me anunció con un cierto orgullo—. Hemos tenido que hacer una redada y la cosa se ha puesto fea.

Debo admitir que disfruté limpiándole las heridas, llenando un cuenco de agua tibia, echándole una gota de antiséptico, empapando una bola de algodón en aquel líquido y aplicándoselo con delicadeza en la piel como una buena aya. Tom estaba sentado de bastante buen ánimo y me dejó que lo toqueteara, y cuando le di un beso en la magulladura de la mejilla y le dije que no volviera a meterse en ese tipo de situaciones soltó una carcajada y me dijo que aquello era lo de menos.

Esta noche, me dije a mí misma: Habrá pasado algo similar. Nada que él no pueda soportar, nada de qué preocuparse. A lo mejor incluso puedo volver a cuidarlo cuando llegue a casa. Así que guardé el pescado en el refrigerador, freí unas cuantas papas para mí, cené sola y me fui a la cama.

Debía de estar exhausta, porque, cuando me desperté, ya estaba amaneciendo y Tom no estaba en la cama. Me levanté de un salto y bajé a toda prisa la escalera, llamándolo. Debía de haber llegado tarde y se habría quedado dormido en el sillón. No sería la primera vez, me dije. Pero Tom no solo no estaba en la sala de estar, sino que no había zapatos junto a la puerta ni sacos en el perchero. Volví a subir apresuradamente la escalera y me puse el vestido que había tirado al suelo la noche anterior. Al salir de casa, pensé en dirigirme a la comisaría de policía. Sin embargo, mientras trotaba Southover Street abajo, me di cuenta de que debería haberme puesto un saco (no eran más de las seis y todavía hacía frío) y cambié de idea. Oía a Tom diciéndome: «¿Se puede saber qué haces aquí?, ¿quieres que me digan que soy un mandilón?», así que decidí probar con su madre. El problema era que había salido solo con las llaves en la mano y nada de dinero para el autobús. Desde allí, tardaría como poco media hora en llegar a pie. Comencé a correr y, al llegar al final de la calle, tomé conciencia de que iba camino del mar. A pesar de que aún tenía la cabeza lenta, mi cuerpo parecía saber adónde ir. Porque sabía dónde estaba. Lo sabía desde el principio. Había pasado la noche, toda la noche, contigo. Ni siquiera se había preocupado por inventarse una excusa. Tom estaba en tu departamento.

Crucé a toda prisa Marine Parade, a veces corriendo, otras bajando el ritmo al notar un dolor creciente en el costado. Estaba ciega de ira. Si hubiera tenido a Tom delante en aquel momento, no me cabe duda de que me habría puesto a darle golpes y a llamarlo todo lo que se me pasara por la cabeza. Y fue eso lo que me imaginé, sin dejar de correr. Casi me excitaba. No podía esperar a verlos a los dos juntos y desatar mi rabia. No solo estaba enojada contigo y con Tom. También había perdido a Julia. Ella me había confesado su secreto y ya no confiaba en mí, y hacía bien. Había fallado como amiga, lo sabía incluso entonces. Y había fallado como esposa. No era capaz de conseguir que mi marido me deseara cuando me tocaba.

A medio camino, se me ocurrió que podía decirle que lo dejaba. Después de todo, tenía trabajo. Podía permitirme un departamentito por mi cuenta. No teníamos niños en los que pensar, y, tal y como iban las cosas, eso jamás sería un problema. Me negaría a soportar una vida miserable. Me iría, sin más. Así aprendería. Sin nadie que le cocinara ni le limpiara. Nadie que le planchara las malditas camisas. Al pensar en la camisa que le compraste, apreté el paso. Con la prisa, le di un golpazo a un anciano en el brazo y casi lo tiro al suelo. Profirió un grito de dolor, pero yo no me detuve, y ni siquiera me volteé para mirar. Tenía que llegar a tu departamento, encontrarlos a los dos juntos y exponerles mis intenciones. Hasta aquí habíamos llegado.

Toqué el timbre, apoyando la frente en la puerta y tratando de recuperar el aliento. Sin respuesta. Volví a presionarlo, dejando que sonara más tiempo. Nada. Pues claro: estarían en la cama. Tal vez incluso sabían que era yo. Se habrían escondido, se estarían riendo. Mientras pulsaba el timbre con el dedo durante al menos un minuto, aproveché la otra mano para dar golpes con la aldaba. Nada. Comencé a tocar y a soltar el timbre, dejando que produjera una cancioncilla impaciente. RIN. RIN. RIN. RI-RI-RIN. RI-RI-RIIIIIIIN.

Nada.

Me faltaba poco para empezar a chillar.

Pero entonces la puerta se abrió. Un hombre de mediana edad con una bata de color amarillo y estampado de cachemira apareció frente a mí. Llevaba unos lentes con la montura dorada y se le veía agotadísimo.

—Por el amor de Dios, va a despertar a todo el edificio. No está en casa, señora mía. Deje de tocar el condenado timbre de una vez.

Hizo ademán de cerrar la puerta, pero se lo impedí metiendo el pie.

—¿Quién es usted? —le pregunté.

Me miró de arriba abajo. De repente pensé que debía de ir hecha un espantajo: pálida y sudorosa, el pelo sin cepillar y con un vestido arrugado.

—Graham Vaughan, del ático. Y estoy muy despierto. Y bastante enojado.

—¿Está seguro de que no está en casa?

Se cruzó de brazos y, con mucha tranquilidad, respondió:

—Por supuesto que sí, querida. La policía se lo llevó anoche. —Bajó la voz—. Aquí todos sabíamos que era marica, por aquí los hay a cientos, pero uno no puede evitar sentir una cierta lástima. Este país a veces se pasa de inhumano.

Tú y yo estamos hechos tal para cual, ¿no te parece? Me acuerdo de aquel día en la isla de Wight, cuando pusiste en tela de juicio la opinión de Tom sobre la crianza de los hijos. Lo he sabido desde entonces, pero no lo había sentido de verdad hasta ahora, hasta que me he puesto a escribir esto y me he dado cuenta de que ninguno de los dos consiguió lo que quería. Algo tan insignificante, ¿no?, y sin embargo... ¿acaso alguien lo consigue? Ese anhelo romántico tan patético, ciego, naif y arrojado es tal vez lo que nos une, ya que creo que ni tú ni yo hemos llegado a asumir del todo nuestra derrota. ¿Qué es eso que no paran de repetir en la televisión últimamente? «Tienes que pasar página.» Bueno, pues ni tú ni yo hemos sido capaces de hacerlo.

No hay día en que no busque alguna señal y me lleve una decepción. El doctor tiene razón: estás peor. Yo también sospeché que habías sufrido otro ictus mucho antes de que me lo dijera. Ahora mismo se te cae todo de los dedos, y eso que hace unas pocas semanas eras capaz de sostener una cuchara. Te acerco una taza de pasta licuada a los labios y casi todo acaba derramándose en un chorro grumoso. Te he comprado unos baberos para adultos y nos están yendo bastante bien, pero no dejo de pensar en la sonda nasal que mencionó el doctor Wells. A mí me suena a tortura victoriana para mujeres disolutas. No pienso hacerte eso, Patrick.

Te pasas la mayor parte de las tardes dormido, y por las mañanas te coloco en el sillón, encajado entre cojines a ambos lados para que no te deslices demasiado en una dirección u otra, y vemos juntos la televisión. Casi todos los programas tratan de comprar y vender cosas: casas, antigüedades, comida, ropa, vacaciones. Podría poner Radio 3, y sé que lo preferirías, pero al menos la televisión le da algo de vida a la habitación. Y a veces tengo la esperanza de que tanta exasperación te devuelva de golpe el habla y el movimiento. Puede que mañana levantes las manos y me ordenes que APAGUE ESE ABSOLUTO DISPARATE.

Ojalá.

Aunque sé que puedes oírme. Porque cuando pronuncio la palabra *Tom* te brillan los ojos, incluso ahora.

Al no encontrar a nadie en tu departamento, me fui a ver a Sylvie.

—¿Qué te pasa? —me preguntó, invitándome a entrar.

Yo seguía con el vestido arrugado y el pelo despeinado. Me recibió un fuerte olor a pañal sin lavar.

—¿Dónde está el bebé?

—Se ha dormido, por fin. Se despierta a las cuatro y cae rendida a las siete. ¿Tú crees? Es una locura. —Sylvie levantó los brazos y bostezó. Luego me miró fijamente a la cara y exclamó—: Dios mío. Tú lo que necesitas es una taza de té.

El ofrecimiento del té y el gesto empático de Sylvie fueron algo tan maravilloso que tuve que taparme la boca con una mano para no llorar. Sylvie me rodeó con el brazo.

—Está bien, vamos a sentarnos, ¿te parece? Ya he tenido suficientes llantos por hoy.

Trajo dos tazas de té y nos sentamos en su sofá de plástico.

—De verdad, qué cosa más horrible —masculló—. Es como sentarse en una banca del parque. —Dio dos sonoros sorbos al té—. Ahora me paso el día bebiendo té, como mi maldita madre.

Creo que estaba parloteando para que yo tuviera tiempo de recomponerme, pero no podía esperar más. Tenía que soltar lastre.

—¿Te acuerdas de Patrick, el...?

—Claro que me acuerdo.

—Lo han detenido.

Sylvie levantó las cejas como por un resorte.

—¿Qué?

—Que lo han detenido. Por... conductas contrarias a la moral.

Hubo un breve silencio antes de que Sylvie preguntara, con voz queda:

—¿Con hombres?

Asentí.

—Será... ¿Cuándo?

—Anoche.

—Cristo bendito. —Dejó la taza en la mesa—. Pobre diablo. —Esbozó una sonrisa, y luego se tapó la boca con una mano—. Lo siento.

—El problema es que... —empecé, ignorándola—. El problema es que creo que la culpa es mía. De todo.

Había empezado a respirar muy rápido, y me costaba pronunciar las palabras con tranquilidad.

Sylvie me atravesó con la mirada.

—¿De qué estás hablando, Marion?

—Le envié una carta anónima a su jefe. Le dije que Patrick era..., ya te lo imaginas.

Hubo una pausa antes de que Sylvie soltara un «oh».

Me cubrí la cara con las manos y dejé escapar un escandaloso sollozo. Sylvie me rodeó con el brazo y me dio un beso en el pelo. Me llegaba el aroma a té de su aliento.

—Relájate —me dijo—, que todo se arreglará. Algo más habrán encontrado, ¿no? Yo no creo que arresten a alguien solo por una carta.

—¿No?

—Tontorrona, claro que no. Tendrán que agarrarlo con las manos en la masa, ¿no crees? En el acto..., tú ya me entiendes. —Me rozó con suavidad en la rodilla—. Yo, si fuera tú, habría hecho lo mismo.

Me volteé hacia ella.

—¿A qué te ref...?

—Ay, Marion. Tom es mi hermano. Siempre lo he sabido, ¿no te acuerdas? Aunque evidentemente tenía la esperanza de que cambiara. No sé por qué tú... Bueno. Vamos a hablar de otra cosa. Tómate el té, va, antes de que se enfríe.

La obedecí. Tenía un gusto ácido e intenso.

—¿Tom lo sabe? —me preguntó—. Lo de la carta.

—Claro que no.

Sylvie asintió.

—Pues no se lo digas. No te traerá más que problemas.

—Pero...

—Marion. Hazme caso. La policía no arresta a nadie por una carta. Sé que eres profesora y bla, bla, pero tampoco tienes tanto poder, ¿no te parece? —Me dio un codazo y sonrió—. Es lo mejor, y lo sabes. Tú y Tom pueden empezar de cero sin el otro en medio.

En ese momento, Kathleen dejó escapar un grito repentino de disgusto que nos hizo dar un respingo a las dos. Sylvie torció el gesto.

—Dios mío, la señorita. No sé de dónde saca tanta fuerza. —Me apretó el hombro—. No te preocupes. Tú me guardaste mi secretillo. Voy a devolverte el favor.

Dejé a Sylvie atendiendo a su hija y me fui al colegio. Me daba igual el vestido arrugado y el desastre de pelo que llevaba. Ya me arreglaría después. Aún era temprano, así que me senté en mi escritorio y clavé la vista en la reproducción de la *Anunciación* con esa María incauta que colgaba encima de la puerta. Nunca había sido una persona devota, pero en aquel momento deseé poder suplicar el perdón, o al menos fingirlo. Pero no fui capaz. Solo podía llorar. Y en el silencio del aula, a las ocho de la mañana, apoyé la cabeza en la mesa, le di un puñetazo a la lista de la clase y dejé que rodaran las lágrimas.

Cuando por fin me las arreglé para dejar de llorar, me intenté preparar para el día que tenía por delante. Me alisé el pelo todo lo que pude y me puse el suéter que tenía colgado en el respaldo de la silla por encima del vestido. Los niños no tardarían en llegar, y ellos, al menos, merecían encontrarse con la señora Burgess. Me formularían preguntas que, salvo excepciones, sabría responderles. Se sentirían agradecidos cuando los recompensara, y se asustarían cuando los reprendiera. Reaccionarían, por lo general, de formas que yo sabría predecir, y podría ayudarlos con las pequeñas cosas que, quizá, al final desencadenarían grandes cambios en sus vidas. Eso me reconfortaba, y es algo a lo que me aferraría durante muchos, muchos años.

Aquella noche, Tom me estaba esperando en la mesa que había junto a la ventana que daba a la calle. Distinguí su rostro compungido a través del cristal y estuve a punto de seguir andando, dejar atrás nuestra puerta y llegar al final de la calle. Pero sabía que me había visto, así que no tuve otra opción que entrar en casa y afrontar lo que pudiera ocurrir.

Cuando entré por la puerta, se puso de pie y por poco no volcó la silla. Tenía la camisa arrugada y las manos le temblaron cuando intentó atusarse el pelo.

—Han arrestado a Patrick —me dijo antes de que yo pudiera dar más de un par de pasos en la estancia. Asentí brevemente y me dirigí a la cocina a lavarme las manos.

Tom me siguió.

—¿No me has oído? Han arrestado a...

—Ya lo sé —lo interrumpí, sacudiéndome el agua de los dedos—. Como anoche no viniste, me fui a su departamento a buscarte. Uno de sus vecinos se entretuvo bastante informándome de la situación.

Tom parecía desconcertado.

—¿Qué te dijo?

—Que la policía había llegado la noche anterior y se lo había llevado. —Pasé por delante de Tom para tomar un trapo y secarme las manos—. Y que todos los vecinos del edificio sabían que era un... invertido.

Le di la espalda mientras hablaba. Me concentré en secarme cada dedo concienzudamente. El trapo que usé era fino y estaba deshilachado, y tenía una imagen desteñida del pabellón de Brighton estampada encima. Recuerdo haber pensado entonces que tendría que renovarlo pronto; incluso me dije que no debería sorprenderme que Tom no fuera el marido que esperaba si yo me estaba convirtiendo en ese tipo de ama de casa. Una con los trapos de cocina sucios y raídos.

Mientras pensaba en todo eso, estando aún en la cocina, Tom se había ido a la sala de estar y había empezado a destrozar el mobiliario. Me acerqué al umbral y lo vi golpear una silla de madera de forma repetida contra el suelo hasta que le rompió el respaldo y las patas se astillaron. Luego tomó otra y repitió el proceso. Por un momento creí que seguiría con la mesa y, con suerte, desgarraría el horrendo mantel de su madre. Pero después de destrozar las dos sillas, se sentó con pesadez en una tercera y apoyó la cabeza en las manos. Yo me quedé en la puerta, observando a mi esposo. Sus hombros se sacudían con violencia, e iba soltando una serie de extraños gruñidos, algo casi animal. Cuando por fin levantó la cabeza, vi la misma expresión de la que había sido testigo en el tobogán de la feria después de que nos casáramos. Estaba pálido como la cera y tenía la boca torcida de una manera extraña e indefinida. Estaba muerto de miedo.

—Yo estaba delante cuando se lo llevaron —farfulló, con los ojos salidos de sus órbitas—. Lo vi, Marion. Slater lo tenía agarrado de la muñeca. Lo vi y me fui de allí lo más rápido que pude. No podía dejar que me viera.

Y, de repente, me di cuenta de algo: al intentar destruirte, Patrick, había estado a punto de destruir a Tom. Al escribir la carta al señor Houghton, ni se me había pasado por la cabeza cuáles serían las consecuencias para mi marido. Pero ya no me quedaba otra que afrontarlo. Te había traicionado, pero también había traicionado a Tom. Aquello era culpa mía.

Tom había vuelto a cubrirse la cabeza con las manos.

—No sé qué hacer.

¿Qué respuesta podía darle, Patrick? ¿Qué podía decirle? En ese momento, tomé una decisión. Sería la mujer que creí ser en la cima del tobogán. La que conocía las debilidades de Tom y podía salvarlo.

Me arrodillé junto a mi marido.

—Tom, escúchame —le indiqué—. Todo se arreglará. Podemos hacer borrón y cuenta nueva. Empezar de cero nuestro matrimonio.

—¡Dios! —gritó—. ¡¿Qué tendrá que ver nuestro matrimonio?! ¡Patrick va a ir a la cárcel y a mí me va a hundir, carajo! Van a descubrirlo todo y... y se acabó.

Tomé aire.

—No —repliqué, sorprendida por la calma y autoridad de mi propia voz—. No lo sabe nadie. Puedes dimitir y trabajar en otro sitio. Yo puedo mantenerte hasta que lo necesites...

—¿Se puede saber de qué estás hablando? —me preguntó Tom, fulminándome con la mirada de un loco.

—Saldremos de esta. Empezaremos de cero. —Ahuequé las manos alrededor de su rostro—. Patrick nunca dirá nada sobre ti. Y yo no pienso dejarte jamás.

En ese momento, rompió a llorar, y yo dejé que las lágrimas me empaparan los dedos.

Lloró muchísimo durante las semanas que siguieron. Nos íbamos a la cama y yo me despertaba en mitad de la noche con el ruido de sus gemidos secos. También lloriqueaba en sueños, así que a veces me costaba distinguir si estaba despierto o dormido mientras lloraba. Yo lo atraía hacia mí y él accedía sin resistirse, antes de apoyar la cabeza en mi pecho; lo abrazaba entonces hasta que se calmaba y dejaba de llorar.

—Shhh —le susurraba—. Tranquilo.

Por la mañana, seguíamos con nuestras vidas como si nada hubiera ocurrido, sin mencionar lo del llanto, lo que nos dijimos el día en que destrozó las sillas ni tampoco tu nombre.

Antes de que tu caso llegara a los tribunales, Tom hizo lo que yo le había sugerido. Se despidió del cuerpo de policía. Durante el juicio, ante mi absoluto horror, se leyeron en voz alta fragmentos de tu diario, en los que se detallaba tu relación con Tom, a quien te referías como «mi policía». Aquellos pasajes me han acompañado desde entonces, como un pitido sutil, pero constante, en los oídos. Nunca he sido capaz de olvidarme de tus palabras. «Hacen tan mala pareja que no pude evitar sonreír cuando los vi juntos.» Siempre me he acordado de esa frase en concreto. Lo que más me duele es ese tono indiferente. Y el hecho de que tenías razón.

Con todo, cuando llegó el juicio, Tom estaba a punto de terminar el período del preaviso y, a pesar de que tu diario lo incriminaba, de alguna forma se zafó de cualquier investigación. Apenas me contó nada sobre el asunto, pero sospecho que al cuerpo de policía ya le parecía bien dejar que se fuera sin armar alboroto. Estoy segura de que las autoridades querían evitar más escándalos después del alboroto que se suscitó en los diarios tras los casos de corrupción entre los rangos superiores. Tener a otro agente sentado en el banquillo habría sido un desastre.

Aproximadamente un mes más tarde encontró un trabajo nuevo como guardia de seguridad en una fábrica. Tenía turno de noche, algo que nos convenía a los dos. Apenas éramos capaces de mirarnos a la cara y yo nunca sabía qué decirle. Te visité una vez en prisión, más que nada impulsada por los remordimientos, pero mentiría si dijera que no había una parte de mí con ganas de ver de primera mano la desdicha que estabas viviendo. No le conté a Tom lo de la visita, y nunca le sugerí que se planteara ir a verte. Sabía que la mera mención de tu nombre bastaría para que saliera por la puerta y no volviera. Era como si la única manera de que todo siguiera adelante fuera bajo un silencio sepulcral. Si le metía el dedo en la llaga, si comprobaba dónde estaba el límite, nunca sanaría. Así que continué con mi vida, yendo a trabajar, preparando comidas, durmiendo al borde de la cama, lejos del cuerpo de Tom. En cierta manera, vivía como antes de casarme con él. Mi acceso a Tom estaba tan restringido que comencé a aferrarme a los restos de su presencia. Cuando le lavaba las camisas, me las aplastaba contra la cara para percibir el olor de su piel. Me pasaba horas ordenándole los zapatos debajo de la cama, organizándole las corbatas en el armario, aparejando los calcetines en los cajones. Se iba de casa y lo único que quedaba de él eran aquellos rastros.

Esta noche he dicho una mentira. Era tarde, y Tom estaba en la cocina preparándose algo para cenar. Ha estado fuera todo el día, como de costumbre. Me he plantado en el umbral y lo he observado mientras cortaba el queso y los jitomates y los colocaba sobre una rebanada de pan. En ese momento, me he acordado de que, cuando nos casamos, a veces me sorprendía preparando la comida de los fines de semana. Recuerdo un omelet jugoso con queso fundido en su interior y, una vez, un pan tostado con tocino y miel de maple. Era la primera vez que probaba la miel, y entonces me dijo, henchido de orgullo, que le habías regalado una botella de aquella cosa.

Estaba echando un vistazo debajo de la plancha, contemplando el queso que borboteaba con el calor.

—Hoy ha venido el doctor Wells —le he informado, sentándome a la mesa.

No me ha respondido, pero yo no estaba dispuesta a echarme atrás. Así que lo he esperado. No quería mentirle de espaldas. Quería mentirle a la cara.

Cuando ha puesto la cena en un plato y ha tomado un cuchillo y un tenedor, le he pedido que se sentara conmigo. Prácticamente se ha terminado el plato antes de limpiarse la boca y levantar la cabeza.

—Me ha dicho que a Patrick no le queda mucho —le he comentado con voz firme.

Tom ha seguido comiendo hasta vaciar el plato. Luego, se ha recostado sobre la silla y ha respondido:

—Bueno, tampoco es que sea algo nuevo. Toca residencia, entonces.

—Ya vamos tarde. Le queda una semana.

Tom ha levantado la vista.

—Como mucho —he añadido.

Nos hemos sostenido la mirada.

—¿Una semana?

—O menos. —Después de dejar que la noticia se asentara, he continuado—: El doctor Wells dice que es imprescindible que no dejemos de hablarle. Ahora mismo, es lo único que podemos hacer. Pero yo no doy abasto, y quería ver si tú podrías intentarlo.

—¿Intentar qué?

—Hablar con él.

Ha habido un silencio. Tom ha apartado el plato, se ha cruzado de brazos y, con voz queda, ha contestado:

—No sabría qué decirle.

Yo me había preparado la respuesta.

—Lee. Puedes leerle un poco. No reaccionará, pero te oye.

Tom me observaba sin perder detalle.

—He escrito una cosa —seguí, como el que no quiere la cosa—. Se lo podrías leer en voz alta.

Ha estado a punto de sonreír de sorpresa.

—¿Cómo que has escrito una cosa?

—Sí. Y quiero que los dos lo oigan.

—¿De qué se trata esto, Marion?

He tomado aire.

—Habla de ti. Y de mí. Y de Patrick.

Tom ha gruñido.

—He escrito sobre... lo que pasó. Y quiero que los dos lo oigan.

—Maldición —ha dicho, sacudiendo la cabeza—. ¿Para qué? —Me miraba como si tuviera delante a una persona que hubiera perdido por completo la cabeza—. Explícame para qué, Marion.

No he sabido responderle.

Se ha puesto de pie y se ha girado para marcharse.

—Me voy a la cama. Es tarde.

Me he levantado de la silla de un salto, lo he agarrado del brazo y lo he obligado a mirarme.

—Te voy a decir para qué. Porque necesito hablarlo. Porque ya no puedo vivir más con este silencio.

Se ha producido una pausa. Tom ha bajado la vista hasta la mano que tenía en su brazo.

—Suéltame.

Le he hecho caso. Acto seguido, me ha fulminado con la mirada.

—No puedes vivir con este silencio. Entiendo. Tú eres la que no puede vivir con este silencio.

—No, no puedo. Ya no.

—O sea, tú no puedes vivir con el silencio y soy yo el que tiene que romperlo. Me sometes a mí y a ese anciano enfermo para poder despotricar a gusto, ¿es eso?

—¿Despotricar?

—Te he observado. Ahora entiendo por qué te trajiste aquí al pobre desgraciado. Para poder darle un puto sermón, como en el colegio. Lo has puesto todo sobre papel,

¿no? Una lista de agravios. Un informe escolar malo. ¿Es eso, Marion?

—No es mi inten...

—Esta es tu venganza, ¿me equivoco? Claro que no. —Me ha tomado de los hombros y me ha sacudido con fuerza—. ¿No te parece que la vida ya lo ha castigado suficiente? ¿No te parece que a los dos ya nos ha castigado suficiente?

—No es...

—¿Qué pasa con mi silencio, Marion? ¿Te ha dado por pensar alguna vez en mí? No tienes ni idea... —Se le ha quebrado la voz. Me ha dicho y ha girado la cara—. Por Dios. Ya lo perdí una vez.

Nos hemos quedado inmóviles, respirando. Al cabo de un rato, he conseguido decir:

—No es una venganza. Es una confesión.

Tom ha levantado una mano, como diciendo «basta, por favor». Pero yo no podía callarme.

—Es mi confesión. Son mis agravios. Míos, y de nadie más.

Se ha volteado hacia mí.

—Me dijiste que te necesitó hace muchos años. Pero ahora también te necesita. Por favor, Tom, léeselo.

Ha cerrado los ojos.

—Lo pensaré.

He soltado un suspiro.

—Gracias.

Tras una lluvia torrencial, se ha levantado una mañana fría y radiante. Por extraño que parezca, me he despertado renovada; me fui a la cama tarde, pero dormí profundamente, exhausta por los acontecimientos del día. Me dolían las lumbares, como siempre, pero he llevado a cabo mis obligaciones matutinas con lo que tú llamarías un «brío considerable», dándote los buenos días con efusividad, cambiándote las sábanas, lavándote el cuerpo y dándote Weetabix licuados con un popote. No he dejado de cotorrear en ningún momento; te he dicho que pronto vendría Tom a sentarse contigo, y tú me has mirado con unos ojos cargados de esperanza.

Al salir de tu habitación, he oído silbar la tetera. Qué raro, he pensado. Tom se había ido de casa a las seis de la mañana a nadar, como de costumbre, y normalmente no lo veía otra vez hasta la noche. Pero cuando he entrado en la cocina, allí estaba, ofreciéndome una taza de té. Sin mediar palabra, hemos desayunado con Walter a nuestros pies. Tom estaba hojeando el *Argus* y yo he desviado la vista a la ventana, observando la lluvia de la noche anterior goteando de las coníferas de la calle. Es la primera vez que desayunamos juntos desde que te tiraste encima los cereales.

Cuando terminamos de comer, he recogido mi..., ¿cómo lo puedo llamar?, mi manuscrito. Lo había dejado en un cajón de la cocina todo este tiempo, con la esperanza inconsciente de que Tom se topara con lo que había escrito. Lo he dejado sobre la mesa y he salido de la estancia.

Llevo desde entonces en mi habitación, preparando la maleta. He empaquetado lo esencial: un camisón, una muda limpia, un neceser, un libro. No creo que a Tom le importe enviarme el resto. Me he pasado la mayor parte del tiempo sentada en mi sencillo edredón de Ikea, escuchando el murmullo distante de la voz de Tom mientras te leía mis palabras. Es un sonido extraño, aterrador y maravilloso el que producen los susurros de mis propios pensamientos en boca de Tom. Quizá eso es lo único que he querido desde el principio. Quizá eso sea suficiente.

A las cuatro de la tarde he abierto la puerta de tu habitación y los he mirado. Tom se había sentado muy cerca de tu cama. A esa hora sueles estar dormido, pero esta tarde, y a pesar de que tu cuerpo no acababa de sobrellevar del todo bien los cojines que te había colocado Tom —de hecho, te estabas ladeando hacia un lado—, tenías los ojos abiertos y clavados en él. Su cabeza (¡hermosa todavía!) estaba inclinada sobre mis páginas, y él ha trastabillado un poco con una de las frases, pero ha seguido leyendo. El día se había oscurecido, así que he entrado de puntitas en la habitación y he encendido la lámpara de la esquina para que se pudieran ver con claridad. Ni tú ni él se han volteado hacia mí, y los he dejado allí solos, tras cerrar la puerta a mis espaldas con suavidad.

Nunca te ha gustado esta casa, y a mí tampoco. No me arrepentiré de despedirme de Peacehaven y del búngalo. No tengo claro adónde iré, pero empezar con Norwood no me parece mala idea. Julia aún vive allí y me gustaría contarle también a ella esta historia. Y luego me gustaría escuchar su opinión, porque ya estoy hasta la coronilla de mis propias palabras. Lo que realmente me gustaría ahora es oír otra historia.

No voy a volver a visitarte. Dejaré esta página en la mesa de la cocina con la esperanza de que Tom la vea. Y espero que te tome la mano mientras te la lee. Patrick, no te puedo pedir que me perdones, pero espero poder pedirte tu atención, porque sé que habrías sabido escucharme.

AGRADECIMIENTOS

He recurrido a muchas fuentes para escribir esta novela, pero estoy especialmente en deuda con *Daring Hearts: Lesbian and Gay Lives in 50s and 60s Brighton* (Brighton Ourstory Project); *Contra la ley*, las mordaces memorias de Peter Wildeblood, y *The Verdict of You All*, de Rupert Croft-Cooke, una obra no tan brillante pero iluminadora de todas formas. Gracias, también, a Debbie Hickmoot del Screen Archive South East, y a mis padres y a Ruth Carter por compartir conmigo sus recuerdos de aquella época. También me gustaría darles las gracias a Hugh Dunkerley, Naomi Foyle, Kai Merriott, Lorna Thorpe y David Swann por sus comentarios sobre los primeros borradores, así como a David Riding por su entrega con el libro y a Poppy Hampson por ser una editora excelente. Y gracias, Hugh, por todo lo demás.